SCIENCE FICTION

Herausgegeben
von Wolfgang Jeschke

Von Alan Dean Foster erschienen in der Reihe
HEYNE SCIENCE FICTION & FANTASY:

Die Eissegler von Tran-ky-ky (06/3591)
Das Tar-Aiym Krang (06/3640)
Die denkenden Wälder (06/3660)
Alien (06/3722)
Der Waisenstern (06/3723)
Der Kollapsar (06/3736)
Die Moulokin-Mission (06/3777)
Kampf der Titanen (06/3813)
Outland (06/3841)
Cachalot (06/4002)
Meine galaktischen Freunde (06/4049)
Auch keine Tränen aus Kristall (06/4160)
Flinx (in Vorb.)
Zaubersänger (in Vorb.)
Der Tag der Dissonanz (in Vorb.)
Slipt (in Vorb.)

Außerdem in der Allgemeinen Reihe:

Das Ding aus einer anderen Welt (01/6107)

Liebe Leser,

um Rückfragen zu vermeiden und Ihnen Enttäuschungen zu ersparen: Bei dieser Titelliste handelt es sich um eine Bibliographie und NICHT UM EIN VERZEICHNIS LIEFERBARER BÜCHER. Es ist leider unmöglich, alle Titel ständig lieferbar zu halten. Bitte fordern Sie bei Ihrer Buchhandlung oder beim Verlag ein Verzeichnis der lieferbaren Heyne-Bücher an. Wir bitten Sie um Verständnis.

Wilhelm Heyne Verlag GmbH & Co. KG, Türkenstr. 5–7, Postfach 20 12 04, 8000 München 2, Abteilung Vertrieb

ALAN DEAN FOSTER

AUCH KEINE TRÄNEN AUS KRISTALL

Science Fiction Roman

Deutsche Erstveröffentlichung

WILHELM HEYNE VERLAG
MÜNCHEN

HEYNE-SCIENCE-FICTION Nr. 06/4160
im Wilhelm Heyne Verlag, München

Titel der amerikanischen Originalausgabe
NOR CHRYSTAL TEARS
Deutsche Übersetzung von Heinz Nagel
Das Umschlagbild schuf Jobst Teltschik

Redaktion: Wolfgang Jeschke
Copyright © 1982 by Alan Dean Foster
Copyright © 1985 der deutschen Übersetzung
by Wilhelm Heyne Verlag GmbH & Co. KG, München
Printed in Germany 1985
Umschlaggestaltung: Atelier Ingrid Schütz, München
Satz: Schaber, Wels
Druck und Bindung: Elsnerdruck GmbH, Berlin

ISBN 3-453-31115-9

EINS

Es ist hart, eine Larve zu sein. Zuerst ist da gar nichts. Und dann wächst aus dem Nichts ganz langsam und stufenweise ein unbestimmtes, unsicheres Bewußtsein heran. Die Wahrnehmung der Welt stellt sich nicht als ein Schock ein, sondern als eine graue Unvermeidbarkeit. Die Larve kann sich nicht bewegen, kann nicht sprechen. Aber denken kann sie.

Seine ersten Erinnerungen befaßten sich ganz natürlich mit dem Pflegehort: einer kühlen, schwach beleuchteten Kammer kontrollierter Bewegung und beträchtlichen Lärms. Unter der sanft gewölbten Decke unterhielten sich Erwachsene mit seinen Mitlarven. Und mit der Wahrnehmung seiner Umgebung stellte sich das Erkennen des Ichs und eines Körpers ein: einer knotigen, eineinhalb Meter langen zylindrischen Masse aus fleckigweißem Fleisch.

Durch einfache, noch nicht vollkommene Larvenaugen nahm er hungrig die beschränkte Welt in sich auf. Erwachsene, Geräte, Wände, Decke und Boden. Seine Gefährten, die Krippe, in der er lag. Und alles das war weiß und schwarz oder ein Grauton dazwischen. Das war alles, was er wahrnehmen konnte. Farbe war ein geheimnisvolles, unvorstellbares Reich, zu dem nur Erwachsene Zugang hatten. Von all den Fremdartigkeiten der Existenz beschäftigte ihn am meisten der Gedanke, was wohl blau, was gelb sein mochte – der Geschmack des ihm vorenthaltenen Spektrums.

Die Erwachsenen, die den Pflegehort verwalteten und sich um die Jungen kümmerten, waren darin geübt. Sie hatten von Generationen von Jungen dieselben Fragen gehört, Fragen in derselben Reihenfolge, die immer wieder gestellt wurden. Und doch waren sie stets geduldig und höflich. Und so gaben sie sich redlich Mühe, ihm zu erklären, was Farbe sei. Die Worte hatten keine Bedeutung, weil es keine Bezugspunkte gab, keine geistigen Landmarken, auf die sich eine

Larve beziehen konnte. Es war so, als versuchte man die Sonne zu beschreiben, die die Oberfläche des Planeten erwärmte, hoch, ganz hoch oberhalb des unterirdischen Pflegehorts. In seiner Vorstellung war die Sonne ein hell leuchtendes Etwas, das ein intensives Fehlen von Dunkelheit produzierte.

Er wuchs heran, und die Helfer ließen zu, daß er sich in seiner primitiven, sich aufbäumenden wurmähnlichen Art und Weise bewegte. Pfleger bewegten sich geschäftig in dem Hort, geschäftige Erwachsene, denen die Gabe echter Beweglichkeit verliehen war. Lehrmaschinen murmelten den Lernbegierigen ihre endlosen Litaneien zu. Gelegentlich kamen auch andere Erwachsene zu Besuch, darunter auch ein Paar, das sich ihm gegenüber als seine eigenen Eltern identifizierte.

Er verglich sie mit seinen Gefährten, die wie er unruhige weiße Massen waren, die in stumpfen, schwarzen Augen und dünnen Mundschlitzen endeten. Wie er die Erwachsenen doch um ihre sauberen Linien und ihre reifen Körper beneidete, die vier kräftigen Beine, die Fußarme darüber, die entweder als Hände oder als drittes Beinpaar dienten, und die zarten Echthände darüber.

Und echte Augen hatten sie auch, die Erwachsenen. Große, aus vielen Facetten zusammengesetzte Augen, die wie eine Ansammlung strahlender Juwelen leuchteten (für ihn in hellem Grau, obwohl er wußte, daß sie orange und rot und golden waren, was auch immer das sein mochte). Sie waren seitlich an den glänzenden, herzförmigen Köpfen angeordnet, an denen ein Paar federartiger Antennen wippte, völlig weiß. Die Antennen faszinierten ihn ebenso wie all seine Gefährten. Die Erwachsenen pflegten ihnen zu erklären, daß diese Antennen für zwei Sinne zuständig waren: den Geruchssinn und den Fazz-Sinn.

Das Fazzen verstand er; die Fähigkeit nämlich, die Anwesenheit bewegter Gegenstände durch Wahrnehmung der Luftverdrängung zu entdecken. Aber was man unter ›Geruch‹ verstand, blieb ihm völlig verschlossen, ebenso wie Farbe. Und so kam es, daß er sich außer Armen und Beinen auch verzweifelt Antennen wünschte. Er sehnte sich verzweifelt danach, komplett zu sein.

Die Pfleger waren geduldig und hatten volles Verständnis für derartiges Sehnen. Antennen und Glieder würden mit der Zeit kommen. Und bis dahin gab es viel zu lernen.

Sie lehrten ihn Sprache, obwohl Larven höchstens zu einem primitiven Keuchen und Stöhnen fähig waren, mehr konnten sie mit ihren flexiblen Mundteilen nicht zustandebringen. Es bedurfte harter Kiefer und ausgewachsener Lungen und Kehlen, um die eleganten Klick- und Pfeiftöne zu erzeugen, in denen sich Erwachsene miteinander verständigten.

Aber immerhin konnte er ein wenig sehen und hören und in begrenztem Maße sprechen. Aber ohne Farben war der Gesichtssinn unvollkommen, und fazzen und riechen konnte er überhaupt nicht. Als Ausgleich erklärten ihm die Lehrer, daß kein Erwachsener auch nur annähernd so gut fazzen und riechen konnte wie die primitiven Vorfahren der Thranx, damals, als die Rasse noch ohne Intelligenz viel tiefer in den Eingeweiden der Erde wohnte, als sie es heute tat, als es noch kein künstliches Licht gab und damit der Fazzsinn und der Geruchssinn notwendigerweise viel wichtiger als der Gesichtssinn waren.

Er hörte zu und verstand, aber das machte seine Enttäuschung nicht geringer. Dann kroch er auf Wurmart über die Übungsstrecke, weil sie darauf bestanden, daß er sich bewegen mußte. Aber dabei war ihm die ganze Zeit bewußt, was für ein blasser Schatten echter Beweglichkeit das doch war. Oh, wie enttäuschend das alles war!

Larvenjahre waren Lernjahre. Fast außerstande, sich zu bewegen, unfähig zu riechen oder zu fazzen und kaum imstande, sich zu unterhalten, aber mit ausreichendem Gesichts- und Gehörsinn ausgestattet, verfügte eine Larve über genügend Fähigkeit zum Lernen.

Er war ein besonders wißbegieriger Student, der alles in sich aufnahm und begierig nach mehr verlangte. Seine Lehrer und Pfleger waren zufrieden, ebenso wie die Lehrmaschine, die an seiner Krippe befestigt war. Er meisterte Hoch-

und Nieder-Thranx, obwohl er keines von beiden richtig sprechen konnte. Er lernte Physik und Chemie und die Grundlagen der Biologie und damit auch, wie gefährlich jede Wasserfläche war, die tiefer als sein Thorax war, wo die Atemlöcher der Erwachsenen saßen. Ein erwachsener Thranx konnte auf dem Wasser treiben, aber nicht lange, und wenn Wasser in den Körper eindrang, dann sank er. Schwimmen war ein Talent, das primitiven Geschöpfen mit Innenskeletten vorbehalten war.

Man lehrte ihn Astronomie und Geologie, obwohl er den Himmel oder die Erde nie gesehen hatte, weil er doch unter der Oberfläche lebte. Der Pflegehort war elegant gefliest und vertäfelt. Andere Teile von Paszex, seiner Heimatstadt, waren mit Plastik, Keramik, Metallen oder Steinplatten verkleidet. In den antiken Höhlen des Planeten Hivehom, wo die Thranx sich entwickelt hatten, gab es noch Tunnels und Kammern zu sehen, die mit echter ausgewürgter Zellulose und Körperstuck verkleidet waren.

Man studierte auch Industrie und Ackerbau. Die Geschichte lehrte, wie die geselligen Arthropoden, die man als die Thranx kannte, die Herrschaft über Hivehom angetreten hatten und sich an die Existenz oberhalb und auch unterhalb der Oberfläche angepaßt und sich schließlich auf andere Welten ausgebreitet hatten. Schließlich und endlich wurde auch über Theologie diskutiert, und die Larven trafen ihre Wahl.

Und dann ging es weiter zu komplizierteren Themen, während ihr Geist heranreifte. Sie befaßten sich mit Biochemie, Nukleonik, Soziologie und Psychologie und den Künsten, darunter auch Jurisprudenz. Besonderen Spaß machte ihm die Geschichte der Weltraumfahrt, die Berichte über die ersten zögernden Flüge zu den drei Monden Hivehoms in schwerfälligen Raketen, die Entwicklung des Posigravityantriebs, der Schiffe durch den Abgrund zwischen den Sternen trieb. Und schließlich die Errichtung von Kolonien auf Welten wie Dixx und Everon und Calm Nursery. Und er lernte von dem blühenden Handel zwischen Willow-wane, seiner eigenen Koloniewelt, und Hivehom und den anderen Kolonien.

Wie er sich doch danach sehnte, nach Hivehom zu reisen, als er davon lernte! Die Mutterwelt des Volkes, Hivehom! Was für ein magischer, geheimnisvoller Name. Seine Pfleger lächelten über seine Erregung. Es war ganz natürlich, daß er dorthin reisen wollte. Schließlich wollte das jeder.

Und doch zeigte sich noch etwas mehr auf seinen Profilkarten: ein undefiniertes Sehnen, das die Larvenpsychologen verblüffte. Vielleicht hing es mit seinem ungewöhnlichen Ausschlüpfen zusammen. Die normalen vier Eier hatten nicht je ein männliches und ein weibliches Paar hervorgebracht, sondern drei weibliche und ein männliches Wesen.

Die Sorge der Psychologen war ihm bewußt, aber er selbst kümmerte sich nicht sehr darum. Er konzentrierte sich ganz drauf, soviel wie möglich zu lernen, und stopfte seinen Verstand bis zum Bersten mit den Wundern der Existenz voll. Während diese seltsamen Erwachsenen etwas von ›Unschlüssigkeit‹ murmelten und ›mangelnde Bereitschaft zu tatkräftigem Handeln‹, arbeitete er sich durch die Lernprogramme und milderte ihre Besorgnis mit seiner außergewöhnlichen Wißbegierde.

Weshalb die nur nicht begreifen konnten, daß er sich nicht für ein bestimmtes Thema interessierte? Ihn interessierte *alles*. Aber das begriffen die Psychologen nicht, das beunruhigte sie. Und seine Familie beunruhigte es auch, weil ein Thranx an der Schwelle zum Erwachsensein stets weiß, was er oder sie zu tun vorhat – später. Verallgemeinerungen schaffen kein Leben.

Eine Weile dachten sie, er könnte vielleicht vorhaben, Philosoph zu werden; aber seine allgemeinen Interessen galten speziellen Dingen, nicht abstrusen Spekulationen. Nur die Tatsache, daß er ungewöhnlich hohe Erkenntnisse erzielte, hinderte sie daran, ihn aus dem allgemeinen Pflegehort zu entfernen und ihn in einen für geistig zurückgebliebenen Larven bestimmten zu verlegen.

Und er studierte immer weiter und lernte, daß Willowwane eine wunderbare Welt mit bequemen Sümpfen und Niederungen war, eine Welt der Hitze und der Feuchtigkeit, ganz ähnlich dem Klima, das im Pflegehort herrschte. Eine richtige Gartenwelt, deren Pole frei von Eis waren und deren riesige Kontinente dichte Dschungel trugen. Willow-wane war sogar noch sympathischer als Hivehom selbst. Er konnte wirklich von Glück reden, dort geboren zu sein.

Seinen Namen kannte er von Anfang an. Er war Ryo aus der Familie Zen, aus dem Clan Zu, aus der Wabe Zex. Letzteres war ein Überbleibsel aus primitiven Zeiten, denn jetzt gab es nur noch Städte und Cities, keine echten Wagen mehr.

Und da war noch mehr Geschichte. Die Information beispielsweise, daß die Entwicklung der wirklichen Intelligenz gleichzeitig mit der Entwicklung der Fähigkeit des Eierlegens in allen Thranx-Frauen gekommen war. Man brauchte also keine spezialisierte Königin mehr. Und diese neuentwickelte biologische Flexibilität verlieh den Thranx gegenüber anderen Arthropoden einen natürlichen Vorteil. Trotzdem erwiesen die Thranx immer noch einer Ehren-Clanmutter ihren Respekt, ein Nachklang sozusagen des biologischen Matriarchats, das einst die Rasse beherrscht hatte. Das war Tradition. Und Tradition liebten die Thranx über alles.

Er erinnerte sich sehr wohl an den Schock, den es für ihn bedeutet hatte, als er das erste Mal von den AAnn gehört hatte, einer raumfahrenden intelligenten Rasse, geprägt durch Berechnung, Schlauheit und Aggressivität. Dieser Schock kam nicht etwa von ihren Fähigkeiten, sondern vielmehr von der Tatsache, daß diese Geschöpfe Innenskelette, eine lederartige Haut und flexible Körper besaßen. Sie bewegten sich wie primitive Dschungeltiere, aber an ihrer Intelligenz bestand nicht der leiseste Zweifel. In der wissenschaftlichen Gemeinschaft der Thranx hatte die Entdeckung zu großer Verblüffung geführt. Schließlich hatte bis dahin das Postulat gegolten, daß kein Wesen, das nicht über ein schützendes Exoskelett verfügte, in der Evolution lange genug überleben konnte, um wahre Intelligenz zu entwickeln. Die harten Schuppen der AAnn verliehen ihnen Schutz, und einige waren der Ansicht, daß ihre geschlossenen Kreislaufsysteme einen Ausgleich für das Fehlen eines Exoskeletts bildeten.

All diese Dinge studierte er und nahm sie in sich auf. Und

doch war er unruhig, weil auch er wußte, daß von all den Insassen des Pflegehorts, die vor der Herauskunft standen, er der einzige war, der sich nicht für eine Laufbahn entscheiden, sein Lebenswerk auswählen konnte.

Rings um ihn trafen die Gefährten seiner Kindheit ihre Wahl und waren daher zufrieden, als die Zeit näherückte. Dieser wollte Chemiker werden, jener Wartungsingenieur und der in der Krippe gegenüber von Ryo wollte den Beruf eines öffentlichen Dienstleisters ergreifen. Und wieder ein anderer entschied sich für Nahrungsmanagement.

Nur er konnte sich nicht entscheiden, wollte sich nicht entscheiden und entschied sich auch nicht. Er wollte nur immer noch mehr lernen, mehr studieren.

Und dann stand keine Zeit mehr zum Studieren zur Verfügung. Da war nur noch Zeit für eine persönliche Aufwallung von Furcht. Sein Körper war seit Monaten im Wandel begriffen, und da gab es immer wieder ein inneres Zittern und Zucken. Er hatte gespürt, wie sich in ihm Veränderungen vollzogen, wie seine Haut, sein ganzes Wesen von einer seltsamen Spannung ergriffen waren. Ein Drang hatte ihn überkommen, das Bestreben, sich nach innen zu wenden, nach außen zu explodieren.

Die Pfleger versuchten ihn, so gut sie konnten, drauf vorzubereiten, ihn zu beruhigen, ihm alles zu erklären und ihm immer wieder die Chips zu zeigen, die er so oft studiert hatte. Und doch war das Bild, das er vor sich auf dem Bildschirm sah, klinisch und fern, und es fiel ihm schwer, eine Beziehung zwischen diesem Bild herzustellen und dem, was sich im Innern seines Körpers vollzog. Alle Chips, alle Informationen der ganzen Welt konnten einen nicht auf die Realität vorbereiten.

Und noch schlimmer waren die Gerüchte, die in der Dunkelheit während der Schlafzeit zwischen den Insassen des Pflegehorts hin und her wanderten, dann, wenn die Erwachsenen nicht zuhörten. Schreckliche Geschichten von schlimmen Verformungen, von Monstrositäten, die man von ihrem Leid erlöste, ehe sie Gelegenheit bekamen, sich selbst im Spiegel zu sehen. Und von anderen ging die Rede, daß man ihnen das Überleben erlaubte, ihnen sozusagen ein Leben als Objekte wissenschaftlichen Studiums gestattete, abgeschlossen von ihrer Umwelt.

Die Gerüchte wuchsen und vermehrten sich ebenso schnell, wie sich in seinem Inneren die Veränderungen vollzogen. Die Pfleger und Ärzte kamen und gingen und beobachteten ihn intensiv. Und alles das drückte sich in einem einzigen Wort aus, all das Geheimnisvolle, das Schreckliche, das Wunderbare:

METAMORPHOSE

Es war ein Vorgang, dem man nicht ausweichen konnte, dem man nicht entging, etwas wie der Tod. Die Gene diktierten es, und der Körper gehorchte. Die Larve konnte es nicht verzögern.

Er hatte diesen Vorgang immer wieder studiert, mit einer Eindringlichkeit, wie er sie noch nie für etwas anderes aufgewendet hatte. Er sah sich die Aufzeichnungen an und staunte über die Umformung. Was, wenn der Kokon falsch gesponnen war? Was, wenn er zu schnell reifte und nur halb geformt aus dem Kokon platzte, oder – schlimmer noch – zu lange wartete und erstickte?

Die Pfleger bemühten sich, ihn zu beruhigen. Ja, irgendwann einmal waren all diese schrecklichen Dinge geschehen, aber jetzt waren schließlich die ganze Zeit ausgebildete Ärzte und Metamorphose-Ingenieure anwesend. Die moderne Medizin konnte schließlich jeden Fehler kompensieren, den der Körper vielleicht beging.

Der Tag rückte heran, und er hatte bereits vier Tage nicht mehr geschlafen. Sein Körper war von Nervosität geplagt, bereit zum Platzen. Unbegreifliche Gefühle quälten ihn. Er und die anderen, die bereit waren, wurden aus der Pflegestätte entfernt. Verwirrte jüngere Larven blickten ihnen nach und einige riefen ihnen Grüße hinterher.

»Wiedersehen, Ryo ... Komm nicht mit acht Beinen raus!« – »Ich seh' dich dann als Erwachsenen wieder«, rief ein anderer. »Komm zurück und zeig uns deine Hände«, rief ein dritter. »Sag uns, was Farbe ist!«

Ryo wußte, daß er nicht in den Pflegehort zurückkehren

würde. Wenn man ihn einmal verlassen hatte, gab es keinen Grund mehr, in ihn zurückzukehren. Er würde dann einer anderen Form des Lebens gehören, es sei denn, er entschied sich dafür, als Erwachsener im Hort zu arbeiten.

Er sah zu wie der Pflegehort zurückfiel, während seine Palette gemeinsam mit den anderen den langen Mittelgang hinunterglitt. Der Hort, sein vertrautes Weiß und Grau, seine Krippen und mit ihnen die einzigen Gefährten, die er je gehabt hatte, sie alle verschwanden hinter einer dreigeteilten Türe.

Er hörte, wie jemand etwas schrie, und erkannte dann, daß er das selbst gewesen war. Das Ärztepersonal beruhigte ihn.

Dann fand er sich in einem großen Saal mit hoher Decke, einer Kuppel aus leuchtender Dunkelheit, perfekt abgestimmter Feuchtigkeit und Temperatur. Er konnte sehen, wie die anderen Paletten in der Nähe abgestellt wurden, so daß sie einen Kreis bildeten. Seine Freunde ringelten sich im schwachen Schein von Speziallampen.

Auf der nächsten Palette lag ein weiblicher Thranx namens Urilavsezex. Sie gab ein Geräusch von sich, das gute Wünsche und Freundschaft ausdrückte. »Endlich ist es soweit«, sagte sie. »Nach all den Jahren. Ich ... ich weiß nicht, was ich tun oder wie ich es tun soll.«

»Ich auch nicht«, antwortete Ryo. »Ich kenne die Aufzeichnungen, aber woher weiß man, wann der exakte Augenblick da ist. Woher weiß man, wann die Zeit stimmt? Ich will keine Fehler machen.«

»Ich ... ich fühle mich so seltsam. So als ... als müßte ich ...« Da hörte sie auf zu reden, denn wie durch einen Zauber kam plötzlich Seide aus ihrem Mund. Fasziniert starrte er sie an, während sie sich ans Werk machte und ihr Körper sich in einer Art und Weise verkrümmte, wie er das bald nicht mehr können würde. Scharf abgeknickt, hatte sie ganz unten an ihrem Körper angefangen und arbeitete sich jetzt schneller auf ihren Kopf zu.

Eine Schicht feuchter Seide über der anderen wölbte sich rings um ihren Körper auf und verhärtete bei der Berührung mit der Luft. Jetzt konnte er nur noch ihren Kopf sehen. Die

Augen begannen zu verschwinden. Rings um ihn hatten auch andere zu arbeiten angefangen.

Etwas wallte in ihm auf, und er glaubte, er müsse sich übergeben. Doch das brauchte er nicht. Das war nicht sein Magen, der da plötzlich zu arbeiten begonnen hatte, sondern andere Drüsen und Organe. Da war ein Geschmack in seinem Mund, gar nicht schlecht, sondern frisch und sauber. Er knickte ab und fing mit der Seide zu arbeiten an, die in einem gleichmäßigen Fließen aus ihm herauskam, so als hätte er schon hunderte Male gesponnen.

Er spürte keinerlei Beengung, eine Furcht, die Leuten, die unterirdisch heranreiften, ohnehin unbekannt war. Und der Kokon wuchs, bedeckte jetzt bereits seinen Mund und seine Augen. Die obere Kappe verengte sich über seinem Kopf. Sie war beinahe geschlossen, als ein Paar Echthände durch die Lücke hereingriffen. Schnell, abgestimmt auf seine Mundbewegungen, um sich nicht in der sich verhärtenden Seide zu verfangen, hielten sie ein Rohr, das sich gegen seine Stirn drückte.

Jetzt zogen sich die Hände zurück. Da war jetzt nichts mehr, worauf er sich konzentrieren konnte, es galt jetzt nur, fertigzumachen, die Arbeit abzuschließen. Dann war der Kokon vollständig, und das Beruhigungsmittel, das man ihm injiziert hatte, vereinigte sich mit seiner physischen Erschöpfung und senkte ihn in den Schlaf. Ein unbestimmter, schwächer werdender Teil seines Selbst wußte, daß er drei Jahreszeiten lang schlafen würde ...

Aber es war gar nicht lang. Nur ein paar Sekunden, und da trat er bereits in verzweifelter Intensität um sich.

Raus! dachte er hysterisch. *Ich muß raus!* Er fand sich eingeschlossen, gefangen, von etwas Hartem eingeengt, das nicht nachgab. Er stieß und trat mit ganzer Kraft um sich. So schwach war er, so schrecklich schwach. Und doch – da war ein kleiner Riß.

Die Erkenntnis verstärkte seine Entschlossenheit, und er trat kräftiger zu, stieß mit den Händen nach und begann an den Stücken zu zerren, die vor ihm auseinanderplatzten.

Das Gefängnis rings um ihn war dabei, sich aufzulösen. Er pfiff triumphierend, trat mit allen vier Beinen zu – und lag plötzlich frei und erschöpft auf einem weichen Boden.

An seinem Thorax pulsierten die acht Tracheen schwach und sogen Luft ein. Er drehte den Kopf auf die Seite, blickte auf und benutzte seine Echthände, um die Feuchtigkeit wegzuwischen, die immer noch an seinen Augen klebte.

Dann ergriffen ihn andere Hände, drehten ihn herum, halfen ihm. Antiseptische Tücher wischten über seine Augen, und ein scharfer, durchdringender Pfefferminzgeruch umfing ihn. Eine Stimme sagte besänftigend: »Jetzt ist alles vorbei. Entspannen Sie sich, Sie brauchen sich nur zu entspannen. Überlassen Sie es Ihrem Körper, zu Kräften zu kommen.«

Instinktiv wandte er sich der Stimme zu, als die letzten Reste des Gespinsts vor seinen Augen weggewischt wurden. Ein männlicher Thranx blickte auf ihn herab. Sein Chiton war von tiefem Purpur, er mußte also ziemlich alt sein.

Die Erkenntnis überkam ihn wie eine Woge. Purpur. Der Chiton des Erwachsenen war purpurn, und Purpur war eine Farbe, die man ihm beschrieben hatte. Und jetzt wußte er, *was das war*, und das Keramikmuster in der Stirn des Arztes zeigte einen silbernen Streifen, den zwei goldene Streifen kreuzten, und seine Ommatidia waren rot, mit gelben Zentralbändern, und sie leuchteten im Licht des Raumes und ... und ... Es war wunderbar.

Er blickte an sich hinab, seinem schlanken Körper, dem segmentierten Leib, den vier glitzernden Flügeln deckten, den rudimentären Flügeln darunter, den vier kräftigen, gegliederten Beinen zu seiner Linken. Er hob eine Echthand, berührte sie mit einer Fußhand und wiederholte dann die Bewegung mit dem anderen Paar und führte schließlich die vier Sätze aus je vier Fingern zusammen.

Rings um sich hörte er unsicheres Klicken und Pfeifen, während fremdartige Stimmen sich darum bemühten, sich zu artikulieren. Jemand brachte ihm einen Spiegel, und Ryo blickte hinein. Ein schöner blaugrüner Erwachsener sah ihn an. Noch feucht, aber bereits trocknend, der herzförmige

Kopf war etwas zur Seite gelegt. Cremeweiße Federantennen bewegten sich leicht und erfüllten ihn mit den eigenartigsten Empfindungen. Das waren Gerüche: voll, dunkel, würzig, leuchtend, Vanille. Die Gerüche seiner metamorphosierten Freunde, die Gerüche des Postkokonraumes. Er wußte, daß er nicht ein paar Minuten oder Sekunden geschlafen hatte, sondern mehr als ein halbes Jahr; daß sein Körper sich verändert hatte, gereift war, sich aus einem schwabbeligen, kaum bewußten weißen Ding in einen herrlich stromlinienförmigen Erwachsenen verwandelt hatte.

Er versuchte seine Beine an sich heranzuziehen und fand zu beiden Seiten Hände, die ihm beim Aufstehen behilflich waren. »Ganz ruhig ... nicht übereilen!« sagte ihm eine Stimme.

Als er schließlich aufrecht stand, drehte er sich zur Seite und entdeckte ein breites Fenster. Auf der anderen Seite stand eine Schar erregter reifer Thranx. Ryo erkannte die Markierungen von zweien: seinem Erzeuger und dessen Dame.

Das waren nicht länger freundliche, graue Gestalten. Jetzt war da Farbe! Offensichtlich erkannten sie ihn, denn sie machten grüßende Bewegungen. Er erwiderte sie und erkannte, daß er jetzt über die Mittel dazu verfügte.

Die Hände ließen ihn los. Er stand jetzt für sich da, auf allen vieren, den Leib hinter sich ausgestreckt. Thorax und B-Thorax nach oben geneigt, mit dem Kopf darüber. Er sah sich über die Schultern um, blickte an seinem Körper hinab und sah dann zu Boden. Vorsichtig trat er von dem weichen Polster auf den härteren Ring außerhalb. Dann ging er mit prüfenden Schritten langsam im Kreise.

»Sehr gut, Ryozenzuzex.« Das war die Stimme des Arztes, der seine Herauskunft überwacht hatte. »Ganz langsam! Der Körper weiß selbst, was er zu tun hat.«

Rings um Ryo holten seine Gefährten probeweise tief Luft, säuberten ihre Augen, erprobten Beine und Finger, und Frauen wackelten mit ihren leuchtenden Legestacheln, streckten sie aus und zogen sie wieder ein.

Ich kann gehen, dachte er entzückt. Ich kann Farben sehen. Er nahm den Druck der Luft rings um sich wahr, und sein Gehirn sortierte aus, was das zu bedeuten hatte. Ich kann fazzen und riechen, und ich kann immer noch hören. Er dankte denen, die ihm geholfen hatten, und staunte darüber, wie klar seine Sprache war; scharfes Klicken, herrlich modulierte Pfiffe – all die Feinheiten von Niederthranx. Jahre des Studiums zahlten sich jetzt aus.

Auch darüber staunte er, daß seine vier Kiefer sich elegant gegeneinander bewegten, während er Geräusche schieren Vergnügens von sich gab. Nur eines belastete sein Glück: sein Körper war vollkommen, aber seine Zukunft war das nicht, denn er hatte immer noch nicht die leiseste Ahnung, was er eigentlich mit sich selbst anfangen wollte.

Schließlich geriet er irgendwie in die Agrikultur, weil es ihm Freude bereitete, endlich nach oben gehen zu können, und ganz im Gegensatz zu seinen höchst geselligen Mitbürgern bereitete es ihm Vergnügen, außerhalb der Stadt zu arbeiten.

Er ertränkte seine persönliche Unsicherheit und seine Verwirrung in Arbeit. Von seinem Clan angetrieben, nahm er sich eine intelligente und energische Frau namens Falmiensazex als Vorgefährtin. Langsam entwickelte sich sein Leben zu einer behaglichen, vertrauten Routine. Sein Clan und seine Familie hörten auf, sich über ihn Sorgen zu machen, und die alte, nagende Unschlüssigkeit verblaßte immer mehr, bis sie fast ganz vergessen war.

ZWEI

Es war Halbtag des Malmrep, der dritten der fünf Jahreszeiten von Willow-wane, und die Zeit des Hochsommers. Das Wetter war reich an Feuchtigkeit, und die Hitze lag in der Luft.

Ryo las die Konsole ab. Zwei Assistenten begleiteten ihn auf seiner Expedition in den Dschungel. Sie sollten prüfen, ob es dort eine Möglichkeit gab, zweitausend Bexamin-Lianen zu pflanzen.

Er hatte lange und geduldig mit dem lokalen Rat von Inmot verhandelt, der es vorgezogen hätte, das neu entwässerte und gerodete Land mit Ji-Büschen zu bepflanzen. Ryo bestand darauf, daß eine größere Vielfalt wünschenswert sei und daß Bexamin-Lianen, die kleine, harte, ockerfarbene Beeren produzierten, sich am besten für die Pflanzung eigneten.

Die Beerenfrucht war wertlos, aber sie enthielt einen Kern, den man zermahlen und mit Wasser und einem Proteinzusatz vermischen und zur Herstellung eines wunderbar süßen Sirups benutzen konnte, der fast genauso nahrhaft war, wie er schmeckte. Aber die fünfzehn Meter langen Lianen brauchten mehr Pflege als Ji-Büsche. Trotzdem sprach sich der Rat mit drei zu zwei Stimmen für seinen Vorschlag aus.

Ryo war sich voll bewußt, wieviel vom Erfolg seiner Pflanzung abhing. Ein Mißerfolg würde zwar seinen guten Ruf in der Company nicht zerstören, aber eine gute Bexamin-Ernte würde ihn deutlich fördern. Ob ein solch großer Triumph nun eine gute Idee war oder nicht, das wußte er nicht. Aber in anderen Richtungen schien er ohnehin keine Fortschritte zu machen, und so dachte er, könnte er ebenso gut in der Hierarchie der Company aufsteigen.

»Bor, Aen«, sagte er zu seinen beiden Helfern, die beide älter als er waren, »holen Sie die Sichtgeräte heraus! Wir werden in dieser Richtung vermessen.« Er wies mit seiner rechten Fußhand und Echthand nach links in nördlicher Richtung.

Sie reagierten auf seine Anweisung, indem sie die Instrumente auspackten und sie an den entsprechenden Halterungen anbrachten, die seitlich an dem Kriecher befestigt waren. Ryo vergewisserte sich, daß auch die Stecher ausgepackt und einsatzbereit waren, für den Fall nämlich, daß sie auf Errilis stießen.

Aber während sie die Instrumente mit Energie versorgten, kam nichts aus dem dichten Unterholz, um sie anzugreifen. Minuten verstrichen, und Bor war gerade damit beschäftigt, eine Reflexmarke aus ihrem Behälter zu holen, als ihn eine Explosion auf das Deck des Kriechers warf. Die Wucht der Explosion war so stark, daß die dünneren Bäume nach Osten gebogen und Lianen und Schlingpflanzen von ihren Zweigen gerissen wurden. Daß Ryo nicht umgeworfen wurde, hatte er nur der Tatsache zu verdanken, daß er sich an der Steuersäule festhielt.

In der sich anschließenden Stille lagen sie alle drei benommen da und wußten nicht, was die Erschütterung zu bedeuten hatte. Dann erhob sich von den erschreckten Dschungelbewohnern eine wilde Kakophonie heulender, kreischender und schnatternder Geräusche, als die sich ihrerseits von ihrem Schock erholten.

Drei spreizfüßige Inwicep-Vögel rannten an dem Kriecher vorbei, und ihre riesigen, meterbreiten, mit Schwimmhäuten versehenen Füße berührten das Sumpfwasser kaum, während sie ihre Hälse parallel zur Wasserfläche ausgestreckt und die dünnen, blauen Schwänze hinten weggereckt hielten, um das Gleichgewicht zu bewahren.

»Spitze Stachel!« murmelte Bor. »Was war das?« Und wie um seine Frage zu unterstreichen, ertönte jetzt eine zweite Explosion, weniger urwelthaft klingend, aber immer noch kräftig genug, um die Baumwipfel erzittern zu lassen.

Beide Assistenten sahen Ryo an, als könnte er ihnen eine Erklärung liefern; aber der konnte auch nur nach Süden starren, in die Richtung, aus der sie gekommen waren, und ver-

19

wirrt gestikulieren. »Keine Ahnung. Das klingt ja fast, als ob der Generator-Nexus in die Luft geflogen wäre.«

»Ein Zusammenstoß im Transportterminal vielleicht«, mutmaßte Aen.

»Unmöglich«, entgegnete Bor mit einer beruhigenden Geste. Er war der Älteste der drei. »Eine solche Katastrophe wäre nur möglich, wenn der Monitor für den nördlichen Kontinentalsektor zusammenbrechen würde. Und selbst in dem Fall kann ich mir nicht vorstellen, daß ein Zusammenstoß von Transportmodulen zu einer solchen Explosion führen würde.«

»Das würde davon abhängen, was sie geladen haben«, sagte Ryo, »aber ich bin Ihrer Ansicht. Eher der Reduzierkomplex im Süden der Stadt, wo der Teibstoffalkohol destilliert wird.«

Aen pflichtete bei. »Am besten fahren wir schnell zurück und sehen, ob wir helfen können. Vielleicht ist in den Bauten Feuer ausgebrochen.«

»Ich habe Clan-Verwandte, die in der Reduzieranlage arbeiten.« Bor war genauso beunruhigt wie seine Freunde.

»Ich auch«, fügte Aen hinzu.

Ryo ließ den Motor des Kriechers an. Breite Außenketten drehten sich in entgegengesetzter Richtung. Das Fahrzeug machte auf der Achse kehrt, und dann steuerte Ryo es polternd auf dem Weg zurück, den sie sich durch den Dschungel gebahnt hatten. Von den Flanken des dahinrasenden Fahrzeugs spritzten Wasser und Saft aus zerdrückten Blättern und Pflanzen auf, während Bor und Aen sich bemühten, ihre Instrumente wieder zu verstauen.

Als sie den Rand des Dschungels erreichten, erwartete sie ein neuer Schock. Zwei große Shuttle-Fahrzeuge von seltsamer, mehrflügeliger Konstruktion standen dort ganz in der Nähe der Zugangsstraßen zur Pflanzung. Sie hatten beim Landen einige gepflegte Felder mit Weoneon und Asfi aufgewühlt.

Der Flughafen lag südlich von Paszex, und das war eine Tatsache, die Ryo nicht mit der Anwesenheit der zwei fremden Schiffe auf diesen vertrauten Feldern in Einklang bringen konnte. Während er noch überlegte, stieß ihn der ältere Bor ziemlich unsanft vom Steuer weg und lenkte den Kriecher hastig wieder in den Schutz des Dschungels zurück.

Das schien Ryo aus seiner Starre zu lösen, wenn er auch verwirrt blieb. »Ich verstehe nicht. Ist da irgend etwas passiert? Sind die deshalb nicht im Hafen gelandet ...?«

Bor ließ ihn nicht ausreden. Jetzt war keine Zeit für Höflichkeit.

»Das sind keine Thranx und auch sonst niemand, der uns freundlich gesinnt ist. Das sind AAnn-Shuttles. Erinnern Sie sich nicht aus der Lernzeit daran? Irgendwo um Willow-wane muß ein AAnn-Kriegsschiff im Orbit sein.«

Bors Worte erinnerten Ryo schlagartig an einen Teil seiner Ausbildung.

Mächtig, bösartig und raffiniert – das waren die Worte, mit denen man die raumfahrenden, endoskelettalen AAnn am besten beschrieb. Ihre Sternsysteme lagen auf der galaktischen Ebene weiter außen als die Thranx-Welten. Obwohl es nie zu einer Kriegserklärung zwischen den beiden Rassen gekommen war, kam es gelegentlich zu ›Fehlern‹ seitens einzelner AAnn-Kommandanten, die ›ihre Befugnisse überschritten‹. So formulierten es die AAnn in ihren Entschuldigungen wenigstens immer.

Da die Zentralregierung auf Hivehom sich in solchen Dingen immer sehr pragmatisch verhielt, führten diese Irrtümer nie zu größeren Feindseligkeiten. Solche isolierten Zwischenfälle waren unangenehm, aber selten katastrophal. Aus diesem Grunde zog es der große Rat vor, auf diplomatischem Wege gegen solche Zwischenfälle zu protestieren.

Für die drei empörten Individuen auf dem Kriecher war diese Politik natürlich keineswegs beruhigend – ein ungewöhnlicher Zustand für Leute, die gewöhnlich großen Respekt vor der Obrigkeit hatten.

Doch es lag nahe, daß die drei kein Verständnis für die Diplomaten hatten. Schließlich konnten sie nur zwei Invasionsfahrzeuge erkennen, die sorgsam gepflegte Felder zerstört hatten, und im Hintergrund schwarze Rauchsäulen, die wie Gespenster über Paszex aufstiegen.

»Wir müssen etwas tun.« Ryo starrte hilflos zwischen den

Bäumen hindurch. Von den Feldern her war das Zischen von Energiewaffen zu hören, in das sich das Knattern von Thranx-Stechern und gelegentlich ein bösartiges *arrrumpf!* explodierender Granaten mischte.

»Was können wir tun?« Bors Tonfall drückte ruhige Hinnahme aus. »Wir haben keine ...« Er brach plötzlich ab, und seine Augen funkelten wie Diamanten. »Doch, wir haben Waffen!«

Ryos Hände zogen den größten Stecherkarabiner aus dem Halfter. Er brauchte alle vier dazu. »Bor, Sie fahren den Kriecher. Aen, Sie kümmern sich um die Navigation und halten nach den AAnn Ausschau.«

»Verzeihung«, wandte Aen ein, »aber gemäß unserer jeweiligen Position wäre es meine Aufgabe zu fahren, die Bors zu schießen und die Ihre zu navigieren.«

»Der Rang ist hiermit durch die Umstände aufgehoben.« Ryo überprüfte den Ladezustand des Karabiners. Er war voll. »Ich erteile Ihnen hiermit den Befehl, nicht auf den Rang zu achten.«

»Wenn Sie wünschen, daß ich den Rang ignoriere, können Sie mir das auch nicht befehlen«, argumentierte sie geschickt. Bor beendete die Auseinandersetzung, indem er den Kriecher aus dem Dschungel heraus in das Asfi-Feld lenkte, dessen Gewächse bis an den Rand ihrer Kabine reichten. Bald sahen sie rings um sich nur noch reife, gelbe Schoten, die sich gerade anschickten, von ihren grünschwarz gestreiften Stielen abzufallen.

Aus Richtung der Stadt waren immer noch Lärm und Schußwechsel zu hören. Das war ganz natürlich. Und auch vielversprechend, dachte Ryo. Die Invasoren, die, ohne viel Widerstand vorzufinden, in einer ungeschützten Kolonialregion gelandet waren, würden wenig bewaffneten Widerstand erwarten. Ganz sicher nichts so Absurdes wie einen Gegenangriff.

Ryo gab Bor Anweisungen, den Kriecher zu den geparkten Shuttles zu lenken. Wie sehr er sich jetzt einen Energiekarabiner gewünscht hätte! Damit würde man wesentlich mehr gegen Maschinen ausrichten können, denn die Stecher waren in erster Linie für den Einsatz gegen Lebewesen entwickelt worden.

Sie arbeiteten sich ziemlich nahe an die Shuttles heran und fanden keine Waffen vor. Die Shuttles waren die ersten echten Weltraumfahrzeuge, die Ryo je gesehen hatte. Paszex und Jupiq, ja selbst Zirenba waren zu klein, um einen Raumhafen zu besitzen. Es gab dort lediglich Start- und Landebahnen für weniger starke Suborbitalfahrzeuge.

Auf Aens Vorschlag lenkte Bor den Kriecher scharf nach links und damit von dem freigelegten Weg herunter. Jetzt arbeiteten sie sich rücksichtslos zwischen den dichten Reihen von Asfi-Stengeln durch. Früchte und Stengel flogen nach allen Richtungen davon.

Normalerweise führte solches Verhalten zu einem strengen Verweis, aber unter den gegebenen Umständen machte Ryo sich über die möglichen gesellschaftlichen Konsequenzen keine Gedanken. Und dann stand plötzlich und völlig unerwartet ein einzelnes Geschöpf unmittelbar vor ihnen etwas rechts von dem sich schnell bewegenden Kriecher.

Der AAnn war damit beschäftigt, seine Notdurft zu verrichten, und das plötzliche Auftauchen des Kriechers erschreckte ihn. Er stolperte über seine kurzen Hosen und knurrte etwas Unverständliches.

Die kräftig entwickelten Kiefer waren mit scharfen Zähnen gefüllt. Ein Paar schwarzer, einzellinsiger Augen musterte sie von ganz oben an den zwei Kopfseiten. Hinten krümmte sich ein Schwanz. Die großen, mit Klauen besetzten Füße waren mit etwas bekleidet, das an stählerne Gamaschen erinnerte. Zu den kurzen Hosen trug die Kreatur ein gleichfarbiges Hemd und einen Helm mit einem aufgepflanzten Büschel elektronischer Sensoren.

Ein dickes Kabel verband eine klobig aussehende Handwaffe mit einer Energieversorgung, die der AAnn um die Hüfte trug. Jetzt wanderte die Mündung herum und deutete auf den heranbrausenden Kriecher.

Die Wut verdrängte alle zivilisierten Gedanken, und Ryo zögerte nie. Wäre er ein gewöhnlicher Arbeiter gewesen, so wäre er jetzt gestorben. Aber in den Sümpfen hatte Ryo sich

Reflexe erworben, die den meisten Wabenbewohnern fehlten.

Sein Stecher entlud sich in einem scharfen Knall, und ein winziger elektrischer Funken sprang von seiner Spitze auf die Brust des AAnn hinüber. Der AAnn zuckte zusammen, sprang einen Meter in die Höhe und fiel zuckend zu Boden. Als der Kriecher an ihm vorbeibrauste, bewegte er sich bereits nicht mehr. Erst jetzt wurde Ryo die Ungeheuerlichkeit dessen, was er gerade getan hatte, bewußt. Er hatte mit voller Absicht ein anderes denkendes Geschöpf getötet. Einen Augenblick überkam ihn Benommenheit.

Sie konnten verängstigte, schrille Pfiffe aus der Richtung von Paszex hören. Primitive Instinkte verdrängten in Jahrtausenden der Zivilisation Erworbenes. Die Wabe wurde angegriffen. Ryo war ein Soldat, der die Eingänge verteidigte. Alles, worauf es jetzt ankam, war Verteidigung.

Sie waren inzwischen ziemlich nahe an das erste der beiden Shuttle-Fahrzeuge herangekommen, und Ryo suchte nach einem Teil des Schiffes, der für seine Waffe verletzbar sein mochte. Hätte er einen Energiekarabiner gehabt, so hätte er jetzt damit angefangen, auf das Fahrwerk zu schießen oder den durchsichtigen, halbmondförmigen Abschnitt, der die Steuerkanzel über der Nase kennzeichnete. Aber es handelte sich um Kriegsfahrzeuge, und das bedeutete, daß weder Antennen, noch irgendwelche Motoren freilagen.

Unter der einen Tragfläche standen ein paar bewaffnete AAnn. Sie blickten überrascht auf, als der Kriecher polternd vor ihnen auftauchte. Ryo erschoß einen von ihnen, ehe die anderen sich bewegen konnten. Die Gruppe löste sich plötzlich auf und rannte erschreckt auf die Rampe zu, die vom Boden in das Innere des Shuttle führte.

Ryo erwischte einen zweiten AAnn auf halbem Wege die Rampe hinauf und sah kühl zu, wie das Geschöpf zusammenzuckte und herunterfiel. Einige Energiestrahlen tasteten von den fliehenden Soldaten zu dem Kriecher herüber, aber da sie hastig und ungezielt abgefeuert waren, verfehlten sie ihr Fahrzeug, das von Bor geschickt im Zickzackkurs gesteuert wurde.

Jetzt fuhren sie unter dem Heck des ersten Shuttle durch und polterten auf das zweite zu. Ryo jagte ein paar Schüsse zu den beiden Auspuffdüsen und den Raketenöffnungen dazwischen, in der Hoffnung, auf diese Weise irgendwelche wichtigen Komponenten außer Gefecht zu setzen. Ob seine Schüsse irgendwelche Wirkung zeitigten, konnte er nicht beurteilen.

Inwischen war bei den Insassen des Fahrzeugs Panik der normalen Reaktionsfähigkeit gewichen. Plötzlich strahlte eine Energieflut vom Bug des zweiten Schiffes herunter. Der Boden vor ihnen und links von dem Kriecher schwärzte sich und begann zu rauchen.

»Wenden! Wenden!« schrie Aen. Bor reagierte mit ein paar klickenden Geräuschen darauf, die den beiden anderen vermitteln sollten, daß er gehört hatte und etwas verärgert war.

Der Kriecher raste auf den Schutz von ein paar Tettoq-Bäumen zu. Eine zweite Energiewelle verbrannte die Erde an genau der Stelle, wo der Kriecher noch vor wenigen Augenblicken gewesen war.

Andere scharrende mechanische Geräusche erreichten sie. Ryo sah sich um, während sie im Schutz der Tettoq-Stämme verschwanden, und konnte ein paar bewegte Gestalten ausmachen, die auf die Shuttles zurannten. Einige saßen auf einspurigen Maschinen, die je zwei Soldaten trugen. Andere rannten zu Fuß. Alle kamen aus Richtung Stadt.

Jetzt schaltete sich auch das erste Shuttle in das Feuer ein. Strahlen aus beiden Fahrzeugen tasteten nach dem Tettoq-Gehölz, um den fliehenden Feind zu suchen. Einer traf so nahe auf, daß die hintere Gleiskette des Kriechers explodierte. Aber das Fahrzeug hatte bereits im dichten Schutz des Dschungels Deckung gefunden.

Fast zögernd fällte ein letzter Feuerstrahl zwei massive Lugulic-Bäume, die krachend ein Stück links von dem beschädigten Kriecher herunterprasselten und Schlingpflanzen und kleinere Bäume mit sich rissen. Dann erfüllte ein kräftiges, anschwellendes Pfeifen die Luft.

»Sehen Sie, was die machen?« fragte Bor, der immer noch, so gut er das mit der beschädigten Kette konnte, Ausweichkurs steuerte. Ryo und Aen versuchten zwischen den Bäumen hindurch etwas zu erkennen.

»Sie haben die Rampen eingezogen«, sagte Ryo aufgeregt. »Dem Lärm nach zu schließen, würde ich sagen, daß die sich auf den Start vorbereiten.«

»Aber doch sicher nicht unseretwegen?«

»Wer weiß?« Aens Stimme klang stolzerfüllt. »Überrascht waren die ganz sicher. Vielleicht glauben die, daß ein paar Dutzend von uns mit gefährlicheren Waffen einen Angriff gegen sie vorbereiten.«

»Solche Spekulationen sind doch unziemlich«, murmelte Ryo.

»Die Umstände sprechen dafür«, antwortete sie.

»Andererseits«, warf Bor ein, »könnte ihre Flucht einige Ursachen haben.«

»Und das bedeutet?« wollte Ryo wissen.

Bor brachte den Kriecher zum Stehen und spähte neben ihnen durch die Wand aus Bäumen. »Entweder haben sie das Böse, das sie unserer armen Wabe zugedacht hatten, bereits vollendet, oder ...« – er wies mit einer Echthand zum Himmel – »eines der Kriegsschiffe, das unser System gelegentlich, aber regelmäßig aufsucht, hat von diesem Angriff erfahren und sich genähert.«

Das Pfeifen der Steigdüsen ging in beachtlichen Donner über, und die drei Thranx sahen zu, wie die beiden Fahrzeuge sich ihren Weg durch die frischen Asfi-Pflanzen bahnten, immer schneller wurden, abhoben und allmählich dem östlichen Himmel entgegenstiegen. Von Flugzeugen aus dem fernen Ciccikalk war immer noch nichts zu sehen.

Ob tatsächlich ein Thranx-Kriegsschiff im Orbit eingetroffen und die Flucht ausgelöst hatte, würden sie erst viel später erfahren. Das Echo der Düsen verhallte. Jetzt war da nichts mehr, das darauf hindeutete, daß irgend etwas Außergewöhnliches geschehen war. Nichts außer den schwarzen Rauchwolken, der zermalmten Vegetation auf den Feldern und dem schwachen, widerlichen Geruch von etwas Brennendem.

Plaszex war nicht völlig zerstört worden. Einer der natürlichen Vorteile des Lebens unter der Erde liegt darin, daß die meisten Etagen, mit Ausnahme der allerobersten, praktisch undurchdringlich sind, wenn man nicht ganz schwere Waffen einsetzt. Und die Thranx hatten von ihren primitivsten Anfängen an stets unter der Erdoberfläche gelebt.

Trotzdem war beträchtlicher und empfindlicher Schaden angerichtet worden. Abgesehen von der gleichgültigen Vernichtung sorgfältig gepflegter Plantagen und Felder war die Transportstation der Wabe ruiniert. Viele der Lufteinlässe und Ventilationsschlote waren wie trockenes Stroh abgebrannt. Derartige Vernichtung konnte keinerlei militärische Ziele haben; es schien eher, als wäre das um des Vergnügens willen geschehen.

Auch das Kommunikationszentrum der Wabe und ihr Satelliten-Terminal waren vernichtet worden. Aber das Bedienungspersonal hatte vorher noch eine Nachricht nach Zirenba absetzen können. Von dort war der Hilferuf sofort nach Ciccikalk weitergeleitet worden, und von diesem Ort hatte man auch Hilfe herbeigeholt.

Viele waren tot, und jeder Clan hatte jetzt neue Ahnen, die es zu ehren galt. Aber es gab keine Vorwürfe, keine Tage des Jammerns und Wehklagens. Da die Wasserleitungen unversehrt geblieben waren, hatten die Dienstleister keine Mühe, alle Feuer außer den hartnäckigsten zu löschen. Und weil die Dienstleister auch für so vielfältige Funktionen wie die Bewahrung des Friedens und die Beseitigung des Mülls zuständig waren, waren Wiederaufbau und Reparaturarbeiten von Anfang an gut koordiniert.

Die Familien zählten ihre Verluste. Clanmütter stellten Totenlisten auf, und unterdessen wurde intensiv daran gearbeitet, Paszex wieder in Gang zu setzen. Da die AAnn zu beschäftigt oder zu gleichgültig gewesen waren, die Funksatelliten zu zerstören, die auf Synchronbahn stationär über Willow-wane kreisten, konnte der Kontakt mit dem Rest des Planeten einfach dadurch wiederhergestellt werden, daß man über der Stadt tragbare Kommunikationsscheiben aufsteigen ließ.

Ryo interessierten derartige Einzelheiten wenig, während

er durch die raucherfüllten Korridore rannte, um Fal zu suchen.

Sie hatte im Pflegehort gearbeitet. Wenn er das gewußt hätte, hätte er sich keine solchen Sorgen um sie gemacht. Aber er wußte nicht, ob sie beim Angriff der AAnn auch an ihrer Arbeitsstelle gewesen war. Ebenso gut hätte sie irgendwo anders in der Wabe sein können. Als er erfuhr, daß sie in Sicherheit und unverletzt war, erleichterte ihn das beträchtlich.

Als die ersten Explosionen zu hören gewesen waren, denen sich gleich darauf die Alarme anschlossen, hatte sie dabei mitgeholfen, die Larven in die Schutzräume des Horts unter der fünften und damit untersten Etage der Wabe zu verlegen. Dort hatten sie und die anderen Pfleger die Kämpfe in vergleichsweiser Sicherheit abgewartet.

Die Schutzräume verfügten über ihre eigene Luftversorgung und Waffen und hätten drei Jahreszeiten lang aushalten können, ohne daß die Invasoren ihre Existenz überhaupt hätten bemerken müssen. Derartige Sicherheitsvorkehrungen für die Jungen rührten noch aus der primitiven Vergangenheit der Thranx. Selbst nachdem sie intelligent geworden waren und sich eine Zivilisation aufgebaut hatten, hatten die Thranx nie vergessen, daß der Schutz der Jungen die wichtigste Voraussetzung für das Überleben eines Volkes ist.

Nach einiger Zeit erfuhr die Stadt, daß das rechtzeitige Eintreffen eines Thranx-Kriegsschiffes tatsächlich den hastigen AAnn-Rückzug bewirkt hatte. Das hinderte freilich Ryo, Bor und Aen nicht daran, allgemein als Helden betrachtet zu werden.

Sie hatten den Tod von wenigstens drei der Banditen herbeigeführt – der lokale Rat konnte sich nicht dazu entschließen, die AAnn dadurch aufzuwerten, daß er sie als Invasoren bezeichnete – und eines der beiden AAnn-Shuttles war von dem Thranx-Kriegsschiff vernichtet worden, ehe es von seinem Mutterschiff aufgenommen werden konnte. Der Thranx-Kapitän hatte den vernichtenden Schuß einem jungen, ungenügend überwachten Artillerie-Offizier zugeschrieben, der anschließend ›einen Tadel erhalten hatte‹. Was Zwischenfälle anging, gab es daher so etwas wie einen Ausgleich. Dennoch waren einige davon überzeugt, daß der Erfolg in Wirklichkeit Ryos entschlossenem Einsatz seines Stechkarabiners zuzuschreiben war. Aber es gab jetzt natürlich keinerlei Möglichkeiten mehr, das zu beweisen, und so lehnten Ryo und seine Gefährten es auch ab, sich dafür feiern zu lassen.

Was den Wabenrat nicht davon abhielt, eine Belobigung für sie zu beschließen. Es ging sogar die Rede von irgendeiner Präsentation in der Hauptstadt. Dazu kam es zwar nie, aber Ryo erfuhr einige Wochen später, daß die dankbare Kolonialregierung ihn für den karminroten Stern nominiert hatte und daß das entsprechende Büro auf Hivehom in Daret die Verleihung gebilligt hätte. Der Stern sollte hinter seiner linken Schulter in seinen Chiton implantiert werden.

Einige militärische und zivile Helden mit großen Leistungen konnten sich rühmen, zwanzig oder dreißig solche Sterne zu tragen, die sie sich im Verlaufe ihrer langen, verdienstvollen Tätigkeit erworben hatten. Einige trugen sogar die begehrte gelbe Sonne. Aber Tausende von Thranx, denen ihre Leistungen hohen Respekt eingetragen hatten, hatten nie auch nur eine einzige solche Ehrung empfangen. Für Ryos Clan war der Orden ein beträchtlicher Coup, wenn auch er ihm nur geringe Bedeutung beimaß. Jeder hätte das gleiche wie er getan, wenn man ihn in die gleiche Lage versetzt hätte. Dennoch, so argumentierte man, war eben er es gewesen, der es getan hatte.

Im Verlauf der folgenden Wochen wurde Nachschub von Zirenba eingeflogen, und Jupiq und Paszex' andere Schwesterstädte trugen bei, was sie konnten. Als erstes trafen reichliche Arznei- und Lebensmittelvorräte ein, dann aus Ciccikalk Techniker, Baumaterial und komplizierte Ersatzteile.

Die verwüsteten Felder wurden bald für die Neubepflanzung vorbereitet, neue Ventilations- und Abluftschlote wurden gebaut und in Betrieb genommen.

Die größten Beschädigungen hatte der Transportterminal davongetragen. Ryo begab sich eines Tages dorthin, um zu sehen, welche Fortschritte die Reparaturarbeiten machten.

Der Terminal war für die Company wichtig, weil die meisten Ackerbauprodukte Inmots per Modul zur weiteren Verarbeitung nach Zirenba versandt wurden.

Die Leitschienen, auf denen die Magnetmoduln dahinzogen, wurden gerade gegossen. Das dicke, grauweiße Plastikmaterial würde schnell zu einer fast unzerbrechlichen, flexiblen Leitung verhärten. Neue Spulen wurden angebracht. Unter den kritischen Blicken zahlreicher Ortsansässiger und eingeflogener Techniker wurde die Station im modernsten Stil wiederaufgebaut, und große Mengen teuren Sonnenkristalls wurden zur Außenverkleidung eingesetzt.

Die neue Station würde größer und leistungsfähiger und auch attraktiver als die vorangegangene sein, obwohl die Bürger von Paszex sie gerne gegen die alte eingetauscht hätten, hätte man damit das Vorgefallene ungeschehen machen können. Ryo fragte sich, ob der prunkvolle neue Terminal vielleicht eine subtile Entschuldigung der Regierung für die narbenübersäten Bewohner sein sollte.

Als die ersten Moduln über die neue Schiene aus Jupiq eintrafen, fand eine große Feier statt. Aber Ryo konnte daran nicht teilnehmen, weil er sich zu der Zeit im tiefsten Dschungel befand. Er sah sich die Feierlichkeiten später am Abend am Bildschirm an, sah, wie das Dutzend rechteckiger Passagiermoduln außerhalb Jupiqs zusammengekoppelt wurde und einen zusammenhängenden silbernen Segmentzug bildete und sich dann außerhalb Paszex wieder auflöste, um darauf in gemessener Prozession einzeln dort einzutreffen.

Wenigstens funktionierte das System wieder. Waren und Individuen konnten aufs neue unbehindert zwischen Paszex und dem Rest von Willow-wane reisen. Dem Terminal fehlten jetzt nur noch einige schmückende Details. Weitere Regierungsgelder. Weitere Entschuldigungen.

Am Abend sollte ein formelles Clan-Dinner abgehalten werden. Es würde in der Clanhallte stattfinden, und es war zwei Zeitteile später als üblich angesetzt, damit jeder sich angemessen kleiden konnte. Juwelen und Einlagen wurden für den Anlaß herausgeholt. Es gab Halstaschen und Körperwesten aus orange- und silberfarbenem Gewebe mit so hauchdünnen rosafarbenen Fäden, daß niemand sich vorstellen konnte, wie so feines Gewebe von Hand oder Maschine hergestellt werden konnte. Männer und Frauen trugen Einlagen aus Kameol, Obsidian und Chalzedon, geschliffene Edelsteine, feinste Keramiken und Emaileinlagen in Schnörkeln, Dreiecken und Streifen. Die meisten dieser Schmuckstücke funkelten aus Höhlungen zwischen Kiefern und Augen, obwohl auf ein paar Schultern und Hälsen auch offiziellere Einsätze blitzten.

Nach dem Essen wurde Ryo sein Karminstern in einer formellen Zeremonie verliehen. Der vierzackige Orden wurde von einem niedrigen Regierungsfunktionär präsentiert, der dafür aus Zirenbya angereist war.

Der Beamte reichte das kleine, durchsichtige Etui der ehrenwerten Ilvenzuteck, Ryos Clanmutter, die es voll Stolz der Einlegerin weiterreichte. Die Spezialistin machte sich mit Meißeln und Klingen ans Werk und legte schmerzlos eine Spalte im Chiton an Ryos linker Schulter frei, während der Rest des Clans voll Stolz zusah.

Der Stern wurde mit Permakitt bestrichen und anschließend sorgfältig implantiert, so daß das Metall glatt mit Ryos Exoskelett abschloß. Die Einlegerin, eine alte Thranx, war sehr stolz, daß der Orden gleich beim ersten Versuch so perfekt saß und aus den Schnitträndern kein Kitt hervorquoll. Sie hatte das schon oft getan, wenn auch vorwiegend mit billigen Keramiken und noch sehr selten vor einer größeren Versammlung. Sie rieb den Stern mit etwas Speichel ab, um ihn zum Glänzen zu bringen, ganz nach der alten Tradition ihres Handwerks.

Fortan würde der Orden ein fester Bestandteil von Ryos Körper sein, den alle sehen und bewundern konnten. Falls er je reisen würde, würde es amüsant sein, wenn Fremde ihn fragten, bei welchem Feldzug oder bei welchem Forschungsauftrag er den Orden verliehen bekommen hatte. Er würde gestehen müssen, daß er ihn sich verdient hatte, weil er dem Impuls nachgegeben hatte, feindliche Aliens daran zu hindern, Tettoq-Bäume und Asfi-Büsche niederzuwalzen.

Ein lautes Pfeifen ertönte aus der Clanversammlung, von

den Ältesten, den Erwachsenen und den Jünglingen in gleicher Weise. Die zustimmenden Pfiffe wurden schriller und brachen dann ab, wie es Sitte war. Ryo bedankte sich, während Fal ihn stolz von ihrem Platz in der Nähe aus anstrahlte.

Sie sieht heute besonders schön aus, dachte er, mit ihren einfachen gelben Streifen auf der Stirn und den drei rosafarbenen Punkten über jedem. Sie trug ein dazu passendes Hals- und Körperkleid aus violettem, irisierendem Material. Um ihren B-Thorax hatte sie mit Temporärkitt violette und silberne Fäden geklebt, und die beiden Legestacheln waren mit Silberdraht schraubenförmig umwunden, eine höchst mühsame Aufgabe, bei der ihr der Bruder und ihre Freundinnen geholfen hatten.

Einen Augenblick lang kam es Ryo in den Sinn, kühn ihre Absicht zur Paarung zu verkünden, aber das konnte er natürlich nicht tun, ohne sie zuvor zu fragen, obwohl er wußte, daß sie sofort zugestimmt hätte. Aber das war ganz gut so, dachte er. So reizend sie auch war, er war immer noch nicht sicher, ob er dafür bereit war.

So stand er da, nahm die Huldigung seines Clans entgegen und ließ den vierzackigen Karminstern auf seiner Schulter blitzen. Während er so dastand und an die Dame dachte, die ihn liebte, und an die sichere Beförderung in den Lokalrat von Inmot, war er ganz still und nachdenklich.

Niemand in der Versammlung von Freunden und Verwandten hätte ahnen können, daß Ryozenzuzex in diesem Augenblick die AAnn keineswegs haßte, sondern sie vielmehr hochgradig um ihre Shuttles beneidete ...

DREI

Das Schiff war beinahe ebenso jung wie sein Kapitän. Sechs große, ovale Projektionskegel bildeten vor ihm einen Kreis und waren mit dem oktaederförmigen Rumpf des eigentlichen Raumfahrzeugs durch lange Metallkorridore und ein Netzwerk aus Stützen und Trägern verbunden. Jeder Kegel erzeugte einen Teil des Posigravity-Feldes.* Dieses Feld zog das Schiff durch den Plusraum, und es störte dabei überhaupt nicht, daß es ein ungeschlachtes, alles andere als stromlinienförmiges Gebilde war, das eher einem eckigen, metallischen Tintenfisch ähnelte. Die Erzeugung des Posigravity-Feldes erforderte sehr viel Energie, und der Plusraum war keineswegs der Ort für zahme Physik. Er war vielmehr eine weithin unberechenbare Region, bewohnt von Geistersternen, wo sichtbares Licht diffus und Röntgensterne sichtbar wurden. Und dann gab es im Plusraum auch noch andere Eigentümlichkeiten, vornehmlich eine Region der Theoretischen Physik, in der sich die Tiefraumschiffe unsicher ihren Weg bahnten. Ein Kapitän mußte bereit sein, sich mit allen möglichen Phänomenen der Physik auseinanderzusetzen, von denen einige nicht Materie und andere nicht Energie waren. Unter dem Plusraum lag der normale Raum (wobei ›unter‹ hier mehr im Sinne der Umgangssprache als in dem der Relativitätstheorie zu betrachten ist), wo man vorhersagbare Sternorte und bewohnbare Planeten finden konnte. Unter *jenem* wiederum gab es die unnatürlichen, atomischen und subatomischen Unberechenbarkeiten des Minusraums oder Nullraums, einer Region der Ewigkeit, an die man am besten

---

* Ein primitiver Vorläufer des KK-Antriebs, der erst nach der Verschmelzung in der Thranx-Raumfahrt eingeführt wurde. Siehe dazu die ausführliche Darstellung des Homanx-Universums von Alan Dean Foster, ›Die Commonwealth Konkordanz‹ von Michael C. Goodwin, im HEYNE SCIENCE FICTION MAGAZIN Nr. 12 (HEYNE-BUCH Nr. 06/4167).

nicht rührte. Einer Region, wo Tachyonen und andere nicht existente Partikel real wurden und wo manchmal Schiffe und Nachrichten vollkommener verschwanden, als wenn man sie in einen Kollapsar geworfen hätte. Nach der Hypothese eines höchst angesehenen Thranx-Theosophie-Physikers war der Nullraum ›von innen nach außen gedrehte Realität‹.

Captain Brohwelporvot schlenderte durch den Kontrollraum der *Zinramm*. Obwohl dies schon seine dritte Expedition für die Tiefraumforschung war, erfüllte ihn sein erstes Kommando immer noch mit gewisser Nervosität. Seine Mannschaft saß entspannt in ihren Sätteln und bildete einen Kreis um ihn.

Durch die vordere Beobachtungsluke markierte das ferne purpurne Leuchten des Posigravity-Antriebsfeldes die Furche, die sich die *Zinramm* durch den Plusraum bahnte. Sie hatten das Hivehom-System vor einer Vierteljahreszeit verlassen. Abgesehen davon, daß sie die Karten dieses beträchtlichen Raumvolumens bestätigt und verfeinert hatten, hatten sie auch zwei neue Planetensysteme eingetragen und studiert, von denen eines sogar eine Welt enthielt, die eventuell gerade noch bewohnbar war – eine Entdeckung, die allein schon ausreichte, dies zur erfolgreichsten der drei Expeditionen zu machen, die Broh bisher geleitet hatte.

Trotzdem trieb er Schiff und Mannschaft, da sie noch Zeit hatten, tiefer durch den Arm. Broh war nie mit etwas ganz zufrieden, und keine Entdeckung konnte seine Neugierde oder sein Pflichtgefühl stillen. Dieser innere Antrieb war einer der Gründe, weshalb man ihn trotz seiner jungen Jahre als Befehlshaber der *Zinramm* ausgewählt hatte.

Der Scanner machte mit einer Fußhand ein Zeichen, während die andere Fußhand locker über den unteren Kontakten lag und seine Echthände die Kontrollen umfaßt hielten.

»Was ist denn, Uvov?«

»Objekte, Sir. Extrasystemisch, zwanzig Quadrate rechts vom augenblicklichen Kurs. Bewegt sich mit mäßiger Geschwindigkeit leicht schräg zur Ebene der Ekliptik.«

»Begegnungskurs?« Broh starrte über die Schulter des Scanners auf die vier Farbschirme.

»Drei Zeitteile«, erwiderte der Scanner, nachdem er kurz überlegt hatte.

»Identifizierung?«

»Auf diese Distanz und bei vorliegender Geschwindigkeit völlig unmöglich zu sagen, Sir. Das Objekt ist ziemlich klein. Vielleicht ein wandernder Asteroid. Kometenkern. Oder? ...« Er ließ die stets hoffungsvolle Frage unbeantwortet.

Broh sagte nichts. Solche Wissenslücken waren der eigentliche Zweck für die Reise der *Zinramm*. Er überlegte. Sie hatten es nicht eilig, irgendwohin zu kommen, und jedes Objekt, das sich so weit außerhalb eines Systems bewegte, verdiente eine beiläufige Untersuchung. Er drehte sich um und rief durch den diskusförmigen Raum:

»Emmt.«

»Sir«, antwortete die Pilotin und drehte sich halb herum, um ihn anzusehen.

»Kurs zwei Zeitteile beibehalten, dann in Normalraum abfallen.«

»Ja, Sir.« Sie wandte sich wieder ihren Instrumenten zu und begann mit der Programmierung.

»Verteidigung?«

»Bereit, Sir.«

»Schiff in Alarm dritten Grades versetzen, ein Grad unsicher. Personal, Stationen zum Abfallen in Normalraum ausrufen.«

Die Brücke war ein stilles Labyrinth bewegter vielfingriger Arme und Beine, als die Mannschaft daranging, die plötzlich erteilten Befehle auszuführen. Aber da war keine Verwirrung, keine Unsicherheit. Alles verlief geordnet. Nicht wie beim ersten Mal, dachte Broh ein wenig wehmütig. Jetzt wußte jeder genau, was man von ihm oder ihr erwartete. Sie arbeiteten ohne die leiseste Andeutung von Aufregung. Der Nervenkitzel solcher Begegnungen war von zahlreichen ähnlichen Ereignissen abgestumpft, die sich ausnahmslos als recht belanglos erwiesen hatten.

Bald rief der Computer den Countdown aus der Ingenieur-Abteilung aus. »Biß ... eins, zwei, drei ...«, weiter bis acht und dem Abfallen aus dem Plusraum. Broh richtete sich im Kapitänssattel auf.

Es gab ein heftiges Zucken. Das Schiff erzitterte wie ein Blatt in einem Wirbelsturm, und Broh war überzeugt, daß seine Eingeweide jeden Augenblick durch seinen Mund herauskommen würden. Doch das Schwindelgefühl verschwand mit barmherziger Schnelligkeit und ohne ungebührliches Würgen. Die vordere Beobachtungsluke zeigte entzerrte Bilder normaler Sterne von erkennbarer Form und Farbe anstelle der gespenstischen Aureolen, die vorher ihre Lage markiert hatten. Sonst war durch die Luke nichts zu sehen, aber dafür wimmelte es auf den Suchschirmen von Informationen. »Scanner«, rief er eifrig, »haben Sie das Objekt?«

»Kommt gleich auf Schirm eins, Sir.«

Der große Bildschirm an der Wand links von der Luke flakkerte kurz. Dann wurde das Objekt sichtbar, und die Haltung jener Mannschaftsmitglieder, die sich kurz von ihren Instrumenten abwenden konnten, um auf den Schirm zu sehen, veränderte sich drastisch. Erschreckte Klicklaute hallten durch die Brücke. Das Objekt war kein Asteroid und auch kein Kometenkopf.

Dann bestätigte die Analyse, was das Auge vermutete: das Objekt war weitgehend metallisch. Weitere Informationen bestätigten das Offensichtliche nur noch. Das Artefakt war ein Schiff. Der Vorderteil wurde von drei Kegeln gebildet, die mit Streben und Trägern an einer Kugel befestigt waren. Die Anordnung deutete auf ein anderes – wenn auch keineswegs radikal anderes – Antriebssystem.

Inzwischen war der wissenschaftliche Ältestenrat auf der Brücke erschienen; die Ankündigung der bevorstehenden Sublichtbegegnung hatte sie angelockt. Sie drängten sich jetzt neben den Kapitän und starrten auf den Bildschirm. Sie waren zu dritt, alle wesentlich älter als Broh. Trotzdem warteten sie darauf, daß er die angemessenen Erkundigungen anstellte.

Broh war sich in seiner ganzen kurzen und vergleichsweise ereignisarmen Laufbahn noch nie so wie jetzt seiner mangelnden Erfahrung bewußt gewesen. Freilich hätte er nie zugelassen, daß dies irgendwie zutage trat. In mancher Hinsicht war der Wissenschaftsratsrang höher als seiner. Dafür war er dankbar, denn das würde ihm die Möglichkeit geben, offenkundig Fragen zu stellen, ohne naiv zu erscheinen.

»AAnn oder verwandte Konstruktion?« fragte er scharf.

»Nein«, erwiderte die Erste Beobachterin und blickte scharf auf den Bildschirm. »Zumindest keine AAnn-Konstruktion, die ich je gesehen habe. Die Projektionskegel – denn wir müssen annehmen, daß es sich um solche handelt – sind völlig unterschiedlich von den unseren oder denen der AAnn, wenn auch denen der AAnn ähnlicher.«

»Auch die Anzahl der Projektionseinheiten – drei – entspricht der der AAnn.« Der Zweite Beobachter wies auf das Bild und zeichnete Silhouetten in die Luft. »Aber sehen Sie hier, sie sind wesentlich flacher als die unseren oder die der AAnn. Ich frage mich, welche Auswirkung das auf das Feld hat, das das Schiff im Plusraum einhüllt.« Er murmelte etwas von der Verdrängung von Realität und anderen wesentlichen Dingen, die ebenso solipsistisch und metaphysisch wie wissenschaftlich waren.

Natürlich gab es keine festgefügte Grenze zwischen Realität und Unrealität, wenn man mit Konzepten wie Plusraum und Minusraum zu tun hatte. Wenn brillante Generalisten wie die drei Beobachter zusammenkamen, dann bekam manchmal selbst die Theologie den Aspekt einer harten Wissenschaft.

Das fremde Schiff wurde immer größer, und die Vergrößerung wurde demgemäß reduziert, bis sie sich schließlich einem Bild in realer Größe gegenübersahen.

»Versuchen Sie zu signalisieren«, schlug der Dritte Beobachter vor.

»Welche Frequenz?« fragte Kommunikation.

»Alle«, sagte Broh. »Versuchen Sie es zuerst mit den Standard-Wabenkanälen und dann mit den AAnn-Frequenzen.«

»Aber die Erste Beobachterin hat doch bereits gesagt, daß es sich um keinen erkennbaren AAnn-Typ handelt, Sir.«

Broh ignorierte die Insubordination. »Vielleicht ist es ein

neuer Typ«, erwiderte er. »Oder ein Verbündeter der AAnn, von dem wir nichts wissen.«

»Wenn es ein Verbündeter ist«, meinte der Scanner, »hat man ihm ziemlich übel mitgespielt.« Auf Schirm zwei, der rechts von der Sichtluke angeordnet war, erschien plötzlich eine Nahaufnahme des Vorderteils des Fremden. Zwei der drei kegelförmigen Einheiten waren schwer beschädigt worden. Broh verlangte eine Analyse und eine Beurteilung des Schadens.

»Es könnte sich um einen Meteoreinschlag handeln, aber das glaube ich nicht«, sagte der Analysator. »Sehen Sie doch, wie das Metall an den Vorderkanten verformt ist! Und da, an den Trägern – das ist ganz sicher die Spur einer schweren Energiewaffe.«

»Könnte sein«, murmelte die Erste Beobachterin. Ihr Interesse konzentrierte sich jetzt auf den Heckbereich des Schiffes.

»Keine Reaktion auf unsere Fragen, Sir«, verkündete Kommunikation. Broh überlegte. Im Verein mit den schweren Beschädigungen deutete alles darauf hin, daß sie es mit einem toten Schiff zu tun hatten, einem treibenden Wrack. Er legte den Gedanken dem Rat vor.

»Das könnte eine raffinierte Falle sein«, meinte der Zweite Beobachter. »Die Schäden könnten vorgetäuscht sein, um uns nahe genug heranzulocken und dann überfallen zu können, ehe wir eine Chance zum Signalisieren bekommen. Eine solche List wäre typisch für die AAnn.«

»Wenn das der Fall ist«, sagte Broh, »wissen wir das in weniger als einem Zeitteil.«

Wenn der Fremde ein Thangner war, der sich in seiner seidigen Furche versteckte, war es ein höchst geduldiger. Während sie sich näherten, trieb er nämlich weiter mit offenbar toten Maschinen dahin. Nicht das geringste Fünkchen Energie kam aus den drei Kegelprojektoren.

»Wenn es ein Täuschungsmanöver ist, dann hat es bei mir gewirkt«, murmelte Kommunikation.

Broh mißbilligte innerlich diesen Kommentar. Es war nicht Aufgabe des Kommunikators, solche Bemerkungen zu machen. Er würde später mit dem Offizier sprechen müssen.

»Immer noch auf allen Frequenzen Stille«, sagte der Kommunikator kühl. »Ich versuche es jetzt mit freien Frequenzen. Ich lasse das ganze Spektrum durchlaufen.«

Die Bilder auf Schirm zwei veränderten sich. »Der Hauptkörper des Schiffes scheint ebenso Beschädigungen davongetragen zu haben wie die Projektoren«, meinte der Analysator.

Broh gab ein klickendes Geräusch von sich und gestikulierte. »Dann bringen Sie uns zum Hauptkörper.«

Langsam veränderte die *Zinramm* die Richtung und nahm Kurs auf das Heck des fremden Fahrzeugs. Jetzt konnten sie ein paar schwache Lichter hinter noch intakten Luken erkennen. Sie befanden sich größtenteils in der Nähe des hinteren Oberteils des Schiffes. Die Luken waren kreisförmig anstatt dreieckig, aber jeder auf der Brücke der *Zinramm* enthielt sich der naheliegenden, obszönen Kommentare. Der Hauptkörper des Fremden war größer als der der *Zinramm* – größer als die meisten Thranx-Schiffe – aber abgesehen von den paar schwach erleuchteten Luken war das fremde Fahrzeug dunkel wie die Nacht.

Broh pfiff in das Interkom, das an seinem Kopfteil befestigt war, um damit den entsprechenden Teil des Interkom-Systems der *Zinramm* zu aktivieren. »Außenabteilung? Anzeljermeit, ich will einen Bautrupp von fünf.«

»*Fünf?*« hallte es etwas unsicher zurück.

»Fünf sollten reichen. Ich glaube nicht, daß die Schäden an diesem Fremden Tarnung sind. Und wenn doch, dann ist es gleichgültig, wieviele der Gruppen angehören.«

»Waffen, Sir?«

Broh zögerte. In diesem Punkt gab es genau vorgeschriebene Vorgehensphasen.

»Nur Leichtwaffen. In einem zehntel Zeitteil. Schleuse sechs.«

»Wir werden bereit sein, Sir.«

Broh erhob sich aus seinem Sattel und wandte sich dem Wissenschaftsrat zu. »Ich habe nicht die Vollmacht, Sie zu zwingen. Es wäre mir aber sehr recht, wenn Sie ...«

Der Zweite Beobachter schnitt ihm mit einer Entschuldigung heischenden Geste das Wort ab. »Für so etwas leben wir, Captain. Ein solcher Augenblick ist die Freude eines ganzen Lebens. Selbst wenn Sie es wollten, könnten Sie uns nicht daran hindern, an Bord jenes geheimnisvollen Fremden zu gehen. Es erübrigt sich, uns zu bitten, daß wir Sie begleiten.«

»Das hatte ich mir gedacht.« Brohs Geste deutete leichte Amüsiertheit in Verbindung mit hochgradiger Befriedigung an. »Doch das Gesetz verlangt, daß ich frage.«

»Natürlich«, sagte der Dritte Beobachter. »Aber wir wollen mit Diskussionen über Selbstverständlichkeiten keine Zeit mehr vergeuden.«

Die fünf Außenspezialisten warteten in Schutzanzügen in Schleuse sechs, als Broh und der Wissenschaftsrat eintrafen. Die *Zinramm* würde keine Andock-Verbindung mit dem fremden Schiff herstellen. So überzeugt war Broh von der Harmlosigkeit des Wracks nicht, und so stieg die Gruppe in ein kleines Shuttle, das gewöhnlich dafür eingesetzt wurde, Forscher auf Himmelskörpern abzusetzen.

Die Schleusentore schlossen sich hinter ihnen. Anzeljermeit, der Leiter der Außenabteilung, ließ kurz die Motoren des Fahrzeugs anlaufen. Das Shuttle glitt aus seiner Vertiefung und strebte dem furchtgebietenden Rumpf des fremden Schiffes entgegen. Anzeljermeits vier Untergebene mühten sich ab, professionelle Gleichgültigkeit zur Schau zu tragen, was aber keinen über die Spannung hinwegtäuschen konnte, die sie empfanden.

Der Fremde war vielleicht eineinhalb mal so groß wie die *Zinramm*. Auf die Insassen des Shuttle wirkte seine perfekt kugelförmige Bauweise beunruhigend. Sie waren Schiffe gewöhnt – und das galt auch für die AAnn – die eine beruhigende Anordnung von ebenen und scharfen Winkeln erkennen ließen. Ein Fahrzeug, das als glatte Kugel ausgebildet war, wirkte höchst verwirrend.

Aber die glatte Haut des Fremden wurde zumindest von den erwarteten Vorsprüngen durchbrochen. Antennen und Manipulatoren waren mehr oder weniger klar erkennbar.

Und dann gab es da ein paar stumpfe Vorsprünge, von denen man das nicht sagen konnte, obwohl es Broh ungemein überrascht hätte, wenn es sich um etwas anderes als Waffen gehandelt hätte. Doch sie machten keine Anstalten, sich auf das näherkommende Shuttle zu richten und ebenso wenig auch auf die reglose Masse der inzwischen entfernten *Zinramm*.

Anzeljermeit veränderte die Position des Shuttle sorgfältig und steuerte es um die Flanke des Fremden herum, auf dessen Heck zu. Sie brauchten nicht viel Zeit, um etwas zu entdecken, bei dem es sich ganz offenkundig um eine Außenschleuse handelte. Der Offizier berührte die Mänovrierraketen kaum. Winzige Gaswölkchen quollen aus den Seiten des Shuttle und schoben es näher an den Fremden heran, ehe sich seine Position im Weltraum wieder verfestigte.

Die Schleusenöffnung war ebenso ungewöhnlich wie die Form des fremden Schiffes. Es handelte sich um ein nahezu quadratisches Ellipsoid und war damit völlig anders ausgebildet als die vertrauten dreieckigen Luken der *Zinramm*. Es erinnerte eher an eine AAnn-Schleuse. Solche Ähnlichkeiten begannen Broh immer mehr zu beunruhigen. Die Form der Schleuse war das erste unwiderlegliche Anzeichen, daß die Fremden, was ihre Körperform anging, möglicherweise mit den AAnn verwandt sein könnten.

An Bord zu gelangen, würde keine Schwierigkeiten bereiten. Die Röhre, die sich vom Shuttle aus auf den Fremden zubewegen würde, war flexibel und würde sich während des Vorgangs des Andockens an die Öffnung des Fremden anpassen. Broh erteilte die entsprechenden Befehle.

Der Außenoffizier veränderte die Position des Shuttle leicht, so daß es dem Heck des Fremden die linke Seite zuwandte. Die Verbindungsröhre streckte sich aus und verband sich mit dem fremden Fahrzeug. Jetzt folgte eine Pause, während der die notwendigen Untersuchungen angestellt wurden.

»Verbindung hergestellt«, verkündete Anzeljermeit knapp.

Von dem fremden Schiff war keine Reaktion zu erkennen. Jetzt mußte Broh eine wesentlich schwierigere Entscheidung treffen. Um das fremde Schiff zu betreten, würden sie möglicherweise die Schleuse aufsprengen müssen, eine Handlung, die leicht als Akt der Aggression ausgelegt werden konnte. Da seitens des fremden Schiffes keinerlei Lebenszeichen zu erkennen gewesen waren, hatte er den Schluß gezogen, daß es sich tatsächlich um ein Wrack handelte, das frei im Weltraum trieb und dessen Motoren ebenso wie die Mannschaft nach einer bewaffneten Auseinandersetzung tot waren.

Aber die wenigen schwachen Lichter zeigten an, daß an Bord immerhin noch etwas Energie vorhanden war. Selbst ein totes Schiff besaß vielleicht automatische Verteidigungsanlagen. Deshalb wünschte er sich nichts so sehnlich, als daß es ihm erspart bleiben möge, die Schleuse zu sprengen.

Anzeljermeit ließ zwei seiner Leute zurück, übergab ihnen das Kommando über das Shuttle und beauftragte sie damit, Informationen von dem Bautrupp an die sekundäre Wissenschaftlerbesatzung der *Zinramm* weiterzugeben. Broh wußte, daß sie, falls es Schwierigkeiten geben sollte, sofort zur *Zinramm* zurückkehren mußten. Zwar legte man auf Thranx-Schiffen keinen großen Wert auf strenge Einhaltung von Ranggrenzen; aber das bedeutete keineswegs, daß keine strenge Disziplin herrschte.

Der Bautrupp betrat in Schutzanzügen die Schleuse des Shuttle, die sich schnell hinter ihm schloß. Die drei Scheiben der Außentüren glitten auseinander, und die Beobachter schwebten in das Verbindungsrohr.

Vor ihnen lag die Außenseite des fremden Schiffes. Die Außenhaut war schwarz gestrichen oder bestand aus irgendeinem schwarzen Metall; jedenfalls leuchtete sie nicht in dem vertrauten Silber der *Zinramm*. Broh hatte schon vor einer Weile mit großer Erleichterung festgestellt, daß sie es nicht mit dem grellen Orange eines AAnn-Fahrzeuges zu tun hatten. In der engen Röhre zusammmgedrängt überlegten sie, was als nächstes zu tun war.

Der Bautrupp hatte Sprengstoffladungen mitgebracht, um, falls nötig, die Schleusen aufsprengen zu können. Broh ließ dem Wissenschaftsrat Zeit, die Anordnung der Schleuse zu studieren.

Dieser entdeckte ein paar mit Scharnieren versehene Dekkel, die man aufheben konnte und hinter denen Kontaktscheiben zu erkennen waren, die oberflächlich inspiziert wurden. Die Beobachter konferierten, und dann sprach die Erste Broh über sein Interkom an: »Wir glauben, daß es sich hier um einfache, wenn auch ziemlich schwerfällige Kontrollen zur Bedienung der Schleusen handelt, wie es sie bei solchen Eingängen für den Fall eines Energieausfalls geben sollte.«

»Ebenso aber«, meinte der Zweite Beobachter mürrisch, »könnte es sich um eine Methode handeln, um Eindringlinge dazu zu veranlassen, sich selbst in die Luft zu sprengen.«

»Eine Unterstellung, die in gleicher Weise paranoides und streitsüchtiges Verhalten voraussetzt«, sagte der Dritte Beobachter. »Zwei Eigenschaften, die ich den Erbauern dieses Schiffes lieber nicht zuschreiben würde.«

»Wir sprechen hier nicht darüber, was wie lieber tun würden, sondern von Tatsachen«, sagte der Zweite Beobachter. »Aber ich beuge mich natürlich der Mehrheitsmeinung.« Er bog sich in der Röhre nach hinten. »Sie betätigen die Kontrollen, und ich warte hier.«

Der Dritte Beobachter machte eine Geste, die Akzeptanz und hoffnungsvolle Voraussicht, in die sich leichte Belustigung mischte, andeuten sollte. Er drehte sich um und griff mit der geschützten Echthand nach der unteren der zwei freiliegenden Scheiben. Der Außenoffizier und seine Begleiter warteten ausdruckslos; man hatte ihnen nicht gestattet, sich zurückzuziehen.

Broh neigte mit seiner Meinung der Mehrheit der Beobachter zu, hätte es aber dennoch vorgezogen, wenn ihre Entscheidung, den Schleusenmechanismus zu betätigen, einstimmig gewesen wäre.

Als der Dritte Beobachter die Scheibe niederdrückte, glitt die Schleusenluke sofort in die Schiffswand. Dahinter war eine hell beleuchtete Kammer zu sehen. Ein weiteres Stück schiffseinwärts konnte man eine zweite Luke erkennen. Sie befanden sich also tatsächlich vor einer Luftschleuse.

Sie war mehr als groß genug, um sie alle aufzunehmen, den etwas widerstrebenden Zweiten Beobachter eingeschlossen, der hinter ihnen schwebte und etwas mürrisch zugab, daß er unrecht gehabt hatte.

An der Innenwand waren vergleichbare Scheiben zu erkennen, deren Funktion unschwer auszumachen war. Als sie alle sieben endlich in der Schleuse versammelt waren, drückte der Dritte Beobachter die entsprechende Scheibe nieder, worauf sich die Außenschleuse schloß.

Im Innern der Schleuse bewegte sich etwas. Geräuschsensoren nahmen das Pfeifen von entweichendem Gas war. Der Druckaufbau in der Schleuse erfolgte automatisch. Die Instrumente in ihren Anzügen analysierten das Gas sofort. Sie stellten angenehm überrascht fest, daß die in die Schleusenkammer injizierte Atmosphäre im technischen Sinne atembar war.

»Sauerstoffatmer wie wir«, murmelte die Erste Beobachterin und ließ sich auf dem Boden nieder. »Eine künstliche Schwerkraft, die vielleicht eine Spur stärker als die unsere ist.«

»Ebenfalls wie die der AAnn«, meinte Broh.

»Nicht genau wie wir.« Der Zweite Beobachter studierte die Instrumente an seinem Schutzanzug. »Sehen Sie sich Ihre Klimaanzeigen an.«

Die Atmosphäre, die jetzt die Schleuse füllte, war atembar, aber erschütternd kalt und fast unglaublich trocken. Da die Luft sofort geliefert worden war, gab es keinen Grund zu der Annahme, daß dies auf einen Defekt in den Schiffssystemen zurückzuführen war, obwohl man diese Möglichkeit natürlich nicht ganz ausschließen konnte.

Broh starrte ungläubig auf seinen Feuchtigkeitsindikator, der fast Null anzeige. Der Dritte Beobachter wies darauf hin, daß das beunruhigend nahe bei der Art von Klima lag, das die AAnn vorzogen.

»Soviel stimmt«, räumte der Zweite Beobachter ein. »Das Fehlen vernünftiger Luftfeuchtigkeit ähnelt tatsächlich den Zuständen auf den AAnn-Planeten. Aber die Temperatur in dieser Schleuse ist niedrig genug, um sie schneller zu töten, als sie uns gefährlich werden könnte.«

»Vielleicht funktionieren die automatischen Monitore dieses Schiffes nicht ganz«, meinte die Erste. »Es könnte ja sein, daß die Wärmeelemente ausgefallen sind.«

»Das ist möglich«, stimmte Broh zu und unterbrach damit die Gelehrtendiskussion, um zu verhindern, daß diese zu esoterisch wurde. »Aber soweit ich das feststellen kann, scheint alles andere gut zu funktionieren. Ich fürchte, wir müssen von der Annahme ausgehen, daß das ebenso wie für alles andere auch für die Temperaturregelung gilt.«

»Eine tiefgefrorene Rasse«, murmelte der Außenoffizier.

»Es ist natürlich keineswegs notwendig«, fuhr die Erste Beobachterin fort, nachdem sie mit einer höflichen Geste sowohl den Beitrag des Offiziers zur Kenntnis genommen als auch eine gewisse Herablassung hinsichtlich seiner unterlegenen geistigen Kräfte zum Ausdruck gebracht hatte, »daß Verbündete der AAnn dieselben Klimabedingungen wie die AAnn selbst brauchen, ebenso wenig wie sie ihre Schiffe auf ähnlichen Konstruktionsprinzipien aufbauen müssen.«

»Das ist richtig«, meinte der Dritte mit nachdenklichem Blick. »Ich hatte glücklicherweise die Gelegenheit, das Innere eines eroberten AAnn-Schiffes zu studieren. Ich kann sagen, daß die Unterschiede bezüglich Luftschleusen zwischen jenem Schiff und diesem hier beträchtlich sind. Ein endgültiges Urteil behalte ich mir natürlich vor, bis wir von dem hier mehr gesehen haben.«

In Brohs Kopfhörern knisterte es, ein eindringliches Durcheinander fragender Klicklaute und Pfiffe.

»Captain, Sir?« sagte eine leicht verzerrte Stimme.

»Ja, hier.« Brohs Antwort kam schärfer, als er es vorgehabt hatte.

»Es ist nichts Besonderes, Sir.« Broh erkannte die Stimme als die des Außenoffiziers auf dem Shuttle. »Aber wir haben von Ihnen nichts mehr gehört, seit die Instrumente angezeigt haben, daß Sie an Bord des Fremden gegangen sind und die Schleusentüre hinter sich verschlossen haben.«

»Mein Fehler«, antwortete Broh. »Wir hätten uns schon früher melden sollen. Die Erbauer dieses Schiffes bleiben unbekannt, und ...« – er warf dem Wissenschaftsrat einen Zustimmung heischenden Blick zu – »bis jetzt zumindest deutet nichts darauf hin, daß es AAnn oder Verbündete der AAnn sind. Sie dürfen diese sehr vorläufige Information an die *Zinramm* weiterleiten.«

»Die werden glücklich sein, das zu hören – auch wenn es nur vorläufig ist«, meinte der andere Außenoffizier auf dem Shuttle.

»Wir haben jetzt genug Zeit hier verbracht.« Broh ging an die Tür auf der anderen Seite der Schleuse und studierte die Kontrollen. Es handelte sich um nahezu exakte Duplikate der Kontrollen außerhalb des Schiffes. Er berührte den Schalter, den er für den richtigen zum Öffnen der Tür hielt. Nichts geschah. Er probierte den anderen – mit demselben enttäuschenden Ergebnis.

»Versuchen Sie sie in umgekehrter Reihenfolge«, empfahl die Erste Beobachterin. Das tat Broh und wurde sofort dafür belohnt, als sich die Tür seitlich in die Wand zurückzog. Die Außentür hatte sich nach oben geschoben. Broh fragte sich, ob die unterschiedliche Richtung funktioneller oder ästhetischer Natur war oder irgendeinen Sinn befriedigen sollte, den er sich nicht vorstellen konnte.

Dahinter glänzte ein Korridor, hell beleuchtet und einladend. Sie verließen vorsichtig die Schleuse und blieben wiederholt stehen, um verschiedene eigenartige Aspekte der Wände und der Decke zu bestaunen. Der Wissenschaftsrat mußte beständig bedrängt werden, weiterzugehen, sonst hätten sie wenigstens ein Zeitteil damit verbracht, über die Funktion und den Zweck jedes einzelnen winzigen Schalters oder Wandvorsprungs zu debattieren.

Während sie tiefer in das fremde Schiff eindrangen, schlug ihnen Rauch entgegen. Broh und die Außenoffiziere hielten ihre Hände nahe bei den Stechern, die in ihren Halftern steckten, und musterten jede Tür oder sonstige Öffnung, an der sie vorbeikamen, aufmerksam.

Die Beleuchtung war grell, aber sie wußten nicht, ob dies auf einen Defekt zurückzuführen oder Absicht war. Broh fragte sich, woher der Rauch wohl rühren mochte. Sie blieben an einem komplizierten Instrumentenbord stehen, das wie eine flackernde Galaxis explodierender Funken und geschmolzenen Metalls wirkte. Broh studierte das zerstörte Schaltbrett und das Metall, das in einem dünnen Rinnsal heruntergelaufen war, und ging dann ein paar Schritte weiter, um eine ähnliche, noch funktionsfähige Konsole zu untersuchen. Sie enthielt in der Mitte einen Bildschirm und darunter ziemlich klobig wirkende Schalter.

Viel interessanter war der Sattel, der davor ins Deck eingelassen war. Es mußte ein Sattel sein, da einfach nicht vorstellbar war, daß dies der Ort für eine abstrakte Skulptur sein sollte. Das Sitzmöbel ragte viel höher über dem Boden auf, als das bei Thranx üblich war. Nicht daß sie darauf hätten sitzen können, selbst wenn es niedriger gewesen wäre. Der Sattel war unmöglich klein und flach, und doch ganz anders konstruiert als die AAnn-Sättel, die der Wissenschaftsrat studiert hatte.

»Ich kann mir einfach nicht vorstellen, daß das einem großen, intelligenten Lebewesen gehört«, sagte die Erste Beobachterin. »Mir scheint das viel zu klein, um irgend etwas außer einem Tier von Krep-Größe Halt zu bieten. Und doch deutet alles andere an Bord dieses Schiffes darauf hin, daß es von großen Lebewesen gebaut und benutzt wurde. Wirklich verblüffend.«

»Jedenfalls scheint es sich um völlig fremdartige Wesen zu handeln«, sagte Broh. Die Nervosität der Außenoffiziere nahm zu.

Jeder Bildschirm, den sie von nun an entdeckten, befand sich ein gutes Stück über der normalen Sichthöhe. Nur wenn man auf den Hinterbeinen stand, konnte man die obersten Regelschalter erreichen. Alles, mit Ausnahme der seltsam klein wirkenden Sättel, wies auf Lebewesen hin, die erheblich größer als die Thranx oder die AAnn sein mußten.

Sie drangen immer tiefer in das Schiff ein und blieben von Zeit zu Zeit stehen, um den Kontakt zu den beiden Außenoffizieren nicht abreißen zu lassen, die sich an Bord des Shuttle befanden.

Broh hätte sich fremde Atmosphäre-Anzüge gewünscht, fand aber keine. Hatte man sie vielleicht während des Verlassens des Schiffes benutzt? Sie anderswo verstaut? Er wußte es nicht. Aber das geistige Bild, das er sich von der Mannschaft dieses Schiffes machte, war nicht besonders angenehm.

Trotzdem war es gut möglich, daß seine Vorstellungen weit von der Realität abwichen. Die Drindars von Hivehom beispielsweise hätten, obwohl es sich um primitive, dumme Geschöpfe handelte, möglicherweise auf die fremden Sättel gepaßt.

Sie betraten jetzt einen neuen Saal, der viel größer war als alle, die sie bislang gesehen hatten, und dort fanden sie lange Plattformen und Dutzende kleiner Sättel, die nicht am Deck befestigt waren.

»Eine Versammlungshalle«, meinte der Zweite Beobachter. »Vielleicht wurden hier die Riten des Clans abgehalten?«

»Mag sein«, murmelte der Dritte. »Aber ich habe da einfach ein anderes Gefühl.«

Sie gingen durch den Saal und erreichten einen weiteren Raum, dessen Funktion ihnen unklar blieb. Er war mit einer Vielfalt tragbarer Geräte angefüllt. Als sie in einigen Schränken herumwühlten, die sich durch Berührung öffneten, entdeckte einer der Leute des Außenkommandos eine Sammlung anscheinend persönlicher Habseligkeiten.

»Möglicherweise Werkzeuge«, meinte die Erste Beobachterin.

Sie drängten sich um die kleine Sammlung fremder Artefakte. Es handelte sich um oben offene Behälter und konkav geformte Schalen aus einem glasähnlichen Material. Broh entdeckte nirgends etwas, was auch nur entfernt an ein Trinkgefäß erinnert hätte. Aber die Mannschaft des Schiffes würde doch sicherlich wenigstens Flüssigkeiten aufnehmen, dachte Broh.

Sie fanden andere Gerätschaften, deren Zweck ihnen unklar blieb. Aber eine ganze Schublade war voll Messer, einer Art von Gegenstand mit einer ovalen Schöpfkelle an dem einen Ende und einem mehrzackigen Werkzeug, das an einen miniaturisierten Fischspeer erinnerte.

»Ich glaube, ihre Nahrungsaufnahme ist nicht völlig bizarr«, sagte der Zweite Beobachter. »Es ist durchaus möglich, daß wir dieselbe Nahrung wie sie zu uns nehmen könnten.«

Das veranlaßte einen der Angehörigen der Außenabteilung, einen angewiderten Laut von sich zu geben, was ihn sofort dazu veranlaßte, eine Geste der Entschuldigung dritten Grades zu vollführen, in die sich zwei Grad Verlegenheit mischten.

»Ein Experiment, auf das ich im Augenblick lieber verzichten würde«, sagte Broh und gab sich redlich Mühe, seinen Ekel zu unterdrücken.

Da es keinen anderen Ausgang gab, kehrten sie auf dem Wege zurück, auf dem sie gekommen waren, durch den Saal mit den langen Plattformen und den unflexiblen, niedrigen Sätteln, und traten dann in den Korridor dahinter.

Sie setzten ihren Weg in die Eingeweide des Schiffes fort und fanden bald einen weiteren Saal, der mit neuen Geheimnissen angefüllt war. Er enthielt zahlreiche Plattformen, die sich freilich beträchtlich von jenen in der Versammlungshalle unterschieden. Es gab auch kleine Videoschirme und eine große Zahl grellfarbener Gegenstände, die die Wände schmückten. Zur großen Freude aller ähnelten diese Plattformen nichts so sehr wie riesigen Schlafsesseln.

»Die erste echte Andeutung auf physische Ähnlichkeit«, sagte der Offizier der Außenabteilung. »Vielleicht sind sie uns ähnlicher, als wir dachten.«

»Wie erklären Sie sich dann diese unglaublich kleinen Sättel?« fragte einer seiner Untergebenen.

»Gar nicht«, erwiderte der Offizier. Und dann bestieg er, ohne auf eine Stellungnahme eines Mitglieds des Wissenschaftsrates zu warten, einen der Sessel.

»Wie ist es?« fragte der Untergebene.

»Fast normal. So bequem.« Er sah zu seinem Kapitän hinüber. »Erlaubnis, die Anzüge abzulegen, Sir?«

»Ich weiß nicht ...«

Die erste Beobachterin stieß ihn an. »Lassen Sie ihn! Man sollte das Experiment wagen. Die Lufttests waren ja positiv.«

»Wenn Sie einverstanden sind«, sagte Broh widerstrebend. Er gab dem Offizier ein Zeichen.

Anzeljermeit öffnete vorsichtig den rechten Teil seines Schutzanzuges und setzte seinen Oberkörper der fremden Luft aus. Nach einer abwartenden Pause entfernte er auch den Schutzanzug auf der linken Seite. Sein Thorax pulsierte.

»Reaktion?« erkundigte sich die Dritte Beobachterin.

Die Antwort kam als ein kurzes Stöhnen, wurde langsam stärker und normaler. »Trocken genug, daß einem das Blut dabei vorrosten kann. Ein ziemlicher Schock.« Er löste das Oberteil seines Anzugs sowie die durchsichtige Kopfkuppel, und saß jetzt mit ungeschütztem Oberkörper da. Seine Fühler flatterten und spreizten sich nun unbehindert, als er die Luft prüfend einsog. »Man kann die Trockenheit förmlich riechen, und die Kälte frißt sich einem in die Eingeweide. Aber davon abgesehen ist die Luft durchaus atembar, wie man es von den Instrumenten ablesen konnte. Man braucht nur eine Menge Feuchtigkeit hinzuzufügen und sie ein wenig aufzuwärmen, dann wäre sie ganz angenehm. Was meinen Sie, Quoz?«

Die Angesprochene öffnete das obere Drittel ihres Anzugs und klappte es zurück. Jetzt wedelten zwei Fühlerpaare frei im Raum.

»Ich stimme zu«, sagte sie schließlich mit etwas mehr Begeisterung als ihr Vorgesetzter. »Durchaus genießbar.«

Die Erste Beobachterin begann ihrerseits ihren Anzug zu öffnen. »Ich jedenfalls bin diese Konservenluft leid. Schließlich hat man nicht jeden Tag Gelegenheit, eine fremde Atmosphäre zu kosten.«

Bald waren alle mit den Verschlüssen ihrer Anzüge beschäftigt, wobei sie freilich die Unterteile verschlossen und beheizt ließen. Anzeljermeit hatte es sich auf der eigenartigen, fremden Plattform bequem gemacht und beobachtete sie, wobei ihm das Wissen Vergnügen bereitete, daß er derjenige gewesen war, der als erster Mut bewiesen hatte. Dann machte er eine Geste, die Unsicherheit und ein gewisses Maß an Besorgnis vermittelte, und setzte sich schnell auf.

»Wo ist Iel?« Sein Blick wanderte durch den Raum und blieb schließlich an der Türöffnung haften, die in den Korridor hinausführte.

Der andere Angehörige des Außenkommandos drehte sich langsam im Kreis. »Ich weiß es nicht, Sir.«

Der Offizier glitt vom Sessel. »Das kostet ihn seinen Dienstrang, ohne Erlaubnis hier wegzugehen!«

»Sachte, Sir! Sie kennen Iel. Impulsiv und leicht gelangweilt. Nun, vielleicht nicht gerade impulsiv, aber unvorsichtig.«

»An Bord der *Zinramm* mag das ja angehen, aber hier müssen wir ...«

Aus weiter Ferne war erregtes Pfeifen zu hören.

»Schnell!« befahl der Offizier.

Die Anzüge wurden augenblicklich wieder abgedichtet, und der Bautrupp rannte in die Richtung, aus der das Pfeifen zu hören war. Die Leute hatten den Raum mit den Sesseln noch nicht weit hinter sich gelassen, als Iel um die Ecke kam, auf allen sechsen rennend, als wäre der Herrscher der fernen Finsternis persönlich hinter ihm her. Über ihre Interkoms konnten sie ein heftiges, gehetztes Atmen hören.

»Da hat Ihnen wohl etwas richtig Angst angejagt, wie?« sagte Anzeljermeit scharf, wobei er nicht gleich die Haltung bemerkte, die der andere angenommen hatte: die Fühler im Anzug flach zurückgefaltet und die Kiefer so fest aufeinandergebissen, daß Broh schon glaubte, sie müßten zerbrechen. »Geschieht Ihnen ja recht dafür, daß Sie einfach ...« – seine Stimme erstarb wie eine Brise.

Ein Ding war im Korridor hinter dem erschreckten Iel aufgetaucht.

Es rannte hinter ihm her, lief mit schrecklich fließenden Bewegungen seiner unteren Gliedmaßen. Die massige Gestalt ragte über dem winzigen Iel hoch auf. Das fremde Wesen schien den Korridor auszufüllen, obwohl es in Wirklichkeit gar nicht so groß war. Seine Stimme war ein Donnern aus tiefer Kehle, das Broh an die gefährlichsten Fleischfresser Hivehoms erinnerte.

Und genau das war es auch sicherlich: ein Tier, das irgendeinem Käfig an Bord entwichen war, vielleicht einem reisenden Zoo. Aber es trug Kleidung und bewegte sich zielbewußt, irgendwie gar nicht raubtierhaft. Trotz allem, was seine aufgewühlten Sinne ihm zuriefen, wußte Broh, daß dies ein Angehöriger der fremden Mannschaft sein mußte.

Das fremde Geschöpf fuhr fort, unverständliche Geräusche von sich zu geben, während es Iel weiterhin verfolgte. Broh zog seinen Stecher, war aber entschlossen, bis zum letzten Augenblick nicht zu feuern.

In diesem Augenblick bemerkte das Scheusal den Bautrupp, der sich am Ende des Korridors zusammendrängte. Es blieb abrupt stehen, machte ein besonders heftiges Geräusch, das Brohs Kopf zum Zittern brachte, und verschwand auf demselben Wege, auf dem es gekommen war.

Iel hatte sie inzwischen erreicht und kam rutschend zum Stillstand. Er setzte dazu an, etwas zu sagen, dann verdunkelte ein Schatten seine Ommatidia, und er kippte nach links um. Sein Vorgesetzter und Broh beugten sich über ihn, wobei sie ihre Aufmerksamkeit zwischen dem bewußtlosen Iel und dem jetzt verlassenen Korridor teilten.

Broh sah zu, während Anzeljermeit seinen Untergebenen inspizierte. »Er scheint nicht verletzt zu sein, Sir«, verkündete der Offizier schließlich. »Sein Anzug ist intakt, und die Verschlüsse scheinen ungebrochen – aber das ist natürlich schwer zu sagen, da sie sich ja selbst reparieren. Sein Atem jedenfalls ist normal, wenn auch angestrengt.«

»Sie meinen, er scheint physisch unverletzt.« Der Dritte Beobachter starrte mit einer Mischung von Furcht und Ekel den Korridor hinunter. Er machte eine Geste des Erstaunens, in die sich Besorgnis vierten Grades mischte.

»Mich wundert es gar nicht, daß er in Koma gesunken ist«, sagte die Erste Beobachterin. »Haben Sie das Ding deutlich gesehen? Was für ein unmöglicher Organismus!«

»Das war doch sicher ein Angehöriger der Mannschaft.« Broh stand auf.

»Ich würde zwar gern etwas anderes denken, aber ich fürchte, ich muß zustimmen«, sagte der Zweite Beobachter.

Die Aufmerksamkeit des Kapitäns galt dem immer noch leeren Korridor. »Unmöglich zu sagen, wieviele von ihnen da sind. Aber wir müssen jedenfalls daran denken, daß der hier keine Waffen trug.«

»Wenn das ein Versuch einer freundlichen Begrüßung war«, sagte Anzeljermeit, »esse ich mein linkes Bein.«
»Welches?« fragte Qouz.
»Alle beide.«
»Ich fürchte, es steht außer Zweifel, daß Iel angegriffen werden sollte«, murmelte Broh bedauernd. Die Dinge hatten sich nicht so entwickelt, wie er das erhofft hatte. Er überprüfte den Ladezustand seines Stechers. »Zurück zum Shuttle! Die *Zinramm* soll ein weiteres Shuttle schicken. Ich möchte einen kompletten Außentrupp hier haben.«
»Ja, Sir.« Anzeljermeit pfiff in sein Interkom, um mit seiner Einheit Verbindung aufzunehmen.
»Karabiner und Handwaffen«, fügte Broh widerstrebend hinzu.
»Verzeihung, Captain«, sagte der Dritte Beobachter, »aber ist das an diesem Punkt klug? Ich hätte zugegebenermaßen vor ein paar Augenblicken auch nicht gern mit dem armen Burschen getauscht. Aber wir sind doch jetzt sicherlich über eine formelle Furchtreaktion hinausgereift? Wir müssen versuchen, mit dem Wesen Kontakt herzustellen.«
»Das werden wir auch«, stimmte Broh zu. »Aber ich muß mit allem gebührenden Respekt feststellen, daß Sie und Ihre Beobachterkollegen meiner Verantwortung unterstehen, so wie alle an Bord der *Zinramm*. Die Vorschriften sehen vor, daß ich mit höchster Vorsicht vorgehe, falls wir irgendwelche fremden Intelligenzen entdecken sollten. Bis jetzt habe ich nichts gesehen, das mich dazu veranlassen könnte, von dieser Vorschrift abzuweichen.« Er starrte weiterhin in den Korridor und versuchte sich das Schreckenswesen noch einmal auszumalen, das sie angegriffen hatte. »Am allerwenigsten wäre ich jetzt dazu bereit.«
»Wie Sie befehlen«, sagte der Dritte Beobachter. »Es entspricht zwar gar nicht meiner wissenschaftlichen Einstellung, aber ich muß zugeben, daß Ihre Haltung völlig verständlich ist.«
»Ich auch.« Der Zweite Beobachter war sichtlich erschüttert. »Haben Sie das Ding gesehen? Ich kann mir kaum vorstellen, daß es intelligent sein könnte.«

»Das zu beurteilen besitzen wir noch keinen absoluten Maßstab«, sagte Broh nachdenklich. »Der Mannschaft gehört es ganz sicher an. Aber es kann ein untergeordneter Typ sein. Die wahren Meister dieses Schiffes gehören vielleicht einer anderen, höheren Gattung an, die die Art, die wir gesehen haben, nur für untergeordnete Funktionen einsetzt. So wie unsere Vorfahren einst spezialisierte Funktionen hatten. Primitive Thranx-Arbeiter waren im Vergleich zu den alten Soldaten von höherer Intelligenz. Vielleicht haben wir hier lediglich einen fremden Soldaten gesehen, funktionell aber vergleichsweise unintelligent.«

»Eine plausible Theorie«, räumte die Erste Beobachterin ein. »Es könnte auch sein, daß er einer anderen, weniger fortgeschrittenen Rasse angehört. Es kann eine Beziehung zwischen zwei unterschiedlichen Gattungen geben.«

»Genau. Der, den wir gesehen haben, mag aggressiv gehandelt haben. Aber bis jetzt ist noch niemand verletzt worden.« Broh wandte sich Anzeljermeit zu. »Niemand schießt, solange ich es nicht befohlen habe!«

»Sehr wohl, Sir.« Der Offizier sprach hastig in sein Interkom und gab den Wunsch nach Verstärkung über das Shuttle durch. Er lauschte einen Augenblick lang und wandte sich dann dem Rest der Gruppe zu. »Die Pilotin sagt, sie hätte eine Anforderung von der Wissenschaft nach einer detaillierteren Beschreibung des fremden Geschöpfs.«

»Alles zu seiner Zeit«, meinte Broh. »Wir werden auch Bilder liefern. Und wenn wir einen überreden oder fangen können, wird die Abteilung einen zum Studieren bekommen.«

Wieder gab der Offizier die Mitteilung durch. »Sie sagen, sie sind sich nicht sicher, ob sie zu einer derartigen Untersuchung bereit sind, Sir.«

»Dann sollen sie sich darauf vorbereiten.« Broh gebrauchte seinen autoritärsten Ton. »Das ist unsere Aufgabe. Als Forschungsteam müssen wir uns ebenso mit dem Häßlichen wie mit dem Schönen auseinandersetzen. Was das Verlangen nach detaillierterer Beschreibung des Fremden angeht, dürfen Sie unsere ersten Eindrücke durchgeben.«

»Ich weiß nicht, ob der Computer mit der einfachen Aussage zurechtkommt, daß das fremde Schiff von Ungeheuern besetzt ist«, murmelte der Zweite Beobachter.

»Das wird er für den Augenblick wohl müssen«, sagte der Dritte. »Die Beschreibung mag unwissenschaftlich und emotional sein, aber mehr steht uns im Augenblick nicht zur Verfügung. Immerhin bereitet das die Mannschaft auf den Kontakt vor.«

Sie warteten im Korridor und blickten unbewußt immer wieder zur Schleuse, besorgt, der Alptraum könnte erneut angreifen, ehe Verstärkung von der *Zinramm* eingetroffen war.

VIER

Fal steigerte die Lautstärke der Lehreinheit und stieß ihren augenblicklichen Schützling leicht an. Die schwerfällige, weißgesprenkelte Masse regte sich träge in der Krippe. Sie redete mit sanft ermahnender Stimme auf das Junge ein.

Es war Lernzeit, aber Vii war im Begriff einzuschlafen. Das war nicht zulässig. Und was noch schlimmer war, es war nicht das erste Mal, daß das geschah. Untersuchungen hatten erkennen lassen, daß Vii unter einer leichten chemischen Gleichgewichtsstörung litt, die durch intensive Betreuung und ohne Einsatz von Medikamenten behoben werden konnte. Derartige Betreuung war ungefährlicher, verlangte aber von den Pflegerinnen mehr.

Also widmete Fal ihm mehr Zeit als den anderen. Sie zwang sich zur Geduld, während sie das schlafbegierige Junge wachzuhalten versuchte. Während sie auf Fragen wartete, dachte sie wieder über die Nachricht nach, die sie von ihrem Clan-Cousin Brohwelporvot erhalten hatte.

Seit sie ihn zuletzt gesehen hatte, waren viele Jahre vergangen, an jenem Tag vor langer Zeit, als er zu ihrer Herauskunft nach Paszex gekommen war. Die Clan-Mutter der Sa hatte ihn ihrer neuen Erwachsenengestalt vorgestellt. Obwohl der Clan mit den Sa nur verwandt war, war er dennoch ungewöhnlich stolz auf ihn, und zwar wegen ihrer Verbindung zu den Por. Willow-wane war eine Kolonialwelt, und Paszex lag in der primitivsten Region dieses Planeten; die Clans der Stadt hatten also wenig, womit sie prahlen konnten. Aber durch ihre Verbindung mit dem Por-Clan von Hivehom konnten sie verwandtschaftliche Bande mit Brohwelporvot ins Feld führen, und er war immerhin ein Sternschiffkapitän.

Aus irgendeinem Grund hatte Broh sich zu der neuen Erwachsenen besonders hingezogen gefühlt, und das hatte dazu geführt, daß sie im Laufe der Jahre gelegentlich miteinander korrespondierten. Und das ließ die jüngste Nachricht besonders ungewöhnlich erscheinen. Normalerweise war Brohwelporvot ein höchst prosaischer und rational denkender Korrespondent. Aber was er zuletzt mitgeteilt hatte, war nicht nur ausschweifend, sondern auch sehr emotional gewesen.

Die Larve Vii riß sie mit einer Frage hinsichtlich der Information auf dem Lehrschirm aus ihren Gedanken. Fal mühte sich ab, die schwerfälligen Larvenworte zu verstehen. Nur eine ausgebildete Pflegerin konnte das mühselig artikulierte Plappern der Jungen verstehen.

Sie beantwortete die Frage und erfüllte dann die Bitte der Larve, indem sie die Lautstärke des Geräts wieder verringerte. Sie beobachtete Vii aufmerksam. Aber ihre Hartnäckigkeit schien allem Anschein nach endlich zu dem gewünschten Resultat geführt zu haben, und die Larve ließ keine Anzeichen erkennen, daß sie wieder einschlafen wollte.

Ja, wirklich eine höchst eigenartige Mitteilung, sinnierte Fal. Wenn sie den Absender nicht persönlich gekannt hätte, dann hätte sie sie ganz bestimmt für hysterisch gehalten. Sie überlegte, ob sie ihre Clan-Mutter davon in Kenntnis setzen sollte. Das wäre eine gute Idee, sagte sie sich. Vielleicht konnte ein weiserer Kopf dem Ganzen mehr Sinn abgewinnen. Jedenfalls konnte es nichts schaden, sich die Meinung von jemand anderem anzuhören, selbst wenn Broh sie instruiert hatte, das, was er ihr mitgeteilt hatte, gegenüber niemandem zu erwähnen. Ryo würde sie es natürlich auch sagen; darauf hatte er ein Recht. Und Ryo mit seiner Intelligenz würde die etwas wirre Mitteilung vielleicht sogar verstehen.

Sie warf einen beiläufigen Blick auf die Monitore am oberen Träger ihrer Weste. Bald würde Badezeit sein. Das war eine Aufgabe, auf die sie sich freute; es machte ihr Spaß, die Kleinen zu waschen, in dem Wissen, daß ihr weiches weißes Fleisch bald einem juwelenähnlichen Kokon weichen würde, aus dem schließlich frisch und glänzend ein neuer Erwachsener in die Welt hinaustreten würde. Es bereitete Fal immer wieder Freude, daß sie und ihre Kollegen im Hort mithelfen durften, jene wundersame Verwandlung herbeizuführen.

Nach dem Abendessen, als sie und Ryo sich niedergelassen hatten, um ein wenig zu lernen, sich zu unterhalten und miteinander zu reden, trat sie an die Konsole ihrer Wohnung und ließ die persönlichen Nachrichten des Tages ablaufen. Die von Broh ließ sie langsam laufen.

»Ist das nicht das Eigenartigste, was du je gesehen hast?« fragte sie ihn, als die Nachricht langsam den Schirm hinaufkroch. »So emotional und so zusammenhanglos. Das paßt überhaupt nicht zu ihm, Ryo.«

Aber ihr Gefährte hörte sie kaum. Zuerst hatte er seine Langeweile verborgen, indem er ihr höflich zuhörte, während die Botschaft über den Schirm lief. Striche und Winkel bildeten Worte vor ihm.

Aber als dann der Inhalt der Botschaft langsam zutage trat, durchbohrte ihn etwas wie ein Skalpell eines Chirurgen. Er hob den Kopf vom Sattelkissen und starrte auf den Bildschirm. Fal hörte er kaum.

Als die Nachricht vorbei war, ertönte ein Summen, und dann blitzte links vom Schirm ein Licht auf. Ryo verließ sofort seinen Sattel und ging an das Gerät, um es nachzustellen. Die Nachricht lief ein zweites Mal ab, diesmal noch langsamer.

»Dann siehst du also auch, was ich meine«, sagte sie, als die Wiederholung abgeschlossen war und der Bildschirm die Tagesnachrichten brachte. Sie lehnte sich nach rechts und ließ die Beine auf den Boden herab.

»Ja.« Ryos Antwort klang ganz dünn, als versuchte er, durch seine Tracheen zu pfeifen statt durch seine Kiefer. Das war ein Trick, den einige Thranx beherrschten, aber er schien es nicht absichtlich zu tun.

»Nun, was hältst du davon?«

»Was ich davon halte?« Er drehte sich herum und sah sie an. Seine Finger bewegten sich in instinktiven Mustern, die große Erregung verrieten. »Das ist ganz einfach das Wunderbarste, was je geschehen ist!«

Das war ganz und gar nicht die Reaktion, die sie von Ryo

erwartet hatte, obwohl sie vielleicht, wenn sie gründlicher darüber nachgedacht hätte, gar nicht so überrascht gewesen wäre. Tatsächlich hätte sie dann vielleicht sogar Brohwelporvots Nachricht überhaupt nicht erwähnt.

»Das bedeutet, daß wir eine völlig neue, völlig fremdartige, raumfahrende Intelligenz gefunden haben!«

»Eine Rasse von Ungeheuern, meint Broh.« Fal war über die Heftigkeit seiner Reaktion überrascht.

»Erste Eindrücke zählen da nicht. Ich muß sie natürlich selbst sehen.«

»Das ist ein sehr amüsanter Gedanke.«

»Das ist mir sehr ernst«, erwiderte Ryo und fügte eine unverkennbare Geste Nachdruck fünften Grades hinzu.

»Das glaube ich dir nicht. Warum den so mühsam ausgehobenen Bau mit Schmutz füllen? Was du sagst, gibt noch weniger Sinn ab als die Nachricht.«

Weil da in mir etwas ist, das mich dazu drängt, das zu tun, dachte er. Es hing alles irgendwie mit dem zusammen, was er in all den Jahren verpaßt zu haben glaubte. Die Nachricht eines verstörten entfernten Verwandten hatte die verborgene Glut zu einem wahren Waldbrand entfacht. Und jetzt war es zu spät, die Glut zu löschen.

Fal redete weiter, und ihre Stimme und ihre Gesten waren voll Verwirrung. »Es gibt doch keinen Sinn, einfach keinen Sinn. Du hast doch damit nichts zu tun. Was ist denn mit deinem Auftrag, deiner Arbeit?«

»Das können andere erledigen.«

»Das meine ich nicht. Man wird dich bald in den Rat der Company befördern. Die Wabe hat eine hohe Meinung von dir – und was ist mit uns? Du hast andere Pflichten.« Sie glitt vom Sessel und schlang ihre Fühler um die seinen. »Andere Verantwortungen.« Sie liebkoste ihn.

Er überlegte, wie er es besser formulieren sollte, schaffte es aber nicht. »Ich muß das einfach tun, Fal.«

»Aber du sagst nicht, warum. Kannst du es nicht erklären?«

»Nicht besser, als ich es schon getan habe.«

Sie ließ seine Fühler los und zog sich zurück. »Ich kann

eine Entscheidung nicht ohne Grund akzeptieren. Du darfst es nicht tun. Ich werde es nicht zulassen.«

Aber Ryo hastete bereits durch die Wohnung, schlüpfte in die Tagesweste mit ihren Taschen und verstaute Gegenstände in seiner Kleidung. »Ich setze mich mit dir, sobald es geht, in Verbindung. Es tut mir leid, Fal. Ich kann nichts anderes tun.«

»Doch! Nichts zwingt dich dazu, das zu tun.« Sie betonte bewußt jedes Klicken und jedes Pfeifen.

»Ich setze mich, sobald es geht, mit dir in Verbindung«, sagte er noch einmal. Dann hatte er die Wohnung verlassen und eilte durch den kühlen Nachtkorridor draußen.

Fal stand mitten im Vorderzimmer, wie vom Blitz gerührt. Das Ganze war so schnell gegangen: Er hatte die Nachricht gelesen, sie hatte ihn in Aufregung versetzt, sie hatten ein paar Worte gewechselt – und jetzt war er weg. Auf dem Weg zum fernen Hivehom und vielleicht auch in den Wahnsinn. Aber sie mochte ihn zu sehr, um das zuzulassen. Das war zuviel, als daß man es einfach wegwerfen durfte. Sie ging schnell an die Konsole.

Die Dienstleister traten ihm auf halbem Wege zum Tranportterminal entgegen, und ihre Haltung war vielleicht ein wenig steifer als üblich. In diesem Augenblick ging es nicht darum, den Alten zu helfen oder Abfälle einzusammeln.

»Guten Abend«, sagte Ryo mit einer hastigen Grußgeste.

»Auch Ihnen einen guten Abend, Bürger«, sagte der Führer der Gruppe. Sie waren zu viert, alle größer als Ryo. Soldaten mochten früher einmal so ausgesehen haben, dachte er. Er versuchte um sie herumzugehen, aber sie versperrten ihm den Weg.

»Ist etwas?« fragte er den Anführer.

»Vielleicht. Vielleicht auch nicht. Wir handeln auf Bitten Ihrer Clan-Mutter und Ihrer Familie.«

»Das verstehe ich nicht«, sagte er, als sie ihn herumdrehten, wobei ihre Fußhände die seinen festhielten. »Ich habe kein Verbrechen begangen. Was hat das zu bedeuten?«

»Wir sind selbst nicht sicher«, erklärte der Anführer. »Nur

daß unser Verein auch von der Wabenmutter selbst sanktioniert ist. Es tut mir leid«, fügte er in entschuldigendem Ton hinzu und schien das auch durchaus ernst zu meinen. »Sie kennen die Sitte. Eine solche Aufforderung muß ausgeführt werden.«

Aufforderung. Ryos Gedanken zerlegten das Wort in seine Bestandteile, während er in der Versammlungshalle des Clans stand. Es war sehr spät. Die vier Dienstleister hatten sich unter Entschuldigungen entfernt.

Vor ihm saßen wenigstens ein Dutzend, die Ryo kannte. Fal war darunter ... Das überraschte ihn – obwohl es ihn eigentlich nicht hätte überraschen sollen. Sein Erzeuger und seine Dame. Zwei seiner drei Schwestern ... Die anderen waren nach Zirenba weggezogen. Einige Clan-Älteste.

»Man hat meine Bewegungsfreiheit als Bürger beeinträchtigt«, sagte er. Sein Blick erfaßte Fal. Sie wich ihm aus und reinigte sich nervös mit einer feuchten Echthand ein Auge.

»Es tut mir leid, Ryo. Ich hielt es für notwendig, für dich und mich am besten. Du hast deine Verantwortung.«

»Wir sind nicht gepaart«, sagte er etwas schroffer, als er dies beabsichtigt hatte. Sie hörte auf, sich zu säubern.

»Das ist mir bewußt. Was ich getan habe, geschah aus den Gefühlen heraus, die ich für dich empfinde, was auch immer du für mich empfinden magst. Das mußt du glauben.« Ihr Pfeifen klang schmerzhaft klagend.

»Kommen Sie her, Ryozenzuzex!« Das war ein Befehl, wenn auch ein sanfter. Er trat vor, bis er vor einer Thranx stand, der er bisher erst zweimal begegnet war.

Zweitausendfünfhundert Angehörige des Zu-Clans lebten in Paszex, und Ilvenzuteck war ihr geistliches Oberhaupt, wenn nicht gar ihr politisches. Die Clan-Mutter war sehr alt. Ihr Chiton war zu tiefem Purpur verblaßt und an manchen Stellen fast schwarz. Ihre Fühler hingen erschlafft, und ihre Augen waren so stumpf wie der Tod. Aber an ihrer Rede war nichts Greisenhaftes. Ihre Gesten waren sparsam, aber deutlich, ihr Pfeifen eindeutig, ihr Klicken scharf und ohne die leiseste Andeutung von Unsicherheit.

»Falmiensazex hat mir von Ihrem Wunsch berichtet, uns zu

verlassen. Sie wollen also Paszex und Willow-wane verlassen und mit irgendwelchen bizarren Absichten nach Hivehom fliegen.«

Ryo sah zu Fal hinüber, die seinem Blick immer noch auswich. »Hat sie Ihnen auch gesagt, daß ich gute Gründe dafür habe, nicht nur einen verrückten Wunsch?«

»Sie ist nicht auf Einzelheiten eingegangen. Sie sagte nur, es hätte etwas mit einem Wunsch zu tun, der Ihrer Ansicht nach befriedigt werden müßte, den sie aber nicht im einzelnen beschreiben konnte.«

»Soviel stimmt«, räumte er ein.

»Solche Gefühle kann man behandeln.«

»Physisch geht es mir gut, Clan-Mutter. Geistig bin ich immer etwas anders gewesen.« Er bemerkte, daß sein Erzeuger kleine, halb unbewußte Gesten trauriger Zustimmung machte. »Aber nie so abweichlerisch, daß es eine Behandlung erfordert hätte. Dafür sprechen meine persönlichen Leistungen und Erfolge.« Er brauchte nicht auf den blitzenden Stern zu deuten, der in seine Schulter eingesetzt war. Ilvenzuteck war Zeuge seiner Implantation gewesen.

»Das tun Sie in der Tat«, sagte sie. »Andernfalls würden wir dieses Gespräch vielleicht unter unangenehmeren Begleitumständen führen. Aber das hat nichts mit Exzentrizität oder irgendwelchen Wünschen Ihrerseits zu tun. Sie haben hier Verpflichtungen: gegenüber der Inmot-Gesellschaft, Ihrer Wabe, Ihrer Familie und ...«, fügte sie mit einer Geste hinzu, »gegenüber Falmiensazex, Ihrer künftigen Familie. Viele Ahnen sitzen in diesem Raum bei uns. Sie füllen die leeren Sättel und sitzen zu Gericht. Sie können sie nicht einfach aufgeben. Wir alle haben unsere geheimen Wünsche, unsere geheimen Sehnsüchte. Unglücklicherweise ist das Universum nicht so konstruiert, daß uns erlaubt wäre, sie zu erfüllen.«

»Tut mir leid, aber ...«

Sie unterbrach ihn, wozu sie privilegiert war. »Sie dürfen diese Sache nicht weiterverfolgen! Sie treibt Sie in die Vernichtung. Ich werde nicht zulassen, daß Sie ein so vielversprechendes Leben wegwerfen, Ryozenzuzex. Als Ihre

Clan-Mutter verbiete ich es. Dazu gibt es im gesetzlichen Sinne eine Autorität, das ist Ihnen bekannt. Aber wenn Tradition Ihnen auch nur das geringste bedeutet, werden solche abstrakten Vorstellungen Sie nicht in Versuchung führen.«

»Und wenn ich doch versuche zu gehen, unbeschadet der ›Tradition‹?«

»Ich habe meine Entscheidung beim Wabennest registriert. Wabenmutter Tal-i-zex stimmt mir zu. Ebenso Ihre Eltern und Ihre Vorgefährtin. Und Ihre Arbeitgeber werden das ebenfalls tun. Viele Zeugen dieses Gesprächs werden bestätigen, daß Ihr Verhalten eigenartig ist. Sie werden das tun, um Sie vor sich selbst zu schützen, aus Liebe zu Ihnen.«

Ryo studierte die versammelten Gesichter und Leiber ruhig und sah, daß dem so war. Er hätte nichts anderes erwartet.

»Ihr künftiges Glück ist ihnen wichtig, so wie mir«, sagte Ilvenzuteck sanft.

»Das bezweifle ich nicht«, antwortete er durchaus wahrheitsgemäß.

»Wenn Sie versuchen wegzugehen«, fuhr sie mit sanfter Stimme fort, »werden Ihre Clan-Gefährten Sie aufhalten. Wenn es Ihnen gelingt, an ihnen vorbeizukommen, wird der Wabenrat Sie zurückrufen lassen und erklären, daß Sie für das Wohlergehen der Wabe wichtig sind.

Sie haben im Rahmen dieser Wabe Gutes getan, in gewissem Maße sogar Gutes für Willow-wane selbst, aber nicht im Sinne der interplanetarischen Gemeinschaft. Praktisch gesprochen, könnten Sie Hivehom nicht erreichen. Ihnen stehen die Mittel dazu nicht zur Verfügung. Ihr Kredit ist auf einem gemeinsamen Konto mit Ihrer Vorgefährtin Falmiensazex eingefroren, und man hat ihn limitiert.«

Er warf Fal einen scharfen Blick zu.

»Aus denselben Gründen, Ryo«, sagte Fal zu ihm. »Du würdest für mich dasselbe tun, wenn die Dinge umgekehrt stünden. Ich habe ebenso hart und lang wie du für diesen Kredit gearbeitet. Du hast nicht das Recht, ihn leichtfertig anzutasten.«

»Dann laß mich über meinen Anteil verfügen.« Sein Ton klang bittend, liebevoll.

»Nein. Wenn dieser Anfall vorüber ist und du wieder rational denken kannst, wirst du für das dankbar sein, was all deine Freunde für dich getan haben. Du hast viele Freunde, Ryo.«

»Das ist ohne Belang«, sagte Ilvenzuteck. »Selbst wenn Sie zu dem gesamten Kredit Zugang hätten, würde das auch nicht annähernd ausreichen, um Sie bis Hivehom zu bringen. Sie haben keine Vorstellung von den Kosten der größeren Gemeinschaft. Ihre Lernzeit hat das nicht eingeschlossen.«

»Ich würde hinkommen. So oder so würde ich hinkommen.«

»Ist das wahrhaftig Ihr Wunsch oder das, was Sie zu wünschen glauben?« fragte sie scharfsinnig. »Sie haben mir zugehört. Sie haben die Reaktion all derer gesehen, die Sie am meisten lieben. Ist es nicht möglich, daß sie recht haben und Sie unrecht? Gegen die Erfahrung, die Tradition und die Liebe können Sie nur eine vage ›Sehnsucht‹ ins Feld führen. Wer hat also die besseren Argumente, Ryozenzuzex? Sie sind intelligent. Gebrauchen Sie jetzt diese Intelligenz und hören Sie auf die Stimme Ihres inneren Ichs!«

Er schien in sich zusammenzusinken. Sein Körper schien zwischen seine Beine zu fallen. »Ich kann nicht gegen Ihre Argumente ankämpfen, Clan-Mutter. Ich nehme an, Sie haben recht. Sie alle haben recht.« Das klang nicht zufrieden, aber die Eindringlichkeit war von ihm gefallen. »Es war die Erregung des Augenblicks, der Möglichkeiten, die ich sah. Aber jetzt erkenne ich, daß sie nicht für mich sind. Narretei. Ich schäme mich.«

Er vollführte eine Geste der Verlegenheit, in die sich leichter Humor mischte. »Leidenschaftslos von außen betrachtet, scheint es tatsächlich unvernünftig und unreif.«

»Du brauchst nicht verlegen zu sein«, sagte sein Erzeuger. »Man bewundert dich, weil du dich der Realität stellst. Wenn deine Neugierde so groß ist, hättest du vielleicht als Laufbahn die Informationsverarbeitung wählen sollen.«

»Kein schlechter Gedanke. Vielleicht könnte ich das eines Tages immer noch, als zweiten Beruf.«

»Vielleicht«, sagte Ilvenzuteck beruhigend. Sie beobachtete ihn scharf. »Wie fühlen Sie sich?«

»Nicht zu gut«, sagte er. »Müde.«

»Verständlich. Genug jetzt mit diesen Albernheiten. Gehen Sie mit Ihrer Vorgefährtin in Ihre bewundernswerte Wohnung zurück.«

»Natürlich nur, wenn du das willst, Ryo.« Fal war sichtlich besorgt.

»Natürlich will ich.« Er sah sich dankbar um. »Ich danke Ihnen, danke Ihnen allen für das, was Sie getan haben. Für Ihre Fürsorge und Ihre Zuneigung. Ich war ein Idiot, und das nicht das erste Mal. Aber zum letzten Mal.«

Fal ging auf ihn zu, und sie schlangen liebevoll die Fühler ineinander.

»So ist es viel besser.« Ilvenzuteck seufzte erleichtert. »Eine Nacht, die man am besten vergißt. Uns alle hat man aus gesundem Schlaf geweckt. Und wir alle müssen morgen wieder arbeiten. Also, alle nach Hause! Und wir wollen nicht mehr über diese Sache reden!«

Tage verstrichen. Zur Überraschung aller kam eine zweite Nachricht von Brohwelporvot. Fal zögerte nicht, sie Ryo zu zeigen. Die Worte und Formulierungen waren ruhig, kontrolliert, wieder typisch für Broh, im Gegensatz zu seiner ersten hysterischen Nachricht.

Brohs Mitteilung erklärte, daß alles in der letzten Nachricht die Folge von Überarbeitung und Sorge gewesen sei und auf die Last eines schwierigen Kommandos zurückzuführen sei, auf dem er sich noch nicht ganz wohl fühlte. Es gab keine Ungeheuer, und es war auch kein Kontakt mit einem schwarzen, kugelförmigen fremden Fahrzeug hergestellt worden. Und er, Broh, war in eine Erholungsanstalt geschickt worden, um dort Ferien zu machen. Er fühlte sich ganz wohl, und sie solle sich um ihn keine Sorgen machen. Eines Tages würde er ihr mehr von den Alpträumen erklären, die einen im tiefen Raum überfallen konnten, und dann würden sie beide darüber lachen.

Fal spielte die Nachricht Ryo ein zweites Mal vor. Er nahm

sie in sich auf und pflichtete ihr sofort bei, daß sie eine vernünftige Erklärung für das Vorangegangene sei. Es war nicht einmal notwendig, sie mit langsamerem Tempo zu wiederholen, weil er selbst bezüglich der ersten Botschaft zu einem ähnlichen Schluß gelangt war. Es war gut, daß seine Theorie damit bestätigt wurde.

Es war klar zu erkennen, daß Broh die Nachricht selbst diktiert hatte, denn sie trug unten seinen eigenen Gesichtsabdruck. Und um jeden Verdacht seitens Ryos zu entkräftigen, hatte Fal die Authentizität der Nachricht durch eine kurze, schrecklich teure, persönliche Stimm-Bild-Konversation mit Broh persönlich auf Hivehom bestätigt und spielte jetzt eine Kopie dieses Gesprächs für Ryo ab.

Der ganze Vorfall war ein Phantasiegebilde gewesen, ausgelöst von einem schlimmen Traum. Er würde jetzt nicht länger ihr Leben überschatten. Ryo war da ganz ihrer Meinung und machte ihr sogar Vorwürfe wegen ihrer persönlichen Aufzeichnung. Die Nachricht vorher hatte in seinen Gedanken nicht einmal mehr ein Prickeln ausgelöst – das war seit der Zusammenkunft in der Clan-Halle vorbei.

Aber nun mußte er ruhen, denn er hatte einen schweren Tag im Dschungel vor sich. Er mußte dort schwierige Rodungsarbeiten überwachen – würde sie also bitte jetzt aufhören, ihn mit solchen Trivialitäten zu belästigen?

Aber während der Schlafzeit lag er dann wach, und seine Gedanken kreisten wie ein Tropensturm. Irgend etwas hatte Brohwelporvot dazu gezwungen, die zweite Nachricht zu verfassen und weiterzuleiten. Etwas oder jemand hatte sich dafür entschieden, hier etwas zu kaschieren, Dinge zu vertuschen, die nicht bekannt werden durften.

Eine halbe Jahreszeit verstrich. Der Vorfall schien völlig vergessen. Sein und Fals gemeinsames Leben verlief glatt und einfach. Langsam zog der Wabenrat die diskreten Überwachungsmaßnahmen zurück, die er für Ryo angeordnet hatte.

Er bekam die erwartete Beförderung in den Lokalrat von Inmot, und ein anderer wurde damit beauftragt, Rodungs- und Pflanzarbeiten zu überwachen. Die Bexamin-Lianen gediehen, was sein Ansehen in der Company und der Wabe steigerte.

Als daher bekannt wurde, daß man Ryo im Company-Rat in Ciccikalk benötigte, zeigte er keine Überraschung, ganz sicher keine Erregung über etwas, was ja schließlich nur eine langweilige Dienstreise in die Hauptstadt war. Er traf keine ungewöhnlichen Vorbereitungen für die Reise, sondern äußerte im Gegenteil seine Verstimmung darüber, daß er eine so weite Reise unternehmen mußte. Nur er allein wußte, als er südwärts davonzog, daß er nicht sehr bald nach Paszex zurückkehren würde.

Das Acht-Personen-Modul, in dem er saß, war leer und bewegte sich schnell und lautlos. In der ersten Nacht weckte ihn ein ungewohnter Stoß, aber das kam nur davon, daß ein weiteres Modul an das seine angekoppelt wurde. An der nächsten Haltestelle gingen einige Passagiere an Bord. Sie beachteten ihn nicht. Seine Anonymität würde bewahrt werden, bis man ihn bei der Ratssitzung der Company vermissen würde. Dann würden einige Nachrichten zwischen Ciccikalk und Paszex hin und her gehen. Mit einigem Glück würde etwas Zeit vergehen, bis man sein Verschwinden mit einer möglichen Wiederkehr seines abweichlerischen Verhaltens in seiner Jugendzeit in Verbindung brachte.

Der Modulzug raste südwärts, beschrieb einen weiten Bogen und beschleunigte dann weiter nach Süden. Die Zeit verstrich. Der Zug erreichte schließlich dichter besiedeltes Gebiet und begann nach vier Tagen seine Fahrt zu verlangsamen.

Einen halben Tag lang sah Ryo zu, wie Straßen, Ventilatoren und Oberflächeneinrichtungen wie Gewächse im Land auftauchten. Sein Modul befand sich in hügeligem Gelände und bremste immer noch ab, bis der Zug schließlich in das Transportzentrum von Zirenba einlief, wo er nach Ciccikalk umstieg. Sieben weitere Tage der Reise nach Süden führten ihn durch weite Flächen sorgfältig kultivierter Felder, hinter denen sich jene von Paszex schamhaft verstecken mußten. Mächtige schwarze Ventilatorschlote deuteten auf riesige unterirdische Fabrikationskomplexe.

Und dann war es wieder Nacht, und der lange Zug aus überfüllten Moduln erreichte den zentralen Passagier-Terminal von Ciccikalk. Beim Anhalten sprangen die Türen automatisch auf. Der einfache Teil seiner Reise war zu Ende. Von nun an würde er sich als Flüchtling bewegen müssen.

Ciccikalk war eine Metropole mit fast drei Millionen Einwohnern und beherbergte zwanzig Prozent der Bevölkerung des Planeten. Der Zentral-Terminal war einer aus einem Dutzend ähnlicher Größe, die die Stadt umgaben, und war fast so groß wie ganz Paszex.

Ryo hatte Größe erwartet, nicht aber Konfusion. Keine Statistik kann jemanden, der aus einer kleinen Stadt kommt, das Gefühl und das Ambiente einer großen Stadt vermitteln.

Über ihm blitzten Myriaden von Tafeln und zeigten Moduln und ihre Bestimmungsorte an oder die Ankunft anderer aus fernen Regionen und Städten. Der ganze Terminal war angefüllt mit Thranx, die sich dicht aneinanderdrängten, während jeder seiner Wege ging.

Ryo ertappte sich dabei, wie er um Kontrolle kämpfte. Auf einer Seite sah er eine Reihe von Ruhesätteln, bahnte sich seinen Weg durch die Menge und ließ sich dankbar auf einem nieder. Jetzt konnte er das Gewimmel in dem Terminal beobachten und studieren, ohne dauernd darauf bedacht sein zu müssen, nicht umgestoßen zu werden.

Er versuchte sich an das zu erinnern, was er über Ciccikalk gelernt hatte. Die Bevölkerung der Metropole betrug drei Millionen. In den umliegenden Städten und Dörfern wohnten einige weitere Millionen. Im Gegensatz zu den fünf Etagen von Paszex gab es hier unter ihm dreiundvierzig, die man aus dem Felsgestein des Planeten gegraben hatte. Neben diesem Wunderwerk der Technik hatte man noch ein Dutzend oberer Etagen in die Berge gegraben, die das Ciccital umgaben. Und sich das vorzustellen, bereitete die größte Mühe; daß es hier mehr als zweimal soviel Etagen *oberhalb* der Planetenoberfläche gab als in ganz Paszex.

Immer noch benommen, versuchte er seinen noch recht lückenhaften Aktionsplan noch einmal zu überdenken. Die Fahrt in die Hauptstadt hatte ihn so gut wie seinen ganzen

Kredit gekostet. Er besaß jetzt noch genau acht Credits. Damit konnte er sich nicht einmal das Recht kaufen, sich ein Shuttle *anzusehen*, geschweige denn, sich eine Passage auf einem Posigrav-Transporter leisten. Er würde davon vielleicht einen Monat leben können. Aber das löste das Problem der Unterkunft noch nicht. Und das gemeinsame Konto, das er sich mit Fal teilte, konnte er nicht antasten.

Er würde sehr sparsam sein müssen. Vielleicht würde er in den ärmeren Stadtvierteln eine Bleibe finden, wo er schlafen konnte. Wann er Nahrung zu sich nehmen konnte, machte ihm keine Sorgen. In einer Stadt von der Größe der Hauptstadt würde immer irgendein Lokal geöffnet sein. Das war nicht das schläfrige Paszex.

Das ihm Credits fehlten, um damit Zeit zu kaufen, beunruhigte ihn nicht, da er bezweifelte, ob ihm überhaupt ein Monat zur Verfügung stand. Es würde nicht lange dauern, bis man sein Bild verbreitete, und dann würde ihn irgendein Dienstleister in Ciccikalk erkennen und festnehmen. Er würde seinen Kreditstab benutzen *müssen*, um sich die Passage auf einem Schiff zu kaufen. Mit einigem Glück würde er sich, bis die Transaktion registriert und die Behörden informiert waren, bereits auf einem Schiff befinden und den Durchbruch in den Plusraum hinter sich haben.

Wenn er das letzte Shuttle eines Raumschiffs unmittelbar vor dem Abflug nahm und wenn das Shuttle andockte, ehe sein Schiff Willow-wane-Orbit verließ, dann könnte er es schaffen, ehe die Dienstleister das Schiff einfroren. Und sobald er Willow-wane einmal verlassen hatte, würde er ganz sicher irgendeinen Weg finden, um unentdeckt die Oberfläche Hivehoms zu erreichen, selbst wenn die Behörden von Willow-wane über Nullraum-Netz eine Botschaft vorausschickten.

Aber zuerst mußte Ryo einen Ort finden, wo er eine Weile bleiben konnte, während er die Transporterfahrpläne für das am besten geeignete Schiff studierte. Außerdem brauchte er etwas zu essen. Das Stadttransport-Modul, das er betrat, war dafür gebaut, Reisenden behilflich zu sein, und daher voll hilfreicher Informationen, wenn es auch eine etwas mißbilligende Haltung annahm, als Ryo andeutete, daß er in dem billigsten Hotel unterkommen wollte, das zur Verfügung stand.

Als das Fahrzeug aus dem hektischen Transport-Terminal glitt, wurde es etwas ruhiger um ihn. Ryo entspannte sich ein wenig. Die Baukorridore verengten sich, während das Modul in die Tiefe glitt. Schließlich nahm es in der dreiunddreißigsten Etage horizontalen Kurs auf, bog nach Osten, dann nach Norden und setzte ihn schließlich in Etage 33 Unterabschnitt 1.345 ab.

An der Stelle war der Korridor gerade weit genug, daß zwei Moduln einander passieren konnten, und die Decke hing knapp einen Meter über Ryos Fühler. Trotzdem fühlte er sich in der behaglichen, klaustrophobischen Umgebung wie zu Hause.

Der Eingang zu Dulinsul, dem Etablissement, das ihm das Modul widerstrebend empfohlen hatte, befand sich in der Nähe. Auf den Sätteln drinnen saßen eine Anzahl einfach gekleideter Thranx, die damit beschäftigt waren, sich zu unterhalten oder die Abendmahlzeit einzunehmen. Ryo wählte sich eine Nische ganz hinten, erteilte seine Bestellung über einen winzigen, in die Tischfläche eingelassenen Lautsprecher und streckte sich dann auf dem harten, ungepolsterten Sattel aus. Ein mürrisch dreinblickender, älterer Thranx mit nur einem Fühler brachte ihm sein Essen persönlich.

Aus dem prosaisch wirkenden Trinkgefäß ragte ein leicht gebogener Nippel. Hier war nichts von komplizierten Verzierungen zu erkennen, dachte Ryo. Das Tablett, das ihm gleichzeitig hingestellt wurde, enthielt gedämpftes Gemüse, zwei Pasten, ein Stück Higrig-Frucht und eine kleine Schüssel Suppe. Das Fleisch in der Suppe war zäh, aber wohlschmeckend, und der Rest zufriedenstellend. Ryo verzehrte alles, als säße er im besten Feinschmeckerlokal der Stadt. Er hatte es wohlbehalten bis Ciccikalk geschafft. Erfolg war alle Würze, die er brauchte.

»So, wie Sie das Essen in sich hineinwürgen, müssen Sie recht hungrig sein.«

Er blickte auf. Neben ihm stand eine winzige Erwachsene. Weiblich. Ihr Gesicht und ihre Flügeldecken waren grell geschmückt: imitierte Juwelen, die einfach aufgeklebt waren, anstatt richtig implantiert zu sein. Von ihrer Weste und ihrer Halstasche hingen Metallbänder fast bis zum Boden. Von ihren Legestacheln klirrten Ketten aus imitiertem Goldfiligran.

»Das Reisen macht mich immer hungrig«, erwiderte er und wandte sich wieder seinem Essen zu. Er nahm einen langen Schluck aus seinem Becher.

Sie musterte ihn neugierig. »Was trinken Sie denn da?«

»Quianqua-Fruchtsaft«, sagte er wie um Verzeihung bittend und fragte sich dann, weshalb er diesen verzeihungheischenden Ton gewählt hatte.

»Pissesaft, meinen Sie wohl.« Die Frau drehte sich um und winkte jemandem an der Theke zu. Dann ließ sie sich, ohne dazu aufgefordert worden zu sein, auf dem Sattel, der Ryo gegenüber angebracht war, nieder. Licht blitzte von ihren Ommatidien. Die dünnen Goldbänder, die ihr Auge halb verdeckten, waren breiter als das meist der Fall war. »Sie sehen ja nicht gerade wie ein Fließbandarbeiter aus.«

»Bin ich auch nicht«, gab er zu. »Ich bin Landvermesser und habe im Norden gearbeitet.«

»Also von auswärts?«

»Ja. Ich bin geschäftlich hier und versuche ein wenig zu sparen.« Das Gespräch schien ihr Spaß zu machen. Ihm übrigens auch. Es tat gut, mit jemandem reden zu können, vor dem man sich nicht in acht zu nehmen brauchte. Jedenfalls kam sie ihm nicht wie eine Dienstleisterin vor.

Seine Beschreibung des Dschungels und der Wildnis im Norden faszinierte sie. Sie selbst hatte, wie sie zugab, Ciccikalk noch nie verlassen. Bei Großwaben-Bürgern war das wohl häufig so, sinnierte Ryo. Beschränkter Horizont.

Die Küchenarbeiterin kam mit zwei Bechern mit etwas, das herrlich roch. Die Trinknippel waren etwas eleganter als der des Bechers, mit dem er angefangen hatte: jeder war mit einer hübschen Spirale versehen. Für das Dulinsul war das sicherlich bereits luxuriös.

»Ich glaube, das wird Ihnen schmecken«, sagte sie und sog an ihrem Nippel.

Das Getränk lockerte seine Gedanken und ließ ihn seine

Sorgen vergessen. Es war ein Gefühl, als würde man vom Süd-Jhe umgeworfen, nur daß die Furcht vor dem Ertrinken fehlte.

»Sie haben recht, es schmeckt herrlich. Was ist das?«

»Masengail-Wein. Freut mich, daß es Ihnen schmeckt. Schließlich bezahlen Sie dafür.«

»Tu ich das?«

»Schließlich hab' ich es Ihnen empfohlen. Reicht das nicht?« Wieder das trillernde Lachen.

»Meinetwegen.« Er nahm einen langen Zug. Das erzeugte ein herrliches Gefühl in ihm.

FÜNF

Er hatte sich in seinem Leben schon oft und in vielen Dingen geirrt, aber noch nie so sehr wie bezüglich des Weines. Er hatte seine Gedanken gelockert und die Sorgen von ihm genommen, und wenn er ihn auch nicht ertränken konnte wie der Süd-Jhe, so half er ihm doch dabei, seinen Kopf gegen etwas zu schlagen. Oder etwas gegen seinen Kopf zu schlagen.

Er lehnte sich an die Wand und betastete seinen Kopf vorsichtig mit einer Fußhand. Der Chiton war nicht gesprungen, und dafür war er dankbar. Aber sein Kopf fühlte sich an, als hätte ihn jemand aus seinem B-Thorax geschraubt und ihn dann umgekehrt wieder befestigt. Die Orientierungsstörung schien auch im Konflikt mit der Straße zu stehen, obwohl sie sich, je länger er sie anstarrte, wieder aufzurichten schien. Aber in dem Maße, wie das Bild Gestalt gewann, verstärkte sich auch der Schmerz.

Er tat ein paar Schritte und wäre beinahe gestürzt. Schließlich gelang es ihm, eine Korridorecke zu erreichen, wo die übliche Richtungstafel in die Wand eingebettet war. Er las sie einige Male, ehe er sie begreifen konnte.

Die Tafel informierte ihn darüber, daß er sich auf Etage 40, Unterabteil 892 befand. Vage kam ihm in den Sinn, daß er sich nicht dort befand, wo er hätte sein müssen. Er kauerte sich auf der Straße nieder und versuchte Ordnung in seine Gedanken zu bekommen.

Eine langsame, gründliche Untersuchung führte ihn zu der Erkenntnis, daß neben der Leichtigkeit zwischen seinen Augen auch sein Körper an verschiedenen anderen Stellen erleichtert worden war. Sein letzter Credit-Streifen war verschwunden, ebenso die Werkzeuge, die er in seinen Taschen getragen hatte, und auch alles andere, was auch nur einigen Wert gehabt hatte. Ebenso verschwunden waren seine persönlichen Habseligkeiten, sein Ausweis und der Kreditstab, so daß er sich zumindest künftig keine Sorgen würde zu machen brauchen, damit die Dienstleister auf sich aufmerksam zu machen. Seine Weste und seine Tasche hatte man ihm gelassen, aber das war auch alles.

Geduldig rekonstruierte er die weit-entfernten-und-lange-zurückliegenden Ereignisse, die dazu geführt hatten, daß er sich jetzt mit schmerzendem Schädel in einem unbekannten Röhrenkorridor befand. Da war der Masengail-Wein gewesen und die nette Fremde. Teah hatte sie geheißen. Den ganzen Namen hatte sie nicht genannt. Ein Gespräch und mehr Wein, viel mehr Wein. Und dann der Vorschlag, daß er, da er doch über keine Bleibe für die Nacht verfügte, die Nacht mit ihr verbringen solle. Und Andeutungen von nicht auf Fortpflanzung gerichtetem Sex.

Ein Weg durch einige ungewöhnlich dunkle und schlecht gepflegte Straßen – und dann senkte sich Finsternis über ihn. Das unbestimmte Gefühl, bewegt zu werden. Und dann das Erwachen, benommen von Schmerzen, gepeinigt auf der Seite liegend, an der linken Ecke einer Röhrenstraße auf Etage 40, Unterabschnitt 892.

Man hat mich beraubt, dachte er hysterisch und fing zu lachen an. Sein Pfeifen erfüllte den schmalen Korridor und hallte von den Mauern wider. Unsere sorgfältig geplante, wunderbare Gemeinschaft, in der jeder Thranx seinen oder ihren Platz und seine Verpflichtungen kennt, mit entschieden festgelegten Gesetzen, denen man auch Folge leistete – das alles führte zu dem.

Er fragte sich, was die alte Ilvenzuteck, so erfüllt von Tradition und Sitte, von dieser Situation gehalten hätte. Aber in der isolierten, ordentlichen kleinen Wabe Paszex hätte so etwas nie vorkommen können. Wahrscheinlich würde das alte Wrack vor Schrecken ohnmächtig werden. In ihm empörte sich ein kleines, klar denkendes Fragment seines Ichs über die Beleidigung, die er gerade, wenn nicht ausgesprochen, so doch gedacht hatte. Seine eigenen Schwestern und seine Familie hätten sich von ihm losgesagt, wenn er so etwas in ihrer Gegenwart geäußert hätte.

Erstaunlich – man braucht nur sein Ziel teilweise zu erreichen und dann um den Rest seines Traumes und seiner Habseligkeiten und fast seines Lebens gebracht zu werden, und schon ist man über die wahre Natur der Welt aufgeklärt, dachte er. Dann lachte er wieder.

Ein paar Thranx, die von der Spätschicht nach Hause kamen, passierten ihn auf der anderen Korridorseite, wobei sie die Augen abwandten. Er rief ihnen nach, doch sie eilten nur noch schneller dahin.

Das Gelächter verhallte, sein Pfeifen verstummte. Er war allein auf dem schwach erleuchteten Korridor, zwischen zwei lautlosen Ladenfassaden.

Zwei Tage lang wanderte er ziellos durch die Wabe. Ohne daß er dies geplant hätte, fand er sich am Ende wieder in dem Zentral-Transport-Terminal.

Wenn schon sonst nichts, so dachte er stumpf, konnte er immerhin eine Sprechverbindung zurück nach Paszex anschreiben lassen. Seine Familie würde ihn ja wahrscheinlich wieder aufnehmen. Und hoffentlich Fal auch. Der Traum, der ihn nach Ciccikalk getrieben hatte, der ihn so weit geschoben hatte, war verblaßt zu einem hartnäckigen Schmerz irgendwo in seinem Nacken, wo die Räuber ihn niedergeschlagen hatten.

Sein Aussehen bekümmerte ihn nicht länger. Die Reaktion anderer Bürger auf seine Anwesenheit war ihm Beweis genug, daß er zu etwas nicht ganz Vorzeigbarem geworden war. Er hatte zwei Tage nichts zu essen gehabt, aber Wasser stand an öffentlichen Brunnen zur Verfügung. Sein Magen zog sich zusammen, und er würde bald vor Hunger ohnmächtig werden.

Ich werde das Gespräch nicht führen, dachte er geschwächt. Ich werde die Niederlage nicht zugeben, werde nicht nach Hause zurückkehren. Eher sterbe ich in Ciccikalk. Besser ein Narr, der bei dem Versuch stirbt, als ein lebender Versager. Und doch bewahrte er sich genügend Vernunft, um zu begreifen, wie unsinnig dieses Gelöbnis klang. Wenn nicht sehr bald etwas passierte, dann würde er die Mitteilung senden müssen, das wußte er. Er würde die Absurdität aufgeben, die ihn seit der Lehrzeit geplagt hatte, und würde geläutert dorthin zurückkehren, wo er zu Hause war.

Der Thranx vor ihm war ausnehmend gut gekleidet. Seine Körperweste und seine Halstasche waren aus wertvollem, aber unauffälligem importierten Gewebe hergestellt. Sein Chiton war gerade dabei, von Blaugrün ins Violette umzuschlagen. Die Implantate an seinem oberen und unteren Leib waren abwechselnde Einsätze aus blauem und silbernem Metall, die in einfachen Mustern angeordnet waren. Alles an seiner Haltung und seiner Aufmachung verrieten Intelligenz und Wohlstand.

In der Halstasche des Älteren war eine kleine Ausbuchtung zu erkennen. Wahrscheinlich trägt er da ein dickes Bündel Credits, dachte Ryo kalt. Eine nette schwere Rolle aus achtzig Credit-Stücken, mit denen er vor weniger Glücklichen prahlen kann. Sein Kreditstab würde für Ryo natürlich völlig nutzlos sein; aber die Credits würden vielleicht für eine Passage nach Hivehom ausreichen.

Aber wie? Er konnte ja hier in einem öffentlichen Gebäude nicht einmal ein Achtel Credit erbetteln, und ganz bestimmt nicht achthundert. Sprich schnell zu ihm, ehe er weitergeht, sagte sich Ryo, als ihm plötzlich der verrückte Gedanke kam.

Frag ihn nach der Richtung, nach Sympathie. Frag ihn irgend etwas, solange es ihn nur hierherbringt. Nein, dort drüben hinter der großen Säule, wo uns niemand sieht.

Ein schneller Nackenschlag, dicht unter dem Schädel, gerade ausreichend, um ihn einen Augenblick lang außer Gefecht zu setzen. Und wenn du ihm dabei den B-Thorax zerschlägst, was macht das schon? Schließlich stelzt er in dem Terminal herum, als ob er ihm gehörte! Ob er irgendwelche Träume hat? Höchst zweifelhaft. Wahrscheinlich hat er seinen Reichtum ohnehin nur geerbt. Er verdient ihn jedenfalls nicht, kann ihn gar nicht gebrauchen. Im Gegensatz zu denjenigen von uns, die immer noch den Mut zum Träumen haben, selbst wenn solche Träume ungesund und unwillkürlich sind, weil sie uns treiben, antreiben, zwingen ...

»Verzeihen Sie, Sir«, hörte er sich höflich sagen. »Könnte ich Sie einen Augenblick sprechen?«

»Aber ganz bestimmt, mein Freund.« Die Stimme war perfekt moduliert, ein unauffälliges Ineinanderübergehen von Pfeiflauten und Silben. Eine Stimme, die es gewöhnt war, sich in Hochthranx zu unterhalten, nicht in Niederthranx. Nicht so wie wir gewöhnlichen Landleute, dachte Ryo.

»Ich bin neu in der Wabe.«

»Das ist leicht zu erkennen«, sagte sein Gegenüber mitfühlend.

Ich wette, daß Sie das erkennen, dachte Ryo grimmig. In ein paar Augenblicken wird man dir die Mühe des Denkens ersparen.

»Hier, bitte, Sir, wenn Sie so liebenswürdig wären. Dort hab' ich meine Karte.« Er wies auf die mächtige Säule. Rings um sie pfiffen Moduln, und Leute redeten laut, ganz in ihre Angelegenheiten versunken. Es würde nur eine Sekunde dauern, eine einzige Sekunde, und niemand würde etwas bemerken.

»Bei meinem Gepäck ist sie.«

»Ich bin Ihnen gern behilflich, Jüngling.« Der Ältere senkte höflich die Fühler. »Sehen wir uns doch Ihre Karte an.«

Sie waren jetzt ganz nahe bei der Säule. »Seltsam«, bemerkte der Ältere und blickte überrascht auf den Boden. »Wo, sagten Sie, ist Ihr Gepäck?«

»Dort«, sagte Ryo aufmunternd. »Dort hinten im Schatten.«

Verzweifelt versuchte er mit der Fußhand nach dem Nakken des Älteren zu schlagen, aber sein Opfer war schon zu weit entfernt, weit entfernt, auf der anderen Seite des Dschungels, jenseits des wütenden Süd-Jhe, und musterte ihn neugierig und gab traurige Geräusche von sich, während er in der Ferne verblaßte.

Dann schleuderte jemand den Boden des Terminal nach ihm. Sehr unfair, dachte er, verdammt unfair, einen ganzen Boden nach einer ertrinkenden Seele zu werfen. Der Boden preßte ihn in die Tiefe, ganz weit hinunter in die Tiefen des donnernden, sich dahinwälzenden Flusses ...

Was er bei der Rückkehr nie erwartet hätte, war Sonnenschein. Er wärmte seine Augen und zwang ihn, sich von dem grellen Schein abzuwenden. Plötzlich war ihm übel, aber in seiner Speiseröhre war nichts, was er hätte auswürgen können.

Eine sanft klingende Stimme sagte: »Sie haben einen ganzen Tag und eine ganze Nacht geschlafen. Höchste Zeit, daß Sie aufwachen.«

Ryo setzte sich sehr langsam auf, rollte sich zur Seite und hob seine obere Körperhälfte. Und in dem Augenblick wurden ihm einige Dinge bewußt, die ihn, zusammengenommen, fast überwältigt hätten: ein Eindruck dezenten Wohlstands, Morgensonne und das wunderbare Aroma frisch gekochten Essens.

»Ich würde fragen, ob Sie hungrig sind. Aber wenn man Ihre feuchten Kiefer ansieht, liegt die Anwort klar vor Augen.«

Ryo suchte, woher die Stimme kam. Und da stand, ganz nahe zu seiner Rechten, der alte Thranx, dem er im Transport-Terminal begegnet war. Einen Augenblick lang erstarrte Ryo. Aber der Alte wirkte eher amüsiert als betroffen.

»Nun, sind Sie hungrig, oder sind Sie es nicht? Er wandte sich ab und drehte der Gestalt auf dem Sessel furchtlos den Rücken zu. »Wenn Sie natürlich keinen Hunger haben, kann ich es wegwerfen ...«

»Nein, nein.« Ryo rutschte von der Liege. »Ich *bin* hungrig.«

»Natürlich sind Sie das«, sagte der Alte freundlich und führte Ryo in ein Speisezimmer.

Es war wunderschön eingerichtet, mit demselben klaren Blick für guten Geschmack, der auch im Schlafzimmer zu erkennen gewesen war. Der Tisch in der Mitte bestand aus laminiertem Hartholz, so kunstvoll zusammengesetzt, daß ein Regenbogen natürlicher Farben entstand. Die Wände waren gestampfte, natürliche Erde, mit Kleber vermischt und mit über Kreuz eingelegten Metallstreifen verstärkt, so daß sie oben eine Kuppel aus Ocker und Silber bildeten. Hier drang kein natürliches Licht ein.

Ryo machte sich ohne jede Scham über das Bankett her.

Sein Leib schrie ihm seine Nöte zu, und ihnen ordnete er jetzt jede Etikette unter. Der Alte beobachtete ihn interessiert.

Als sein Innenleben ihm schließlich ›genug!‹ signalisierte und er sich in dem bequemen Sattel zurücklehnte, dachte Ryo das erste Mal daran, seinen Gastgeber eingehend zu studieren. Ja, das war derselbe Thranx, der im Terminal beinahe ein frühes Ende gefunden hätte. Die Implantate an seinem Bauch waren dieselben, und er erkannte auch die seltsame Art wieder, wie er den Schädel nach vorne neigte. Zuerst hatte Ryo geglaubt, diese Schädelhaltung sei affektiert; aber jetzt erkannte er, daß sie einen Bestandteil der Physiognomie des Alten bildete.

Der schien seinen Blick zu bemerken. »Ich habe mir den Hals gebrochen – oh, das liegt jetzt sechs oder sieben Jahre zurück«, meinte er freundlich.

Ryo war es peinlich, daß man ihn ertappt hatte, und er wandte den Blick ab.

»Ich war dabei, einen Baum zu ersteigen, wenn Sie es wissen wollen«, fuhr der Alte fort.

Das überraschte Ryo. Yaryinfs kletterten auf Bäume. Muelnots, Shrins und Ibzilons kletterten auf Bäume. Thranx taten das nicht. Sie waren nicht dafür gebaut. Weder ihre Beine noch ihre Echthände waren dazu geeignet. Fußhände waren für so etwas richtig konstruiert, und man konnte sich ja schließlich nicht mit nur zwei Gliedern an einem Baumstamm in die Höhe ziehen.

»Warum haben Sie versucht, einen Baum zu erklettern?«

Der Alte pfiff leise. »Weil ich sehen wollte, wie die Welt von oben aussieht, natürlich.«

»Aber Sie hätten sich doch von einem Schweber auf dem Baumwipfel absetzen lassen können, oder vom Arm eines Pflückers.«

»Das verstehen Sie nicht – aber sonst hat das auch keiner verstanden. Sehen Sie, ich bin ein Poet.« Er trat vor und berührte quer über den Tisch Ryos Fühler. »Mein Name ist Wuuzelansem.«

»Ryozenzuzex«, antwortete er automatisch. Er erinnerte sich an etwas, das er zu seinem Vergnügen gelesen hatte.

Oder vielleicht war es auch ein Gespräch gewesen. »Der *Eint* Wuuzelansem?«

Der Alte vollführte eine ausrufende Geste dritten Grades. »Der bin ich.«

»Ich habe von Ihnen gehört. »Ja, mehr noch. Ich erinnere mich an einige Ihrer Werke.«

»Nun, das muß nicht unbedingt etwas Gutes sein«, meinte Wuuzelansem und gab ein abwehrendes Glucksen von sich. »Dennoch glaube ich, daß es mich freut, das zu hören. Welchen Beruf haben Sie?«

Ryo war sofort auf der Hut.

Der Poet bemerkte die Reaktion. »Oh, schon gut, Sie brauchen es mir nicht zu sagen, wenn Sie nicht wollen. Eines weiß ich: ein professioneller Straßenräuber sind Sie nicht.«

Ryo erschrak zum zweiten Mal.

»Das war doch Ihre Absicht im Zentral-Terminal, oder nicht?«

Nach einem kurzen Zögern vollführte Ryo eine Geste verlegener Zustimmung.

»Nun, ich kann mir vorstellen, daß einen der Hunger zu ziemlich viel treiben kann.«

»Woher wußten Sie, daß ich kein Straßenräuber bin?«

»Aus der Art, wie Sie es angepackt haben.« Wuu sprach ganz beiläufig, so als unterhielte er sich über die Installationen in seiner Wohnung. »Sehen Sie, ich kenne viele Straßenräuber und Diebe. Sie leben in einem Zustand dauernder Gefahr und ewigen Konflikts. Das kann die Basis für interessante poetische Werke liefern. Ich dokumentiere das in Reimen. Ich bin auch fair mit ihnen, und so kommt es, daß viele meine Freunde sind.

Die Waben-Behörden sehen diese Beziehung natürlich nicht gern. Offiziell gibt es solche Individuen in der wunderbaren Hauptstadt Ciccikalk nicht.« Pfeifendes Gelächter aus erfahrener Kehle. »Mein Junge, das Universum ist voll von Dingen, die es eigentlich gar nicht geben darf, die uns aber beständig dadurch verwirren, daß es sie doch gibt. Orte im Weltraum, wo die Realität verschwindet. Sonnen, die nicht umeinander kreisen, sondern um Dutzende, Nullraum, wo

Dinge nie zu klein sind, um zu existieren, und plötzlich Wirklichkeit werden. Straßenräuber, Diebe – alles Dinge, an die man nur schwer glaubt, und alle Gegenstand des poetischen Diskurses.

Nun«, meinte er und ließ sich auf dem Sattel Ryo gegenüber nieder, »da ich Sie hierhergeschleppt und für Sie gesorgt habe, können Sie wenigstens ehrlich zu mir sein. Wenn ich Sie an die Dienstleister ausliefern wollte, hätte ich das schon früher tun können, mit sehr viel weniger Gefahr für mich, und es hätte mich außerdem viel weniger gekostet.«

Und so erzählte es ihm Ryo. Die ganze Geschichte strömte aus ihm heraus, veranlaßt duch sein gebrochenes Selbstvertrauen. Als Ryo fertig war, überlegte Wuu einige Minuten lang. Dann führte er Ryo wortlos aus dem Eßzimmer zurück in die Schlafkammer. Durch eine breite Acrylscheibe bot sich der Blick auf den Hügel. Die Sonne war gerade hinter dem Horizont versunken; Regenwolken stiegen auf, und ihre rosafarbenen Leiber leuchteten so hell wie in Facetten geschliffene Kunzite.

»Fremde Ungeheuer, hm?« Wuu wandte sich vom Fenster ab und sah Ryo an. »Für mich klingt das alles ziemlich windig.« Ryo sagte nichts. »Aber offenbar ist es ein Wind mit genügend Kraft, um Sie zu veranlassen, Ihre Vorgefährtin zu verlassen, Ihre Familie, Ihren Clan und Ihre Wabe, um in eine Stadt wie Ciccikalk zu reisen. Für manche, denke ich, kann sowas zur Besessenheit werden.«

»Das ist nicht irgendwas«, sagte Ryo ärgerlich. »Das ist Teil eines Traumes.«

»Ah, ja.« Wuus Stimme klang amüsiert. »Man überschätzt Träume gern. Trotzdem kennzeichnen Ihre Beharrlichkeit und Ihre natürliche Intelligenz Sie als etwas mehr als einen gewöhnlichen Fanatiker. Vielleicht sind Sie da auf etwas gestoßen, was sich weiter zu verfolgen lohnt. Jedenfalls sollte es Spaß machen. Was meinen Sie, wenn wir beide, Sie und ich, nach Hivehom gehen und sehen, ob wir nicht mehr herausfinden können?«

Ryo hätte nicht überraschter sein können, wenn Fal plötzlich in den Raum gerannt wäre, um sich aus ganzem Herzen in die Reise zu stürzen. Fal – er stellte fest, daß er häufig an sie dachte. Aber dann drängte sich immer wieder der Traum in seine Gedanken und schob alle anderen Gedanken weg, drängte ihn, blieb unerbittlich in seinen Forderungen, unnachgiebig in dem geistigen Druck, den er auf ihn ausübte.

»Sind Sie sicher ... Wissen Sie, worauf wir uns da einlassen, falls sich herausstellen sollte, daß mein Verdacht Gründe hat, Sir? Das könnte gefährlich sein.«

»Das will ich hoffen! Sonst würde es doch keinen Spaß machen. Wenn es keinen Spaß und keine Gefahren gäbe, dann wäre keine Poesie daran. Und wenn keine Poesie daran wäre, dann gäbe es für mich keinen Grund, mitzugehen. Oder?«

Ryo wußte nicht, was er darauf antworten sollte.

»Schauen Sie, dort draußen!« Der Eint drehte sich um und deutete auf das Fenster zum Hügel, das einen Blick über das ganze Ciccital bot.

Ganz links ragten die silbernen Rohre auf, die die gesäuberten Emissionen mächtiger Fabrikkomplexe ausspien. Zur Rechten waren die Einzugsschächte, die den Millionen in der Tiefe Frischluft lieferten. In der Ferne, etwas links von der Mitte, stieg ein heller Punkt zu den Wolken auf, und zwar so schnell und so steil, daß es sich unmöglich um ein Flugzeug handeln konnte.

»Ja, das ist ein Shuttle. Dort liegt der Hafen.« Wuu stand neben Ryo und blickte dem hochsteigenden Lichtpunkt nach. »Keine Ahnung, wo die Reise hingeht. Nach Hivehom vielleicht. Oder nach Amropolous oder zu einer anderen Welt. Wenn Sie einverstanden sind, könnten wir bald auf einem solchen Schiff sein.«

Ryo sagte nichts, sondern starrte nur auf den fernen Reflex, bis er in der Wolkenschicht verschwand. Als er nicht mehr zu sehen war, drehte Ryo sich um und starrte seinen Wohltäter an. Er wagte kaum zu glauben, was er da gehört hatte.

»Das ist nicht möglich. Sie könnten der Geschichte bis zu ihrem Ende folgen, zurückkehren und mir davon erzählen. Ich kann nicht mit Ihnen kommen. Ich habe keinen Zugang zum Kredit.«

Wuu machte eine Geste, die für die meisten als sehr unhöflich galt. »Kredit ist nichts. Man überschüttet mich damit, dafür, daß ich das tue, was ich auch für nichts tun würde.«

»Nun, dann wäre da noch die Kleinigkeit meiner Identifikation«, fuhr Ryo hartnäckig fort. »Mir hat man die meine weggenommen. Und selbst wenn das nicht so gewesen wäre, bin ich nicht sicher, ob ich ein Schiff erreichen könnte, ehe die Dienstleister mich festnehmen. Inzwischen bin ich sicher in jedem Computer-Terminal auf dem ganzen Planeten registriert.«

»Dann müssen wir eine sichere Identität für Sie schaffen, mein Junge.« Wuu überlegte und erklärte dann: »Ich bin schon das zweite Mal verwitwet. Beide Male durch unglückliche Unfälle. Es gibt keine natürlichen Nachkommen. Aber es würde niemanden überraschen, wenn ich verkündete, daß ich einige adoptiert habe. Sie können sich als mein adoptierter Nachwuchs ausgeben, und das sind Sie wahrscheinlich ohnehin schon, wenn nicht im juristischen Sinne, dann wenigstens im Geiste.

Ich sagte Ihnen, daß ich viel von der Unterwelt von Ciccikalk weiß. Neben denen, die ihren Lebensunterhalt von den Unvorsichtigen beziehen, kenne ich auch viele, die anderen Formen außergesetzlicher Aktivität nachgehen. Einige von ihnen sind Schriftsteller. Was sie schreiben, ist nie besonders anregend, aber ihre begrenzten Ausgaben sind Meisterstükke. Sie werden Ihren persönlichen Namen behalten, denn er ist verbreitet genug, um keinen Verdacht zu erwecken, glaube ich. Wir werden Ihnen einen neuen Clan, eine neue Familie und eine Wabe geben. Sie werden Ryozeljadrec werden. Was halten Sie davon?«

»Nicht übel. Ich komme mir wie ein Kandidat für einen Anpassungsbau vor. Aber wenn Sie wirklich meinen, daß man das glaubt ...«

»Wissen im Verein mit Geld kann Wunder wirken, mein Junge. Fremde Ungeheuer, ungeheure Fremde – ich spüre schon, wie ein Gedicht daraus wird!« Und dann rasselte er mit Singsangstimme eine Folge gepfiffener Hochthranx-Wörter herunter, die irgendwie harmonisch angeordnet und angenehm anzuhören waren.

»Das ist schön«, sagte Ryo bewundernd.

»Nichts, nichts. Abfall. Nicht wert, auf einem Chip festgehalten zu werden. Grobe Worte, aber wir werden schon eine Inspiration finden, die es wert ist, veröffentlicht zu werden, mein Junge.«

»Ich hoffe, aus all dem kommt etwas Gutes heraus. Was ist, wenn Ihr ... äh ... Fälscher sich als nicht so tüchtig erweist, wie Sie das annehmen?«

»Ich habe einen Titel, dieses ›Eint‹. Für irgend etwas muß das auch nützen. Es sollte uns doch sicherlich in die Lage versetzen, allen Ungewißheiten zu entgehen und uns durchzusetzen. Da Sie nicht über die dafür nötige Erfahrung verfügen, werde ich es für uns beide übernehmen, die Leute einzuschüchtern, die uns stören wollen. Ich tue das die ganze Zeit. Ist die Poesie denn nicht auch eine Methode, seine Zuhörer einzuschüchtern, ihren Widerstand zu lähmen und damit direkt zu ihren Gefühlen vorzudringen? Dichtung ist mehr als nur Harmonie und Mathematik, müssen Sie wissen. Wir werden es schon irgendwie schaffen. Keine Sorge.

Eines noch. Haben Sie an Ihre Familie und Ihre Vorgefährtin gedacht?«

Plötzlich fühlte Ryo sich gar nicht mehr wohl.

»Dauernd«, murmelte er.

»Das ist so, wie es sein sollte. Sie sind mir wie ein verantwortungsvoller junger Bursche vorgekommen. Wir werden eine Mitteilung an einen von ihnen vorbereiten. Sie wird auf einem höchst komplizierten Weg in diesem Paszex ankommen. Sie wird überhaupt nicht abgesandt werden, solange wir nicht sicher unterwegs sind und das Willow-wane-System verlassen haben.

Sie wird ihnen nichts über Ihren Aufenthaltsort oder Ihre Pläne verraten. Aber dafür werden sie erfahren, daß es Ihnen gut geht und daß Sie an sie denken. Wenn das, was Sie mir bis jetzt gesagt haben, die Wahrheit ist, werden die zuallerletzt glauben, daß es Ihnen gelungen ist, den Planeten zu verlassen. Es wird ein Schock für sie sein, wenn Sie mit der Wahrheit zurückkehren. Aber bis dahin werden die zumindest nicht auf die Idee kommen, Begräbnisfeierlichkeiten für Sie zu veranstalten.«

Ryo blickte den Poeten an, statt auf die Landschaft draußen zu sehen. »Es ist Ihnen doch klar, was Sie tun?«

»Und was ist das?« fragte Wuu. Er hatte vor einer wunderschön eingelegten Computerkonsole Platz genommen und war damit beschäftigt, seine Finger über die rechteckige Tastatur eilen zu lassen.

»Sie brechen meinetwegen wenigstens vier Gesetze.«

»Oh, *Gesetze!*« Wuu gab ein erschreckend unanständiges Geräusch von sich. »Was glauben Sie denn, ist die Aufgabe von Poeten, wenn nicht das Brechen von Gesetzen?« Informationen flogen über den Bildschirm. »Ein Transporter verläßt Hivehom in drei Tagen. Ich denke, bis dahin können wir fertig sein, mein Junge.«

»So bald? Aber müssen Sie denn nichts vorbereiten, irgendwelche Angelegenheiten abschließen, die erledigt werden müssen, ehe Sie abreisen können? Wir haben doch keine Ahnung, wie lange wir unterwegs sein werden.«

»Meine Angelegenheiten mußten immer schon in Ordnung gebracht werden«, sagte Wuuzelansem und fügte ein Augenzwinkern dritten Grades hinzu. »Ryo, es gibt drei große Ausreden, die man im Leben benutzen kann. Man kann sagen, daß man verrückt ist oder betrunken oder ein Poet. Das gleicht viele empörend herrliche Dinge aus, die man damit der Gesellschaft ungestraft zufügen darf.

Was die Vorbereitung Ihrer neuen Identifizierung angeht, so wird das zugegebenerweise notwendig machen, daß die betreffende Dame, an die ich denke, sich etwas beeilen muß, aber ich glaube, sie kann es schaffen. Sie ist eine echte Künstlerin. Warten Sie, bis Sie ihre Arbeit sehen. Sie gebraucht alle vier Hände gleichzeitig, und das erzeugt solch flüssige Bewegungen, daß sie förmlich erotisch wirken. Ein Ding der Schönheit – so, wie es am Ende Ihre Identifikation sein wird. Schön und gleichzeitig glaubwürdig.

Ich werde auf dem Transporter eine Passage für uns buchen. Nicht in der oberen Klasse und nicht in der unteren, sondern in der Mitte. Wir wollen nicht herumgestoßen werden, wie es in der unteren Klasse vielleicht der Fall wäre, und wollen auch nicht die Aufmerksamkeit auf uns ziehen, wie es oben üblich ist.

Wir werden diesmal mit dem Durchschnitt reisen, auf der Suche nach eindeutig undurchschnittlichen Entdeckungen. Und falls auf Hivehom keine fremden Ungeheuer lauern sollten ... – nun, es ist eine Weile her, daß ich meine Heimatwelt das letzte Mal verlassen habe. Zugegeben, das Vertraute wirkt beruhigend auf die Seele, aber der Geist erfordert mehr Anregung. Die Reise selbst wird die Mühe wert sein. Ich nehme an, Sie sind noch nie auf Hivehom gewesen?«

»Ich habe bis zu meiner Reise hierher Paszex nie verlassen.«

»Da wird für Sie etwas zu sehen sein. Für einen bukolischen Jüngling wie Sie. Ja, drei Tage sollten reichen.«

»Ich weiß nicht, was ich sagen oder wie ich Ihnen dafür danken soll«, sagte Ryo und fügte dann ein leichtes Klicken und eine Geste der Amüsiertheit hinzu, »›Vater‹.«

»Gut so! Du fängst also an, den Geist der Täuschung zu erfassen. Behandle mich mit Respekt und sprich mich immer so an, wie du zu einem echten Adoptivvater sprechen würdest. Auf diese Weise finden wir sicher gute Verse für das Drama.«

Geeignete Kleidung für Ryo wurde bestellt. Da Wuu die Absicht hatte, so unauffällig wie möglich zu bleiben, war die Kleidung neu, aber nicht auffällig. Davon abgesehen, waren Weste und Tasche attraktiv und strapazierfähig.

Einen Tag vor ihrer geplanten Abreise erschien ein geheimnisvoll wirkender kleiner Thranx an Wuuzelansems Eingang, um ein winziges Päckchen zu übergeben. Das Päckchen enthielt eine bemerkenswerte Sammlung von Ausweisdokumenten, darunter auch einen Kreditstab. Letzteres war eigentlich unfälschbar, denn die Finanzinstitute aller Thranx-Welten waren äußerst sicherheitsbewußt. Ryo würde ihn nur im äußersten Notfall benutzen.

»Ich werde alle finanziellen Transaktionen übernehmen«, sagte Wuu. »Es lohnt sich nicht, das Schicksal herauszufordern. Dieser Stab ist das schwierigste Stück, aber es ist wichtig, daß du wenigstens einen vorzeigen kannst. Niemand geht ohne einen Stab auf Intersystem-Reisen.« Er musterte Ryo aufmerksam. »Wie gefällt dir deine neue Kleidung?«

Ryo ließ sich auf alle sechse fallen, stand wieder auf, verdrehte den Oberkörper und schüttelte seinen Leib. Die Weste blieb sicher an Ort und Stelle.

»Ich weiß gar nicht, was ich sagen soll.«

»Ein Wortloser und einer, der vor Worten überfließt. Wir werden einander also vorzüglich ergänzen.« Der Poet machte ein Geste, die Amüsiertheit zweiten Grades ausdrückte, zugleich aber jeden Sarkasmus von sich wies. »Dann gehen wir morgen an Bord.«

»Und wenn es Probleme gibt?«

»Dann lösen wir sie so, wie sie sich stellen. Spontaneität ist eine der Freuden der Existenz, mein Junge! Besonders, wenn man sich vorher auf sie vorbereitet.« Er wedelte mit seiner Echthand.

In der Nacht schlief Ryo nicht gut und hatte beunruhigende Träume, die sich um ein gigantisches, geiferndes Ding drehten, das einen Mund voll krummer, spitzer Zähne hatte, am ganzen Körper mit purpurnem Fell bedeckt war und ein halbes Dutzend klauenfingriger Hände besaß, die gierig nach ihm griffen. Es trug sein Skelett innen, wie die Yaryinfs, und wollte seinen Kopf aussaugen.

Er erwachte aus unruhigem Schlaf, als Wuus Wecker leise pfiff.

Sie packten wenig und nahmen nur Handgepäck mit. »Schließlich gehen wir nicht zu einem Debütantenball«, hatte Wuu gemeint, »und wer leicht reist, reist schnell.«

Sie verließen den Etagenkomplex, auf dem Wuu lebte, nahmen einen Lift unter die Oberfläche und anschließend ein Transportband auf der vierten Etage zum nächsten Modul-Terminus, wo sie einen direkten Modul zum Shuttle-Hafen bestiegen.

»Bis jetzt bedaure ich nur eines«, sagte Ryo in der Stille ihres Privatabteils.

»Und was ist das?«

»Daß diejenigen, die mich niedergeschlagen und beraubt haben, ungestraft entkommen.«

»Wer sagt denn, daß sie keine Strafe erleiden? Ich weiß, wie ihr Leben ist. Die meiste Zeit ist es jämmerlich, und im besten Fall tröpfeln einige der einfachsten Freuden zu ihnen hinunter. In vieler Hinsicht leben sie schlechter als unsere primitiven Vorfahren, die der Natur ihr nacktes Leben abrangen, denn die Vorzüge der modernen Gesellschaft sind ihnen versagt. Und doch müssen sie auch irgendwie leben, so unglücklich und unwissend sie auch sein mögen.«

Wuu machte eine alles umfassende Geste mit allen vier Händen. »Das Universum ist ein Dschungel, mein Junge. Du könntest dein ganzes Leben in den wildesten Bereichen Willow-wanes verbringen und gegen giftige Flora und fleischfressende Fauna kämpfen, gesund und glücklich sein und eines Tages in die Wabe von Ciccikalk kommen und von einem Transport-Modul überfahren werden. Wenn du davon ausgehst, daß jeder Ort gefährlich und unzivilisiert ist, wirst du viel schneller Ruhe finden und dich entspannen können.«

Dann herrschte Stille in dem Modul. Ryo dachte daran, wie weit er von zu Hause entfernt war und wieviel weiter er noch reisen würde. Sehr weit von seiner Familie und seinem Clan.

Und von Fal.

Was würde sie wohl aus der geheimnisvollen Nachricht machen, die er und Wuu verfaßt und ihr geschickt hatten? Würde sie ihn völlig vergessen? Annehmen, daß er geistig verloren war? Er hoffte, daß sie einfach nur tief seufzen und in Hoffnung auf sein Wiedererscheinen in den Pflegehort zurückkehren würde. Aber es war natürlich auch möglich, daß sie einen anderen Vorgefährten suchte.

Aber das waren Gedanken, mit denen er sich jetzt nicht befassen durfte, auch wenn sie ihn plagten wie einen Rauschgiftsüchtigen die Aussicht auf den nächsten Schuß. Das einzige, worauf es jetzt ankam, war, den Planeten sicher zu verlassen.

Seine Nervosität nahm zu, als sie über die Rampe zum Eingang des Shuttle gingen.

»Und wenn der Ausweis versagt?« flüsterte er Wuuzelansem zu. »Wenn ...«

»Alles wird gutgehen, wenn du dich einfach nur entspannst und dich ganz normal gibst«, antwortete der Poet. »Deine Fühler sind so steif, daß sie gleich abbrechen werden. Richte dich auf und verhalte dich so, als würde dich die ganze Prozedur langweilen, Nachkomme!«

»Ja ... Erzeuger.«

Sie mußten eine Weile warten, während ihre Namen mit der Passagierliste verglichen wurden. Eine Reihe Thranx wartete darauf, die Rampe hinaufzugehen. Dort stand ein einzelner Beamter und sah mit gleichgültiger Miene zu, wie die Maschinerie Liste und Personalausweise miteinander verglich.

Er blickte nicht einmal auf, als Ryo und Wuu an ihm vorbeigingen und sich zu erkennen gaben. Ihre Ident-Streifen wurden bearbeitet, überprüft und von der Konsole wieder zurückgegeben.

Wuu wirkte etwas verstimmt, als sie ihren Weg über die Rampe fortsetzten. Man hatte ihn nicht erkannt.

»Kein Leser oder Zuhörer«, murrte er und meinte damit den Beamten, der sie durchgelassen hatte. »Die Zivilisation wird wirklich von unästhetischen Analphabeten verwaltet.«

»Gibt es denn ästhetische Analphabeten?«

Damit begann eine erregte Diskussion, die Ryo so beschäftigte, daß er es beinahe nicht bemerkt hätte, als die Düsen des Shuttles zischten und das schwere Fahrzeug in die Lüfte stieg.

Wir fliegen, dachte Ryo ungläubig. Wir fliegen tatsächlich. Wie ein Hesornic. Wie ein Traum.

Sie stiegen schnell über die Wolken. Jetzt ließ nur noch eine schwache, rote Linie den Horizont erkennen, hinter dem sich die Sonne Willow-wanes zu verstecken versuchte. In der Luft! Wie es wohl für seine weit entfernten Vorfahren gewesen sein mochte, fragte er sich, deren Flügel zumindest in der Paarungszeit noch funktionsfähig gewesen waren und nicht nur rudimentär? War Intelligenz wirklich ein so guter Ausgleich für die Fähigkeit, fliegen zu können?

Bald darauf übernahmen die Raketen die Aufgabe der aushungernden Düsen. Das Shuttle befand sich jetzt über den höchsten Wolken, und der Himmel ging von Blau in Purpur über, alterte, ganz wie ein Thranx. Viele Lieder hatten sich mit dieser Analogie befaßt. Dann schwammen sie durch die lange Nacht, und die Sterne waren heller, als sie es je zuvor gewesen waren.

Ein Schrei ertönte hinter Ryo im Mittelgang. Eine Frau war vom Sattel gestürzt und lag auf dem Rücken, schlug mit allen vier Beinen in der Luft und fuchtelte mit den Händen herum.

Zwei Helfer eilten zu ihr. Einer drückte ihr eine Atemmaske über den Oberkörper und speiste Luft aus einem Tank ein, während der andere ihr eine Droge in den Hals injizierte.

Sie beruhigte sich schnell. Ryo sah sich um und stellte fest, daß von dem reichlichen Dutzend Passagiere vielleicht ein Viertel mit glasigen Blicken auf ihren Sätteln saßen, so als befänden sie sich in Trance. Er war von dem Anblick, der sich durch die Sichtluken bot, zu fasziniert gewesen, um das gleich zu bemerken. Jetzt sah er Wuu fragend an.

»Die Dame hatte einen Draußen-Anfall. Das ist besonders gefährlich für Wabenbewohner, die den größten Teil ihres Lebens unter der Erde verbracht haben. Etwas aus ferner Vorzeit, das unsere Rasse immer noch nicht ganz vergessen hat, als wir fast ausschließlich unter der Erde lebten und als der Weg nach draußen bedeutete, daß man sich den beutegierigen Fleischfressern aussetzte, die damals die ganze Oberfläche von Hivehom beherrschten. Wahrscheinlich ist das ihr erster Flug, und sie hat das Gefühl so lang wie möglich unterdrückt.«

»Und was ist mit denen?« Ryo wies auf die seltsam zurückgezogen wirkenden Passagiere.

»Dasselbe Problem, aber sie sind erfahrene Reisende. Es gibt da bestimmte Drogen, die gegen das Draußen wirken. Die Nebeneffekte sind geringfügig, aber offensichtlich.« Er wandte sich um und musterte Ryo.

»Du empfindest keine Furcht, kein Gefühl der Panik?«

»Nicht im geringsten.«

»Hast du zur Luke hinausgesehen?«

»Ich habe kaum etwas anderes getan.«

Wuu machte eine Geste der Zuversicht dritten Grades, in die sich leichte Neugierde mischte. »Die meisten Thranx erleben auf ihrer ersten extra-atmosphärischen Reise ein gewisses Maß geistigen Unbehagens. Nach wiederholtem Reisen legt sich dieses Unbehagen. Manche fühlen natürlich gar nichts. Aber sie sind eher die Ausnahme als die Regel. Wie ich schon sagte, ich bin häufig gereist und empfinde daher überhaupt nichts. Was dich angeht, würde es mich nicht überraschen, wenn du auch in der Hinsicht die Ausnahme wärst, so wie du das auch in anderen Dingen bist.«

»Freie Räume haben mich nie gestört«, erklärte Ryo. »Ich glaube, das gehört zu den Gründen, die mir dabei geholfen haben, in meinem Beruf so schnell aufzusteigen.«

»Ah, ja. Der Ausbeuter neuen Ackerlandes. Du bringst mir Essen auf den Tisch. Ich will also nicht über die moralischen Aspekte diskutieren, die verletzt werden, wenn Willow-wanes Dschungel vernichtet wird, nur um Asfi zu pflanzen.«

Später erwies sich, daß Ryo gegenüber den Unwägbarkeiten der Tiefraumreise doch nicht so immun war, wie er ursprünglich angenommen hatte. Als das Schiff den letzten der sechs Planeten des Systems passierte und in den Plusraum überwechselte, empfand er dieselbe Übelkeit wie alle anderen, ob sie nun raumerfahren waren oder nicht.

Die Sterne wurden zu Streifen, und ihre Farben veränderten sich so, als betrachte man sie durch ein dunkles Prisma. Aber als die Übelkeit vorüberging, war noch reichlich Zeit, den Luxus des Lebens an Bord zu genießen. Tage und Nächte verstrichen, und nur das sich langsam verändernde Sternenfeld ließ erkennen, daß sie sich bewegten.

Schließlich mußten die Passagiere ein letztes Mal in ihre Kabinen zurückkehren. Das Schiff sank aus dem Plusraum in den Normalraum, ihr Magen drehte sich um, und die Sterne nahmen wieder ihre normalen Farben, Positionen und Formen an.

Vor ihnen lag eine helle und irgendwie vertraute Sonne. Das Hivehom-System hatte zwölf Planeten, wobei die Heimatwelt natürlich voll bewohnt war und die drei anderen in geringerem Maße. Einige Zeitteile verstrichen, und dann befanden sie sich im Orbit um Hivehom. Der Heimatwelt der Thranx. Dem Brutplatz. Dem Ort Woher-wir-alle-kommen.

SECHS

Während das Shuttle landete, starrte Ryo begierig durch die Sichtluke hinaus. Hivehom war eine schöne Welt. Vielleicht nicht so schön wie Willow-wane. Aber schließlich war seine eigene Heimat auch ein Paradies.

Hivehom hatte zwanzig Prozent mehr Oberfläche als Willow-wane, aber nur wenig mehr bewohnbares Territorium, weil es eine kühlere Welt war. Als sie tiefer sanken, konnte Ryo weiße Schmierer am nördlichen Pol erkennen – unglaublich, aber es war Wasser in festem Aggregatzustand, das wußte er aus seinen Studien. Es war schwer, sich einen Ort vorzustellen, wo es sowenig Vegetation gab, wo die Luft kalt und doch so trocken war, daß man glaubte, der Atem müsse in den Lungen prasseln.

Dann war das Shuttle zu tief gesunken, als daß man so weit nach Norden hätte sehen können, und um ihn war nur noch Grün, Grün und Braun, wie auf Willow-wane. Die Luft begann an dem kleinen Fahrzeug zu zerren, und es hüpfte leicht durch die Atmosphäre, während sie durch die Regenwolken über Daret, der Hauptstadt der Thranx, sanken.

Fünfundfünfzig Millionen Bürger beanspruchten die Wabe Daret als ihr Zuhause. Die Hauptstadt streckte sich Hunderte von Kilometern nach allen Richtungen und tauchte zweihundertfünfzig Etagen auf das Zentrum des Planeten zu. Niedrige Hügel säumten das Tal, unter dem die Stadt ausgegraben worden war. Ein großer Fluß, der Moregeeon, floß in weiten Schleifen über die Metropole. Lange Frachtkähne zogen auf ihm dahin, und vierzig Etagen unter seinem felsigen Flußbett sog ein kompliziertes System künstlicher Bewässerungsanlagen das Wasser auf, um den ungeheuren Durst der Stadt zu stillen.

Lufteinlässe reckten sich einen halben Kilometer in den feuchten Himmel. Sie vibrierten leicht unter der Gewalt der riesigen Saugpumpen, die die Luft in die untersten Etagen hinuntersogen. Die Wälder von Einlaßschächten und Ventilatoren erinnerten an eine Stadt fensterloser Silbertürme.

Sechs Shuttle-Häfen umringten das Tal des Moregeeon, und selbst der kleinste ließ den Shuttle-Hafen, der Willowwanes Hauptstadt Ciccikalk diente, neben sich zwerghaft erscheinen. Das Shuttle wich im scharfen Bogen zur Seite aus, um einer Ansammlung in die Wolken ragender Ventilatoren auszuweichen.

Wuuzelansem deutete zur Sichtluke hinaus, als sie in Vorbereitung zur Landung in Schrägflug übergingen. Dort, im Nordwesten, spiegelte sich das Sonnenlicht in den Türmen von Chitteranx, einer Satellitenstadt, die von sechs Millionen besonders wohlhabender Thranx bewohnt wurde. Ein Stück weiter im Norden lag der Komplex, den man allgemein unter der Bezeichnung Averick kannte und der wegen seiner unglaublich alten Tempel berühmt war, die von irgendeiner intelligenten Rasse errichtet worden waren, die dort vor den Thranx gelebt hatte. Beide lagen dicht am Fuße des riesigen, kalten Plateaus, das wie eine Insel im Wolkenmeer Hivehoms aufragte und selbst in diesen modernen Zeiten selten besucht wurde.

Daret selbst lag dicht beim Äquator Hivehoms. Es herrschte dort eine durchschnittliche Oberflächentemperatur von 33° C und eine durchschnittliche Feuchtigkeit, die zwischen 90 und 95 Prozent schwankte. Bei so idealen Klimabedingungen war es kein Wunder, daß das Moregeeon-Tal zum Zentrum der Thranx-Zivilisation geworden war.

Das kleine Landungsfahrzeug näherte sich dem Boden und bockte unter ein paar leichten Stößen, als sein Fahrgestell die Landebahn berührte. Sie hatten aufgesetzt und rollten auf ein Dock zu. Ryo versuchte die Shuttles, die Schwebetransporter und die elegant geformten Luftfahrzeuge zu zählen, während sie ihrem Bestimmungsort entgegenrollten, gab aber bald auf, als ihm die Vielfalt der Typen und ihre große Zahl zuviel wurden.

Die Wunder Hivehoms hatten während des Landeanflugs seine Aufmerksamkeit voll und ganz in Anspruch genommen. Jetzt, wo er und Wuu auf dem Boden waren, kehrten seine früheren Kümmernisse zurück. Sich in Daret einzuschleusen, würde sich ganz bestimmt als noch wesentlich schwieriger erweisen, als das Verlassen Ciccikalks gewesen war.

Wie gewöhnlich richtete ihn Wuus grenzenloser Optimismus auf. »Die Welten mögen unterschiedlich sein, aber die Bürokraten sind überall dieselben. Erinnerst du dich an unsere Abreise von Ciccikalk? Hat sich der Dienstleister dort für deine neue Identität interessiert?«

»Ich glaube nicht, daß er meinen Ausweis auch nur angesehen hat«, räumte Ryo ein. »Er hat alles dem Computer überlassen. Aber sollte es hier nicht anders sein? Nicht nur, daß dies die Mutterwelt ist, wenn es schon nicht so gefährlich ist, Dinge wegzuschaffen, Dinge auf eine andere Welt zu bringen, könnte das sein.«

»Ich glaube nicht, daß wir irgendwelche Schwierigkeiten haben werden.« Die Rampe schob sich dem Shuttle entgegen. Keinerlei andere Strukturen störten die glatte Oberfläche des Shuttle-Hafens. »Erstens kommen wir direkt von Willow-wane, einer bekannten Welt, und zweitens haben wir keinerlei Waren bei uns, für die sich die Behörden hier interessieren. Außerdem gibt es nur wenige Einschränkungen bezüglich dessen, was man mitbringen darf.«

Diese wenigen Einschränkungen reichten freilich aus, um eine sehr gründliche Zollinspektion zu erfordern. Ryo und Wuu kamen zwar unmittelbar von Willow-wane nach Hivehom; aber bei anderen Passagieren war das nicht so. Ryo gab sich Mühe, seine Nervosität zu verbergen, als ein Dienstleister mit hellen Augen seinen Ausweis musterte. Ryo hatte das Gefühl, daß er sehr viel Zeit darauf verwandte, die Identifikation zu studieren.

Schließlich durften sie passieren, wobei sie die Art höflicher Gleichgültigkeit erfuhren, die die Bewohner der Hauptstadt für jene Bürger an den Tag legten, die das Unglück hatten, auf anderen Welten geboren zu sein. Ryo war zu erleichtert darüber, die Kontrolle erfolgreich passiert zu haben, als daß ihn solcher Chauvinismus verstimmt hätte. Wuu schien stets zu wissen, wo er war, und entdeckte schnell auf Etage 75 ein Hotel, das einigermaßen nahe beim Stadtzentrum lag.

Abgesehen von historisch wichtigen Gebieten diente das Zentrum Darets in einem Bereich von wenigstens fünfundzwanzig Etagen nur der ständig im Wachsen begriffenen Thranx-Regierung.

Während ihr Transport-Modul sie durch breite Korridore trug, entdeckte Ryo Bauten mit Steinfassaden. Dies war das Herz der ewigen Stadt Daret, und Daret war das Herz der modernen Thranx-Zivilisation. Er fühlte sich überall von lebendiger Geschichte umgeben.

Wenn ihn diese Eindrücke überwältigten, so galt für Wuu genau das Gegenteil. »Bedeutet dir denn all das gar nichts?« Er deutete durch die vordere große Sichtluke des Moduls nach draußen. »Inspiriert so viel Großartigkeit denn nicht deinen Dichterverstand?«

»Doch, das tut sie. Zehntausend Jahre Bürokratie!«

Sie hatten vorgehabt, ihre Suche am folgenden Morgen zu beginnen, aber Wuu meinte, daß kein Anlaß zur Eile bestand, und erbot sich, Ryo die Stadt zu zeigen. Da waren zum Beispiel die berühmten Echofälle. Sie stürzten von einer Öffnung in der Unterseite des Flusses Moregeeon an einhundertfünfzig Etagen vorbei in eine große, künstliche Kaverne, wo die ungeheure Energie der vertikalen Kaskade dazu benutzt wurde, Energie für die Stadt zu liefern.

Dies und die Schilderungen des Poeten von anderen Wundern ließen Ryo zögern, aber nur kurz. Es war unvernünftig anzunehmen, daß die Behörden ihn schnell aufspüren würden, aber dennoch bereitete ihm das Unruhe, und er war darauf erpicht, seine Suche sobald wie möglich zu beginnen. Wuu murrte bei der Vorstellung, sich so bald in den Morast der Beamtenwelt stürzen zu müssen. Und diesmal oblag es Ryo, ihn mit Begeisterung zu erfüllen.

Dabei war im Grunde alles so einfach. »Wir brauchen nur diesen Brohwelporvot ausfindig zu machen«, hatte er dem Poeten erklärt, »dann kann er uns ja weiterleiten.«

Wuu hatte eine Geste vollführt, die Naivität dritten Grades, gemischt mit Andeutungen vierten Grades der Absurdität ausdrückte. »Mein Junge, du bist intelligent und hartnäckig, aber du hast auch noch viel zu lernen. Denk doch an die zweite Nachricht, die deine Vorgefährtin erhalten hat, die Nachricht, die sich solche Mühe gab, alles zu leugnen, was die erste Nachricht übermittelt hatte. Wenn wir uns nach diesem verblüffenden Burschen erkundigen, würden wir ohne Zweifel feststellen, daß er an einen viele Lichtjahre von hier entfernten ›Erholungsort‹ versetzt worden ist. Das heißt, wenn wir irgend jemand oder irgendeine Maschine finden können, die auch nur bereit ist, seine Existenz zuzugeben.

Außerdem würden solche Nachforschungen nur unerwünschte Aufmerksamkeit von denjenigen auf sich ziehen, die ihn dazu gezwungen haben, jene zweite negative Nachricht zu senden. Du mußt wissen, mein Junge, daß ich keineswegs überzeugt bin, ob all dieses Geschwätz von fremden Ungeheuern und dergleichen überhaupt etwas zu bedeuten hat. Mich reizt einfach nur die Aussicht, einem so unerhörten Gerücht nachzugehen.

Auch wenn in irgendeiner Weise das Gegenteil zutreffen sollte, dann ist die Wahrscheinlichkeit groß – wenn wir nicht sehr vorsichtig sind –, daß *wir selbst* zu irgendeinem entfernten Erholungsbau verschickt werden, bis wir uns bereiterklären, unsere private Suchaktion aufzugeben. In keinem Fall werden wir die Wahrheit finden. Falls doch, müssen wir sehr vorsichtig sein und mit größtem Fingerspitzengefühl vorgehen.«

Aber selbst Wuus eindringlichste Fragen ergaben nichts an nützlichen Informationen. Während die Tage verstrichen, begann Ryo zu glauben, daß Fals Verwandter wirklich einen geistigen Zusammenbruch erlitten hatte.

In gleicher Weise entmutigend wirkte die Herablassung, mit der man sie behandelte, weil sie von einer relativ unentwickelten und unwichtigen Kolonialwelt kamen. Den philosophisch eingestellten Wuu störte das nicht, aber Ryos Stolz litt darunter, denn das widersprach allem, was er als Larve über die Gleichheit aller Bürger gelernt hatte. Mit Ausnahme von Clan- und Waben-Müttern natürlich.

Als ein Monat verstrichen war, begann selbst der normalerweise unerbittliche Wuu Spuren nachlassenden Interesses zu zeigen. »Vielleicht haben wir das Spiel schon zu Ende gespielt, mein Junge«, murmelte er eines Abends in ihrem Hotelzimmer. Das Hotel reichte von Etage 75 bis Etage 92. Es war behaglich und hatte auf jeder Etage einen Ausgang, aber der Reiz der Neuheit war für sie schon lange verblaßt.

Es war nur natürlich, daß das Interesse eines Dichters nachlassen würde, dachte Ryo. Verzweifelt suchte er nach einem Weg, um seinen Gönner davon zu überzeugen, daß er die Suche fortsetzen sollte, denn Ryo wußte, daß er der Wahrheit ohne Wuus Wissen und seine anderen Hilfsmittel nie näherkommen würde.

Und dann fiel es ihm wie Schuppen von den Augen, während sie gelangweilt eine dramatisierte Darstellung der Konfrontation zwischen dem Kaiser Thumostener XX. und König Vilisvinqen von Maldrett über den Besitz des Tales der Toten zwischen den antiken Städten Yelwez und Porpiyultil ansahen. Das Stück war überaus stilisiert, voll Anachronismen und ziemlich militaristisch.

»Das Militär – natürlich!« Ryo legte sein Trinkmundstück beiseite und ließ es in die Wand zurückgleiten, während er sich auf seinem Schlafsessel aufrichtete. »Wir müssen mit dem Militär Verbindung aufnehmen.«

Wuus Stimme klang müde. »Ich habe dir doch schon einmal gesagt, mein Junge, daß uns jede direkte Nachfrage nach dem Aufenthaltsort, ja nur der Existenz dieses Brohwelporvot, entweder nutzlose Antworten oder unangenehme Fragen einbringen würde. Trotzdem ...« – er machte dabei eine Geste der Gleichgültigkeit zweiten Grades –, »da wir bis jetzt nichts entdeckt haben, ist es vielleicht das Risiko wert.«

»Nein, nein – ich habe nicht vor, wegen Brohwel zu den Militärbehörden zu gehen«, erwiderte Ryo.

Wuu stellte seinen tragbaren Trinksyphon zur Seite und musterte seinen jungen Begleiter neugierig. »Warum würden wir sonst mit dem Militär Verbindung aufnehmen wollen? Es sei denn, du hast vor, zur nächsten Dienststelle zu marschieren und dort geradewegs nach der Wahrheit bezüglich der kürzlich erfolgten Übernahme einer Schiffsladung fremder Monstrositäten zu erkundigen.«

»Nichts dergleichen. Siehst du, ich habe einen anderen, durchaus legitimen Grund, von Willow-wane bis nach Hivehom zu kommen und hier Kontakt zu den Militärbehörden aufzunehmen.«

»Gib mir keine Rätsel auf, Junge«, murmelte Wuu. »Ich bin müde und fange an, meine Jahre zu spüren. Für Rätsel habe ich nichts übrig.«

»Es ist einfach so ...«, begann Ryo.

Das Militärzentrum lag abseits von den anderen Regierungsbüros. Es befand sich in einem eigenen Würfelkomplex am Rande der Metropole. Die zwei Bittsteller bezahlten den Transport-Modul und betraten das Gebäude durch den breiten Eingang.

Schwärme von Arbeitern eilten durch die Passagen und arbeiteten hinter Tresen und Satteltischen. Die meisten von ihnen zeigten implantierte militärische Rangabzeichen. Da und dort fielen Ryo Individuen auf, in deren Chiton karminfarbene, vierzackige Sterne blitzten, ganz wie er einen trug. Sie waren verbreiteter, als man ihn glauben gemacht hatte, aber das störte ihn im Augenblick nicht, denn dazu war er viel zu erregt.

Er drehte sich nach Wuu um und sah, daß der Poet ihn erwartungsvoll anstarrte, denn die ganze Bürde der Erkundigungen lastete nun auf Ryos Thorax. Er ging voran.

Schließlich fanden sie eine geräumige Informationsnische. Der Raum war achteckig und mit schnatternden, pfeifenden Soldaten gefüllt. Es gab keinerlei Hinweiszeichen und nichts, was die einzelnen Seiten voneinander unterschied. Ryo ging selbstbewußt auf die nächste Wand zu und sah einen offensichtlich vielbeschäftigten Thranx über den Tresen an. Sechzehn Finger flogen über eine ehrfurchtgebietende Tastatur.

»Einen angenehmen Tag wünsche ich«, sagte Ryo zu der Soldatin, um ihre Aufmerksamkeit auf sich zu ziehen.

Sie sah ihn an, und er bemerkte den Lichtreflex in dem

Paar smaragdfarbener Kreise, die in ihre linke Schulter implantiert waren.

»Dies ist Information West, und was wollen Sie wissen?« erkundigte sie sich höflich.

»Es ist nur, daß ... daß ...«

»Ja?« Sein Zögern hatte bis jetzt noch keinen Argwohn in ihr erweckt. Bis jetzt jedenfalls noch nicht. Er sah sich hilflos nach Wuu um. Der Poet tat so, als hätte er seinen Blick überhaupt nicht bemerkt, sondern starrte an ihm vorbei und bewunderte die geschminkten Legestacheln der Soldatin. Ryo atmete tief, drehte sich wieder zu der Soldatin auf ihrem Sattel um und brachte die komplizierte Halblüge vor.

»Wir sind von Willow-wane. Man nennt mich ...« – und dabei zeigte er ihr die gefälschte ID-Platte und sprach seinen angenommenen Namen aus. – »Ich habe viele Verwandte in einer kleinen Stadt, die Paszex heißt. Sie liegt weit im Norden von der Hauptstadt. Sie ist die nördlichste Wabe auf dem Planteten – abgesehen von Aramlemet. Vor vier Jahren ist Paszex von einer Gruppe von AAnn angegriffen und verwüstet worden. Viele sind dabei gestorben, und die Sachschäden waren beträchtlich.

Man hat uns damals verstärkte Patrouillen von Kriegsschiffen für die isolierten Gemeinschaften auf dem Nordkontinent versprochen. Doch das Versprechen ist nicht gehalten worden. Ich und mein Adoptiverzeuger«, er deutete auf den ausdruckslosen Wuu, »sind auf eigene Kosten so weit gereist, um unser Recht zu beanspruchen.«

»Ich verstehe«, sagte die Soldatin nachdenklich, ohne sonst irgendeinen Kommentar abzugeben. Sie drehte ihren Sattel herum und blickte auf die große Konsole. Die Schrift auf dem Bildschirm erlosch, als sie eine Taste drückte. Weitere Tasten riefen andere Informationen auf.

»Da wären wir«, sagte sie, ohne sich vom Bildschirm abzuwenden. »Ein Bericht über den Angriff und die entsprechenden Berichte. Sie sagen, Sie haben Verwandte, die noch in diesem Paszex leben?«

Ryos Haltung wurde steif, was für einen Thranx nicht leicht ist. Aber jetzt war es zu spät, seine Geschichte zu verändern oder sich zurückzuziehen. »Ich war selbst während des Angriffs dort. Ich weiß, wie es ist. Ganz und gar nicht angenehm.«

Er hatte sich zu viele Sorgen gemacht. Die Frage war aus Neugierde, nicht aus Argwohn gestellt worden. Die Soldatin ging auch nicht weiter darauf ein. »Ich selbst hatte nie die Chance bei einer Kampfpatrouille«, sagte sie eine Spur gelokkerter, »aber ich habe viele Berichte über solche Zwischenfälle studiert. Ich kann es Ihnen nachfühlen – informell natürlich.« Sie zögerte, dachte nach. »Sie sollten jemanden im Büro des leitenden Offiziers für Kolonialschutz sprechen. Das läßt sich arrangieren, glaube ich, und ...«

Ryo unterbrach sie hastig, wobei er die komplizierte Geste vollführte, die notwendig war, um seine Unhöflichkeit zu entschuldigen. »Wenn es Ihnen nichts ausmacht«, sagte er, »ich habe meinen Verwandten und Clan-Gefährten zu Hause versprochen, ich würde versuchen, genau herauszufinden, warum die AAnn sich unsere kleine Wabe für einen Angriff ausgesucht haben. In Paszex gibt es nichts von militärischem Interesse. Der Zweck ihres Angriffs ist für alle, die dort leben, ein Rätsel.«

»Tod ohne Zweck ist immer ein Rätsel«, murmelte Wuu.

»Die Toten sind tot.« Die Soldatin musterte Ryo neugierig. »Welchen Nutzen könnten Sie und Ihre Freunde davon haben, wenn Sie die Motive der AAnn erfahren?«

»Derartige Information würde den Schmerz lindern, der im Bewußtsein der Lebenden aus Unsicherheit erwächst«, warf Wuu ein. »Außerdem würden wir daraus vielleicht lernen, wie wir uns für künftige Angriffe weniger attraktiv machen könnten.«

»Das kann ich verstehen«, sagte die Soldatin.

»Wir würden es daher vorziehen, für den Augenblick zumindest«, sagte Ryo, »wenn wir jemanden sprechen könnten, der mit ... nun ...« – er versuchte das, was er sagte, beiläufig klingen zu lassen – »mit allgemeiner Xenologie befaßt ist. *Dann* könnten wir das Kolonialschutzamt aufsuchen und dort herausfinden, warum man uns nicht den Schutz zugewiesen hat, den man uns versprochen hat.«

Die Soldatin war unsicher. »Das Xenologie-Informationsministerium befindet sich bei den allgemeinen Verwaltungsbüros im Daret-Zentrum. Ich verstehe nicht, weshalb Sie Ihren Wunsch einem Militärbüro vortragen.«

»Weil es um eine Militäraktion und um Militärpsychologie geht«, antwortete Ryo.

Sie musterte ihn nachdenklich, und dann verschwand ihre Neugierde. Andere warteten ungeduldig hinter Ryo und Wuu, und sie war nicht dafür zuständig, die Fragen, die man ihr stellte, zu analysieren, nur sie zu beantworten.

»Natürlich. Ein durchaus vernünftiger Wunsch«, murmelte sie. »Normalerweise ist die Behörde, die Sie besuchen wollen, für nichtmilitärische Anfragen geschlossen. Aber da Sie schon so weit gereist sind, will ich sehen, was ich für Sie tun kann.«

»Vielen Dank«, sagte Wuu. »Bis jetzt hat man uns nur sehr wenig unterstützt. Wir sind sehr müde. Ihre Unterstützung ist uns sehr willkommen.«

»Sie macht mir keine Mühe«, sagte die Soldatin geschmeichelt.

Sie studierte ihren Bildschirm und ließ die Finger über die Tastatur tanzen. »Xenologie hat ihre eigenen Abteilungen und Unterbauten und einen Stab, der sich mit Motivations-Analyse befaßt.«

»Das klingt vielversprechend«, sagte Ryo.

»So, jetzt haben wir's.« Sie berührte einige Tasten, worauf sich ein rosafarbener Plastikstab aus einer Öffnung schob. Sie nahm ihn und stieß ihn kurz in eine andere Öffnung. In ihrem Tresen leuchtete etwas auf, worauf ein leises Summen ertönte. Dann reichte sie den Stab Ryo.

»Das ist Ihr Richtungspaß.« Sie richtete sich im Sattel auf und wies nach links in einen Korridor. Streifen in einem Dutzend fluoreszierender Farben verliefen parallel zum Boden an den Wänden.

»Folgen Sie dem rosa Streifen«, instruierte sie sie. »Er wird Sie zum Xenologie-Bau führen. Die Motivations-Analyse liegt rechts. Wenn Sie die Orientierung verlieren oder irgendwelche Fragen haben« – dabei wies sie auf das Loch in ihrem Tresen –, »finden Sie in den Wänden Informationspunkte wie diesen hier. Sie brauchen dann nur Ihren Paß einzuschieben, dann bekommen Sie zusätzlich Informationen.« Sie lehnte sich auf ihren Sattel zurück.

»Vielen Dank. Sehr liebenswürdig«, sagte Ryo und nahm den winzigen Stab. »Guten Tag und gute Nacht, und eine zweite Metamorphose für Sie.«

»Viel Glück.« Die Soldatin hatte sich bereits höflich dem nächsten Antragsteller zugewandt. Ryo war zu dankbar, als daß ihn die abrupte Entlassung hätte beleidigen können.

Die Bauten und Korridore des Militärgebäudes schienen endlos, aber auch nicht mehr als die der Zentralregierung, durch die sie tagelang hoffnungslos gewandert waren. Sie gingen ein Dutzend Etagen nach unten und überquerten ganze Würfel, ehe sie mittels ihres Passierstabes und nach Befragung einiger Passanten schließlich einen Eingang fanden, auf dem XENOLOGIE – MOTIVATIONS-ANALYSE stand. Ryo schob den Paß in das Loch in der Tür, die sich gehorsam öffnete.

Sie befanden sich in einer kreisförmigen, von einer Kuppel bedeckten Halle. Drei Schreibtische standen in den drei dreieckigen Segmenten des Raumes: Links, rechts und unmittelbar vor ihnen. Überall waren seltsame Geschöpfe zu sehen, die man ausgestopft hatte; dreidimensionale Ansichten fremdartiger Landschaften bedeckten Wände und Decke. Ryo schüttelte sich heftig, als bereite er sich auf eine Paarung vor.

Ein kompetent wirkender Soldat in einer grünen Weste begrüßte sie. Drei metallische grüne Sterne und ein brauner waren in seine Schulter implantiert.

»Wie kann ich Ihnen zu Diensten sein, Sirs?« Er fragte nicht, was sie in dem Saal wollten. Ohne entsprechenden Paß wären sie nicht eingelassen worden; er nahm daher natürlich an, daß sie zum Betreten des Raumes befugt waren.

Ryo wiederholte die Geschichte, die er der Soldatin vorgetragen hatte.

»Ja, ich erinnere mich an viele dieser sporadischen, häßlichen kleinen Angriffe auf Willow-wane«, sagte der Soldat traurig. »Ihre Welt ist nicht die einzige Kolonie, die unter dieser Aufmerksamkeit der AAnn zu leiden hat. Es hat viele solcher Zwischenfälle gegeben. Zuviele. Aber wir sind hier Wissenschaftler und gehören keinem Kampfbau an. Aber dafür, daß man eine Meinung ausdrückt, gibt es keine Strafe.«

»Das ist erfrischend zu hören«, räumte Ryo ein.

»Bei uns hier auf Hivehom kommt so etwas nie vor. Eine *so* extreme Provokation würden die AAnn nie riskieren. Mit noch so komplizierten Erklärungen könnten sie keinen Angriff auf die Mutterwelt selbst wegdiskutieren – immer vorausgesetzt, daß sie unsere Verteidigung durchdringen könnten. Also begnügen sie sich damit, uns zu reizen. Am Ende könnte das den Krieg herbeiführen, den sie so sehr zu vermeiden suchen. Unterdessen erproben sie unsere Waffen und Reaktionen und unsere Kriegsbereitschaft abseits von den Konzentrationen unserer Macht.«

»Das ist genau das Problem, um das es uns geht«, sagte Ryo.

»Und das wir gelöst haben möchten«, fügte Wuu hinzu, um nicht ganz stumm zu bleiben.

»Natürlich, ich verstehe Ihre Sorge«, sagte der Soldat. »Sie wünschen Erklärungen und Antworten. Seit dem Zwischenfall, von dem Sie sprechen, haben die AAnn Ihnen keine Schwierigkeiten mehr bereitet?«

»Nein«, antwortete Ryo, »aber wir ...«

»Kommen Sie bitte mit!« Der Offizier trat ein paar Schritte zurück und gab zwei Kollegen ein Zeichen. Ein kurzes, rätselhaftes Gespräch schloß sich an, und dann wurden Ryo und Wuu in einen anderen Raum hinter dem dreieckigen Saal geführt.

Ein großer Bildschirm beherrschte eine ganze Wand. Die ganze rechte Wand war von Kästen mit Chips in Regalen bedeckt. In dem schwach beleuchteten Raum standen ein Dutzend bequem gepolsterte Sättel herum.

Der Offizier ging an der Wand entlang, wählte schließlich einen Knopf aus und drückte ihn. Ein rechteckiges Plastikplättchen schob sich aus einer Vertiefung in der Wand. Er legte es in den Projektor an der hinteren Wand ein und reichte dann Ryo einen kleinen Würfel mit einigen Vertiefungen.

»Damit lassen sich die Geschwindigkeit, die Bewegungsrichtung und andere Funktionen des Projektors steuern«, erklärte er. »Ich habe ihn bereits auf den Abschnitt eingestellt, der den Angriff auf Ihren Heimatplaneten zeigt. Dieser Chip enthält weitere ähnliche Zwischenfälle und die Geschichte dieser Angriffe und befaßt sich auch mit der Psychologie der AAnn und ihren Motiven.« Er ging auf die Tür zu, die zum Saal draußen führte.

»Wenn das Material Ihre Fragen noch nicht beantwortet, will ich mich gern weiter mit Ihnen unterhalten, falls Sie fertig sind, ehe meine Schicht zu Ende ist. Wenn ich nicht mehr da bin, hilft Ihnen die Abendschicht gern.« Die Tür schloß sich hinter ihm.

Wuu wirkte enttäuscht. »Ich habe nicht so hart gearbeitet und bin nicht so weit gereist, um mir gesäuberte Militärgeschichte anzusehen.«

»Ich auch nicht«, sagte Ryo. »Aber zumindest ist es ein Anfang. Wenn wir den Chip laufen lassen, verschafft uns das Zeit, um uns für den nächsten Schritt zu entscheiden.«

Sie schalteten den Projektor ein, und bald befaßten sich Ryos Gedanken nicht mehr mit dem, was als nächstes zu tun war, sondern mit dem Material, das vor ihnen auf dem Bildschirm ablief. Die Rekonstruktion, die jene verwirrten, angsterfüllten Augenblicke einer so fernen Vergangenheit wieder lebendig werden ließen, faszinierte und erschütterte ihn zugleich ...

SIEBEN

Nach einer Diskussion über den Angriff und einer langwierigen Auseinandersetzung über die offizielle Haltung, die die AAnn anschließend angenommen hatten, berichtete der Chip von den verstärkten Streifen im Raum um Willow-wane, dem offiziellen Protest, den Botschafter Veltrentrisrom den AAnn zugeleitet hatte, und gab schließlich eine statistische Zusammenfassung, die die Attacke auf Paszex mit allen ähnlichen AAnn-Übergriffen in Zusammenhang brachte.

Worte, dachte Ryo bitter, Worte und Zahlen. Zerstörte Leben und vernichtete Bauten – alle statistisch interpretiert, für Studienzwecke. Er ließ den Apparat weiterlaufen: Er begann, andere Angriffe auf Willow-wane und auf Colophon zu beschreiben.

Als der Chip schließlich endete, hatte Ryo ebenso wenig eine Ahnung, was sie nun weiter unternehmen sollten, wie vorher. Wuu saß auf einem der Sättel und überlegte – oder schlief. Jedenfalls durfte man ihn in dem Zustand nicht stören, das wußte Ryo.

Er spähte durch die Tür in den Vorraum. Drei andere Soldaten hatten inzwischen an den drei Schreibtischen Platz genommen.

Der, der ihnen am nächsten war, warf einen Blick auf die teilweise geöffnete Tür. »Haben Sie Probleme mit dem Projektor? Die Tiefenwahrnehmung ist manchmal etwas gestört.«

»Nein, nichts dergleichen«, antwortete Ryo. »Ich hatte gedacht, ich hätte eine Frage, aber das hat Zeit, bis die anderen zurückkommen.«

»Das wird erst morgen früh sein«, sagte der Soldat hilfsbereit. »Sind Sie sicher, daß ich Ihnen nicht helfen kann?«

»Vielleicht später.« Ryo schloß die Tür und zog sich in den Projektionsraum zurück. »Wuu, ob wir vielleicht ...«

Der Poet saß nicht auf seinem Sattel. Er stand vor der Chip-Kartei und studierte Nummern und Inhaltsangaben.

»Was machst du da?« Der Poet gab keine Antwort, sondern fuhr fort, die Wand zu studieren.

»Ah«, murmelte er schließlich. »Hier ist es. Index.« Er tippte an ein paar Knöpfe, und der kleine in die Wand eingelassene Scanner fing an, seinen riesigen Bestand an Informationen über Fremdkontakte durchlaufen zu lassen, mit denen das Militär zu tun gehabt hatte. Neben den AAnn gab es Material über die Astvet und die Mu'atahl, zwei semi-intelligente nichtraumfahrende Rassen. Der Großteil der Informationen behandelte nichtvernunftbegabte Spezies, unter besonderer Betonung der fleischfressenden und bösartigen Typen, bei denen die größte Wahrscheinlichkeit einer Konfrontation mit dem Militär bestand. Aber nichts, was irgendeinen Bezug auf das mysteriöse Gerücht hatte, dem sie nachgingen.

Ein Klicken ertönte, als die drei Türsektionen aufglitten. Der Soldat, der sich angeboten hatte, Ryo zu helfen, trat ein.

»Das ist eigentlich nicht zulässig«, sagte er tadelnd zu Wuu.

»Tut mir leid.« Wuu machte eine höflich-gleichgültige Geste und schaltete den Index-Scanner ab. »Sie können sicher verstehen, daß wir daran interessiert sind, möglichst viel zu erfahren, nachdem wir jetzt schon so weit gereist sind. Unglücklicherweise scheint die Information, die wir suchen, nicht hier zu sein.« Er wies auf den inzwischen zum Stillstand gekommenen Scanner.

Die Tür schloß sich hinter dem Soldaten, der nähergekommen war. »Sehen Sie«, meinte er, zu Ryo gewandt, »vielleicht kann ich Ihnen doch helfen. Ich kenne mich mit diesen Akten sehr gut aus.«

Seine Hilfsbereitschaft und die allem Anschein nach ehrliche Freundlichkeit veranlaßten Ryo dazu, eine Geste mit Wuu zu tauschen, die buchstäblich ›warum nicht?‹ bedeutete. Sie waren an einen Punkt gelangt, wo es nicht weiterging.

Als sie ihm die Frage stellten, antwortete der Soldat mit einer Reaktion, der sie sich das erste Mal gegenübersahen: Gelächter. Nicht so laut oder hysterisch, wie das bei manchen der Fall gewesen war, aber immerhin Gelächter.

»Es tut mir leid. Sie müssen meine Unhöflichkeit entschuldigen«, meinte er, »aber was Sie sagen, ist Unsinn. Faszinierend, wie Gerüchte manchmal ein regelrechtes Eigenleben entwickeln.«

»Nicht wahr?« pflichtete Wuu ihm resigniert bei. »Und doch ist das Gerücht der Samen, aus dem häufig die Blume der Wahrheit blüht, genährt durch Hoffnung und Hartnäckigkeit.«

»Das ist wahr.« Die Haltung des Soldaten änderte sich plötzlich. »Ich glaube, diese Parabel habe ich schon einmal gehört.«

»Wirklich?« Wuu schien erfreut.

»Ja. Sie stammt von einem Dichter aus den Kolonien. Einem der bekannteren Wortewebern von den Außenwelten. Wuuzelansem.«

»Wuuzelansem«, sagte Ryo und wies auf seinen Begleiter. »Er ist es selbst.«

Einen Augenblick lang war der Soldat betroffen. Wuu vollführte eine Geste bescheidener Bestätigung.

»Der bin ich, und es ist mir ein Vergnügen, einen Leser – Hörer kennenzulernen.«

»Ich verfolge Ihre Arbeit mit großem Interesse, Sir, und auch die von Ulweilber und Trequececex aus Ciccikalk – es ist mir eine Ehre, Ihre Bekanntschaft zu machen.«

»Pah! Geringe Ehre, wenn man unseren Fragen mit Gelächter und Spott begegnet.«

»Nun, aber was haben Sie denn ehrlich erwartet, Sir?« wollte der Soldat ohne auch nur die Andeutung einer Entschuldigung wissen. »Eine solche Frage ... – eine so absurde Frage, daß man ...« Er brach abrupt ab. Keiner der beiden Besucher schloß sich seinem Gelächter an. Er drehte sich wortlos um, vergewisserte sich, daß die Tür abgeschlossen war, und wandte sich ihnen wieder zu.

Als er wieder sprach, war seine Stimme leise, sein Pfeifen kaum hörbar. Dann wählte er einen Chip aus den Akten –

wie es schien, willkürlich – schob ihn in den Projektor und setzte ihn in Gang. Das eigentliche Material ignorierte er und beschäftigte sich nur solange mit dem Kontrollwürfel, um die Lautstärke einzustellen – gerade laut genug, um ihre Unterhaltung zu übertönen, und leise genug, um keine Aufmerksamkeit zu erwecken.

»Wuuzelansem, ich kenne Ihre drei Bücher und höre, daß Sie an einem vierten Epos arbeiten.«

»Ja, so ist es in der Tat. Und dann arbeite ich noch an einem Schattenspiel.« In dem Augenblick hatte Wuu seine Inspiration. »Würden Sie gern etwas aus dem Werk hören, an dem ich gerade arbeite?«

»Würde der Eriat-Wurm gern in einem Dunghaufen wachsen?« Der Soldat schien überwältigt und nahm auf einem Sattel Platz.

Und Wuu lieferte mit Bravour eine Vorstellung aus seinem neuesten Schattenspiel, wobei er alle sechs Rollen übernahm und die sechs Schatten ebenfalls, darunter auch den einer verkrüppelten Larve. Ryo sah mit ebenso viel Vergnügen wie der Soldat zu, während der Poet die gliederlose Larve mit ihrem leeren, hungrigen Blick perfekt nachahmte, und dann, ohne eine Geste, in die Rolle einer hundert Jahre alten Waben-Mutter zurückfiel.

Als er fertig war, mußten die beiden Zuschauer an sich halten, um nicht ihren Applaus zu pfeifen. Wuu stand vor ihnen, und sein Atem ging schwer.

»Ziemlich anstrengend.« Seine Flanken wogten. »Es ist schwer genug, für das Theater zu schreiben, ohne gleichzeitig das Theater zu sein. Aber man spielt, wo man muß, wenn man gefordert wird, ebenso wie man jede Inspiration annimmt, die sich bietet. Ich hoffe, es hat Spaß gemacht.«

Der Soldat verließ seinen Sattel. Seine Gesten, die bis jetzt nur Beifall gespendet hatten, wurden plötzlich verstohlen. Er beugte sich vor und meinte leise, immer noch von dem Projektor übertönt:

»Inspiration? Ich werde Ihnen Inspiration liefern, Eint-Meister. Inspiration der finstersten Art. Können Sie blinde Poesie schreiben, so voll von Alpträumen und Furcht und

Drohung wie die Oberfläche eines Mondes? Oh, ich werde Ihnen Inspiration liefern!«

»Könnte es dann sein, daß die Geschichten wahr sind?« stieß Ryo hervor, der sich nach all dem Erlebten außer Stande sah, noch zu glauben.

»Nein, die Geschichten sind nicht wahr, aber die Gerüchte sind es. So wahr, wie Gerüchte sein können. Verstehen Sie, ich habe nur Verbindungsdienst, bin nicht einmal Unteroffizier. Ich stehe viel zu tief in den Kasten, um es zu wissen – ich ahne nur. Und um an die Wahrheit heranzukommen, müßten Sie einen Offizier des fünfzehnten Ranges ansprechen. Und selbst dann bin ich noch nicht sicher, ob er es wissen würde.«

»So hoch«, murmelte Wuu. In der Militärhierarchie der Thranx gab es nur noch einen Rang über dem fünfzehnten – den des Baumarschalls.

»Welche Substanz haben dann diese Gerüchte, wenn sie nicht die Wahrheit sind?« bedrängte Ryo ihren neugewonnenen Freund.

»Die Substanz ist ein Alptraum. So, wie es die Gerüchte überliefern, bewegte sich eines unserer Schiffe draußen am Arm entlang der galaktischen Ebene und etwas höher.« Seine Pfiffe waren kurz und scharf, das Klicken knapp und nervös. »Es hat *etwas* gefunden. Niemand scheint genau zu wissen, was. Viele, die nur die Gerüchte kennen, sind überzeugt, daß der ganze Vorfall nur ein Teil einer komplizierten Übung ist, um uns für den Fall vorzubereiten, daß es eines Tages wirklich einmal zu einem solchen Fund kommen sollte.

Natürlich handelt es sich um eine ererbte Furcht – diese Vorahnung, daß irgendeine, ungeheuer mächtige, bösartige fremde Rasse irgendwo dort draußen auf uns lauert. Sie rührt von dem aus grauer Vorzeit überkommenen Schrecken vor der alten Welt an der Oberfläche. Jetzt ist ganz Hivehom unser Bau und die anderen Welten auch, aber die immense Ungeheuerlichkeit des nächtlichen Abgrunds ist eine größere und drohendere Oberfläche als jede, der wir uns jemals stellen mußten.

Trotz all ihrer Prahlerei und ihres Zähneknirschens empfinden die AAnn dieselbe Furcht. Irgendein schreckliches, fremdes *Etwas* wartet dort draußen – das Schreckliche, das einen Bau umgibt, den Nicht-Thranx-Hände gegraben haben. Die Throlen, die in ihren Verstecken auf unsere primitiven Vorfahren lauerten ...

Aber wenn die Gerüchte zutreffen, hat jenes Schiff etwas Schreckliches gefunden, das in der Realität begründet ist, nicht im rassischen Unterbewußtsein ...«

Ryo beschloß, seine Kenntnis von Brohwelporvot nicht zu erwähnen. Bis jetzt war der Bursche geschwätzig gewesen, und Ryo wollte diese wunderbare Informationsquelle nicht dadurch zum Versiegen bringen, indem er den Soldaten wissen ließ, daß das militärische Geheimnis oder Gerücht oder was immer sonst es darstellte, schon an anderer Stelle durchgebrochen worden war.

»... und was immer sie auch gefunden haben«, schloß er, »soll den Gerüchten nach in seiner Schrecklichkeit alle Vorstellungen übersteigen.«

»Intelligent?« fragte Wuu.

»Ich sagte schon, ich weiß nicht einmal, daß wirklich etwas gefunden wurde, nur daß es *den Gerüchten nach* irgendeine furchtbare Art des Lebens sein soll. Ob intelligent oder nicht, ich habe keine Ahnung. Es gibt Intelligenz, und dann gibt es fremde Intelligenz.

Das, was einen wirklich in den Gelenken zittern läßt, kommt nicht von denen, die über seine Gestalt informiert sind – denn dabei handelt es sich immerhin nur um Äußerlichkeiten –, sondern von denen, deren Spezialität geistige Charakteristika sind. Nach einigen Gerüchten sollen die fremden Geschöpfe mörderische Rasseninstinkte haben. Ihnen soll der Trieb angeboren sein, alles und jedes zu töten, was ihnen in den Weg kommt, die eigene Gattung eingeschlossen.«

»Kannibalisch«, murmelte Wuu. »Wie unsere Vorfahren.«

»Es ist noch viel schlimmer«, sagte der Soldat grimmig. »Unsere Vorfahren hatten zumindest ein handfestes Ziel, wenn sie töteten. Anscheinend töten diese Geschöpfe aber sogar wegen abstrakter Vorstellungen.«

»Dann können sie aber nicht vernunftbegabt sein«, warf der Poet ein. »Obwohl ich sagen muß, daß ich gewisse Bürokraten kenne, auf die diese Beschreibung auch zutreffen würde.«

»Das *ist* keine Beschreibung – nur Gerüchte. Und man soll nicht darüber spaßen.« Er wirkte so todernst, daß selbst der normalerweise respektlose Wuu verstummte.

»Sie haben einfach die Geschichten nicht gehört, die hier durchgesickert sind. Selbst die Tapfersten und Tollkühnsten in den höchsten Rängen – diejenigen, die dafür sind, die AAnn-Heimatwelt anzugreifen – selbst sie sind von Schrekken erfüllt, wenn sie an die Perspektiven denken, die die Entdeckung dieser Geschöpfe eröffnet. Und dabei – daran muß ich Sie erneut erinnern – könnte das Ganze nicht mehr sein als eine raffinierte Ausbildungsübung zu dem einzigen Zweck, die ganze Militärkaste auf die Probe zu stellen.«

»Wenn das der Fall ist, scheint man sich aber viel Mühe zu geben, dafür zu sorgen, daß der Test denjenigen geheim bleibt, die auf die Probe gestellt werden sollen«, sagte Ryo.

»Aber das ist doch Teil der Absicht, die man verfolgt. Sehen Sie das nicht?« sagte der Soldat ernst. »Die Unsicherheit steigert die Wirkung. Außerdem sollen diese Gerüchte ja nur das Militär auf die Probe stellen. Wenn die Information an die Öffentlichkeit gelangte, würde der Test seinen Zweck verfehlen, weil man dann die Quelle offenbaren müßte, um zu vermeiden, daß in der Bevölkerung Panik ausbricht.«

»Mir scheint eher, daß dieser ›Test‹ ein Gerücht ist, das man ausgestreut hat, um die wirklichen Gerüchte zu tarnen.« Wuu wirkte jetzt interessiert. »Ein höchst kompliziertes Gewebe.«

»Was auch immer es ist, Wahrheit oder Gerücht, ich will – ganz im Gegenteil zu Ihnen – nichts damit zu tun haben. Wenn die herausfinden wollen, wer tapfer oder neugierig genug ist, um vorzutreten und die Gerüchte persönlich auf ihren Wahrheitsgehalt zu untersuchen, dann müßten sie sich schon einen anderen suchen als mich.«

Während Ryo dem Soldaten bei seinem weiteren Geschwätz zuhörte, ertappte er sich dabei, wie er aus irgendeinem Grunde an Fal dachte. Sie war jetzt so weit von ihm entfernt. Seine Gedanken wandten sich seinen Clan-Gefährten zu, die ihn immer so unterstützt hatten und so stolz auf ihn waren. Er dachte an seinen Lebensauftrag. Verglichen mit den meisten anderen, war er eigentlich gar nicht so langweilig. Manchmal war er sogar ausgesprochen aufregend gewesen, selbst wenn er die meiste Zeit in einem Büro mit Nachdenken verbracht hatte, anstatt draußen im Feld zu arbeiten.

Gibt es denn nicht genug Herausforderungen im Leben, dachte er plötzlich, ohne daß man versuchen muß, die dunkleren Geheimnisse des Universums zu ergründen, ohne den Versuch, Regionen zu erforschen, die man besser denen überläßt, die dafür bestimmt sind, sie zu suchen?

Was tue ich hier? drängte sich ihm plötzlich eine Gedanke auf. Er sah sich in dem Studierzimmer um und spürte das ganze uralte Gewicht Hivehoms, des endlosen Daret und seines geheimnistuerischen, hektischen Militär-Establishments. Was machte er in diesem Saal, er, ein einfacher Akkerbauspezialist aus den Kolonien, nicht viel mehr als ein Pilzhüter, der auf den Pfaden jener wandelte, die in den finsteren Tunnels ihre Gewächse gehegt hatten, ehe die Vernunft sich eingeschaltet hatte? Vielleicht ...

Ein Pfeifen, mit dem der Soldat einen Eigennamen betonte, riß ihn aus seinen Gedanken: Sed-Clee. Ryo sagte der Name nichts. Aber die Kraft, die der Soldat in den Pfiff hineingelegt hatte, und der Schrecken, den seine Bewegungen dabei ausdrückten, reichten aus, um Ryo aus seiner augenblicklichen Unsicherheit zu reißen.

Irgend etwas ging hier auf Hivehom vor sich. Etwas von weitreichender, drohender Bedeutung. Und dieses Etwas lockte ihn, während ihn gleichzeitig jener hartnäckige Sektor seines Gehirns, der ihn seit seiner Geburt gequält hatte, von hinten anstieß. »Was ist Sed-Clee?« unterbrach er den Redestrom des Soldaten.

»Nichts«, antwortete der mit einer fast feierlichen Geste.
»Nichts?« fragte Wuu.
»Nichts. Ein großes Nichts, glaube ich.«
»Jetzt widersprechen Sie sich nicht nur, junger Freund«,

murmelte der ungeduldige Poet, »jetzt sind Sie sogar absurd.«

»Ganz und gar nicht, Sir«, antwortete der respektvoll. »Beim Recherchen stößt man gelegentlich in den Akten auf belanglose, aber interessante Informationen; ›Diese Information ist für Sed-Clee bestimmt.‹ – ›Dieser Bericht kam von Sed-Clee zurück.‹ Aber niemals Einzelheiten, Erklärungen. Verstehen Sie nicht? Viel zuviel kommt und geht von diesem winzigen Militärstützpunkt. Das Volumen ist viel umfangreicher, als man bei einem Posten solcher Größe annehmen müßte. Und die Informationen kommen von einem der esoterischen Bauten des Militärs. Von dem hier, zum Beispiel.

Wenn es keine Spezialisten gibt, kann man, wenn man aufmerksam ist, gelegentlich aus Andeutungen Informationen gewinnen. Und um jenen Ort kreisen dauernd Gerüchte. Das, was Sie angesprochen haben, ist nicht das erste.

Und da ist noch mehr. Ich bin noch nie einem Soldaten begegnet, der tatsächlich dort gewesen ist. Ich habe nie jemanden finden können, der irgend jemand kennt, der je dort gewesen ist.«

»Eine geheime militärische Grabkammer«, meinte Ryo.

»Nicht geheim. Die Existenz von Sed-Clee ist schließlich bekannt«, fuhr der Soldat fort. »Das Ganze ist nur so obskur. Es gibt so viel formelle Gleichgültigkeit, wenn es um diesen Ort geht, ganz zu schweigen von bewußten Verwirrungen, daß man sich fragt, ob dort vielleicht nicht wirklich wichtige Studien stattfinden.«

»Sie haben es gerade einen Ort genannt«, bemerkte Ryo.

»Die Statistiken charakterisieren es etwas. Die Wabe von Sed-Clee selbst ist klein. Zwanzigtausend Bürger etwa, mit ein paar kleinen Industrien und einem Militärstützpunkt, den Berichten nach von bescheidener Größe. Die exakte Größe ist klassifiziert und mir nicht zugänglich. Aber die bekannten Informationen deuten jedenfalls nicht darauf hin, daß dort irgendwelche bemerkenswerten Dinge getan werden.«

»Und doch glauben Sie, daß Sed-Clee irgend etwas mit den Gerüchten zu tun hat, denen wir nachgehen?« fragte Wuu.

»Verzeihen Sie mir, wenn ich etwas simpel wirke, Sir. Aber

es gibt sonst keinen Ort, dem man diese Gerüchte zuschreiben kann. Also scheint es mir der logische Ort, um weiterzusuchen. Aber dafür sind eine Anzahl *anderer* beunruhigender Dinge über Sed-Clee wohlbekannt, die nichts mit Gerüchten zu tun haben.

Ich bin weder imstande noch persönlich daran interessiert, dorthin zu gehen. Wenn die Gerüchte nicht mehr als eben nur Gerüchte sind, wäre es Zeitvergeudung. Und wenn sie wahr sind, dann will ich ganz bestimmt nicht dorthin.

Aber nachdem Sie beide sich dafür interessieren und wegen der Bewunderung, die ich für Ihre Arbeit empfinde, Eint-Meister, und der Ehre, die Sie mir erwiesen haben, indem Sie heute hier vor mir aufgetreten sind, habe ich Ihnen alles gesagt, was ich weiß. Mehr gibt es nicht – nur, daß ich Ihnen das zeigen werde, was über Sed-Clee *bekannt* ist.«

Sie kehrten in den Vorraum zurück. Unter dem Schutz einer harmlosen Unterhaltung, die das Interesse der Kollegen des Soldaten ablenken sollte, studierten sie seinen persönlichen Bildschirm, der auf seinem Schreibtisch angebracht war.

Der Soldat berührte einige Sensorfelder, worauf eine Karte des Nordkontinents von Hivehom erschien. Dann wurde die Karte vergrößert und die Auflösung gesteigert, bis sie die Karte eines Zipfels von diesem Kontinent vor sich hatten.

In der Nähe der Polkappe lag eine Region der Kälte, wo das Wasser nie flüssig wurde und wo ein Thranx nur unter Schutzmaßnahmen leben konnte, die nur knapp unter denen lagen, die für das Überleben im Weltraum benötigt wurden.

Ein kleines Stück südlich der winzigen permanenten Eiskappe, dicht unterhalb des schmalen Tundra-Streifens, der das Ende der Baumzone markierte, lag eine winzige Wabe: Sed-Clee. Die militärische Anlage war freilich erst zu erkennen, als der Soldat einige weitere Sensorfelder berührte, worauf im Norden der Wabe ein grellroter Punkt aufleuchtete.

Endlich ein echtes Ziel! Ryo starrte die Karte an. Die Quelle der Geschichte. »Es muß doch Transportmittel dorthin geben, wenn es sich um eine integrierte, formalisierte Wabe handelt.«

Tasten wurden niedergedrückt. Ein Netz grüner Fäden erschien auf der Karte. Nur einer, so dünn, daß man ihn kaum sehen konnte, führte von der nördlichen Stadt Ghew – durch sechs kleinere Waben, die über ein weites Gebiet unerschlossener Ebenen verstreut lagen – nach Sed-Clee.

»Wenn ich ein Geheimnis hätte, das ich verbergen wollte, dann hätte ich es schwer, einen isolierteren Ort zu finden«, verkündete Wuu.

Der Soldat blickte zu ihm auf und bedeutete ihm durch Gesten seiner Fühler, daß er leiser pfeifen solle. Die beiden anderen Soldaten blickten neugierig zu ihnen herüber.

»Ja«, sagte der Soldat vielleicht eine Spur zu laut. »Und wenn Sie jetzt an anderen Welten an der Peripherie unserer augenblicklichen Forschungsaktivitäten interessiert sind ...« Die anderen Soldaten wandten sich wieder ihren Arbeiten zu.

»Ich räume ein, daß diese Wabe«, fuhr ihr Freund etwas leiser fort, »wohl der isolierteste Punkt auf ganz Hivehom ist.« Er löschte die Karte und schaltete den Monitor ab. Als er sich ihnen wieder zuwandte, war sein Verhalten ganz professionell.

»Ich wünsche Ihnen Glück und gute Jagd bei Ihren Bemühungen, Sirs.« Er sah Wuu bewundernd an. »Und ganz besonderen Dank Ihnen, Sir, für Ihre Freundlichkeiten.«

»Eine Kleinigkeit, mein geschätzter junger Freund.«

Sie verließen den Saal.

Nun gab es keinen Zweifel mehr, wo ihre Reise hinführen würde, sagte sich Ryo. Aber vorher war da noch eine Stadt, die Wuu zuerst besuchen wollte.

Sie würden zwar keinen Anlaß haben, die geschützte Umgebung Sed-Clees zu verlassen, meinte der Poet; er bestand aber trotzdem darauf, daß sie sich auf alle Eventualitäten vorbereiteten. Selbst ein Transport-Modul konnte ausfallen.

Trotz der Vielfalt des Angebots, die es in der riesigen Wabe gab, hatten sie Schwierigkeiten, eine Firma zu finden, die so exotische Gegenstände wie Anzüge für kaltes Klima verkaufte. Das nahm einige Tage in Anspruch.

Der Händler, der ihnen die Kleidung lieferte, stellte keine Fragen. So pervers manche Hobbies auch sein mochten, sie gingen niemanden etwas an außer jene, die sie betrieben. Also nahm er einfach die Krediteinheiten von Wuu an und fragte nicht, was das seltsame Paar mit seinen bizarren Käufen zu tun beabsichtigte.

Sie meldeten sich in ihrem Hotel ab und begaben sich zum Haupt-Modul-Terminal am Nordrand der Stadt. Von dort reisten sie über eine Stunde in einer Reihe mit hunderten ähnlicher Moduln, bis sie schließlich die Außenbezirke der Metropole erreichten.

Dort wurden sie umdirigiert und fuhren mit vielleicht fünfzig anderen Moduln in einem Zug in nördlicher Richtung. In regelmäßigen Abständen wurden vorne oder hinten von der Reihe Moduln abgetrennt. Vierzig, dreißig und dann schließlich zweiundzwanzig nach Ryos Zählung bewegten sich auf beständigem Nord-Nordwest-Kurs.

Der Transportzug tauchte aus den unterirdischen Tunnels auf und bewegte sich auf Magnetschienen über der Planetenoberfläche. Der Charakter der Landschaft veränderte sich allmählich. Anstelle des Moregeeon-Tals und seiner aufragenden Wälder aus Ventilationsrohren und Luftschächten wechselten sich jetzt Dschungel und bestellte Felder ab, wenn auch dazwischen immer wieder Reihen von Schloten andeuteten, daß sich unter der Erde Fabriken befanden.

An ihrem zweiten Reisetag lagen die Waben bereits weiter voneinander entfernt. Sie hatten die mittelgroßen Städte Fashmet und Pwelfree passiert, und die Waben waren jetzt dünn gesät. Die meisten der Moduln, mit denen sie Daret verlassen hatten, waren bereits vom Zug abgekoppelt worden; dafür hatten sie in periodischen Abständen neue hinzugewonnen, und so war der Zug nur um ein Dutzend kürzer geworden.

Wuus beträchtliche Mittel ermöglichten es ihnen, sich den Luxus einer privaten Fernreise-Einheit zu leisten, die etwa ein Drittel der Größe eines normalen Acht-Passagier-Moduls aufwies und mit zwei Schlafsätteln und einer kompletten Hygieneeinrichtung versehen war. Diese vergleichsweise luxuriöse Art des Reisens war ein gewisses Risiko für ihre sorgfältig gepflegte Anonymität. Aber da der Weg nach Sed-Clee lang war, hatte Ryo nichts dagegen einzuwenden.

Obwohl der Modul mit automatisiertem Nahrungsdienst versehen war, schafften sie sich gelegentlich Abwechslung, indem sie die Reihe verließen und die Regionalküchen von Waben erprobten, die entlang der Route lagen. Nach vollendeter Mahlzeit reihten sie sich wieder auf dem Schienenstrang ein und koppelten sich an den nächsten Zug nach Norden an.

Im Laufe der Zeit wichen die dicht aneinandergereihten Schlote unterirdischer Fabriken höheren, dünneren Rohren, die Wolken chemisch gesäuberter Gase ausstießen und damit auf das Vorhandensein von Bergwerken darunter hindeuteten. Die Waben wurden kleiner, waren weiter voneinander entfernt, und der Dschungel begann dünner zu werden. An den schattigen Bergflanken wuchs Vegetation, die Ryo nicht kannte.

»Wenn man das sieht, schätzt man Willow-wane um so mehr«, bemerkte Wuu eines Tages, während sie am Fenster saßen und zusahen, wie die Landschaft draußen vorbeihuschte. »Die Mutterwelt ist ein viel schrofferer Ort.«

»Das habe ich mir in den letzten Tagen häufig gedacht.« Während Ryo das sagte, wandte er den Blick nicht von der vorüberziehenden Landschaft.

Tage später kletterten sie über einen steilen Gebirgspaß. An den Vorbergen war der Dschungel emporgekrochen, aber weiter oben an den Felshängen konnten sie hohe, symmetrische Gewächse ausmachen. Wuu sagte, daß man sie als Kratzer bezeichnete; Bäume, die anstelle der breiten, flachen Blätter, mit denen sie vertraut waren, nur dünne, scharfe Gebilde hatten, die den Namen Blatt kaum verdienten. Die Oberfläche dieser Pflanzen war hart und rauh, gar nicht wie die glatte Haut der normalen Vegetation. Ihre Außenhaut war zäher und dicker als die Borke, die auch die zähesten Hartholzbäume im Dschungel schützte. Lianen und Schlingpflanzen waren hier dünn und wirkten kränklich; Moose und Flechten schienen dagegen zu gedeihen. Es war sehr seltsam.

Drei Tage vor Monatsende kamen sie von den Bergen herab. An ihren Nordflanken war der Dschungel völlig verschwunden. Auch hier gab es Pflanzen, aber nur noch sehr wenige. Auf der eisigen Nordebene gediehen nur wenige Gemüsesorten, die aufgrund der aufwendigen Pflege sehr kostspielig waren. Aber sie erzielten auf dem Markt auch hohe Preise, so daß es sich lohnte, sie zu pflanzen.

Am Monatsende, zweiundzwanzig Tage, nachdem sie Daret verlassen hatten, erreichten sie Ghew, die nördlichste Wabenstadt des Planeten. Aber Ryo und Wuu machten dort keine Pause. Kaum hatte der Transport-Computer sie durchgeschaltet, waren sie auch schon wieder nordwärts unterwegs, auf die erste der sechs Waben zu, die die Glieder der unregelmäßigen Kette zum fernen Sed-Clee bildeten.

Auf der Strecke zwischen Ublack und Erl-o-Iwwex, als sie mit einem Tempo von knapp vierzig Stundenkilometern durch offenes Hügelland höherkletterten, erwachte Ryo aus einem Alptraum. Er lag auf der rechten Seite am hinteren Ende des Moduls. Inzwischen bewegten sich nur noch zwei Einheiten gemeinsam mit ihnen, die beide vor ihrer Einheit angekoppelt waren. Er hatte den Alptraum, den er jetzt erlebte, einmal studiert; aber der Schock, ihn unmittelbar vor dem Fenster zu erleben, reichte dafür aus, daß er sich auf seinem Sattel zusammenduckte und sich seine Kokonhülle über die Fühler zog. »Wuu!« Der Poet richtete sich schläfrig auf und starrte zu seinem Begleiter hinüber. »Was ist denn? Was ...« Dann sah er in die Richtung, in die Ryo ausdruckslos starrte, und blickte zum selben Fenster.

Wuu stieg von seinem Schlafsattel und ging ans Fenster. Er drückte eine Echthand dagegen und spürte ein seltsames Prickeln, das er erst identifizieren konnte, als er das Glas mit den Fühlerspitzen berührte. Es war *kalt*. Eisige Kälte, die selbst durch das abgedichtete Glas hereindrang.

Er trat an den Klimaregler des Moduls und schaltete die Heizung und die Feuchtigkeit höher. Als der Raum sich aufgewärmt hatte, glitt Ryo, der nicht larvisch erscheinen wollte, von seinem Sattel und trat neben Wuu, um das Phänomen zu betrachten, das ihr ganzes Blickfeld beherrschte.

»Es sieht wie Regen aus«, flüsterte er erstaunt. »Ich erinnere mich daran, daß ich das vor langer Zeit einmal studiert habe. Während der Lehrzeit.«

»Ich habe selbst Aufzeichnungen von Clith gesehen«, sagte Wuu in grimmiger Faszination, »aber ich hatte nie erwartet, daß ich so etwas einmal selbst zu sehen bekommen würde. Das *ist* Regen. Ganz gewöhnlicher, alltäglicher Regen, wie er jeden Morgen in Ciccikalk fällt. Nur – daß er gefroren ist.«

»Gefroren«, wiederholte Ryo, und der seltsame Ausdruck klang fremd für ihn.

Kleine, weiße Flocken klatschten gegen das Modul-Fenster und verschmolzen darauf und erinnerten Ryo an nichts so sehr wie an weißes Blut, das aus einem zersprungenen, blutenden Himmel fiel. Aufgesprungen wie der Körper eines unvorsichtigen Reisenden, so wie er selbst einer war und wie es ihm vielleicht widerfahren würde, wenn er sich länger als ein paar Minuten in einer solchen Region aufhalten sollte.

Der gefrorene Regen fiel unablässig. Sobald der Eindruck der Neuheit sich gelegt hatte, beeilte sich Wuu, in seinen Recorder zu diktieren, einige Zeilen aufzuzeichnen, die er in ein langes Gedicht genußvollen Schreckens einbauen wollte, das er nach ihrer Rückkehr nach Willow-wane abzuschließen gedachte.

Sie fuhren jetzt wieder auf geradem Kurs, und nach einer Weile senkte sich der Modul-Zug sogar. Jetzt wurde der gefrorene Regen dünner, und man konnte blauen Himmel erkennen – und nicht das vertraute, blasse Blau von zu Hause oder Ciccikalk oder selbst Daret, sondern ein scharfes, erschreckend grelles Blau, das nur einen Schritt von der Schwärze des leeren Weltraums entfernt schien.

Eigenartigerweise empfand Ryo viel mehr Angst vor dieser tiefen Kälte hier auf der Oberfläche der Mutterwelt, als er auf der Reise von Willow-wane nach Hivehom empfunden hatte. Jeder wußte, daß der Tiefraum tödlich war. Aber Regen zu sehen – gewöhnlichen, freundlichen, die Lungen befeuchtenden Regen –, wie er in harten, kleinen Brocken auf die Oberfläche der Heimatwelt der Thranx-Rasse fiel, war viel erschreckender, als die Kälte des interstellaren Raums es je sein konnte.

Die Kratzer-Bäume waren immer noch zu sehen, aber sie wuchsen jetzt nicht mehr so dick wie auf der anderen Seite des Gebirges; das Unterholz war dicht und dunkel. Und an den Zweigen und in kleinen Häufchen und Wehen war der allgegenwärtige weiße, gefrorene Regen zu sehen.

Ryo trat vom Fenster zurück. Selbst wenn die Gerüchte wahr waren, wenn an der Geschichte fremder Monstrositäten etwas stimmte, die in Sed-Clee festgehalten wurden, konnte doch nichts fremdartiger oder furchterregender sein als dieses sterile, gräßliche, weiße Land.

ACHT

Die vierte Wabe in der insgesamt aus sechs Waben bestehenden Kette lag bereits ein gutes Stück hinter ihnen, und bald summten sie durch die fünfte. Dann waren sie allein, abgesehen von ein paar Passagieren in dem einzelnen kleinen Modul vor ihnen.

Schließlich – der gefrorene Regen fiel immer noch vom Himmel – tauchte der Modul barmherzigerweise wieder unter die Oberfläche. Ryo war für die vertraute Wärme der sie umschließenden Erde dankbar, eine unvernünftige Art von Dankbarkeit, und doch konnte er das Gefühl nicht von sich abschütteln. Bald wurden die Lichter rings um sie heller, und sie kamen in dem schmutzigsten Terminal an, den er je gesehen hatte.

Jede Station, die er bis jetzt passiert hatte, war um einen weißen Kreis herum gebaut gewesen, einem Knoten von Repulsions-Schienen, die fächerartig in verschiedenen Richtungen auseinanderliefen. Nicht so in Sed-Clee. Die Schienen schmiegten sich lediglich kurvenförmig an einen Entlade-Bahnsteig an und führten dann in einem weiten Bogen wieder dorthin zurück, woher sie gekommen waren.

Ende des Schienenstrangs, dachte Ryo. Über diesen Punkt hinaus gab es kein Reisen und keine Transportmöglichkeiten. Nichts lag jenseits von Sed-Clee. Er war Wuu mit ihrem umfangreichen Gepäck behilflich und hoffte im stillen, daß es nie notwendig sein würde, das alles auszupacken. Sie traten mit etwas unsicheren Schritten aus dem Modul in die kühle, aber dennoch einigermaßen behagliche Luft der Station hinaus.

Die beiden, die in dem Modul vor ihnen gereist waren, unterhielten sich mit einigen anderen Bürgern, die sie erwartet hatten. Davon abgesehen wirkte der Terminal im großen und ganzen beinahe unbelebt.

Während Wuu und Ryo an der kleinen Modul-Wartungsstation vorbeigingen, hörte Ryo Begriffe und Worte, die für ihn ebenso fremd klangen wie Hieroglyphen aus dem Altertum. Die Ortsansässigen legten eine Langsamkeit ihrer Bewegungen und eine Gereiztheit an den Tag, die an Unhöflichkeit grenzte. Angesichts des harten Lebens, das sie hier führten, war das vermutlich zu verstehen. Aber warum hatte man überhaupt eine solche Wabe errichtet?

»Versuchsweise vielleicht«, meinte er, zu Wuu gewandt. »Man braucht doch ganz sicher keine regelrechte Wabe, nur um den Militärstützpunkt zu erhalten.«

»Ich habe vor unserer Abreise einige Erkundigungen eingezogen, mein Junge. Ganz in der Nähe gibt es eine kleine Chromit-Mine und auch etwas Kobalt. Die Erze liegen natürlich unmittelbar unter der Stadt. Beide Ablagerungen sind wichtig genug, um die Einrichtung einer kleinen Wabe zu rechtfertigen. Ah, da! Siehst du?« Er deutete nach links.

Der Terminal war so klein, daß sowohl die Passagierlinie als auch die Frachtlinie im selben Raum endeten. Ryo sah die riesigen Last-Moduln, von denen einige bereits mit Erz beladen waren. Man konnte das Geräusch von Maschinen hören, die hinter den Moduln arbeiteten. Aber es fiel Ryo schwer, sich Bedienungspersonal vorzustellen, das in solcher Isoliertheit und unter solch deprimierenden Bedingungen überhaupt arbeiten konnte.

Mit einiger Mühe gelang es ihnen, einem vorübergehenden Arbeiter eine Auskunft hinsichtlich der zwei kleinen Hotels der Wabe zu entlocken. Das, welches sie schließlich auswählten, wirkte nicht sonderlich attraktiv, aber wenigstens brauchten sie sich keine Sorgen zu machen, irgendwie die Aufmerksamkeit auf sich zu lenken, indem sie ein zu luxuriöses Quartier wählten – denn derlei war nicht zu haben.

Das Hotel befand sich auf der sechsten Etage von den insgesamt zwölf, aus denen die Wabe bestand. Tatsächlich war es die elfte Etage, weil es über der ersten fünf ›Null‹-Etagen gab; ein Phänomen, das bislang weder Wuu noch Ryo je erlebt hatten. Die fünf waren etwa gleich groß und nicht etwa mit Wohnungen und Arbeitsstätten angefüllt, sondern mit

Isoliermaterial, mit dem Ziel, das komfortable Klima unten vor der rauhen Oberfläche abzuschirmen, die die Hitze förmlich aufsog.

Wuu, der – wie Ryo fand, aus einer morbiden Neugierde heraus – Näheres wissen wollte, erfuhr, daß die Oberflächentemperatur augenblicklich -5° C betrug und selbst im Sommer in der Jahreszeitmitte selten über 15° anstieg.

Ryo schienen null Grad, der Verhärtungsgrad des Wassers, kalt genug, um das Blut in seinem Körper zum Gefrieren zu bringen. Die Vorstellung, sich an einem Ort zu befinden, wo die Temperatur tatsächlich noch darunter lag, war für ihn gleichbedeutend mit einem Besuch in der Hölle selbst.

Sie packten das Wesentlichste aus und nahmen die Abendmahlzeit in dem kleinen Restaurant des Hotels ein. Das Essen, das man ihnen bot, war einfach, ohne jegliche Soßen oder Gewürze. Das Fleisch war zäh, aber eßbar. Am folgenden Morgen fingen sie an, die Wabe näher zu erkunden und Fragen zu stellen.

Wuu sah keinen Anlaß zu verbergen, daß er der wohlbekannte Poet aus den Kolonien war, erfuhr aber zu seinem großen Ärger, daß keiner der Bürger, die sie befragten, je von ihm gehört hatte. »Wie haben hier nicht viel Zeit für Dichtung oder andere Unterhaltung«, sagte ihnen einer. Er war ein Mann in mittleren Jahren, dessen Körper so aussah, als hätte man ihn ein paarmal durch den Erzzerkleinerer getrieben. »Ich fürchte, die wenigen Vergnügungen, die wir hier haben, sind nicht besonders raffiniert.«

Ryo hatte nie die Vorstellung gehabt, daß Poesie etwas besonders Raffiniertes wäre. Poesie war einfach etwas, dem jede auch nur mittelmäßig bewußte Intelligenz seine Ehrfurcht zollte und beachtete. Aber die Hauptform der Entspannung in Sed-Clee schien aus verschiedenen Arten anstrengendster körperlicher Aktivität zu bestehen, was angesichts der harten Arbeit, die in den beiden Bergwerken geleistet werden mußte, überraschte.

Auch noch nach einigen Tagen indirekten Fragens hatten sie nicht erfahren, wo der Eingang zu dem Militärkomplex war, und sie entschieden sich dafür, einen der Bürger direkt zu fragen, statt das Risiko einzugehen, das mit der Benutzung eines formellen Informations-Terminals verbunden war.

»Der Stützpunkt?« Die etwas gebeugt gehende alte Frau schien an der Frage nichts Unpassendes zu finden. »Der liegt sechzig Kilometer nördlich der Stadt.«

»Sechzig nördlich ...?« Einen Augenblick lang war Ryo verwirrt. »Aber die Transportlinie endet hier in der Stadt – zumindest die, auf der wir gekommen sind.«

»Die Arbeiter und die Soldaten vom Stützpunkt kommen oft genug in die Stadt«, erklärte sie ihnen. Das hätte sie nicht zu sagen brauchen. Ryo und Wuu hatten, seit sie in der Stadt eingetroffen waren, häufig Militärpersonal mit blitzenden Kreisen und Sternen auf den Schultern gesehen.

»Aber sie kommen in regelmäßigen Abständen mit den Militärtransportern. Nur sehr wenige Wabenbewohner suchen den Stützpunkt jemals auf. Niemand will das.«

»Wer reist denn dorthin?« erkundigte sich Ryo.

»Einige wenige, die dort zu arbeiten haben und deshalb besondere Erlaubnis und eine spezielle Freigabe haben. Sie benutzen dieselben Militärfahrzeuge. Ich weiß nicht, weshalb Sie so erpicht darauf sind, dorthin zu kommen. Sie sehen gar nicht so närrisch aus. Aber wenn Sie wirklich entschlossen sind, das zu versuchen, kann ich Ihnen ein wenig behilflich sein.« Sie winkte sie mit einer Geste näher zu sich heran.

»Das Informationsbüro ist im dritten Würfel in der zweiten Etage. Sprechen Sie mit denen. Vielleicht ist jemand auf dem Stützpunkt in der Stimmung, Idioten behilflich zu sein. Vielleicht haben Sie Glück, und die lehnen Ihre Bitte ab.« Sie neigte den Kopf etwas zur Seite. »Sagen Sie mir, warum wollen Sie sich den Strapazen einer solchen Reise aussetzen?«

»Ich bin Dichter«, sagte Wuu, ohne seinen Namen zu nennen. »Ich arbeite an einem langen Spiralgedicht über das Militär.«

»Nun, ich kann mir nicht vorstellen, daß Sie dort draußen viel Material bekommen, wenn Sie überhaupt so weit kommen«, antwortete sie. »Die sind ziemlich verschlossen. Nicht, daß ich es denen übelnehmen würde. Ich kann mir wirklich auf allen zivilisierten Welten keinen schlimmeren Ort vorstellen, an dem jemand stationiert sein kann. Ich würde selbst hier weggehen, wenn ich das könnte – aber ich habe zwei ungepaarte Töchter, die in den Bergwerken arbeiten, und die sind alles, was ich an Familie habe.«

Ryo, der stets von Familie und Clan-Gefährten umgeben gewesen war, war von diesem Geständnis gerührt. »Das tut mir aber leid.«

»Wir alle haben unseren Ort«, erwiderte sie philosophisch.

»Dann müssen also alle nichtmilitärischen Besucher von dieser Informations-Station freigegeben werden?«

»Ich denke schon.« Sie zupfte an ihrem ziemlich ramponierten linken Fühler, an dem einige Federn fehlten, sah sich dann um und pfiff leise. »Wenn Sie wirklich ebenso fest entschlossen wie verrückt sind, dann könnten Sie sich ja in der öffentlichen Küche in der ersten Etage eine Flasche Saft kaufen und sich nach einem Individuum namens Torplublasmet erkundigen.«

»Warum – könnte der uns helfen?« fragte Ryo eifrig.

»Wenn irgendeiner Ihnen helfen kann, dann er.«

Wuu machte eine Geste der Vorsicht, in die sich Verständnislosigkeit mischte. »Das verstehe ich nicht. Selbst wenn diese Person dazu imstande wäre, weshalb sollte er es tun?«

Die Alte gab ein vergnügtes, etwas schrill klingendes Pfeifen von sich. »Weil er auch verrückt ist!« Damit drehte sie sich um und ging mit schwerfälligen Schritten den Korridor hinunter.

»Was meinst du?« fragte Ryo Wuu, als sie ihren Blicken entschwunden war.

Der Poet überlegte. »Ich habe diese Geschichte erfunden, daß ich Material für ein Gedicht suche, um jeglichen Argwohn zu beseitigen, den sie vielleicht empfunden hatte, und um auch ihre Frage zu beantworten, welches Ziel wir verfolgen. Aber warum sollten wir nicht einfach so weitermachen? Meine Papiere lassen sich schließlich bestätigen. Wir reisen außerhalb der offiziellen Kanäle, weil jegliche Einschaltung der Behörden die künstlerische Inspiration behindern würde.«

Ryo gestikulierte zögernde Zustimmung. »Das akzeptiere ich. Aber werden die Behörden am Stützpunkt das auch tun?«

»Der Gaumen eines Poeten kann Wunder wirken, mein Junge. Und vielleicht kann unser Freund Torplublasmet ...«

»Er ist noch nicht unser Freund.«

»... uns ein oder zwei Vorschläge machen.«

Sie gingen etagenaufwärts und fanden die Küche. Aber es vergingen zwei Tage, bis der geheimnisvolle Torplublasmet sich endlich zeigte. Als er das schließlich tat, fand Ryo hinreichend Anlaß, dem Urteil der alten Matriarchin zuzustimmen.

Tor war ein Fallensteller, einer der wenigen Thranx, die mutig oder verrückt genug waren, in die heulende arktische Wildnis über der Erde hinauszugehen. Anstelle richtiger Kleidung trug er die Felle von toten Tieren, und Ryo brauchte einige Zeit, bis er ihm gegenübertreten konnte, ohne ein Gefühl der Übelkeit zu empfinden.

Wuu hingegen schien in diesem bukolischen Geist verwandte Züge zu finden, und indem er dem Trapper die Gelegenheit versprach, etwas zu sehen, ›von dem sonst niemand auch nur ahnt, daß es überhaupt existiert‹, gelang es ihm, ihn zu überreden, sie zu dem fernen Stützpunkt zu geleiten.

Eine nur vorsichtig geäußerte Hoffnung gewann Substanz, als der findige Tor tatsächlich einen plausiblen Vorwand für ihre Anwesenheit lieferte: Sie würden als Fallenstellerkollegen auftreten, Besucher aus der Ferne, die gekommen waren, um hier die Chance zu erkunden, an die isoliert lebenden Bürger dieses Stützpunkts ihre Waren zu verkaufen.

Nachdem sie tagelang auf dem Loosp-Karren des Jägers durch den gefrorenen Wald gezogen waren, erreichten sie schließlich einen Ort, wo der letzte Baum zu peinlicher Zwergenhaftigkeit zusammengeschrumpft war und das Land sich bis zu dem vom Wind gefegten Horizont dehnte, weiß und völlig nackt.

Auf Ryo wirkte es wie eine Mondlandschaft. Er war nie an einem Ort gewesen, wo nicht das ganze Jahr hindurch Pflanzen gediehen. Hier, sozusagen oben auf der Mutterwelt, eine so leergefegte Landschaft zu finden, versetzte ihm einen Schock.

Es dauerte nicht lange, bis sie vor sich, umgeben von kalten Nebelschwaden, die vertrauten Silhouetten von Ventilationsschächten sehen konnten. Ein Zaun schien vor ihnen aus dem Boden zu springen. Er war drei Meter hoch und dehnte sich, soweit das Auge reichte, nach Osten und Westen. Keinerlei Schilder hingen am Zaun, keinerlei Erklärungen.

Ryo vergaß die Kälte, die Trockenheit und die Einsamkeit und gab sich Mühe, sich die Geschichte ins Gedächtnis zurückzurufen, die Tor während der kalten Tage ihrer Reise von Sed-Clee hierher versucht hatte, ihnen einzuhämmern.

Ich bin Jäger und Fallensteller, sagte er sich eindringlich. Ich bin von der westlichen Ausbuchtung des Jezra-Jerg herübergewandert, um meinen alten Freund Torplublasmet zu besuchen. Mein alter Kumpel und ich verkaufen unsere Pelze und die seltenen Fleischsorten gewöhnlich in Levqumu, weil das in wärmerem Gebiet als Sed-Clee liegt.

Wir haben ein paar außergewöhnlich schöne Mossmel-Häute mitgebracht, die wir gern im Stützpunkt verkaufen würden. Unser alter Freund Tor begleitet uns, damit wir uns etwas mehr Informationen über die Interessenten beschaffen können, wie es nur recht und billig ist.

Dies war die Geschichte, die Tor dem ein wenig unglücklichen Posten klarzumachen versuchte, der unter großem Widerstreben aus dem eckigen Tor kam. Feuchte, warme Luft brauste wie der Atem eines Gleast aus der Öffnung. Nach mehr als einem viertel Monat trockener Kälte frohlockte Ryo beinahe, als der Luftschwall ihn erreichte. Er war freilich darauf bedacht, seine Reaktionen unter Kontrolle zu halten, damit der Posten nicht bemerkte, daß an dem Verhalten des Fremden etwas war, das nicht zu einem Fallensteller aus dem Hinterland paßte.

Nach einem höflichen Wortwechsel und einigen belanglosen Formalitäten zwischen Tor und dem Posten winkte man sie hinein.

»Genug der Worte über dieses armselige Wetter, Freunde«, sagte der Posten angewidert, als sie hereinschlenderten.

»Kommen Sie herein und feuchten Sie sich ihre Tracheen an!«

Als sie eingetreten waren, schloß sich die Tür schnell hinter ihnen; die drei dreieckigen Segmente begegneten sich in der Mitte und schlossen hermetisch ab. Das Wispern der Luft von draußen verstummte.

Tors Beispiel folgend behielt Ryo seine Pelze an, schnallte aber die Bauchriemen ab und schob den ausgehöhlten Schädel und die Clith-Brille nach hinten. Er bewegte seine jetzt wieder aufrecht stehenden Fühler dankbar und war froh, wieder fazzen und riechen zu können.

Der Jäger führte sie über eine gewundene Rampe nach unten. Nach kurzer Zeit stießen sie auf eine bescheidene, aber durchaus belebte Straße. Nicht weit über ihnen lagen die gefrorenen, clith-bedeckten, öden Weiten der lebensfeindlichen Arktis Hivehoms. Einen Augenblick lang war ihnen, als befänden sie sich wieder in Daret.

Überall liefen Militärs herum, an deren Schultern und Stirnen smaragd- und karminfarbene Abzeichen blitzten. Nur ganz selten entdeckten sie Zivilarbeiter. Die drei seltsam gekleideten Fremden schienen nur wenig Aufmerksamkeit zu erwecken, wie es nach Tors häufigen Besuchen nicht anders zu erwarten gewesen war.

Tor wußte genau, wohin ihr Weg sie führen sollte. Hin und wieder blieb er stehen, um kurz mit Passanten zu plaudern, die er kannte. Etwas später blieben sie an einem Verkaufsstand stehen, um etwas zu trinken. Ryo schloß aus der Größe der Korridore und der Zahl von Thranx, die unterwegs waren, daß der Stützpunkt viel größer als Sed-Clee selbst war.

Später schlenderten sie einen Korridor entlang, der parallel zu einer riesigen, künstlichen Kaverne verlief, die mit Hybrid-Luftfahrzeugen und Militär-Shuttles gefüllt waren. Letztere, die den planetarischen Verteidigungsstreitkräften gehörten, waren schmale Fahrzeuge mit runden Tragflächen, die mit Lenkraketen und Energiewaffen ausgerüstet waren. Für Ryos ungeübten Blick sahen sie fast neu aus, und sie waren auch tatsächlich bis jetzt nur in Übungsflügen zum Einsatz gekommen.

Ryo, der selbst einen Angriff aus dem Weltraum erlebt hatte, verspürte eine Aufwallung von Zuversicht und Vertrauen, als er die gefährlich wirkenden Maschinen sah, die friedlich unter den Klippen überwinterten, aber jederzeit bereit waren, in den Weltraum hinauszurasen, um die Mutterwelt zu verteidigen. Alles, dessen es bedurfte, um die Welten der Thranx zu verteidigen, war hier, sicher unter der Erde verborgen, sah man einmal von den Ventilatoren und dem Wald elektronischer Sensoren ab, die sich ohne Zweifel getarnt irgendwo weit über ihnen befanden.

Wenn wir nur zwei oder drei von diesen Kriegsmaschinen gehabt hätten, als die AAnn angriffen, dachte er, dann hätten diese plattenbrüchigen Invasoren eine ganze Menge mehr als einen einfachen diplomatischen Verweis mit nach Hause gebracht!

Aber es war sinnlos, über die Vergangenheit nachzubrüten, machte er sich klar. In dieser Bitterkeit lag nichts Konstruktives. Er verdrängte den Zwischenfall aus seinen Gedanken und konzentrierte sich darauf, die Reihen glänzender Schiffe zu bewundern. Dann ließen sie den Hangar hinter sich und setzten ihren Weg durch die unterirdische Stadt fort.

Sie waren bereits seit einiger Zeit unterwegs, und Ryos Füße fingen an, am Ballen und der gestutzten Klaue zu schmerzen, denn seine Füße waren immer noch in die Pelzschuhe eingehüllt, auf denen Tor bestanden hatte, um ihre Jägerkleidung echt erscheinen zu lassen. Er trat näher an Tor heran. »Ich weiß, daß wir irgendein Ziel haben müssen – aber wo ist das? Wenn das ein Rundgang sein soll, habe ich jetzt genug gesehen.«

»Das ist kein Rundgang. Daß wir einige Umwege machen, ist Absicht. Aus dem gleichen Grund gehen wir auch, anstatt einen Modul zu nehmen. Wenn man geht, hinterläßt man keine Spuren.

In diesem Stützpunkt gibt es nur zwei Orte, die ich noch nie betreten habe. Tatsächlich sind es sogar drei, aber einer davon ist die Kommandozentrale, und dort werden wir unsere Antwort ganz bestimmt nicht finden. Was in den beiden anderen vor sich geht, hat mir bis jetzt niemand gesagt. Und ich habe mir nie die Mühe gemacht, hinzugehen und mich selbst zu erkundigen. Und das werden wir heute versuchen. Ganz sicher befindet sich doch der beste Ort, an dem man etwas gar nicht Existierendes versteckt, in einem Bereich, den niemand betreten darf.«

»Sie sagen, niemand hätte Ihnen gesagt, was in diesen beiden Abteilungen geschieht«, sagte Ryo. »Heißt das, daß Sie gefragt haben?«

»Natürlich. Selbst bei diesem Besuch – und diesmal habe ich auch eine Anspielung auf fremde Ungeheuer gemacht. Entweder sind meine Freunde nicht so freundlich, wie ich dachte, oder ihre Unwissenheit ist echt. Jeder behauptet, er wüßte nichts über das, was in diesen zwei Sicherheitszonen vor sich geht. Selbst Offiziere im Rang eines Baumarschalls dürfen diese Bereiche nur mit Sondergenehmigung betreten.

Und was die Frage angeht, daß dort vielleicht gefangene Aliens untergebracht sein könnten – nun, darauf habe ich nur Gelächter und Spott geerntet.«

»Wie sollen *wir* dann etwas erfahren?« murmelte Ryo besorgt.

»Zuerst müssen wir diese Abteilungen einmal finden, mein ungeduldiger Freund«, riet der Jäger, »dann können wir weitersehen.«

Allmählich wurde der Fußgängerverkehr rings um sie dünner, und sie erreichten eine Biegung, wo der Korridor einfach endete. Es gab hier keine Abzweigungen. Der Weg war einfach zu Ende.

Selbstbewußt und kühn wie immer ging Tor ohne zu zögern auf die niedrige Schranke zu, die den Tunnel versperrte. Links, in der Nähe der Tunnelwand, war eine Tür in der Mauer. Dort saß eine Offizierin, auf deren Schulter zwei smaragdfarbene Sterne blitzten.

Zwei weitere Posten waren zu sehen: einer vor der Tür, der andere dahinter. Sie saßen nicht auf Sätteln, sondern standen steif in Habachtstellung da. Zu Ryos großer Überraschung war jeder mit einer großen, gefährlich aussehenden Energiewaffe ausgerüstet, die sie schußbereit mit beiden Fußhänden hielten, wobei eine Echthand am Abzug lag.

Keiner der beiden Posten drehte den Kopf, um die Neuankömmlinge zu mustern. Sie starrten in entgegengesetzte Richtungen: der eine den Korridor hinauf, der andere hinunter. Es sah so aus, als wäre ihr einziger Lebenszweck der, sicherzustellen, daß sich nichts und niemand ungesehen der Mauer näherte. Ryo erinnerte sie an Bilder, die er von Kriegern aus der Antike gesehen hatte, wie sie mit geöffneten Kiefern dastanden, bereit, die primitiven Waben zu verteidigen.

Die Offizierin freilich, die hinter der Schranke saß, blickte auf, als sie Tor kommen sah, und bedachte ihn mit einer grüßenden Bewegung ihrer Fühler.

»Sie sind Tor, der Jäger, nicht wahr?«

»Der bin ich. Zu Ihren Diensten.« Er vollführte eine fließende Geste der Unterwerfung dritten Grades, gemischt mit zwei Grad sexueller Bewunderung.

Die Offizierin schien das in keiner Weise zu beeindrucken. »Ich habe von Ihnen gehört.« Sie schien offen und freundlich. »Ich bin Bautaktikerin Marwenewlix, zehnte Stufe.«

Tor nahm ihre Rangabzeichen zur Kenntnis. »Gruß und Wärme für Sie.«

»Was kann ich für Sie und Ihre beiden Begleiter tun?« Sie musterte ihre Pelze neugierig und ohne den Ekel, den Ryo erwartet hatte.

Tor trat vor und stützte sich mit beiden Echthänden auf die Schranke. »Meine Freunde sind Jäger, Fallensteller wie ich. Wir handeln mit den Pelzen, Skeletten und Kadavern jener Tiere, die ästhetisch und kulinarisch geschätzt werden, Tiere, die die Wabenbewohner im lebenden Zustand lieber meiden.«

»Das weiß ich«, erwiderte sie. »Ich habe einen Byorlesnath-Muff, den ich vor einiger Zeit gekauft habe. Der Ladenbesitzer hat mir erzählt, daß Sie ihn beliefern.«

»Der vierte Laden auf Etage zwei?«

Sie gestikulierte zustimmend.

»Ja, der junge Estplehenzin. Ich erinnere mich. Hoffentlich gefällt Ihnen der Muff.«

»Er ist auf seine barbarische Art sehr attraktiv – und sehr warm.«

»Dann können Sie, wenn Sie solche Dinge schätzen, verstehen, warum meine Freunde und ich stets auf der Suche nach ähnlichen Dingen sind, mit denen wir unsere Vorräte ergänzen können.«

Zum ersten Mal wirkte sie unsicher. »Ich weiß nicht, ob ich Ihnen folgen kann.«

Tor beugte sich weiter vor, und sein Tonfall wurde verschwörerisch. »Es ist uns zugetragen worden, daß Sie hier damit beschäftigt sind, einige Geschöpfe zu studieren, deren Pelze auf dem Markt sehr interessant sein könnten. Mehr als nur die üblichen Neuheiten, wenn Sie mir folgen können. Man wird etwas mit ihnen machen müssen, wenn Sie Ihre Studien beendet haben. Wir würden uns gern nach den Experimenten um die Beseitigung kümmern, und alle Betroffenen könnten Nutzen daraus ziehen.«

»Ich habe keine Ahnung, wovon Sie reden.« Sie fügte zwei Grad Höflichkeit und einen Grad Verblüffung hinzu. »In dieser Abteilung gibt es keine solchen Geschöpfe.«

»Kommen Sie schon, Taktikerin«, bedrängte er sie mit leiser Stimme. »Wir haben alle die Gerüchte gehört. Da sonst nirgends im Stützpunkt solche Geschöpfe studiert werden, müssen sie hier sein.« Er deutete an ihr vorbei, den Korridor hinunter. »Oder drüben im Süden, in Abschnitt W – stimmt's? Das sind die einzigen zwei Orte auf dem Stützpunkt, wo man sie festhalten könnte.«

»Sie sind weder hier noch in Abschnitt W, weil es solche Geschöpfe nicht gibt«, sagte die Offizierin. »Die Kälte muß Ihre Vernunft geschwächt und gleichzeitig Ihre Phantasie angeregt haben, Jäger. Ich kann Sie nicht weiter aufklären.«

»Nicht, daß ich an Ihrem Wort zweifelte, Taktikerin. Aber die Geschichten, die man mir erzählt hat, waren so eindringlich und doch so wenig zusammenhängend. Wenn wir uns selbst überzeugen könnten, wären wir beruhigt, daß uns keine Gelegenheit entgeht. Nur ein schneller Blick. Wir würden niemandem etwas sagen. Schließlich begegnen wir ohnehin nur selten Leuten, denen man etwas erzählen könnte, Draußen.« Er lachte gezwungen.

»Ich darf nicht zulassen, daß Sie diese Sperre passieren.« Sie schien in keiner Weise amüsiert. »Das wissen Sie.«

»Nun, denn. Dann sagen Sie mir wenigstens, was hier geschieht.«

»Forschungsarbeiten.«

»Richtige, geheime Forschungsarbeiten, was?«

»Jetzt kommen Sie schon, genug der Worte. Sie begreifen doch sicherlich, daß ich Sie ebenso wenig hier passieren lassen kann, wie ich Ihnen sagen kann, was für Forschungen hier durchgeführt werden. Ich muß ja sogar Militärpersonal abweisen. Ich kann Ihnen lediglich sagen, daß ich das meiste nicht einmal selbst weiß.«

»Dann lassen Sie uns passieren«, warf Wuu ein. Er schien zu erkennen, daß dies die letzte Chance war, etwas zu erreichen, und riskierte daher viel. »Bei unserer Rückkehr werden wir dann auch Ihr Wissen erweitern.«

Sie musterte ihn aufmerksam. Einen Augenblick lang dachte Ryo, daß Wuus eingeworfene Worte sie verraten hatten.

Die Kiefer der Offizierin bewegten sich, und Ryo befürchtete, sie würde jetzt die erste von vielen unbeantwortbaren Fragen stellen, als plötzlich am anderen Ende des Korridors eine dröhnende Explosion zu hören war. Selbst die versteinert wirkenden Posten erwachten aus ihrer Starre und wirbelten mit schußbereiten Waffen herum. Ein paar Flocken von Dichtmasse fielen von der Korridordecke.

Tor hatte sich an der Schranke festgehalten, um nicht zu stürzen, und Ryo und Wuu hatten alle Mühe, das Gleichgewicht zu halten.

Einen Augenblick lang herrschte beunruhigende Stille, als die Offizierin einen Schritt in Richtung auf den Ort der Explosion hin machte. Ein zweites Dröhnen ertönte. Diesmal erfüllten Rauch und orangeroter Feuerschein die Korridoröffnung. Die Flamme verschwand, der Rauch begann sich zu verteilen, und Rufe und Pfiffe unsichtbarer Thranx waren zu hören.

Einige tauchten hinter den Rauchwolken auf und rannten auf die Schranke zu. Sie gestikulierten eindringlich. Ohne ein Wort von sich zu geben, rannten ihnen die zwei Posten entgegen, und dann eilte die kleine Gruppe um die Wegbiegung, hinter der der Rauch und das Feuer entstanden waren.

Die Offizierin hatte gezögert, ehe sie sich umwandte, um sich wieder mit ihren wißbegierigen Besuchern zu befassen.

»Ich fürchte, ich muß Sie jetzt bitten, in den zentralen Sektor zurückzukehren, am besten in die Ladenbereiche.« Eine Video-Konsole war in die Schranke eingebaut. Die Status-Anzeigen an dem Gerät blitzten und flackerten wie wild. Von weiter unten im Korridor waren schrille Warnpfiffe zu hören.

»Wir belästigen niemanden«, sagte Tor mit bewundernswerter Ruhe. »Vielleicht können wir helfen, wenn Sie uns erlauben ...« Er verstummte plötzlich, sprachlos vor Staunen.

Die Offizierin hatte eine Pistole herausgezogen, die sie jetzt in einer Fußhand hielt. Die Waffe besaß nicht die zivilisierte Mündung eines Stechers oder einer Energiewaffe, sondern vielmehr die eines Projektilgeräts, dessen winzige, explosive Kugeln einen Chiton in Fetzen reißen konnten. »Bitte, gehen Sie dorthin zurück, woher Sie gekommen sind«, instruierte sie sie brüsk mit Selbstvertrauen obersten Grades, »sonst sehe ich mich gezwungen, Sie zu töten!«

»Töten?« wiederholte Wuu dümmlich. Ryo erlebte zum ersten Mal, daß dem Poeten die passenden Worte fehlten. »Wir haben gar nichts getan ... wir ...«

»Sie haben fünf Sekunden. Eins ... zwei ...«

»Genug. Wir können später Beschwerde einlegen.« Tor drehte sich um und fing an zu rennen. Eine weitere Aufforderung brauchte Ryo nicht. Erst nach ein paar Augenblicken blickte er sich über die Schulter um. Die Offizierin hatte wieder auf ihrem Sattel Platz genommen, und ihre Hände flogen über die Kontrollen der Konsole. Die häßliche Projektilwaffe lag griffbereit auf der Schranke.

»Empörend!« murmelte Wuu. »Was auch immer hier passiert sein mag, das ist keine Entschuldigung – keine Entschuldigung! Ein Bruch der Höflichkeit, der allgemeinen Sitten! Die dürfen doch nicht einfach ...«

»Das ist militärisches Sperrgebiet«, unterbrach ihn Tor mit fester Stimme. »Die dürfen alles tun, was sie wollen.«

»Die hätte uns doch ganz sicher nicht mit diesem Ding erschossen!« sagte Ryo staunend. Sie hatten inzwischen eine Biegung im Tunnel erreicht.

»Haben Sie ihre Haltung nicht gesehen und auch ihren Tonfall nicht bemerkt?« fragte Tor. »Für mich gibt es da nicht die geringste Frage. Die hätte uns in Stücke geschossen, während wir noch dastanden und sie anstarrten: bäng, bäng, bäng – eins, zwei, drei. Wiedersehn, Jäger und deine neugierigen Freunde. Einfach so.«

»Aber *warum*?« wollte Wuu wissen. »Was für Schwierigkeiten können denn eine solche Drohung auslösen? Das ist doch unvorstellbar, das ist wie in den primitiven Zeiten der Waben-Kriege.«

»Die hätte es getan, weil sie entsprechenden Befehl hatte«, erklärte Tor. »Offensichtlich hat keiner von euch beiden sehr viel Zeit mit Militärs verbracht. Wir können später über ihre Überlegungen nachdenken.« Er bog scharf nach rechts.

»Auf dem Weg sind wir aber, glaube ich, nicht gekommen.« Ryo sah sich wieder um. Sie waren jetzt allein. »Halten Sie es für möglich ... diese Explosionen ...«

»Mir ist verdammt gleichgültig, was möglich ist«, herrschte ihr Führer sie an. »Wir werden keine Fragen stellen, bis die ihre Projektil-Waffen und dergleichen beiseitegelegt haben. Ich will mit all dem, was die so nervös gemacht hat, nichts zu tun haben.«

»Aber verstehen Sie denn nicht? Vielleicht hat das etwas mit diesen Ungeheuern zu tun«, meinte Ryo.

»Und vielleicht hat das etwas mit einer streng geheimen Waffe zu tun, die nicht richtig funktioniert«, antwortete Tor. »Das werden wir später herausfinden, wenn es keine geheimnisvollen Explosionen mehr gibt und uns keine attraktiven Offizierinnen mit Projektilwaffen bedrohen. Für den Augenblick wäre es für uns, glaube ich, am vernünftigsten, wenn wir ihrem Rat folgten und uns zu den anderen Zivilpersonen begäben.«

Sie befanden sich inzwischen in einem besonders engen

Korridor, in dem es von Leitungen und Rohren wimmelte. »Ein Versorgungstunnel«, sagte Tor, ohne damit etwas Neues zu sagen. »In den Korridoren in der Nähe wird ein ziemliches Durcheinander herrschen. Auf die Weise entgehen wir dem Verkehr und kommen ganz in der Nähe der Ladenzone heraus. Ich könnte im Augenblick einen Zylinder heißen Saft brauchen und ein wenig Ruhe. Wenn hier allgemein mobilisiert wurde, erfahren wir das ebenso schnell und unter wesentlich angenehmeren Begleitumstände, während wir trinken.«

»Zwei Explosionen«, murmelte Ryo. »Ich habe mindestens zwei gehört.«

»Ich habe sie auch gehört, mein Junge.« Wuus Atem ging schwer, und er schien Schwierigkeiten zu haben, mit seinen jüngeren Gefährten Schritt zu halten. »Ich hatte das Gefühl, als wäre die zweite etwas schwächer, aber dafür näher als die erste.«

»Ich würde viel darum geben, wenn ich genau wüßte, was hier vor sich geht«, sagte Ryo.

»Vielleicht treffen wir in der Kantine jemanden, der Bescheid weiß und eher bereit ist, darüber zu reden«, erwiderte der Poet. »Verwirrung und Aufregung lockert auch die engste Kehle.«

Ryo eilte weiter, während Tor seine Schritte etwas verlangsamte, um Wuu behilflich zu sein. Vor ihnen war Lärm zu hören.

»Wahrscheinlich versuchen die jetzt, die Energiezufuhr in der betroffenen Zone abzuschalten«, verkündete der Jäger. »Vielleicht können uns die Versorgungsarbeiter etwas sagen. Mag sein, daß ich ein wenig vorsichtiger bin, aber neugierig bin ich genauso wie Sie beide.«

»Ich werde fragen.« Ryo bedachte den verborgenen Arbeitstrupp mit einem grüßenden Pfiff. »Seid gegrüßt, Freunde! Wissen Sie, was hier passiert? Haben Sie die Explosionen gehört? Können Sie uns ...« Er bog um die Ecke und blieb wie erstarrt stehen.

Da war nicht der Arbeitstrupp, den er erwartet hatte, sondern etwas anderes.

Die Schreckensgestalten, die sich jetzt zu ihnen herumdrehten, hielten Thranx-Energiewaffen in weichen, blassen Fingern. Ryo konnte nicht verstehen, wie etwas, das so weich aussah, auch nur einen Trinkbecher halten konnte. Die beiden oberen Gliedmaßen endeten in fünf Fingern anstelle der normalen vier, und nur einer davon konnte abgewinkelt werden.

Sie starrten einander an, und Thranx und Ungeheuer waren in gleicher Weise überrascht. Ryo fragte sich, ob es sich bei den beiden um ein gepaartes Paar handelt. Es gab einige oberflächliche Unterschiede zwischen den beiden; aber das war kein Beweis für Paarung oder auch nur Geschlecht. Ganz sicher hatte keiner von beiden so etwas wie Legestacheln. Aber dann erinnerte er sich, daß die meisten Säuger lebend gebären.

Obwohl viel Pelz zu sehen war, konnte er nicht sicher sein, ob es sich um Säugetiere handelte. Ihre Körper waren dick bekleidet, und der Pelz, den er erkennen konnte, beschränkte sich auf ihre Köpfe. Der unerwartete Anblick verblüffte ihn so sehr, daß er vergaß, eine Warnung zu rufen.

Doch das war auch nicht notwendig. »Was ist denn, Junge?« rief Wuu. »Ist etwas?«

»Ja, wissen Sie ...« Tor blieb hinter der Biegung des Korridors stehen. Sie bogen nicht in den kleineren Tunnel ein, wie Ryo das in seiner Hast getan hatte, sondern blieben draußen.

Eines der Ungeheuer gab ein kehliges, gurgelndes Geräusch von sich und hob die Waffe. Tor und Wuu machten sofort kehrt und rannten zurück, woher sie gekommen waren.

Ob ihn nun der Wunsch bewegte, den alten Poeten zu schützen oder irgendein unbewußter Drang (er würde das nie wissen) – jedenfalls trat Ryo vor die Waffe und ließ sich auf alle vier Arme sinken. Das Ungeheuer funkelte ihn aus winzigen, einlinsigen Augen an und zögerte. Ryo hatte es verwirrt.

Es rannte nicht hinter den zurückweichenden Thranx her. Ryo bemerkte, daß die Energiewaffe jenen ähnlich war, die die zwei Posten an der Schranke getragen hatten. Die Spitze der Waffe senkte sich, wies nicht länger auf ihn, hob sich aber wieder, als er einen Schritt zurück machte.

Ryo stand stumm da und starrte das Monstrum an, während seine Fühler sich wie wild bewegten. Am Geruch der Ungeheuer war nichts Auffälliges; er wirkte sogar seltsam vertaut.

Die Monster ihrerseits schienen über Ryos Ruhe verblüfft. Sie fuhren fort, die seltsam gurgelnden Geräusche zu erzeugen, die offenbar ihre Methode der Kommunikation darstellten.

Abgesehen von der unterschiedlichen Pelzmenge, die an ihnen zu sehen war, gab es auch andere Unterschiede. Das eine Monstrum war etwas größer als das andere, und auch die Körperformen waren unterschiedlich; letzteres freilich konnte ebenso ihrer Kleidung wie ihrer Physiognomie zuzuschreiben sein, erinnerte sich Ryo. Sie wirkten so flexibel wie Leuks. Ihre Außenhaut war größtenteils frei von Pelz, aber nicht hart und aus Gliederplatten zusammengefügt wie die der AAnn. Diese Weichheit faszinierte ihn. Diese Geschöpfe hatten eine Körperbedeckung, die dünn wie Papier war.

Sie schienen in keine bekannte Gruppierung von Lebewesen zu passen. Als Geschöpfe mit Endoskeletten gehörten sie wahrscheinlich einer niedrigen Gattung an, obwohl die AAnn eine Ausnahme jener sonst universellen Regel bildeten. Wenn ihre Physiologie den Thranx-Normen entsprach, dann mußte das größere der beiden Ungeheuer weiblichen Geschlechts sein.

Sie schienen schwanzlos zu sein. Ihre Gesichter waren flach, und anstelle der Fühler besaßen sie außenliegende Nasen; wahrscheinlich konnten sie nicht fazzen. Wenn sie miteinander redeten, zeigten sie nur vier Schneidezähne; zwei obere und zwei untere; der Rest ihrer Zähne schien relativ flach und stumpf zu sein. Das deutete darauf hin, daß sie Herbivoren waren; aber sie verhielten sich nicht wie Pflanzenesser. Vielleicht Omnivoren, überlegte er, Allesfresser wie wir.

Da sie ganz offensichtlich zweibeinig gebaut waren, verblüffte ihn das Fehlen eines substanziellen Schwanzes. Dieser Körperbau schien ungemein unstabil, und doch schienen sie sich ohne Schwierigkeiten in der unsicheren, aufrechten Haltung im Gleichgewicht halten zu können.

Sie besaßen nur zwei obere Gliedmaßen, und er fragte sich, ob die, wie die Thranx-Fußhände, als zusätzliches Beinpaar genutzt werden konnten. Er bezweifelte es. Sowohl die oberen als auch die unteren Gliedmaßen erschienen ihm zu spezialisiert, als daß sie doppelt genutzt werden konnten.

Die Energiekarabiner waren für den Gebrauch mit drei Händen konstruiert. Die Ungeheuer meisterten diese Schwierigkeit, indem sie den Kolben der Waffe zwischen Arm und Körper einklemmten und damit eine Hand freimachten, um den unteren Griff zu bedienen, während die andere den Abzug bedienen konnte. Sie schienen genau zu wissen, was sie taten, und er bezweifelte nicht, daß sie imstande waren, die Waffen, wenn nötig, jederzeit abzufeuern.

All diese Beobachtungen registrierte sein Gehirn binnen Sekunden. Indem er zwischen ihre Waffen und seine Begleiter trat, hatte er, wie er das gehofft hatte, verhindert, daß sie schossen. Jetzt versuchten sie sich wahrscheinlich zu entscheiden, ob er sich von Natur aus als Opfer anbot oder nur verrückt war.

Sie waren weder so erschreckend noch so vertraut, wie er gehofft hatte. Falls es zu einer körperlichen Auseinandersetzung kommen sollte, glaubte er eine gute Chance gegen sie zu haben. Jeder von ihnen besaß mindestens das doppelte seiner Masse; aber ihre Haut wirkte schrecklich dünn. Er hoffte, daß es nicht zu Blutvergießen kommen würde. Schließlich war es ohnehin nur eine Frage der Zeit, bis sie wieder eingefangen wurden. Die Jagd hatte ja ganz sicher bereits begonnen.

Seine Gedanken wandten sich jetzt wieder den beiden Explosionen zu, und er fragte sich, ob es wohl zu irgendwelchen ernsthaften Schäden gekommen sein mochte. Während er darüber nachdachte, versuchte das größere der beiden Monster, sich aufzurichten, stieß dabei aber mit dem Schädel hart gegen die Korridordecke und gab ein paar laute Mundgeräusche von sich. Die Mündung seiner Waffe senkte sich, und Ryo trat einen Schritt zurück.

Sofort richtete sich die Waffe des kleineren auf ihn. Er blieb stehen. Dies war ganz offensichtlich ein Fluchtversuch und würde ebenso offensichtlich bald sein Ende finden. Ehe es aber dazu kam, hoffte er sich einige interessante Informationen beschaffen zu können.

Er blieb ganz ruhig, während das größere Monstrum ihn mit der Mündung der Waffe anstieß. Offensichtlich wünschte das Ungeheuer, daß er sich bewegte. Ryo antwortete darauf mit einer zweitgradigen Geste der Verneinung. Darauf bedacht, in seiner Stimme kein Zittern durchkommen zu lassen, pfiff er höflich, daß er nicht die Absicht hätte, wegzugehen, und daß dies auch gar nicht wichtig sei, da sie ja ohnehin jeden Augenblick wieder gefangen werden würden.

Er hatte keine Ahnung, ob das Geschöpf ihn verstand. Jedenfalls stieß es ihn kräftiger mit dem Karabiner an und gab ein lautes Mundgeräusch von sich. Da er nicht wünschte, ihre Instinkte noch weiter in Versuchung zu führen, drehte er sich resigniert um und ging in die angedeutete Richtung.

Die beiden Ungeheuer hielten mit ihm Schritt, wobei das größere voranging und das andere sich hinter Ryo bewegte und sich gelegentlich umsah, als erwarte es Verfolger; im Augenblick waren solche aber noch nicht zu sehen.

Der Versorgungstunnel schien endlos, und sie begegneten niemandem. Ryo benutzte die Gelegenheit, die bemerkenswerte Fortbewegungsmethode der Ungeheuer aus der Nähe zu studieren, wobei er sich beständig wunderte, wie sie es schafften, das Gleichgewicht auf nur zwei Beinen und ohne das Gegengewicht eines Schwanzes zu bewahren. Sie wirkten sehr agil und waren vermutlich, da sie recht primitiv waren, imstande, über kurze Distanz sehr schnell zu laufen.

Ihre verborgenen Füße erweckten sein Interesse. Sie waren zwar größer als die seinen, aber die Ballenkonstruktion schien gar nicht so unähnlich; vermutlich bildete jeder Fuß einen breiten Sockel und endete in einer einzigen Klaue. Das würde sie zu geschickten Gräbern machen.

Wieder bogen sie um eine Ecke in dem schwach beleuchteten Tunnel und fanden sich an einer nach oben führenden Rampe. Das größere Monstrum setzte sich ohne zu zögern die Rampe hinauf in Bewegung. Ryo folgte ihm und stellte interessiert fest, wie das Geschöpf sich automatisch nach vorne beugte, um die Neigung auszugleichen.

Jetzt waren von weiter hinten im Korridor Geräusche zu hören. Pfiffe und Klicklaute wurden kurz lauter und verhallten dann wieder, als der Suchtrupp sich in eine andere Richtung wandte.

Ryo bereitete es ein perverses Vergnügen, sich die Panik vorzustellen, die sich jetzt ohne Zweifel bei all denen breitmachte, die dafür verantwortlich waren, die Sicherheit und Abgeschlossenheit dieser Geschöpfe zu garantieren. Trotz ihres alptraumhaften Aussehens schienen sie eigentlich ganz vernünftig – jedenfalls waren es keine wütenden, blutgierigen Bestien.

Trotzdem waren da die beiden Explosionen, und natürlich auch die Frage, wie es diese beiden geschafft hatten, sich in den Besitz zweier Energie-Karabiner zu setzen, deren ursprüngliche Besitzer sie ja mutmaßlich nicht einfach freiwillig hergegeben hatten.

Die Rampe führte weiterhin nach oben und beschrieb dabei eine weite Spirale. Jetzt blieb das Monstrum an der Spitze stehen und streckte die Hand aus, um damit Ryo aufzuhalten.

»Ich bitte um Vergebung«, sagte er etwas atemlos, »aber das ist wirklich Zeitvergeudung, wissen Sie?« An dem Punkt tat das Geschöpf etwas sehr Bemerkenswertes. Indem es zu erkennen gab, daß es auch selbst einige Studien angestellt hatte, streckte es die eine seiner flexiblen Hände aus und umfaßte Ryos Kiefer mit allen fünf Fingern. Ryo versuchte sich instinktiv der Hand zu entziehen, aber das Monstrum war recht stark und lockerte seinen Griff nicht.

Jetzt ließ es langsam los und legte einen Finger über die zwei weichen, fleischigen Kinnladen, die seinen Mund oben und unten begrenzten. Das Monstrum verfügte nicht über horizontal gegenübergestellte Mundteile, stellte Ryo fest. Er hatte keine Ahnung, was die Bewegung andeuten sollte; aber der Griff, mit dem das Monstrum seine eigenen Kinnladen umfaßt hielt, war klar genug: Er verhielt sich still.

Das Geschöpf verschwand nach vorne und war nach wenigen Augenblicken wieder zurück. Es wandte sich mit einer wunderbar flüssigen Geste an seinen Begleiter, worauf dieser Ryo anstieß. Sie kamen durch einen winzigen Ausgang, der nicht viel größer als ein umschlossener Sattel war, und die Ungeheuer hatten alle Mühe, sich durch die Öffnung zu zwängen. Nur ihre erstaunliche Flexibilität machte es möglich.

Sie standen jetzt in einem Vorratsraum, der mit Reinigungsmaterial für die Ventilatoren angefüllt war. Zu ihrer Rechten befand sich eine unbewachte Tür.

Das größere Monstrum bewegte sich ohne zu zögern auf die Tür zu und betätigte die Kontrollen dort mit einem Selbstvertrauen, das erkennen ließ, daß es sich sorgfältig vorbereitet hatte. Ein Summen ertönte. Draußen fiel dichter Clith. Eisiger Wind strömte herein, und Ryo klappte sofort das Kopfstück seines Pelzes und die Schutzbrille herunter.

»Sie haben doch sicher nicht vor«, meinte er zu dem kleineren Monstrum gewandt, »daß wir da hinausgehen? Keiner von Ihnen hat dafür die passende Kleidung.« Der Anzug war zwar umfänglich, aber bei weitem nicht so dick wie sein Byorlesnath-Pelz, und sie hatten keinerlei Kopfbedeckung.

Das zweite Ungeheuer stieß Ryo an. Nach einer kurzen Pause, in der er überlegte, ob er nicht vielleicht den schnellen heißen Tod aus dem Energie-Karabiner dem langsamen Gefrieren draußen vorzog, entschied er sich dafür, so lange wie möglich zu überleben und trat in den dichten Clith hinaus.

Sie taumelten durch den gefrorenen Regen. Ryo bemerkte gar nicht, wann sie den Grenzzaun überquerten. Aber er war sicher, daß sie den Stützpunkt weit hinter sich gelassen hatten, weil sie auf einem Waldweg waren.

Daß es ihnen gelungen war, unentdeckt nach draußen zu entweichen, wunderte ihn nicht. Schließlich war das Wetter schrecklich. Wenn schon die Chance gering war, daß jemand versuchen könnte, in einen Militärstützpunkt einzubrechen, so war die Vorstellung, aus einem solchen auszubrechen, geradezu absurd. Er hatte keinen Zweifel daran, daß die Suche nach den entweichenden Ungeheuern intensiver denn je fortgesetzt wurde, zweifelte aber ebenso wenig daran, daß man nur im Inneren des Baus suchte.

Ganz offensichtlich waren diese Geschöpfe besser der Kälte angepaßt als er und seinesgleichen das waren. Sie bewegten sich mit gleichmäßigen Bewegungen durch Temperaturen, die einen ungeschützten Thranx binnen Minuten getötet hätten. Oder einen AAnn, sagte er sich, was ihn etwas aufmunterte.

Von Zeit zu Zeit wischten sich die fremden Geschöpfe einfach den Clith, der sich angesammelt hatte, vom Gesicht, ohne sich dabei um die gefrierende Flüssigkeit zu kümmern, die ihnen über Kopf und Nacken rann. Das verstärkte in Ryos Augen ihre Fremdartigkeit.

Und doch waren sie der Kälte gegenüber nicht immun. Je näher die Nacht rückte, desto kälter wurde es. Inzwischen fiel kein Clith mehr, was Ryo einige Erleichterung bereitete. Jetzt taten die Ungeheuer das erste Vernünftige, seit sie den Stützpunkt verlassen hatten. Sie machten eine Höhlung unter ein paar umgestürzten Baumstämmen ausfindig und winkten ihn hinein. Eines der Ungeheuer holte ein dünnes Metallröhrchen aus seiner Kleidung. Ryo erkannte das Rohr nicht, war aber mit dem schwachen Aroma der Partikel vertraut, die das Monstrum aus dem Röhrchen fallen ließ.

Sie fielen auf ein Häufchen einigermaßen trockenen Holzes, das sofort aufflammte. Ryo schob sich so nahe an das Feuer heran, wie er das wagte, blieb jedoch sorgsam darauf bedacht, daß seine Pelze nicht Feuer fingen. Die Ungeheuer streckten die bloßen Hände in Richtung auf die wärmenden Flammen. Die Kälte war jetzt so groß, daß sie selbst ihnen Schwierigkeiten bereitete.

»Hören Sie, ich weiß nicht, was Sie mit mir vorhaben«, sagte er leise, »aber eine sehr wertvolle Geisel bin ich ganz bestimmt nicht.«

Diese kurze Rede veranlaßte sie, wieder seltsame Mundgeräusche von sich zu geben. Ryo versuchte zu erkennen, wie sie die Laute bildeten, und brauchte auch nicht lange, um sich zurechtzureimen, daß sie Luft aus ihren Lungen oder zumindest von irgendwo aus ihrem Inneren dazu benutzten. Die Modulation kam wahrscheinlich aus den Bewegungen ihrer flexiblen Kinnladen und dem seltsamen, fleischigen Organ, das weiche Geschöpfe manchmal in ihren Mündern besaßen. Jedenfalls kommunizierten sie nicht miteinander, indem sie Töne mit ihren Kinnladen alleine bildeten. Da es sich um so weiche Geschöpfe handelte, war das nicht überraschend.

Sie erzeugten die Geräusche in ihren Kehlen, nicht an den Kinnladen. Er besaß kein solches inneres Mundanhängsel, glaubte aber, einige der Geräusche nachahmen zu können.

Ein erster Versuch erbrachte ein etwas überraschendes, kleines Bellen. Ihn verblüffte der Versuch freilich bei weitem nicht so wie die Ungeheuer. Das kleinere sah ihn nach einer kurzen Pause an und wiederholte das Geräusch. Er versuchte es noch einmal, zwang sich dabei die Kinnladen auseinanderzuhalten und nur bewegte Luft zu nutzen.

Die Wirkung dieses Versuches auf die fremden Geschöpfe war interessant, denn sie fingen wieder an, einander wütend gurgelnde Geräusche zuzurufen.

Er machte das Geräusch zum dritten Mal. Das Monstrum antwortete darauf mit einem anderen Geräusch. Als Ryo versuchte, dieses zu imitieren, mißlang es ihm völlig. Seine ursprüngliche Zuversicht schwand. Seine Mundteile waren einfach nicht imstande, jenen Tonbereich nachzuahmen.

So antwortete er mit einem Pfeifen und Klicken. Die Ungeheuer gaben keine weiteren Geräusche mehr von sich, sondern drängten sich dicht aneinander.

Ryo zuckte die Achseln und schob sich in eine Ecke. Dort legte er sich auf die linke Seite und beobachtete die beiden. Draußen war es jetzt dunkel. Die Ungeheuer hielten immer noch ihre Energie-Karabiner an sich gepreßt und musterten ihn scharf.

Plötzlich kam ihm in den Sinn, daß *sie* vielleicht vor *ihm* Angst haben könnten. Ein lächerlicher Gedanke. Sie waren doppelt so groß wie er, doppelt so zahlreich und schwer bewaffnet. Das einzige, das zu seinem Vorteil sprach, war die Tatsache, daß sie Fremde auf seiner Welt waren.

Wahrscheinlich ist das beängstigend genug, dachte er traurig. Die armen Ungeheuer. Ich will euch nichts Böses und hoffe nur, daß ihr in bezug auf mich das gleiche empfinden könnt.

Eines der Ungeheuer schloß beide Augen, und er fragte sich, wie es wohl sein mochte, Augenlider zu haben. Das Geschöpf würde schlafen, und auch die Erkenntnis, daß sie das gemeinsam hatten, erleichterte ihn. Das größere blieb bei Bewußtsein und beobachtete Ryo.

Beobachtet mich, solange ihr wollt, dachte er. Ich werde selbst schlafen. Er ließ seinen Gesichtssinn schwächer werden und seine Gedanken abflauen.

Er war sehr müde.

So müde, daß die schwache Erkenntnis ihn nicht aufschreckte. Ich habe mir doch gedacht, daß ihr Geruch mir vertraut ist, dachte er in seiner Erschöpfung. Und jetzt fällt mir ein, woran er mich erinnert.

Die Fremden rochen ganz wie die Yaryinfs ... Thranx-Fresser.

NEUN

Am folgenden Tag kamen Suchtrupps in ihre Nähe, entdeckten sie aber nicht. Am dritten Tag waren Ryo und die Ungeheuer so tief in den Wald eingedrungen, daß Ryo zweifelte, ob man sie je finden würde. Gelegentlich flogen Suchflugzeuge langsam über sie hinweg. Immer wenn das der Fall war, versteckten sich die Ungeheuer mit ihrer Geisel unter Baumwurzeln oder Felsvorsprüngen. Einmal vergruben sie sich sogar im Clith, was den zwischen Ungeheuer und Thranx de facto herrschenden Waffenstillstand stark belastete, weil nähmlich Ryo der Gedanke schier unerträglich war, sich selbst in der eisig kalten Masse einzugraben. Schließlich einigten sie sich darauf, daß er sich, ohne sich zu bewegen, gegen einen kleinen Felsbrocken pressen würde, in der Hoffnung, daß sein Pelz ihn dabei tarnen würde.

Am nächsten Tag demonstrierte eines der Ungeheuer seine Vertrautheit mit dem Energie-Karabiner, indem er ihn dazu benutzte, ein kleines Emlib zu töten. Der pelzbedeckte Pflanzenfresser zuckte einmal und blieb dann reglos liegen. Ryo sah interessiert zu, wie das fremde Lebewesen ein kleines Thranx-Messer aus einer Tasche zog und den Kadaver geschickt zerlegte und sein Fleisch dann über einem offenen, weitgehend rauchlosen Feuer röstete.

Das größere Monster bot Ryo ein Stück an. Normalerweise hätte er eine so unzivilisierte Mahlzeit verschmäht, wußte aber, daß der Hunger ihn vermutlich vor der Kälte töten würde, wenn er nichts aß. So nahm er das Fleischstück an, hielt es sich unter das Kopfstück seines Schutzpelzes und biß kleine Stücke davon ab, die er dann unzerkleinert verschluckte. Lieber wäre ihm gewesen, wenn er etwas Gemüse hätte darunter mischen können; aber er war auch für das Protein dankbar.

In der Nacht war es verhältnismäßig warm. Am nächsten

Tag durchquerten sie Land, das weitgehend schneefrei war. Während sie so dahinschritten, fing eines der Ungeheuer zu Ryos großer Überraschung plötzlich zu pfeifen an. Die Geräusche waren durchaus rhythmisch, aber ohne Sinn. Das ganze ähnelte sehr der rohen Sprache einer frisch ausgeschlüpften Larve. Vielleicht war das einfach ihre Art. Er versuchte das Geräusch zu imitieren und schaffte das beim ersten Mal bereits fast vollkommen. Verglichen mit den üblicherweise von den Ungeheuern zur Kommunikation verwendeten Geräuschen war das einfach.

Die Fremden schienen erfreut und pfiffen zurück. Ryo fragte sich, ob die Forscher, die die fremden Geschöpfe studiert hatten, sich nicht vielleicht nur darauf konzentriert hatten, ihre gutturale Sprache zu erlernen, anstatt zu versuchen, sie Thranx zu lehren. In dem Fall hatten sie wahrscheinlich versucht, elektromechanische Übertragungsgeräte einzusetzen. Und die Ungeheuer waren vielleicht aus verschiedenen Gründen gar nicht daran interessiert gewesen, daran mitzuarbeiten.

Er blieb stehen und wies mit bedeutungsvoller Geste auf den nächsten Busch. »Slen«, pfiff er. Dann gestikulierte er mit einer Bewegung, die Wichtigkeit dritten Grades ausdrückte. »Slen.« Er wiederholte es mehrere Male, viel langsamer, als normal gewesen wäre, und zog den Pfiff in komischer Weise in die Länge.

Die Ungeheuer zögerten. Das größere schien eine Meinungsverschiedenheit mit dem kleineren zu haben; aber das war nur Ryos Eindruck. Ebensogut hätten sie ein Paarungsritual beginnen können.

Jetzt wandte sich das kleine Ungeheuer Ryo zu, zögerte noch einen Augenblick lang und bildete dann eine kreisrunde Öffnung mit seinen flexiblen Kinnladen. Der Anblick war so ekelhaft, daß Ryo einige Mühe hatte, den Blick nicht abzuwenden.

Aber dafür produzierte das Monstrum einen schönen Pfiff. »Sslehn«, sagte es und wies ebenfalls auf den Busch.

»Nein, nein«, sagte er. »Noch einmal.« Er berührte den Busch. »Slen.«

»Ss ... Slen«, sagte es.

Ryo berührte den Busch noch einmal, sagte ›Slen‹ und fügte die Bewegung hinzu, die Bestätigung ausdrückte. Das Monstrum wiederholte das Wort, ließ aber die Geste weg.

Jetzt erkannte Ryo das Problem oder wenigstens einen Teil davon und war noch erstaunter. Diese Geschöpfe sprachen *nur* mit ihren Lungen! Allem Anschein nach benutzten sie nie ihren ganzen Körper.

Ohne zu denken – denn in diesem Augenblick verdrängte die Erregung die normale Vorsicht völlig – ging er auf das Monstrum zu und griff nach einer seiner oberen Gliedmaßen. Beide reagierten scharf, aber das kleinere zuckte nicht zurück. Ryo deutete auf den Busch, sagte ›Slen‹ und machte noch einmal die Bestätigungsgeste.

Diesmal bewegte Ryo das Glied des Monstrums in der Geste der Bestätigung, nachdem dieses das Wort wiederholt hatte. Es bewegte sich locker, aber Ryo wurde bei dem Gefühl beinahe übel, das ihm dabei vermittelt wurde. Er kämpfte darum, seine Fassung zu bewahren. Wenn die Forscher, die diese Geschöpfe studiert hatten, auf den Gedanken gekommen waren, dasselbe zu versuchen, so hätte es ihn nicht überrascht, jetzt zu erfahren, daß das größere Monstrum den betreffenden Wissenschaftler gegen die Wand geschleudert hatte.

Manchmal bedeutet physischer Kontakt mehr als geistiger, sinnierte er. Das hatte Fal ihm gesagt. Diese Regel galt es ganz besonders beim Ausbilden von Larven zu bedenken.

Er ließ den Arm los, trat zurück und erzeugte das Klick-Geräusch, das ›Verstehen Sie?‹ ausdrückte. Das Monstrum starrte ihn an. Er wiederholte das Geräusch.

Langsam machte das Montrum die Geste für ›ja‹, deutete dann auf den Busch und pfiff ›Slen‹. Er wollte gerade das Wort für Clith versuchen, als das größere Monstrum, das sie die ganze Zeit beobachtet und dabei den Karabiner auf Ryo gerichtet hatte, plötzlich auf den Busch zuging und ihn berührte. Es sah Ryo an, erzeugte ein gurgelndes Geräusch, wies dann auf Ryo und benutzte seine inneren Mundteile, um zu klicken: ›Verstehen Sie?‹

Ryo war von Freude so überwältigt, daß er beinahe vergessen hätte, die Geste der Bestätigung zu machen. Dann sagte er »Slen« und versuchte das Mundgeräusch des Monstrums zu imitieren.

An dem Punkt machten die Ungeheuer eine ganze Folge sehr lauter Mundgeräusche im Verein mit vielen gegenseitigen Berührungen.

Er wußte, die Pfiffe wurden dadurch erzeugt, indem Luft an den weichen Kieferpartien vorbeigepreßt wurde. Er brauchte eine Weile und mußte auch die Geduld des kleineren Monstrums in Anspruch nehmen, um zu entdecken, wie sie ihr Klicken erzeugten. Diese Geräusche waren weicher als die seinen. Statt die Kiefer aneinander zu schaben, wie Thranx das taten, benutzten die Ungeheuer allem Anschein nach ihre seltsamen Mundorgane, die sie gegen den oberen Teil ihres Mundinneren drückten. Die Worte, die sich dabei ergaben, waren nur schlampig ausgeführt, waren aber, wenn man gut darauf achtete, durchaus verständlich.

Der Teil der Kommunikation, den sie am längsten verkannt hatten, der der Gesten und Haltungen nämlich, erwies sich als am einfachsten imitierbar, sobald sie einmal zu begreifen angefangen hatten, daß die Sprache zivilisierter Wesen aus mehr als nur atmosphärischer Modulation bestand.

Am fünften Tag konnte Ryo einige Worte der Ungeheuer recht gut nachahmen. Während sie über Land zogen, feierten sie eine wahre Orgie der Identifikation, angefangen mit dem Busch bis hinauf zu komplizierterer Terminologie. Bestimmte Gesten freilich bereiteten Schwierigkeiten, weil den Ungeheuern dazu die richtige Zahl an Gliedmaßen fehlte. Sie lösten das Problem, indem sie eines ihrer Beine als Arm benutzten oder sich setzten und alle vier Gliedmaßen benutzten, wenn eine vierfache, komplizierte Bewegung erforderlich war.

Bis Mittmonat konnten sie einfache Gespräche führen. Als der Monat zu Ende war und Ryo ein weiteres Mal karbonisierten Emlibs intus hatte, war er überzeugt, daß die Behörden sowohl ihn als auch die Ungeheuer als tot aufgegeben hatten.

Die Ungeheuer gehörten nicht verschiedenen Spezies an, wie er zunächst geglaubt hatte. Wie die Thranx hatte auch ihre Gattung zwei Geschlechter, wobei sich freilich das größere Montrum als Mann und das kleinere als Frau erwies. Ryo nahm die leichte Perversion der natürlichen Ordnung relativ leicht hin. Sie waren freilich nicht ein gepaartes Paar, sondern einfach Angehörige derselben Schiffsmannschaft. Ihre Namensgeräusche waren ›Luh‹ und ›Bonnie‹. Sie hatten keine Clan- oder Waben-Namen, nur persönliche Namen und solche, die die Familie kennzeichneten. Ryo gestattete ihnen die ungewöhnliche Vertrautheit, ihn mit dem Personennamen allein anzusprechen, da sein voller Name für sie praktisch unaussprechlich war.

Er erfuhr, daß ihre abweichende Hautfarbe und der leichte Unterschied in der Augenform auf geringfügige Rassenunterschiede zurückzuführen waren. Andere Dinge hatte er bereits durch Beobachtung erkannt, so zum Beispiel, daß sie Allesfresser waren.

»Unser Schiff«, erklärte das größere Monstrum Luh eines Tages, »verletzt durch anderes Schiff.« Der Terminus ›verletzt‹ erforderte ein Doppelklicken. Ryo war persönlich stolz auf die durchaus erträgliche Aussprache des Monstrums.

»Was für ein unterschiedliches ... anderes Schiff?«

Das Ungeheuer hielt inne und skizzierte dann das Zusammentreffen mit einem Finger in den feuchten Schlamm. Ryo erkannte sofort, worum es ging. Es bestätigte nur Gedanken, die er schon führer gehabt hatte.

»AAnn-Schiff«, sagte er. Dann hob er einen Stein auf, wiederholte das Wort und schleuderte den Stein mit kräftigem Schwung auf die Zeichnung, so daß der Schlamm aufspritzte. Das war eine Geste, die keiner näheren Erklärung bedurfte.

»Schlecht. Nicht gut«, pflichtete das Monstrum ihm bei und machte eine Geste fünftgradiger maximaler Bestätigung. Schwerfällig und ohne Subtilität, dachte Ryo, aber zumindest lernten sie, wie man seine Gedanken ausdrückt. Das Monstrum stieß einen langen, schrillen Pfiff aus. »Sehr schlecht.«

Eines haben wir zumindest gemeinsam, dachte Ryo. Keiner von uns empfindet besondere Liebe für die AAnn. Verbündete der Erbfeinde der Thranx waren diese Geschöpfe also *nicht*!

»Warum wir Gefangene?« fragte das Monstrum plötzlich.

Ryo überlegte und konstruierte eine einfache Antwort. »Meine Leute Angst, ihr AAnn-Freunde.«

Das Monstrum machte ein komisches Geräusch, daß Ryo noch nicht übersetzen konnte. Er bat um Erklärung.

»Komisch. Sehr komisch.«

Das war also die Art und Weise, wie die Ungeheuer lachten, dachte Ryo. »Höchst eigenartig. Verstehen.« Dann demonstrierte er die Gesten und Pfiffe für Amüsiertheit ersten bis fünften Grades. »Nicht wie AAnn meine Leute«, sagte er. »Meine Leute Angst, ihr und AAnn Freunde.«

Das kleinere Monstrum sagte: »Komisch. Wir Angst, ihr Thranx-Leute und AAnn Freunde. Sehr komisch.«

»Großer Fehler«, stimmte Ryo zu.

»Sehr großer Fehler«, pflichtete das größere Monstrum bei. »All ihr Thranx-Leute Angst vor uns Leuten, wenn uns fangen. Warum Angst? Weil Angst, wir AAnn-Freunde?«

»Teilweise«, sagte Ryo. Das verlangte weitere Erklärungen. Beide Seiten begriffen jetzt wesentlich schneller. »Und noch ein Grund.«

»Was noch ein Grund?« fragte das Monstrum.

»Noch ein Grund«, verbesserte es Ryo – nein, ihn, erinnerte er sich. Er zögerte und entschied dann, daß er nicht viel würde tun können, wenn sie beleidigt waren. Über kurz oder lang mußte es ja ohnehin heraus.

»Meine Leute, die Thranx, bestimmter Typ.« Er tippte an den Chiton an seinem Oberkörper, dann an das Bein und schließlich an den Kopf. »Auf dieser Welt, auf anderen meine-Leute-Thranx-Welten viele Geschöpfe wie Sie.« Er wies auf jeden von ihnen. »Solche Geschöpfe fressen Thranx.«

Sie brauchten einen Augenblick, um das zu verdauen. Ryo hatte gelernt, einige ihrer Emotionen zu erkennen, die nicht durch deutliche Gesten, sondern durch bestimmte Positionen ihrer flexiblen Gesichtsteile übermittelt wurden. Er sah, daß sie nicht etwa zornig, sondern verwirrt waren.

Das weibliche Ungeheuer sagte: »Auf unseren Welten meine Leute Angst vor Geschöpfen wie ihr Thranx-Leute, nur viel kleiner.«

»Eure Leute fressen?« fragte Ryo.

»Nicht Leute. Essen Nahrung unserer Leute. Lange Zeit. Sehr lange Zeit. Geschichte.«

»Meine auch, während ganzer Geschichte fürchten Art wie ihr.«

Sie gingen schweigend weiter. Nach einer Weile fand er, daß man jetzt fortfahren könne. Er berührte seine Fühler mit einer Echthand. »Auch andere Dinge. Ihr Leute nicht gut riechen.«

Das kleinere Monstrum machte die Geste der Entschuldigung, ohne Grade hinzuzufügen.

»Nicht euere Schuld«, sagte Ryo.

»Ihr«, erwiderte sie, »nicht riechen wie kleine Thranx-Art ganze Geschichtszeit unser Volk plagen. Ihr riechen sehr gut.« Sie hielt inne und zeichnete etwas in den weichen Boden. Ryo erkannte die Spezies nicht, aber die Blumenumrisse waren unverkennbar. »Wie das.«

»Eure Farbe auch«, fügte das männliche Ungeheuer hinzu. »Sehr hübsch.«

»Danke«, antwortete er. »Eure Farben nicht so hübsch, aber nicht so schlimm wie euer Geruch.«

»Wir fühlen ...« Das kleinere Ungeheuer streckte langsam eines seiner Gliedmaßen aus. Ryo zuckte zusammen, zwang sich aber, stehenzubleiben. Er hatte sie berührt, während er die richtigen Gesten demonstrierte. Aber keiner der beiden hatte ihn berührt, seit Luh fünf massive Finger um Ryos Kinnladen gelegt hatte.

»Nur berühren wollen«, sagte Bonnie.

Ryo kam sich wie ein Ausstellungsstück in einem Museum vor und stand reglos da, während das Ungeheuer mit seinen Fingern unter den Byorlesnath-Pelz griff und über seinen Körper strich.

»Jetzt ich«, sagte er.

Das Monstrum öffnete seine Kleidung und setzte sich damit der Luft aus. Der Anblick ließ Ryo schaudern, und er mußte sich daran erinnern, daß die fremden Geschöpfe Kälte außergewöhnlich gut ertragen konnten. Er fuhr mit der zarten Echthand über die freigelegte Körperfläche und fragte sich, wie eng wohl die Entsprechung zwischen ihren Körperteilungen und ihren inneren Organen sein mochte. Zuviel Botanik, sagte er sich, und nicht genug Zoologie. Aber dann erinnerte er sich, daß fremder Körperbau nicht notwendigerweise den vergleichbaren Formen auf Willow-wane entsprechen mußte.

Das Bemerkenswerteste an dem Körper war seine Flexibilität. Er drückte leicht. Das Ungeheuer beklagte sich nicht und zuckte auch nicht zurück. Fasziniert sah er zu, wie seine Fingerspitze in das Fleisch einsank. Als er die Hand wegzog, sprang die Körperdecke zurück.

Derartige Reaktionen waren normal für Kunststoffe und künstliche Fasern. Am Äußeren eines lebenden Wesens drehte es einem den Magen um. Er drückte wieder, diesmal etwas kräftiger. Das Exoderm änderte leicht die Farbe. Er konnte sogar sehen, wie sich darunter Körperflüssigkeiten bewegten. Höchst bemerkenswert, dachte er. Um so mehr, wenn man sich darüber klar war, daß die Geschöpfe, die diese dünne Umhüllung bewohnten, intelligent waren.

»Seltsam, so seltsam«, murmelte er. »Skelett innen, Fleisch außen.«

»Wir dich auch so finden«, sagte Bonnie. »Skelett außen, Fleisch innen. Sehr anders.«

»Ja«, stimmte er zu, »sehr anders.«

Die Ungeheuer aßen täglich dreimal anstatt zweimal. Während sie damit beschäftigt waren, ihr seltsames Mittagsmahl zu beenden, dachte Ryo daran, eine Frage zu stellen, die während der erregenden Prozedur der wechselseitigen Erziehung untergegangen war.

»Wo geht ihr hin, und was werdet ihr tun?«

Sie sahen einander an. »Ich weiß nicht, Ryo«, sagte Luh. »Wir dachten, ihr wäret diejenigen, die unser Schiff angegriffen hatten. Wir hielten euch für Feinde. Man hat uns wie Gefangene behandelt.«

»Bedenkt«, erinnerte sie Ryo, »meine Leute glauben, ihr seid Verbündete der AAnn. Wie anders als Feinde sollten sie euch denn behandeln?«

»Aber das sind wir nicht«, sagte Bonnie. »Besonders wenn du die Wahrheit sprichst, wenn du sagst, daß es AAnn waren, die unser Schiff angegriffen haben.«

Diese Herausforderung seiner Wahrhaftigkeit war Anlaß zum Kampf. Er beruhigte sich. Denk daran, sagte er sich, diese Geschöpfe haben nur ganz primitive Vorstellungen von Höflichkeit und allgemeiner Etikette. Sie werden einige Zeit in ihren Wahrnehmungen ebenso schwerfällig sein, wie sie es in ihrer Sprache sind.

»Großer Fehler«, sagte er. »Kosmischer Fehler. Ihr müßt etwas tun. Hier draußen ...« – und damit wies er auf den Wald, der sie umgab – »werdet ihr sterben.« Sich selbst bezog er in diese Voraussage nicht mit ein. Das war selbstverständlich.

»Besser hier sterben«, sagte Luh mit rauher Stimme, »als in Gefangenschaft, wo man an uns herumstochert und uns betastet wie ein Ausstellungsstück in einem Zoo.«

»Dafür besteht keine Notwendigkeit«, sagte Ryo ermutigend. »Dummer Fehler. Dummheit, die in ihrer Größenordnung der anderen Dummheit entspricht. Wir müssen zurückkehren. Ich kann alles erklären. Ich kann für euch übersetzen. Wenn Fehler von mir erklärt wird, wird er allen klar sein. Wir werden Freunde sein, Verbündete, nicht Feinde.«

»Ich weiß nicht ...« Luh machte eine Geste der Unschlüssigkeit dritten Grades. »So, wie man uns behandelt hat ...«

»Hat man euch getötet? Seid ihr tot?«

»Nein, wir sind nicht tot. Man hat uns einigermaßen gut gefüttert.« Er machte eine Gesichtsgeste milden Ekels.

»Weitere Fehler. Ich muß zurückkehren und alle Fehler erklären.« Ryo appellierte mit Gesten an sie. »Vertraut mir. Ich werde alles erklären.«

»Wir würden ewig durch diesen Wald wandern, nur um unsere Freiheit zu bewahren«, erklärte ihm Luh.

»Kein logisches Ziel«, konterte Ryo. »Und dann ist da noch ein Faktor.« Vielleicht war der nicht selbstverständlich, dachte er. »Ich ... meine Leute – Thranx – können nicht lange kaltes Wetter ertragen.« Er hatte in den letzten paar Nächten verspürt, wie sein Kreislauf langsamer geworden war. »Ich werde sicherlich sterben. Werdet ihr mich töten, um eure Freiheit zu bewahren, was in sich kein logisches Ende ist?« So, dachte er und lehnte sich an den Baumstamm. Da liegt der wirkliche Test. Jetzt würde er erfahren, wie zivilisiert sie wirklich waren.

»Das meiste von dem, was du sagst, ist wahr«, erklärte Bonnie schließlich. »Wir möchten nicht gern für deinen Tod verantwortlich sein. Wir haben darauf geachtet, nicht zu töten. Noch nicht. Du bist ein Freund gewesen. Hier liegen Mißverständnisse vor. Auf beiden Seiten.« Sie blickte zu Luh auf, und einen Augenblick lang dachte Ryo, daß sie auch telepathisch veranlagt sein könnten.

»Freunde sprechen die Wahrheit«, erklärte sie dann. »Wir werden mit dir zurückgehen.«

»Nächstes Problem«, sagte Luh. »Können wir den Weg zurück finden?«

»Das denke ich.« Ryo wies zum Himmel. »Jedenfalls wird man uns finden, wenn wir uns bemerkbar machen, sobald uns ein Suchschiff überfliegt.«

Der Schweber setzte in der Nähe auf. Es gab eine etwas angespannte Konfrontation zwischen Ryo und einer Gruppe Soldaten, die mit Netzen und Stechern bewaffnet waren. Unglauben wich widerstrebendem, vorsichtigem Erstaunen. Die beiden Ungeheuer wurden zum Stützpunkt zurückgeführt und diesmal nur von wachsamen Augen, nicht von Netzen gesichert. Dann brachte man sie durch einen mit mehreren Schleusen versehenen Eingang in einen Abschnitt, den Ryo schon einmal besucht hatte. Die Gesten absoluter Verblüffung, die die Offizierin vollführte, die ihm beim letzten Mal den Zugang verwehrt hatte, waren für ihn höchst interessant.

Torplublasmet war nicht zugegen, um ihn zu begrüßen; man hatte ihn verhört und ihm anschließend gestattet, in seinen Bau zurückzukehren; wohl aber Wuu. »Mein Junge.«

Während er sprach, sah er an Ryo vorbei auf die beiden Ungeheuer, die ganz in der Nähe aufragten. »Ich hatte dich schon vor Tagen aufgegeben. Man hat mir viele Fragen gestellt, die ich besorgt und offen beantwortet habe. Wie es dazu kam, daß wir hier erschienen sind und warum. Aber du scheinst unversehrt und gesund. Ich dachte, die hätten dich inzwischen verzehrt.«

»Ganz und gar nicht. Das wäre unhöflich gewesen, und dies sind zivilisierte Geschöpfe. Sie können nichts für ihr Aussehen. Ihr Schiff ist von den AAnn angegriffen worden. Sie dachten, wir wären dafür verantwortlich.

Wenn wir es schaffen, einen neuen Anfang zu machen und über die Fehler hinwegzukommen, die auf beiden Seiten gemacht worden sind, dann könnte es sein, daß sie sich als starke Verbündete erweisen. Es hat auf beiden Seiten kolossale Mißverständnisse gegeben.«

»Was sagst du, Ryo?« fragte Luh.

Wuu und die anderen Thranx wirkten ziemlich erschüttert. »Beim zentralen Bau, die können ja *reden*!«

»Manchmal können sich Umstände und Präzedenzfälle verbünden und die Kommunikation stören, statt sie zu erleichtern«, erklärte Ryo glatt. Er blickte zu Luh auf. »Dieser mein Freund«, und dann sprach er den fremden Namen aus, »ist ein ›Er‹ und das eine ›Sie‹.« Dann wies er auf Wuuzelansem, nannte seinen Namen und versuchte zu erklären, was ein Poet ist.

Die Ungeheuer brauchten nicht lange, um die Gesten und Klicklaute zu entziffern. Dann verblüfften sie die versammelten Forscher, Wachen und Wuu in gleicher Weise, indem sie gleichzeitig auf den Poeten wiesen und dabei eine Bewegung vollführten, die Respekt dritten Grades anzeigte, in die sich leichte Bewunderung mischte.

»Mag sein, daß es Ungeheuer sind«, entschied Wuu, »aber sie zeigen eine nicht wegzudiskutierende Fähigkeit, höhere Intelligenz anzuerkennen, wenn man sie ihnen zeigt.«

»Komm, gehen wir hinein!« sagte Bonnie zu Ryo. »Wir möchten, daß du unsere Gefährten kennenlernst.«

Ryo folgte ihnen, während Wuu sich noch ein wenig zurückhielt. Die Wachen zögerten, aber die Thranx-Wissenschaftler und -Forscher in der Gruppe winkten sie beiseite.

Die Gruppe passierte einige Korridore, wobei die Ungeheuer sich bücken mußten, um nicht an die Decke zu stoßen. Am Ende erreichten sie einen großen Saal. Die Sättel in ihm schienen unbenutzt, aber die physiologischen Gründe dafür waren offenkundig.

Sechs männliche und vier weibliche Ungeheuer lagen allein oder in kleinen Gruppen auf dem Boden. Für Ryos ungeübten Blick sah es so aus, als wäre die Hälfte von ihnen beschädigt.

Jetzt erkannten die Aliens plötzlich Luh und Bonnie. Es kam zu einer geräuschvollen Begrüßung mit viel physischem Kontakt. Fremde Begrüßung, erklärte er den faszinierten Gelehrten, die dicht zusammengedrängt unter der offenen Tür standen und deren Recorder mit Höchstgeschwindigkeit liefen.

Als die Begrüßung beendet war, wandten sich Luh und Bonnie Ryo zu. »Nun, jedenfalls war es einmal gut, eine Weile draußen zu sein«, sagte Luh.

Ryo antwortete mit einer Geste milder Verneinung. »Gut, wieder *drinnen* zu sein.« Er fügte ein pfeifendes Lachen hinzu, während die zwei Ungeheuer ihre eigenen Lachgeräusche machten. Es war schwer zu sagen, wer verblüffter war: die Thranx-Gelehrten oder die anderen Ungeheuer im Saal.

»Unterschiedliche Präferenzen«, sagte Bonnie und fuhr sich mit der Hand durch ihren Schädelpelz.

»Ja«, pflichtete Ryo ihr bei. Dann wies er mit einer Geste auf die anderen. »Wie geht es euren Freunden?«

»Sie freuen sich, daß wir noch leben«, sagte Luh, »und sind enttäuscht, daß wir nicht mehr tun konnten. Ich habe ihnen erklärt, daß wir jetzt einen Freund haben. Das haben sie verstanden. Denn ein Freund kann häufig mehr wert sein als die Freiheit.«

»Ich bin sicher, daß es so sein wird«, erwiderte Ryo zuversichtlich. »Ich werde diesen Autoritäten alles erklären.« Er wies auf die Reihen von Thranx, die sich um sie scharten.

»Dieser Fehler wird schnellstens in Ordnung gebracht werden. Es gibt viel zwischen unseren Völkern zu tun.«

»Ja«, sagte Bonnie. »Nichts erzeugt so viel Verständnis unter potentiellen Freunden wie ein gemeinsamer Feind.« Dabei machte sie die Geste, die AAnn bedeutete.

Einer der Beamten suchte mit eindringlichen Gesten Ryos Aufmerksamkeit. Der wandte sich wieder seinen Freunden zu. »Sie wollen jetzt mit mir sprechen, und ich bin ebenso erpicht darauf, mit ihnen zu sprechen. Werdet ihr ohne mich zurechtkommen?«

»Ja, sicher«, erwiderte Luh.

»Dann ist für den Augenblick alles ruhig. Ich werde zurückkommen, sobald es geht. Baut tief und warm.« Er neigte leicht den Kopf und streckte seine Fühler aus.

»Sei warm«, sagte Bonnie und berührte die Spitzen der empfindlichen Organe.

Einige der Thranx-Wachen wandten sich ab oder zeigten in anderer Weise ihren Ekel. Die Forscher und Gelehrten, die weniger empfindlich waren, nahmen das Geschehen einfach mit kühler Distanziertheit zur Kenntnis. Dann drehte Ryo sich um und schloß sich Wuu und der kleinen Gruppe von Spezialisten an, die sich um ihn versammelt hatten. Die zwei Aliens wurden von ihren eigenen Gefährten umringt.

Ryo wurde in einen Saal in der Nähe geführt und nahm dort auf einem bequem gepolsterten Sattel Platz. Die Wissenschaftler, die sich in dem Saal drängten, überfielen ihn mit einer wahren Kanonade von Fragen.

»Wie war es? ... Was haben sie dort draußen getan? ... Was haben sie *Ihnen* dort draußen getan? ... Wie konnten Sie die Sprache so schnell lernen? ... Wie konnten sie die unsere so schnell lernen? ... Wie haben sie es geschafft, so lange den Suchtrupps verborgen zu bleiben? ... Wie? ... Warum? ... Wann? ...«

»Langsam, langsam, ihr Herren. Ich werde ...« Er hielt inne, plötzlich schwindelte ihn.

Wuu trat neben ihn. »Laßt den Jungen eine Weile in Ruhe! Spüren Sie denn seine Erschöpfung nicht? Ohne Zweifel ist er auch von Hunger geschwächt.«

Ryo blickte dankbar zu dem Poeten auf und machte eine Geste der Zustimmung dritten Grades. »Ich bin weit davon entfernt zu verhungern. Aber es wäre herrlich, eine gute Suppe zu bekommen. Ich habe jetzt einen Monat lang nur Fleisch und rohes Grünzeug gegessen.«

»Dann sind sie Allesesser wie wir?« erkundigte sich ein Wissenschaftler besorgt. »So ist es uns vorgekommen, weil sie viel von dem gegessen haben, was wir ihnen gaben. Aber es ist hilfreich, wenn das durch Erfahrung außerhalb der Labors bestätigt wird.«

»Keine Fragen, habe ich gesagt«, unterbrach ihn Wuu entschieden.

Aber Ryo machte eine bestätigende Geste. »Ja. Wenn sie auch ihr Fleisch im großen und ganzen in verbrannten Brokken zu sich nehmen und nicht, wie es sich gehört, in Suppe oder Eintopf.«

Diese neue Bestätigung der Fremdartigkeit der Aliens löste unter den versammelten Forschern ein Murmeln aus.

»Sie kochen es nicht mit anderen Flüssigkeiten?«

»Nicht, daß ich es gesehen hätte.«

»Aber sie essen hier Suppe und Gekochtes«, meinte ein anderer.

»Vielleicht weil sie keine Wahl hatten«, erwiderte Ryo. »Wenn man im Gefängnis ist, ißt man, was einem geboten wird.« So, sollten sie sich darüber doch die Köpfe zerbrechen, dachte er.

Nach ein paar weiteren Fragen begann Wuu Beamte aus dem Saal zu schieben. Eine heiße Mahlzeit wurde gebracht – eine der besten, die Ryo je genossen hatte. Nachdem er die erste Portion verschlungen hatte, ließ er sich noch eine zweite und dann eine dritte bringen. Anschließend legte er sich auf den Schlafsattel, den man ihm brachte, und das warme Gefühl, das die Nahrung in ihm erzeugte, war stärker als seine Aufregung, und so sank er schließlich in tiefen Schlaf, aus dem er erst nach einem ganzen Tag wieder erwachte.

ZEHN

Nachdem er aufgestanden und die notwendigen hygienischen Verrichtungen hinter sich gebracht hatte, war er bereit, sich denen zu stellen, die ihn verhören wollten. Offenbar hatte jemand entschieden, daß es besser sein würde, den unglücklichen Wanderer nicht von hundert Fragern gleichzeitig unter Beschuß nehmen zu lassen, und so versammelte sich nur ein halbes Dutzend in dem Besprechungsraum. Jeder brachte Audio- und Video-Recorder-Einheiten mit, die mit Autoschreibern gekoppelt waren. Zwei der Wissenschaftler waren nicht viel älter als er, während die vier anderen offenbar erfahrene Ältere waren. Wuu hatte darauf bestanden, ebenfalls teilnehmen zu dürfen.

»Das ist nicht notwendig«, hatte Ryo eingewandt. »Ich komme schon zurecht.«

»Wenn ich nicht gewesen wäre, wärst du jetzt nicht hier«, hatte der Poet geantwortet. »Ich betrachte mich als verantwortlich, dafür zu sorgen, daß man dich nicht einschüchtert.«

»Wenn ich nicht wäre, wärst *du* nicht hier.«

»Ich habe ausreichend Material gesammelt, um daraus den Rest meines Lebens lang komponieren zu können«, erklärte Wuu. »Rhythmen und Gesänge, wie man sie noch nie gehört hat. Sie werden die zivilisierten Welten erschüttern. Soviel bin ich dir schuldig. Für die Arbeit ist später noch genug Zeit.« Er wies auf die Gruppe, die auf den Sätteln Platz genommen hatte. »Diese Herren und Damen warten geduldig, und doch brennen sie vor Neugierde.« Zwei der Interviewer rutschten auf die Worte des Poeten hin ungeduldig auf ihren Sätteln, warteten aber. »Ich habe nicht erlaubt, daß sie dich wecken.«

»Und dafür bin ich sehr dankbar«, räumte Ryo ein. »Aber jetzt bin ich wach und bereit. Sollen sie also fragen, was sie wollen.«

Ryo hörte sich die Fragen an und teilte sein Wissen über

die Aliens freimütig mit und antwortete mit ebensoviel Vergnügen, wie die Wissenschaftler es beim Zuhören zu empfinden schienen.

»Die Frage der Verständigung hat sich fast zufällig ergeben«, informierte er sie. »Außerdem kann man ihre Sprache, wenn man Lungen, Kinnladen und Tracheen sorgfältig einsetzt, recht gut nachahmen.« Er demonstrierte das mit ein paar Worten, die er besonders gut beherrschte, und hatte die Genugtuung, daß einige der Forscher, die mit gesenkten Köpfen geschrieben hatten, plötzlich erschreckt zusammenzuckten, als ob einer der Aliens gerade in den Raum gekommen wäre.

»Tun Sie das noch einmal«, bat einer von ihnen.

Sie lauschten, während Ryo den Satz wiederholte und einige weitere hinzufügte. »Es ist schwierig, aber keineswegs unmöglich«, sagte er. »Sie scheinen allerdings besser imstande zu sein, unsere Sprache zu meistern als wir die ihre. Und doch möchte ich behaupten, daß es möglich ist. Ich habe keinen Zweifel, daß ein erfahrener Sprachkundler wie Sie«, und damit wies er auf den Thranx, der ihn gebeten hatte, die Laute zu wiederholen, »es viel besser könnte.«

»Lassen Sie es mich versuchen.« Der Wissenschaftler lauschte. Beim zweiten Versuch war das Geräusch auch bei ihm verständlich. Ryo hatte es viel öfter als zweimal versuchen müssen, bis er das Wort beherrschte, aber dafür war Kommunikation auch die Spezialität des Älteren, sonst hätte er seine Maschinen wegwerfen können.

Jetzt mußten die anderen unterbrechen, sonst wäre die Diskussion zu einem Sprachkurs ausgeartet.

»Der Druck der Umstände«, meinte der Ältere. »Dumm von uns, das nicht zu begreifen.«

»Sie sind Säuger«, sagte einer der jüngeren Wissenschaftler, dessen Name Repleangel war. »Soviel haben wir bereits festgestellt. Aber sie tragen fast keinen Pelz. Höchst ungewöhnlich.«

»Wir dachten zunächst«, meinte einer der anderen Wissenschaftler, »das könnte auf jahreszeitliche Schwankungen zurückzuführen sein.«

»Das glaube ich nicht«, sagte Ryo. »Dafür habe ich keine Hinweise gesehen. Ob sie nun Pelz haben oder nicht, ihre Fähigkeit, extreme Kälte zu ertragen, kann nicht wegdiskutiert werden.«

»Von unserem Standpunkt aus, nicht notwendigerweise auch von dem ihren«, sagte Rep.

»Sie haben ständig gefroren, aber nie in gefährlichem Ausmaß«, fuhr Ryo fort. »Ich habe oft gesehen, wie sie Teile ihrer umfänglichen Kleidung entfernten und ihre nackten, pelzlosen Körper der Luft ausgesetzt haben, während sie sich säuberten. Ich würde vermuten, daß das Klima, das sie für ideal halten, im Durchschnitt etwa zehn oder zwanzig Grad kühler als unser eigenes sein muß. Außerdem scheinen sie keinerlei Bedürfnis für Feuchtigkeit in der Luft zu haben. Die Umgebung, die Sie in ihrem Raum erzeugt haben, muß ihnen daher übermäßig heiß und feucht erscheinen.«

»Sind Sie sicher, daß sie kein Feuchtigkeitsbedürfnis haben?«

»Ich kann nur sagen, daß meine Lungen in dieser Polarregion ohne das Feuchtigkeitsgerät, das ich trug, zersprungen wären. Die Ungeheuer hatten kein solches Gerät und schienen sich wohl zu fühlen. Ich schaudere immer noch bei dem Gedanken, daß sie diese unbehandelte Luft atmen. Ich will so weit gehen und behaupten, daß sie selbst auf den Welten der AAnn überleben könnten, die notorisch trocken, wenn auch angenehm warm sind. Das ist ein weiterer Faktor, der sie zu wertvollen Verbündeten macht.«

Während er das sagte, wanderte sein Blick zur Seite, zu dem sechsten Teilnehmer des Verhörs. Bis jetzt hatte der Vertreter der Militärbehörde noch keine Frage gestellt. Er reagierte ebensowenig sichtbar auf Ryos letzte Bemerkung, wie er auch auf die vorangegangenen nicht reagiert hatte. Er saß einfach auf seinem Sattel und blickte auf seine Instrumente.

Ryo sagte nichts. Zumindest hatte er den Gedanken erwähnt.

Die Fragen gingen weiter. »Wieviele Geschlechter haben sie?«

»Zwei, wie wir.«
»Männlich und weiblich?«
»Ja.«
»Legen sie Eier oder bringen sie lebendige Junge zur Welt?«
»Keine Ahnung. Die Frage kam in unserem Gespräch nicht auf.«
»Haben sie sexuelle Tabus?«
»Ihre Fragen kommen mir seltsam vor, Älterer.«
»Sie bereiten das Fleisch zu, indem sie es über offenem Feuer rösten?«
»Die Möglichkeiten, die wir zum Kochen besaßen, waren beschränkt. Vielleicht brauchen sie die zusätzliche Kohle. Es kann aber auch sein, daß es sich nur um einen rituellen Vorgang handelt. Ich habe nicht gefragt.«
»Entspricht ihr Sehvermögen dem unseren? Sie gebrauchen nur diese zwei einfachen, einlinsigen Augen.«
»So scheint es. Ich denke, daß sie viel weiter sehen können, aber dafür nicht so gut in der Nähe oder im Dunkeln.«

Jetzt hörte man zum ersten Mal die Stimme des militärischen Beobachters. Er sprach mit leisem Pfeifen. »Sie haben zwei der Wachen Energie-Karabiner abgenommen.«

»Ich wollte die Frage schon stellen«, sagte Ryo schnell. »Ist bei ihrer Flucht jemand verletzt worden?«

»Verletzt, ja, aber glücklicherweise nicht getötet. Wie Sie ja bemerkt haben, sind sie wesentlich massiver gebaut als wir. Ihr Gleichgewichtssinn ist erstaunlich gut entwickelt.«

»Ja, das ist mir gleich aufgefallen«, bestätigte Ryo.

»Sie sind durch kräftige Schläge nicht so leicht zu verletzen wie wir«, fuhr der Militär-Ältere fort, »aber dafür kann man sie leichter durch Schnitte und Kratzer verletzen. Ihr dünnes Exoderm ist unglaublich zerbrechlich. Aber wenn es zerrissen wird, heilt es viel schneller als ein Chitinbruch. Eine solche Struktur hat ihre Vorteile und ihre Nachteile.«

»Schönheit gehört nicht zu den Vorteilen«, meinte eine der zwei jüngeren Wissenschaftlerinnen und fügte eine Geste des Ekels dritten Grades hinzu.

»Die beiden Wachen«, fuhr der Offizier zehnten Ranges

fort, »wurden während der Flucht lediglich betäubt, bis man ihnen ihre Waffen abnahm. Die Flucht war bewundernswert gut geplant. Sie lösten zwei Explosionen aus ...«

»Wir haben sie beide gehört«, sagte Wuu.

»Damit sollten wir abgelenkt werden. Das ist ihnen gelungen. Diejenigen, die die Situation falsch interpretiert haben, sind bereits disziplinarisch bestraft worden. Die Aliens haben, wie ich sagte, zwei Energie-Karabiner erbeutet, sie jedoch nicht benutzt.« Er veränderte seine Sitzhaltung, und seine Stimme klang plötzlich eindringlich. »Sie sagten, Sie hätten beobachtet, wie sie sie benutzt haben?«

»Ja«, antwortete Ryo. »Ich bin überzeugt, daß sie die Waffen in ihrer Umgebung studiert haben, ehe sie sich für die Karabiner entschieden. Obwohl sie nur zwei Arme und Hände besitzen, schienen sie ganz gut damit zurechtzukommen. Ich bezweifle nicht, daß sie sie, wenn die Umstände das erfordert hätten, ebenso wirksam gegen Soldaten einsetzen können, wie sie das gegen Wild getan haben.«

Den Offizier schien das nicht zu überraschen. Er registrierte die Aussage lediglich auf seinem Recorder. »Haben sie überhaupt über ihre Heimatwelt oder ihre Schiffe gesprochen?«

»Nichts über ihren Ursprungsplaneten, nur daß er kälter ist, als Hivehom ihnen erschien. Und nur wenig über ihr Schiff, nur daß die Antriebsprinzipien ähnlich den unseren scheinen. Beides sind keine Ingenieure.«

»Etwas über Waffen, militärische Macht oder Einstellung?«

Ryo hatte von dem Augenblick an, in dem der Offizier auf seinem Sattel Platz genommen hatte, auf diese Frage gewartet. Dennoch überraschte ihn das Gefühl des Ärgers, das er jetzt empfand, da sie gestellt worden war.

»Überhaupt nichts. Es sind Forscher. Ihre einzige Sorge und das einzige Thema ihrer Gespräche war das Überleben. Militärische Dinge wurden nicht erwähnt.«

Der Offizier murmelte halblaut etwas wie ›... konnte nicht viel erwarten‹, dann lauter: »Zu Ihrer eigenen Information – wir haben während unserer Untersuchung ihres Schiffes nichts gefunden, was darauf deutet, daß sie militärisch besonders weit fortgeschritten wären. Was wir bis jetzt über ihre gesellschaftliche Struktur in Erfahrung bringen konnten, deutet darauf hin, daß sie beispielsweise nicht in einer paramilitärischen Gesellschaft wie die AAnn organisiert sind.«

»Das hätte ich Ihnen sagen können«, sagte Ryo selbstbewußt.

»Sie legen andrerseits gewisse beunruhigende Eigenschaften sowohl sozialen als auch individuellen Temperaments an den Tag.«

»Ich verstehe nicht, Älterer.« Ryo war unsicher, wie er den letzten Satz des Offiziers auslegen sollte. »Ich habe Ihnen doch bereits gesagt, sie glaubten, wir seien es gewesen, die sie ursprünglich angegriffen hatten. Sie sind mehr als bereit – ich würde sogar sagen, begierig darauf – mit uns ein Bündnis gegen die AAnn zu schließen. Und dies trotz der unglücklichen Unterschiede der Körperform. Sie finden uns körperlich nur wenig beunruhigender als wir sie.«

»Das ist schwer zu glauben«, murmelte der zweite junge Forscher.

Einer der Älteren kritisierte ihn. »Das ist eine unwissenschaftliche Einstellung, Drin.«

»Ich weiß. Aber ich kann nicht einfach Tausende von Jahren geistiger Konditionierung auslöschen. Es sind Säugetiere, ganz gleich, wie ähnlich ihr Verstand auch dem unseren sein mag. Äußerlich weich und flexibel. Meine Eingeweide drehen sich um, wenn ich sie anschauen muß.« Er drehte sich herum und sah Ryo an.

»Ich höre, daß Sie tatsächlich körperlichen Kontakt mit ihnen hatten, ja sich sogar formell von ihnen verabschiedet haben.«

»Sie sind gar nicht so abstoßend«, beharrte Ryo. »Es kommt nur darauf an, Leute in ihnen zu sehen. Wie ich schon erwähnte, sie haben ganz ähnliche Gefühle bezüglich der winzigen Wesen, die uns ähneln, auf ihren eigenen Welten. Jede unserer beiden Rassen entspricht den Alpträumen der anderen. Dies sind primitive Einstellungen. Beide Rassen müssen sich Mühe geben, sie zu überwinden. Logik steckt keine dahinter.«

»All das verstehe ich«, räumte Drin ein. »Dennoch, Jahrtausende der Alpträume ... Wir sind hier Fachleute und sind es gewöhnt, mit dem Unglaublichen, dem Fremdartigen zu leben.« Er musterte seine Kollegen. »Aber wie, glauben Sie, wird die Bevölkerung auf die Existenz dieser Geschöpfe reagieren? Und wenn das wahr ist, was Sie sagen«, meinte er zu Ryo gewandt, »dann werden diese Ungeheuer auf ihrer eigenen Welt Erde ähnliche Probleme haben.«

»Seltsam«, meinte eine der Älteren, »daß sie ihren Heimatplaneten nach dem Boden benennen, wo sie doch tatsächlich über ihm wohnen, dem offenen Himmel zugänglich – wenigstens sagen sie uns das.« Sie wandte sich Ryo zu.

»Es gibt viele solcher faszinierender Dinge, die uns erwarten«, meinte Ryo zuversichtlich zu ihr gewandt, »sobald formeller Kontakt hergestellt ist.« Die Worte des Offiziers beunruhigten ihn immer noch. »Sie sagten, es gäbe da gewisse Charakteristika, die Sie stören. Was für Charakteristika sind das?«

Stille herrschte im Saal. Ryo musterte die verhörende Gruppe neugierig. »Das sind Verbündete, müssen Sie wissen. Oder zumindest werden es bald Verbündete sein.«

Wieder Schweigen. Einige der Wissenschaftler wandten die Blicke ab. Die anderen nicht.

»Wir können sie hier nie weglassen«, sagte einer der Älteren schließlich. »Das ist Ihnen doch sicherlich klar.«

»Das ist es nicht. Das ist absurd. Wie sollen wir denn die Verhandlungen mit ihnen eröffnen, wenn man ihnen nicht erlaubt, nach Hause zurückzukehren und dort Diskussionen zu führen und die Nachricht über uns zu verbreiten?«

»Diese Nachricht wird nicht verbreitet werden«, bemerkte der Militärbeobachter mit leiser Stimme. »Noch lange nicht. Nicht von dieser Gruppe.«

»Aber ... diese Leute können uns so stark machen, daß die AAnn es nicht mehr wagen werden, unsere Kolonien zu belästigen. Ihre Anwesenheit hier reicht doch als Beweis dafür, daß sie eine technisch fortgeschrittene Rasse sind.«

»Woran wir nie den geringsten Zweifel hatten«, erklärte der Offizier. »Das ist ja eines der Dinge, die uns beunruhigen.«

»Sie *müssen* sie gehen lassen. Es ist unziemlich, intelligente Geschöpfe festzuhalten, die einem nichts zuleide getan haben. Ich habe mit ihnen gesprochen – jedenfalls mit zwei von ihnen. Ich kenne sie. Sie sind bereit, unsere Freunde zu sein.«

»Das haben die Ihnen gesagt«, antwortete man ihm. »Sind Sie qualifizierter Xeno-Psychologe, und können Sie ihre Motive positiv interpretieren?«

»Sie haben mir die Wahrheit gesagt.« Ryo hatte Mühe, seinen Zorn und seine Enttäuschung unter Kontrolle zu halten. Was war denn mit diesen Älteren los? Wenigstens zwei von ihnen trugen den schwarzen Stern eines Eints. Hatte das hier gar nichts zu bedeuten? »Sie hatten keinen Anlaß, mich zu belügen.«

»Nicht nach Ihren Überlegungen vielleicht. Aber was, wenn sie andere Motive hatten?«

»Ich habe Viertelmonate mit ihnen verbracht, in einer schwierigen Überlebenssituation. Als die Verständigung einmal begonnen hatte, waren sie mir gegenüber nur mehr vorsichtig. Da war keine anhaltende Feindseligkeit. Nach einer Weile kam es sogar zu ehrlicher Freundschaft. Einer Freundschaft, die soweit ging, daß sie sich von mir sogar zur Rückkehr überreden ließen.«

»Das ist uns bekannt«, sagte Drin. »Und wir sind Ihnen sehr dankbar, daß Sie das getan haben. Ihre Flucht war nicht nur im wissenschaftlichen Sinne störend, sondern Ihre Begleiter hätten, wenn sie irgendwie in dichter bevölkerte Regionen im Süden gelangt wären, vielleicht sogar eine Panik auslösen können.«

»Ich kann immer noch nicht sehen, wovor Sie alle solche Angst haben.«

»Wir hatten eine Zeitlang Gelegenheit, sie zu studieren, und zwar in geschlossener Umgebung«, antwortete ihm der Ältere. »Die Resultate ...« – er zögerte vielsagend – »sind in bezug auf eine Kooperation zwischen unseren Spezies nicht gerade vielversprechend.«

Der Militär-Ältere äußerte sich deutlicher: »Als man sie hier unterbrachte und dauernd beobachtete, stellte sich sehr schnell heraus, daß ihre gesellschaftlichen Beziehungen ... nun ... beunruhigend sind.«

»Was hätten Sie denn erwartet?« wandte Ryo ein. »Schließlich dachten sie, der Angriff auf ihr Schiff sei von Ihnen ausgegangen.«

Der Offizier machte eine Geste des Widerspruchs. »Wir haben sie freundlich behandelt, weil wir erkannten, daß sie möglicherweise doch keine Verbündeten der AAnn waren. Ihre Reaktionen untereinander waren es, die uns so verblüfft hatten, nicht ihre Reaktionen auf uns.« Sein Tonfall veränderte sich und ließ ihn das Erstaunen noch einmal durchleben.

»Sie haben untereinander gekämpft. Es ist immer noch schwer, das zu glauben. Da waren sie also: zwölf Aliens, gefangen von möglicherweise feindseligen Geschöpfen, und doch richteten sich ihr Ärger und Zorn nicht so sehr auf uns als auf ihresgleichen. Obwohl wir ihre Sprache nicht verstehen konnten, kann es doch nur eine Interpretation dafür geben, wenn man einen Gefährten bewußtlos schlägt.

Einer hat einen Gefährten tatsächlich so sehr verletzt, daß er ärztlich behandelt werden mußte. Als wir ihnen ärztliche Hilfe stellten, lockerte sich ihre Haltung uns gegenüber, aber sie fuhren fort, sich untereinander feindselig zu verhalten. Es war wichtig, darüber mehr in Erfahrung zu bringen.

Die Verhaltenspsychologen, die sie beobachtet haben, sind der Meinung, ihr Verhalten deute auf rassische Paranoia bislang ungeahnter Dimension. Im Vergleich mit diesen Geschöpfen sind die AAnn sozusagen Vorbilder harmonischer Zusammenarbeit. Wollen wir uns wirklich mit einer solchen Rasse verbünden?«

»Aber mir gegenüber haben sie keine solchen Tendenzen gezeigt«, meinte Ryo verwirrt.

»Es ist allgemein bekannt, daß gewisse Säugetiere in Gruppen anders handeln, als wenn man sie isoliert«, sagte Drin ernst. »Das ist so ähnlich wie bei der Kernspaltung, solange die kritische Masse nicht erreicht ist – harmlos, solange man sie auseinanderhält, explosiv, wenn man sie zusammenbringt. Wir wissen nicht, wo die mentale ›kritische Masse‹ dieser Geschöpfe liegt. Aber ich möchte jedenfalls nicht zugegen sein, wenn sie erreicht wird.«

»Die xenopsychologische Abteilung hat die verbindliche Aussage gemacht, daß die ganze Rasse dieser Aliens kollektivpsychotisch sein könnte«, sagte der Sprecher der Älteren.

»Vielleicht gibt es andere Erklärungen«, protestierte Ryo. »Der Druck, unter dem sie als Gefangene standen, die Tatsache, daß man sie unter der Erde einsperrte, wo sie doch die Oberfläche vorziehen ...«

Drin machte eine negative Geste. »Das ist alles berücksichtigt worden. Die Anzeichen sind trotzdem vorhanden.«

»Sie verstehen jetzt«, sagte der Offizier mit sanfter Stimme, »warum wir sie unmöglich hier weglassen können. Sie kennen jetzt die galaktischen Koordinaten von Hivehom. Sie gehören einer technisch hochstehenden, raumfahrenden Rasse an. Diese Gruppe besteht aus Forschungsspezialisten. Ohne Zweifel würden einige von ihnen in der Lage sein, den Weg hierher wiederzufinden. Wir können unmöglich zulassen, daß eine so gefährliche Rasse nach Hause zurückkehrt und die Position unserer Mutterwelt kennt, während wir von der ihren nichts wissen. Sehen Sie, sie haben nämlich während des AAnn-Angriffs alle ihre Aufzeichnungen und Karten vernichtet. Ein weiterer Hinweis auf ihre Paranoia.«

»Die ist aber auch nicht größer, als was Sie selbst an den Tag legen«, stellte Ryo fest.

»Vielleicht.« Der Offizier schien nicht beleidigt.

»Aber ich sage Ihnen doch, meine Herren und Damen, ich *kenne* diese Leute.«

»Zwei von ihnen kennen Sie«, wandte Drin ein. »Das reicht kaum aus, um damit eine ganze Rasse zu klassifizieren.«

»Mag sein. Ich bin kein Statistiker. Aber ich kenne wahre Freundschaft, wenn man sie mir anbietet. Und die habe ich von zwei dieser Geschöpfe empfangen. Wahrscheinlich kann ich auch das Vertrauen der übrigen gewinnen, wenn Sie mir einige Freiheiten mit ihnen lassen.«

»Hoffentlich«, sagte der Sprecher der Älteren. »Wir wünschen Ihre Hilfe ernsthaft, Ryozenzuzex. Ihr Begleiter ...« – dabei wies er auf Wuu – »hat uns von Ihnen erzählt.«

»Besser freiwillig das sagen, was ohnehin bekannt wird«, sagte der Poet. Ryo hatte dagegen keinen Einwand.

»Sie können Ihre Familie und Ihren Clan verständigen«, fuhr der Ältere fort. »Man wird ihnen erklären, daß Sie an einem Regierungsprojekt großer Wichtigkeit arbeiten. Man wird nicht lügen. Wir werden lediglich einiges verschweigen. Die Ihren sollten ganz zufrieden sein. Unterdessen bekommen Sie freie Fühler, um unter diesen Geschöpfen zu arbeiten.«

»Warum erlauben Sie mir dann nicht, ihnen zu sagen, daß sie nach Hause zurückkehren können?« wollte Ryo wissen.

»Eine Fleischfresser-Spezies, die sich Produbia nennt, interessiert mich sehr«, meinte einer der Älteren. »Sie lebt in den Dschungeln von Colophon. Ihre Eßgewohnheiten faszinieren mich zwar, ich verspüre aber nicht den Wunsch, ihre Verdauungsmethode von innen zu erforschen. Wir werden zu diesen Geschöpfen freundlich bleiben, aber vorsichtig sein.«

»Lieber«, unterbrach der Militärbeobachter, »würde ich es riskieren, einen potentiellen neuen Verbündeten zu verlieren, als Hivehom dem Zugriff einer Rasse aussetzen, die nicht einmal ihre primitivsten Instinkte unter Kontrolle halten kann.«

Ryos erste Reaktion auf diese Bemerkung war kaum kontrollierte Wut, die jedoch langsam einer vernünftigeren Betrachtung wich. Die Haltung, wie sie die Regierung, vertreten durch die sechs Teilnehmer des Verhörs, ausdrückte, war äußerst unvernünftig. Aber da war nichts, was er, Ryo, dagegen hätte unternehmen können. Man würde es den Aliens nie gestatten, Hivehom zu verlassen.

Und das würde bedeuten, daß die Thranx nie die Vorteile einer Kooperation zwischen den Spezies genießen würden. Und die Ungeheuer ebensowenig. Was die rassische Paranoia und die mörderischen Tendenzen anging, von denen sie angeblich beherrscht wurden, so weigerte er sich einfach, das zu glauben. Die Xeno-Psychologen interpretierten da ihre Daten falsch. Wiederum Maschinen, dachte er bitter. Statistiken.

Doch nichts, was ein Bildschirm ihm zeigte, würde ihn je davon überzeugen, daß die Zeit, die er mit Bonnie und Luh in der Wildnis verbracht hatte, in ihm falsche Eindrücke erzeugt hatte. Doch für den Augenblick hatte er keine andere Wahl, als geduldig zu sein und den Versuch zu machen, sich auch mit ihren Kollegen anzufreunden.

»Ja, ich werde Ihnen helfen. Das ist natürlich meine Pflicht.«

»Wir wußten, daß Sie so reagieren würden.« Der Sprecher der Älteren war sichtlich erfreut und sah auf seinen Chronometer. »Ich hatte gar nicht bemerkt, daß wir schon so lange hier sind. Wir wollen Sie nicht überanstrengen.«

»Mir geht es gut«, gab Ryo ehrlich zu.

»Nein, genug für jetzt«, sagte einer der anderen Älteren. »Wir können uns morgen wieder treffen.«

»Ich muß zu den anderen Ungeheuern und sie kennenlernen«, sagte Ryo.

»Natürlich. Sobald Sie das wünschen«, erklärte Drin. »Man hat ein Quartier für Sie vorbereitet. Sie werden alle Unterstützung bekommen, die Sie brauchen. Ich beneide Sie. Ich würde auch gern diese Geschöpfe studieren und sie aus der Nähe kennenlernen. Aber für den Augenblick müssen wir uns auf Ihre Interpretation verlassen.«

Nicht nur, weil ich mich so gut mit ihnen verständigen kann, sondern weil ich der einzige bin, dem sie vertrauen, dachte Ryo bitter.

An diesem Abend fand Wuu ihn vor einem Sichtgerät, auf seinem Schlafsessel kauernd. Der Poet hatte intensiv gearbeitet und fast einen ganzen Chip mit Notizen gefüllt. Doch etwas in Ryos Haltung dämpfte seine Freude. Er hatte den jungen Agronomen während ihrer Reise recht gut kennengelernt und machte sich Sorgen um ihn. Für jemanden, der kaum mittleres Alter erreicht hatte, war er ungewöhnlichem Druck ausgesetzt gewesen, und dieser Druck würde sich in den folgenden Monaten sogar noch verstärken.

»Sei gegrüßt, Wuu.« Ryo schaltete das Sichtgerät ab und sah ihn an. »Was machen deine Kompositionen?«

»Sehr gute Fortschritte. Die Gilde wird sich freuen. Und wie geht es dir, junger Freund? Ich mache mir Sorgen um dich. Man hat dich da in eine Situation hineingeworfen, mit der nur wenige zurandekämen.«

»Mir scheint sie gut zu tun«, erwiderte Ryo, »obwohl ich, glaube ich, beim ersten Kontakt wie eine Larve reagiert habe.«

Der Poet nahm ihm gegenüber auf einem Sattel Platz und seufzte tief, wobei die Luft in einem langen, stöhnenden Laut durch seine Tracheen pfiff. »Wenn du willst, werde ich bleiben, obwohl man mich hier nicht braucht.«

»Das wäre mir recht. Ich brauche jemand Vertrauten in der Nähe, wenigstens für eine Weile.«

»Das ist verständlich. Diese Wissenschaftler sind zwar etwas besser als Bürokraten, aber nicht viel. Ich nehme an, daß die Art ihrer Arbeit sie nicht gerade zu individuellem Denken ermuntert.«

»Ganz sicher nicht«, pflichtete Ryo ihm bei. »So würde beispielsweise jemand mit auch nur einem Mindestmaß an Wabensinn begreifen, daß wir diese Leute auf ihre Heimatwelt zurückkehren lassen müssen, damit ein formeller Austausch zwischen uns beginnen kann. Bist du nicht auch der Ansicht?«

Der alte Poet starrte ihn an. »Ganz sicher nicht. Und es wird langsam Zeit, daß du deinen eigenen Kopf von solch wirren Gedanken freimachst. Die sind auch der Hauptgrund, weshalb ich mir Sorgen um dich mache.«

Einen Augenblick lang war Ryo einfach nicht zu einer Antwort fähig. »Aber ... aber diese Aliens werden doch unsere Verbündeten werden, unsere Freunde gegen die AAnn.«

»Hast du denn nicht gehört, was die Forscher in Erfahrung gebracht haben? Hast du nicht auf die Meinung dieses Offiziers geachtet?« fragte Wuu. »Als Individualist kann ich vielleicht gewisses Verständnis für diese Geschöpfe aufbringen. Natürlich würden sie gern nach Hause zurückkehren. Ich würde mir dasselbe wünschen, wenn ich in ihrer Lage wäre. Aber ich würde auch unsere Haltung verstehen.« Er lehnte sich aus dem Sattel vor und fügte eine Geste vierten Grades der Betonung hinzu. »Die Sicherheit unserer ganzen Rasse steht hier auf dem Spiel, Ryo. Diese Wesen sind mächtig und gefährlich.«

»Ich bin sicher, daß die AAnn auch so denken werden.«

»Bist du ein solcher Meisterdiplomat?« herrschte Wuu ihn an. »Bist du denn wirklich voll davon überzeugt, daß sie sich mit uns verbünden würden, nur wegen eines einzigen Zusammentreffens mit einem Schiff und seiner Mannschaft?«

»In einer solchen Situation liegt immer ein gewisses Risiko«, räumte Ryo ein. »Aber man muß es *versuchen*! Wir können uns nicht auf Ewigkeit vor ihnen verstecken. Am Ende wird man den Kontakt herstellen müssen. Und wenn wir jetzt die Initiative ergreifen, können wir vielleicht Mißverständnisse von katastrophalen Ausmaßen vermeiden. Künftige Kontakte beginnen vielleicht nicht mehr unter so guten Vorzeichen.

Und was ist mit den AAnn? Sie verstehen sich ebenso meisterhaft auf Diplomatie wie auf das Töten. Was, wenn sie den Fehler erkennen, den sie begangen haben, indem sie dieses erste Schiff angegriffen haben, und wenn sie vor uns Kontakt mit diesen Leuten aufnehmen und mit ihnen, anstatt sie erneut anzugreifen, ein Bündnis gegen uns schließen? Wie wäre denn dann unsere Position?«

»Alles unwahrscheinlich und alles Probleme für die Zukunft«, erwiderte Wuu, obwohl deutlich zu erkennen war, daß ihn das Szenario beunruhigte, das Ryo da ausmalte. »Nach allem, was wir wissen, könnten sie ihre Heimat ebensogut am anderen Ende der Galaxis haben, und wir begegnen ihnen vielleicht nie wieder. Das Universum, mein Junge, ist unendlich groß.«

»Wenn, wie der Militärbeobachter gesagt hat, das Antriebssystem ihres Schiffes sich nicht sehr von dem unseren unterscheidet, dann können sie, in interstellaren Distanzen gemessen, nicht weit von Hivehom entfernt wohnen.«

»Wir wissen nichts von ihrer Lebensspanne«, meinte der

Poet. »Tatsächlich wissen wir überhaupt wenig über sie. Auch dieses Unwissen ist ein Grund, weshalb wir sie nicht weglassen dürfen.«

»Moralisch ist diese Einstellung nicht zu rechtfertigen«, beharrte Ryo.

»Da muß ich dir widersprechen, mein ernster, junger Freund. Man kann das in hohem Maße rechtfertigen, vom moralischen ebenso wie vom militärischen Standpunkt aus gesehen. Du würdest ganz anders empfinden, wenn du zugesehen hättest, wie sie untereinander kämpften, so, wie das unsere entfernten Vorfahren taten. Eine Gruppe Thranx, die man in eine ähnliche Lage brächte, würde sich gegenseitig unterstützen und ruhig bleiben, nicht hysterisch werden und niemals untereinander kämpfen.« Er machte eine Geste des Unglaubens. »Es ist ganz unverständlich. Sie besitzen dominante Züge, die sie nicht einmal kennen. Solch ritueller Kampf ist Teil ihrer Natur. Wie könnten wir denn je Verbündete sein? Wir sind uns weder geistig noch physisch ähnlich.«

»Begreifst du denn nicht«, argumentierte Ryo, »begreift denn niemand, daß genau aus diesem Grunde ein Bündnis so wünschenswert wäre? Die Unterschiede würden sich gegenseitig ergänzen. Was kann man denn gewinnen, wenn man sich mit jemandem paart, der genau so ist, wie man selbst? Da gibt es nie etwas Neues, nie Überraschungen.«

»Überraschungen sind köstlich«, stimmte der Poet ihm zu, »in der Kunst und in der Musik. Auch in der Wissenschaft sind Überraschungen wunderbar. Aber wenn die Zukunft und das Überleben unserer ganzen Rasse auf dem Spiel steht, dann bin ich nicht so sicher, daß Überraschungen willkommen sind. Und selbst wenn das, was du sagst, so wäre, was ist dann mit ihren Psychosen?«

»Jede Rasse hat ihre eigenen Probleme«, räumte Ryo ein. »Wir sind auch nicht perfekt.«

»Nein, wir haben aber auch keine mörderischen Wesenszüge, wie es anscheinend bei diesen Geschöpfen der Fall ist. Mag sein, daß sie als Individuen oder selbst in kleinen Gruppen ganz vernünftig handeln – aber wenn wir Verträge mit ihnen schlössen, würden wir ja *en masse* mit ihnen zu tun haben. Und um dieses Risiko einzugehen, steht einfach zu viel auf dem Spiel.

Außerdem kann ich deine Meinung nicht teilen, wenn du sagst, sie hätten uns etwas anzubieten, was uns nützt. Nach allem, was ich bis jetzt gesehen habe, scheint mir, daß ein Bündnis zwischen uns vorwiegend ihnen Vorteile brächte. Sie sind ein schwerfälliges, primitives Volk, dessen technologische Leistungen weit über ihre moralische Entwicklung hinausgewachsen sind.«

»Man behandelt sie als Gefangene, und viele betrachten sie mit Ekel. Das ist kaum eine Atmosphäre, die kulturelles Verständnis fördert«, wandte Ryo ein. »Bestimmt haben sie uns alles mögliche anzubieten, angefangen bei den Künsten bis zur Wissenschaft. Und das zusätzlich zu dem Militärbündnis gegen die AAnn.«

»Tut mir leid, mein Junge. Das einzige, was mir bisher an ihnen aufgefallen ist und Eindruck auf mich gemacht hat, sind ihre Gewalttätigkeit und ihr Geruch. Und ich glaube, das sind beides Dinge, ohne die wir überleben können. Es überrascht mich, daß du das nicht erkennen kannst.«

»Vielleicht – vielleicht hast du recht. Vielleicht habe ich mir etwas vorgemacht. Die Tage dort draußen im Clith ...«

»Verständlich, daß dich das belastet hat«, sagte Wuu mitfühlend. »Da ist nichts, wofür du dich entschuldigen müßtest.«

»Wahrscheinlich hast du recht. Schließlich können sich ja nicht sämtliche Spezialisten irren. Ich brauche ... nur etwas Zeit. Die Erregung im Augenblick des Kontakts, der gegenseitigen Unterstützung dort draußen ...«

»Ich weiß, daß es entmutigend ist, aber dies ist jetzt die Zeit für ruhige Betrachtung aller Fakten, nicht nur derer, denen du vielleicht persönlich ausgesetzt warst, mein Junge. Du warst übrigens in deinem Denken nicht allein. Viele Angehörige der wissenschaftlichen Studiengruppe waren dafür, den Kontakt mit diesen Leuten auszudehnen. Aber am Ende, als die Zeit kam, um die eigentliche Entscheidung zu treffen, erkannten auch sie, daß es besser ist, auf der Seite der Vorsicht zu irren. Im Kampf gegen Vernunft und gesundes Urteilsvermögen wird die Begeisterung stets unterliegen.

Du bist seit den Feldern von Paszex einen weiten Weg gegangen. Zu sehen, daß das Abenteuer jetzt endet, muß entmutigend sein. Aber am Ende muß jugendliche Begeisterung der Realität weichen. Und die Realität ist, daß die Mehrzahl der Älteren hier einen Kontakt nicht für nützlich hält. Es freut mich, daß du genügend gereift bist, um das zu erkennen.«

»Was du über meine Begeisterung sagst, stimmt ohne Zweifel«, gestand Ryo leise. Er seufzte, und sein Oberkörper bebte. »Zumindest wird es mir erlaubt sein, hierzubleiben, um diese faszinierenden Geschöpfe weiter zu studieren.«

»Das ist keine Frage der Erlaubnis, wie du sehr wohl weißt. Die Behörden bitten aktiv um deine Mitwirkung. Es hätte sein können, daß du dich damit nicht einverstanden erklärst – in dem Fall hätte man dich unter Bezugnahme auf die Sicherheitsvorschriften gezwungen, hierzubleiben. Deine Erfahrungen sind einmalig, ebenso wie deine Beziehung zu diesen Ungeheuern.

Einen Freund, der nicht der Regierung angehört, wirst du hier haben, solange ich bleibe, obwohl ich nicht zweifle, daß du hier bei deiner Flexibilität und deiner Liebenswürdigkeit bald viele Freunde haben wirst.«

»Es wird gut sein zu wissen, daß du hier bist«, meinte Ryo. »Gespräche, wie wir gerade eines führten, sind freundlich und hilfreich.«

»Auch für mich. Das ist weiteres Material für den umfangreichen Band, den ich über unsere ganze Reise zusammenstellen will. Harte Arbeit, aber ich freue mich darauf, sie zu vollenden. Es wird ein Denkmal werden.«

Sie setzten das Gespräch fort, während sie ihren Weg durch die Korridore gingen. Ihre Zimmer lagen nahe bei dem großen Saal, wo die Aliens festgehalten wurden.

Als Ryo mehr von der Anordnung von Sektion X erfuhr, wie man diesen Bereich nannte, konnte er auch erkennen, wie es die Behörden fertiggebracht hatten, die Aliens verborgen zu halten. Die Xenologie-Abteilung war völlig unabhängig von den restlichen Anlagen. Sie verfügte über eigene

Energieversorgung, ihren eigenen Stab, ja sogar über ihre eigenen Aus- und Eingänge.

Nur drei schmale Korridore verbanden sie mit dem Rest des Stützpunkts, den man als Teil des planetarischen Verteidigungssystems errichtet hatte. Jene Thranx, die die Besatzung des letzteren bildeten, bereiteten sich hier auf einen Angriff vor, von dem sie hofften, daß er nie kommen würde – in völliger Unwissenheit um die Forschungsarbeiten, die in so großer Nähe durchgeführt wurden.

Ryo entspannte sich in der Hygieneecke seiner vergleichsweise luxuriösen Wohnung und säuberte sich mit einem feuchten, parfümierten Tuch.

Wuu hatte sofort akzeptiert, daß Ryo sich zur Meinung der Mehrheit bekehrt hatte. Der alte Poet war klug, ja brillant, aber auch seine Brillanz machte ihn nicht zu einem Meister der Täuschung. Ryo war sicher, daß er überwacht wurde.

Der arme Wuu. Ein Komponist von Eint-Rang. Doch trotz all seiner Phantasie und seiner Fähigkeiten konnte er über sein eigenes Fachgebiet nicht hinausblicken. Wuu war ein Poet, ein meisterhafter sogar. Und darüber hinaus war er ein Älterer, dessen Denken ebenso leicht vorherzusagen war wie Regen in der Jahreszeitenmitte. Die Versteinerung der Phantasie schien jeden Thranx befallen zu haben, der auch nur über ein geringes Maß an Autorität verfügte. Langsam gewann Ryo den Eindruck, der einzige zu sein, der imstande war, den Funken zu neuem Denken zu geben, zu neuen Ideen.

Das war nur natürlich. Schließlich war das seit seiner Larvenzeit sein Talent gewesen. Ja, *das* ist mein Beruf, dachte er. *Das* ist es, wofür ich bestimmt bin: Neues auszulösen, mit Konventionen zu brechen. Und in all der Zeit, all den Jahren hatte er seinen wirklichen Beruf unterdrückt und den Dschungel gerodet, wo doch das Land, das er hätte aufbrechen sollen, das der konventionellen Weisheit war.

Wenn Wuu überzeugt war, daß Ryo sich der akzeptierten Art und Weise des Denkens angeschlossen hatte, dann gab es keinen Grund zu der Annahme, daß die Wissenschaftler des Stabes anders denken würden. Aber trotzdem würde Ryo geduldig sein müssen, würde abwarten müssen. Er lächelte innerlich. Das wäre nicht das erste Mal, daß er das getan hätte. Doch diesmal ist das unbekannte Territorium, das ich durchqueren muß, etwas größer als die Distanz zwischen Paszex und Daret.

Und diesmal würde er nicht alleine fliehen.

ELF

Ein Gespräch mit Luh und Bonnie zu arrangieren, das von niemandem belauscht werden konnte, erwies sich als weniger schwierig, als er angenommen hatte. Als die Ungeheuer begriffen, was er wollte, organisierten sie einfach einen Gruppengesang. Der Rest der Ungeheuer erzeugte hinreichend Lärm, um auch das empfindlichste Richtmikrofon mit Lärm zuzudecken. Außerdem sorgte das neue Phänomen kollektiver Geräuscherzeugung dafür, daß die faszinierten Forscher sich ihren Instrumenten zuwandten. Der Geräuschpegel war viel höher, als ihn die gleiche Zahl von Thranx je hätte erzeugen können.

»Du nimmst da eine ungeheure Last auf dich«, sagte Luh leise zu Ryo. »Du stelltst dich gegen die überlegte Meinung all deiner Vorgesetzten.«

»Sie sind nicht meine Vorgesetzten.«

»Dann eben deine Älteren«, sagte Bonnie. Sie wandte den Blick von ihm ab; eine Geste, die, wie er inzwischen wußte, allgemeine Unsicherheit etwa des dritten Grades ausdrückte. »Es mag sein Ryo, daß sie recht haben. Ich bin mir im klaren, daß ich gegen unsere eigenen Interessen spreche, wenn ich das sage, aber dies ist nicht die Zeit für Unwahrheit. Während der ganzen menschlichen Geschichte haben wir oft über unsere eigenen Motive nachgedacht, die uns veranlassen, untereinander zu kämpfen, und viele Male finden wir keine befriedigenden Erklärungen für das, was wir tun. Vielleicht ist es so, wie eure Psychotechniker behaupten, daß wir vom Wesen her mörderisch veranlagt sind.«

»Dann wird dieses Bündnis euch mehr Nutzen bringen, als ihr euch vorstellen könnt«, erklärte ihr Ryo. »Wir Thranx sind nicht leicht zu erregen. Wir verstehen uns darauf, Dingen auf den Grund zu gehen und den Kern eines Mißverständnisses zu erkennen. Vielleicht haben wir schon immer Freunde gebraucht, die nicht mit euch kämpfen, sondern die stets bereit sind, euch zu besänftigen und zu erklären, wie die Dinge wirklich sind.«

Sie sah ihn wieder an. »Eines weiß ich: Gleichgültig, was auch unsere Regierungen zu tun beschließen – wir drei haben unser eigenes kleines Bündnis geschlossen.« Sie streckte eine Hand aus, um eine von Ryos Echthänden zu berühren.

Er ergriff sie fest, da er schon vor vielen Tagen gelernt hatte, was die Geste zu bedeuten hatte. Ihre Finger verfügten über wesentlich mehr Kraft als die seinen, obwohl er ihren Druck mit einer Fußhand hätte erwidern können. Sie achtete sorgfältig darauf, seine empfindlicheren Oberfinger nicht zu verletzen.

»Unser Schiff«, flüsterte Luh, »ist noch funktionsfähig. Es befindet sich im Augenblick über uns in einem Synchron-Orbit.«

»Woher weißt du das?« fragte Ryo ein wenig verblüfft.

»Weil man, während Bonnie und ich frei waren, einige unserer Freunde hingeschafft hat, um Fragen bezüglich der Konstruktion und der Funktion zu beantworten. Einige davon sind beantwortet worden, andere nicht. Man hat sie nicht gezwungen.«

»Natürlich nicht.« Allein der Gedanke verstimmte Ryo.

»Unsere Leute sind anders«, murmelte Luh. »Jedenfalls berichten unsere Schiffsgefährten, daß keine Teile abgebaut worden sind. Bis jetzt noch nicht jedenfalls. Wir hatten die Schäden, die die AAnn unserem Antriebssystem zugefügt hatten, schon fast behoben, als euer Forschungsschiff auf uns stieß. Unsere Ingenieure sind überzeugt, daß sie die noch erforderlichen Reparaturen in hinreichend kurzer Zeit fertigstellen können, um eine Flucht zu ermöglichen.«

»Wie sollen wir euer Schiff erreichen? Ich bin Experte für Ackerbau. Von astrophysikalischen Dingen verstehe ich nichts.«

»Aber das ist kein Problem!« erklärte Bonnie erregt. »Sie wollten unsere Konstruktionen und den mechanischen Aufbau des Schiffs mit Diagnosegeräten studieren und haben deshalb Alexis und Elvira«, sie wies auf zwei der heulenden

Ungeheuer, »dazu veranlaßt, eines unserer Beiboote herunterzuholen. Es befindet sich hier auf dem Stützpunkt.«

»In einem separaten Hangar«, murmelte Ryo, »um es vor dem allgemeinen Personal des Stützpunkts verborgen zu halten.«

»Unsere Freunde haben zuerst widersprochen. Am Ende hat Alexis zugestimmt, weil sie drohten, das Beiboot im Innern unseres Schiffes zu zerlegen. Das Problem wird darin bestehen, das Beiboot zu erreichen. Ich bin sicher, daß man es schwer bewacht.«

»Nicht unbedingt.«

Luh machte mit seinen gummiartigen Mundteilen die Geste des Stirnrunzelns. »Ich verstehe nicht. Warum nicht?«

»Welchen Grund gibt es, ein Schiff zu bewachen? Man braucht doch nur seine Piloten zu bewachen. Ihr seid hier, das Schiff ist woanders. Euch getrennt zu halten, reicht als Sicherheit. Selbstverständlich würde kein Thranx daran denken, einem Rudel Ungeheuer zu helfen.«

»Danke«, sagte Luh trocken. »Du natürlich ausgenommen.«

»Und ich bin möglicherweise verrückt. Indem ich euch helfe, werde ich für meine eigenen Leute so etwas wie ein Ungeheuer werden.« Er machte eine nachdenkliche Pause und fügte dann mit verändertem Tonfall hinzu: »Es ist euch natürlich klar, daß ich, wenn es zu keinem Bündnis kommt, wenn sich keine Freundschaft zwischen unseren Rassen entwickelt, daß ich dann effektiv tot sein werde.«

Keiner von ihnen sagte etwas.

»Ich bitte um Entschuldigung«, meinte er dann mit der entsprechenden, Nachsicht fordernden Geste. »Das war unhöflich. Das sind keine Gedanken, die man anderen aufbürdet. Dies ist meine eigene, freie Entscheidung. Nichts zwingt mich dazu, das zu tun.

Ich fordere als Gegenleistung für meine Unterstützung nur eines: Wenn man sich unserer Flucht widersetzen sollte, werdet ihr oder eure Wabengefährten unter keinen Umständen töten, um sie zu erleichtern.«

Sie sahen ihn unbehaglich an. »Für uns selbst können wir das versprechen«, stimmte Bonnie ihm zu, »aber ich weiß nicht, wie es mit den anderen ist. Wenn wir nahe daran sind, die *Seeker* zu erreichen, dann bin ich nicht sicher, ob nicht der eine oder andere alle Mittel würde einsetzen, um an Bord zu gelangen.«

»Genau diese Züge sind es«, stellte Ryo feierlich fest, » die Thranx-Wissenschaftler davon überzeugt haben, daß es unklug wäre, den Kontakt zwischen uns auszuweiten. Ihr *müßt* dies euren Gefährten einprägen. Die Meinung des Forschungsstabes hat sich noch nicht verfestigt – aber wenn ihr Thranx tötet, dann würde das auf alle Zeit die Gefühle gegen euch verhärten und einen weiteren Kontakt unmöglich machen.«

»Wir werden unser Bestes tun«, versprach Luh. »Wir werden versuchen, die anderen zu überzeugen.«

»Wer unter euch ist Clan-Mutter?« Er machte eine schnelle Geste der Verlegenheit. »Es tut mir leid. Das hatte ich vergessen. Ihr habt weder Clan noch Waben-Organisation. Bei euch kommt nach der Familie eine Art lockerer Stammesföderation. Manchmal müßt ihr euch dabei sehr allein fühlen. Ich denke, das könnte Teil eures Problems sein.«

»Vielleicht sind wir, verglichen mit den Thranx, Einzelgänger«, sagte Luh. »Aber ich glaube, wir haben mehr individuelle Freiheit. Deine eigenen Erfahrungen beweisen das.«

»Aus dieser undisziplinierten Freiheit kommt vielleicht eure Tendenz ... – aber genug der Philosophie!« Plötzlich war er besorgt, ihr langes Gespräch könnte die Aufmerksamkeit der verborgenen Beobachter erwecken.

»Ich werde versuchen herauszubekommen, wo euer Shuttle-Fahrzeug untergebracht ist, mich mit den Schwierigkeiten vertraut zu machen, die uns daran hindern könnten, es zu erreichen, und mich dann für einen geeigneten Zeitpunkt für den Fluchtversuch entscheiden. Seit eurem ersten erfolgreichen Versuch hat man, wie man mir sagte, die Sicherheitsmaßnahmen verschärft. Ihr werdet alle dauernd und scharf bewacht. Diesmal wird es schwieriger sein.«

»Das war nicht anders zu erwarten«, meinte Luh. »Aber das letzte Mal hatten wir auch keinen Verbündeten, der draußen für uns arbeitete.«

»Sehr wahr.« Ein seltsames Gefühl durchlief Ryo; es kam von der Art und Weise, wie die beiden Ungeheuer ihn aus ihren glasigen, einlinsigen Augen angestarrt hatten, und der Art und Weise, wie Luh das Wort ›Verbündeter‹ ausgesprochen hatte.

Tage verstrichen, dehnten sich zu Monaten. Ryo hatte inzwischen die Erlaubnis erhalten, unbehindert mit seiner Familie in Verbindung zu treten. Angefangen bei Fal bis zu seinem Erzeuger und den Clan-Gefährten, waren alle erfreut, aber verwirrt. Man hatte ihnen gesagt, daß er mit sehr wichtigen, ernsten Arbeiten für die Regierung befaßt sei. Das hatte man mit Genugtuung akzeptiert.

Ryo seinerseits erfuhr mit Freude, daß man seinen Vertrauensbruch, mit dem er die Direktiven von Familie und Clan mißachtet hatte, beiseitegeschoben hatte. Alle akzeptierten, daß er mit nützlicher Arbeit beschäftigt war und sobald wie möglich nach Hause zurückkehren würde.

Die Tage verstrichen, und die Ungeheuer wurden immer kooperativer und ruhiger, so daß die Behörden ihre Überwachung etwas lockerten. Aber nicht einmal Ryos beständige Versicherungen, daß die Ungeheuer sich mit ihrem Schicksal abgefunden hatten, reichten aus, um jeden Angehörigen des Beobachtungsstabes zu überzeugen.

Die meisten der Ungeheuer konnten jetzt etwas Thranx sprechen. Einige wenige Thranx bemühten sich darum, die Ungeheuer-Sprache zu erlernen, aber diese Bemühungen wurden auf Luhs und Bonnies Anweisungen bewußt und in subtiler Weise behindert.

Ryo wurde eine formelle Position in dem Forscherteam zugewiesen und der Titel Hilfsberater verliehen. Das damit verbundene Einkommen nahm ihm den Atem. Es war beträchtlich höher, als er als Aufsichtsratsmitglied für die Inmot-Company erhalten hatte. Er empfand Schuldgefühl darüber, daß er die Position und die Besoldung annahm, wo er doch den größten Teil seiner Zeit damit verbrachte, allem zuwiderzuhandeln, für das er bezahlt wurde, nahm die Beförderung aber doch mit scheinbarer Dankbarkeit entgegen.

Die Zeit kam, wo selbst Wuu bereit war, nach Willow-wane zurückzukehren. Der alte Poet versicherte Ryo, er würde sich, sobald sich seine Angelegenheiten normalisiert hätten, die Zeit nehmen, nach Paszex zu reisen, um sich dort mit Ryos Familie zu treffen und ihnen persönlich zu versichern, daß er, Ryo, sich guter Gesundheit erfreute.

Neben seiner Forschungsarbeit und dem Erlernen der menschlichen Sprache erwarb Ryo sich nebenbei auch gründliches Wissen über Sektion X und alle Sicherheitsmaßnahmen. Das Shuttle-Fahrzeug der Ungeheuer befand sich in einem kleinen Hangar ganz in der Nähe. Es wurde gründlich von Thranx-Ingenieuren studiert. Gelegentlich brachte man einige scharf bewachte Ungeheuer an Bord, damit sie dort Konstruktionseinheiten erklären konnten, und Ryo pflegte sie bei solchen Besuchen als Dolmetscher zu begleiten.

Während solcher Besuche wurden die Sicherheitsmaßnahmen an Bord und in der näheren Umgebung des Shuttles vervierfacht. Angesichts solcher Vorsicht brauchte Ryo einige Zeit, um einen Plan auszuarbeiten, der auch nur minimale Chancen auf Erfolg versprach.

Die Flüchtlinge würden die Korridore mit Ausnahme eines einzigen ignorieren. Seit der Flucht Luhs und Bonnies wurde alles, was größer als ein Wasserrohr war, dauernd überwacht. Diesmal würden alle schnell nach oben fliehen, dort zu einem anderen Ausgang eilen und ihn dazu benutzen, um den Stützpunkt so nahe wie möglich beim Hangar wieder zu betreten. Ryo hoffte, daß die Behörden die Möglichkeit nicht in Betracht ziehen würden, daß die Aliens, einmal draußen angelangt, dann versuchen würden, nach innen zu entkommen.

Es war schwer, geduldig zu bleiben. Ryos Bitten, ihm Zeit zu lassen, wurden von dem Baumeister – ›Captain‹ – der Aliens, Elvirasanchez, unterstützt. Sie redete nicht viel, aber man hörte auf das, was sie sagte.

Schließlich endete die vierte Jahreszeit mit dem Fest von Teirquelot, was dem Personal des Stützpunkts Anlaß zu einer Feier war. Auf einem Stützpunkt, der so wenig Abwechslung bot wie Sed-Clee, nahm man Feiertage ernst.

Das Sicherheitspersonal hatte rings um den Saal der Aliens Kanister mit Schlafgas installiert, eine Vorsichtsmaßnahme, aus der Ryo für seine Freunde Nutzen zu ziehen gedachte.

Viele Monate waren seit der Flucht Luhs und Bonnies verstrichen. Die verminderten Sicherheitsmaßnahmen im Verein mit dem Feiertag erlauben es Ryo, ungefragt von Raum zu Raum zu gehen. Niemand sah, wie er die Kontrollventile der Kanister neu einstellte, obwohl es einiger Zeitteile einer die Nerven bis aufs äußerste beanspruchenden Aktivität bedurfte, um die Arbeit zu vollenden. Jetzt würden die Kanister, wenn man sie aktivierte, ihren einschläfernden Inhalt nicht in das Quartier der Ungeheuer, sondern in die umliegenden Bereiche abgeben.

Nur ein Korridor sollte unvergast bleiben, weil er zu einer Fluchtrampe mit Zugang zur Oberfläche führte. Ryo war beunruhigt, daß die Aliens unter der Kälte leiden würden; aber die Menschen versicherten ihm, daß die Kälte sie nicht daran hindern würde, die ganze Strecke bis zum nächsten Ausgang zurückzulegen.

Ryo hatte sich anhand einiger Entlüftungstürme durch Berechnungen genauen Aufschluß über die Position des Hangars mit dem Shuttle der Menschen verschafft und dann den nächsten Ausgang ausgesucht. Sobald sie sich wieder im Inneren des Stützpunktes befanden, würde ihre präzise Position die nächsten Schritte bestimmen. Für sein ungeübtes Auge schien der Eingang sich jedenfalls ganz nahe beim Shuttle-Hangar zu befinden.

Er würde warten, bis man die Wachen auf ein Mindestmaß reduziert hatte, was vermutlich auf dem Höhepunkt der Festlichkeiten der Fall sein würde. Die Ungeheuer würden vorgeben, in ihrem Saal tief zu schlafen. Dann würde Ryo, mit einer entsprechenden Maske versehen, die umliegenden Räume aufsuchen und die Gaskanister überall, mit Ausnahme des gewählten Korridors, öffnen.

Wenn man nach den üblichen Dienstvorschriften vorgegangen war, würden in jenem Korridor zwei Posten stationiert sein, die Ryo irgendwie ausschalten mußte. Das sollte nicht schwierig sein, da die beiden Posten ja nicht mit irgendwelchem Ärger rechneten. Trotzdem war dies der Teil des Planes, der ihm die meiste Sorge bereitete.

Sobald er die Instrumente passiert hatte, die die Körperwärme der Ungeheuer, ihren Sauerstoffverbrauch usw. überwachten, würden die Flüchtlinge zur Rampe eilen, die Warneinheit abschalten, die ihre Benutzung melden sollte, den Stützpunkt verlassen und quer über die gefrorene Landschaft zu dem Ausgang über dem Hangar rennen. Dort würden sie wieder in den Stützpunkt eindringen, etwa anwesende Wachen überwältigen und ihr Shuttle in Betrieb nehmen. Die Hangar-Türen würden geöffnet werden, und wenige Minuten nach dem Betreten des Hangars würden sie starten.

Zumindest war die Flucht so geplant. Ryo und seine Freunde überprüften den Plan einige Male, verfeinerten ihn und versuchten den nötigen Zeitaufwand zu reduzieren. Ob der Plan funktionieren würde oder nicht, blieb abzuwarten. Einen Probelauf konnte es nicht geben.

Die Nacht war außergewöhnlich finster und kalt. Ryo zog sich hastig von dem Beobachtungsposten zurück, obwohl seine Anwesenheit den gleichgültigen Poeten nicht überraschte, der sich ganz auf seine Roman-Chips konzentrierte und den Berater überhaupt nicht zur Kenntnis nahm. Ryos eigenartige Neigung für die Oberfläche war überall in Sektion X bekannt und wurde auch von jenen bestätigt, die sich mit seiner Vergangenheit beschäftigt hatten.

Omoick, der größere Mond, war neu und schwarz. Omuick, der kleinere, war nur halb zu sehen. Das sollte ihnen zustatten kommen, wenn sie die gefährliche Strecke von einem Ausgang zum nächsten zurücklegten.

Er arbeitete sich zum Forschungssektor zurück, wobei er gelegentlich Bekannte begrüßte. Nicht alle von ihnen waren betrunken, aber alle hatten in diesem Augenblick nur die Feiern zum Jahreszeitenende im Sinn und wenig anderes. Eine Eigenschaft, die vielleicht nicht gerade dem intellektuellen Fortschritt förderlich war, überlegte er, die aber beiden Rassen eigen war.

Niemand hatte etwas an Ryos Anwesenheit auszusetzen,

als dieser von Raum zu Raum schlenderte und die Instrumente überprüfte. Die meisten Arbeitsräume waren leer. Einige wenige waren kurzzeitig besetzt. In solchen Fällen wartete er, bis die Insassen gegangen waren, und betätigte dann schnell die veränderten Kontrollen der Kanister. Das Schlafgas war farb- und geruchlos. Wenn man wußte, daß es ausströmte, hatte man noch Sekunden Zeit, um zu fliehen; wenn nicht, sank man schnell in den Schlaf.

Er brauchte die kleine Filtermaske, die er in seiner Weste stecken hatte, nicht zu benutzen – nur ein einziges Mal, als er einen Raum überprüfte, den er für leer hielt.

Eine junge Forschungsarbeiterin war damit beschäftigt, einen Bericht über die vermuteten Vorpaarungsgewohnheiten der Ungeheuer vorzubereiten. Das fiel ihr ziemlich schwer, weil die Aliens in diesem Bereich nicht sehr kooperativ waren. Ryo beobachtete sie vom Korridor aus, als sie sich anschickte, ihren Beobachtungsraum zu betreten: sie zögerte einen Augenblick lang, schwankte und sank dann zu Boden.

Er zog sich zurück, schloß eine Korridortür und drückte ein paar Handvoll Dichtungsplastik dagegen, um die Tür abzudichten. Auf der gegenüberliegenden Seite des Korridors tat er das gleiche. Dann rannte er hinein.

Er hatte mit zwei Wachen gerechnet, fand aber nur eine vor. Dieser Vorteil wurde freilich dadurch aufgewogen, daß der Posten sich umdrehte und ihn erkannte.

»Guten Abend, Berater.«

»Guten Abend.« Ryo versuchte sich an den Namen des Postens zu erinnern. Die Zeit zerrann ihm. »Was treiben sie denn, Eush?«

»Ruhig wie immer.« Der Posten hielt seinen Energie-Karabiner locker in der Hand und blickte an Ryo vorbei. Kam da etwa ein halbbetäubter Wissenschaftler durch den Korridor auf sie zugetorkelt und erschreckte den Posten mit alarmierenden Gesten?

Doch der Korridor war, abgesehen von Ryo und dem Posten, leer. Der Blick des Postens war eher sehnsuchtsvoll als vorsichtig. »Anscheinend haben alle anderen ihren Spaß.«

»Eine bombastische Feier«, pflichtete Ryo ihm etwas angespannt bei.

»Ich wollte, ich könnte auch mitmachen.«

»Warum tun Sie das nicht? Ich habe heute abend nichts zu tun. So weit von meinem Clan und meinen Freunden ist mir gar nicht nach Feiern. Ich könnte die Wache für Sie übernehmen.«

»Das ist sehr liebenswürdig von Ihnen.« Der Posten schien unsicher. »Aber es würde mich meinen Stern kosten, wenn ich meinen Posten verlasse. Das kann ich unmöglich, nicht einmal mit Erlaubnis von jemandem, der so hochangesehen ist wie Sie. Trotzdem, vielen Dank für Ihr großzügiges Angebot.«

»Wie Sie wünschen. Schade.« Er trat an dem Posten vorbei. Unmittelbar vor ihm lag der Raum, in dem die Ungeheuer eingeschlossen waren, und die Pforte mit ihren Sensorschlössern. Dahinter gaben zwölf Ungeheuer vor, zu schlafen. Ihre persönlichen Chronometer hatten sie behalten; ihre Zeitmarkierungen und Abschnitte unterschieden sich zwar von der normalen Zeit, aber sie hatten sie hinreichend mit Ryos Chronometer abstimmen können. Die Aliens würden schon beunruhigt sein über sein Ausbleiben.

»Diese zwei reizenden Frauen, die dort hinten warten, beispielsweise«, meinte Ryo glatt, »haben mich bis hierher begleitet und suchen Gesellschaft zum Feiern. Sehen Sie sie flüstern? Die mit dem türkisfarbenen Chiton und ihre Begleiterin mit den goldenen Legestacheln?«

»Wo?« Der Posten trat vorsichtig zur Seite und versuchte in dem dunklen Korridor etwas zu erkennen. »Vielleicht würden die sich gerne uns anschließen. Über das Feiern an meinem Posten hat niemand etwas gesagt.«

»Hallo!« rief er dann. »Mein Name ist Eushminyowot, Freundinnen des Beraters!« Mehr sagte er nicht, denn in dem Augenblick traf ihn das beschwerte Tuch Ryos am Schädel. Der Posten fiel ebenso lautlos zu Boden wie jene anderen, die das Schlafgas eingeatmet hatten. Sein Chiton krachte hart auf den Boden.

»Ruhen Sie sanft und feiern Sie in Ihren Träumen«, sagte

Ryo. Dann hastete er die letzten paar Treppen hinunter und betätigte die Sensorschlösser. Ein paar Augenblicke lang geschah gar nichts, und er fragte sich, ob jemand vielleicht die Kombination geändert hatte, ohne ihn zu verständigen. Dann glitt die Tür langsam in die Wand. Hinter ihr standen ein Dutzend beunruhigter Aliens.

Einen Augenblick lang jagte der Anblick ihrer schrecklich flexiblen Masken, die im Halbdunkel über ihm auffragten, einen Schauder der Furcht durch Ryo. Dann verblaßten seine ererbten Ängste, als Luh und Elvira in den Korridor heraustraten, wobei sie sich tief bücken mußten, um nicht an die Decke zu stoßen. Ein paar der Monster wechselten Worte, als sie den reglos daliegenden Posten sahen.

»Schnell jetzt, wir haben keine Zeit mehr zu vergeuden«, sagte Ryo eindringlich.

»Geh voraus, wir kommen dicht hinter dir.« Der Captain war selbst für einen Menschen großwüchsig, registrierte Ryo.

Als sie lautlos in den Korridor hinaustraten, stellte Ryo fest, daß die Aliens sich mit Stücken vom Mobiliar bewaffnet hatten. Er sagte nichts dazu, weil jetzt keine Zeit für Auseinandersetzungen war.

Ryo taumelte ein wenig, als sie an einer der Türen vorbeikamen, die er so hastig abgedichtet hatte. Schlafgas drang trotz seiner Mühe durch die Ritzen. Als sie die Tür hinter sich gelassen hatten, klarte sein Kopf wieder auf. Die Ungeheuer schienen überhaupt nichts zu bemerken. Für sie bedurfte es einer viel kräftigeren Dosis.

Noch ein paar Biegungen, zwei Etagen hinauf, und sie hatten den Notausgang erreicht. Niemand war ihnen begegnet. Gesegnet seien die Feiernden, dachte Ryo dankbar, denn sie sollen rein im Geiste und frei von Wissen bleiben.

Er brauchte eine Minute, um die Warneinheit kurzzuschließen. Er konnte nur hoffen, daß es keine Hilfsschaltung gab, die jetzt einen Alarm auslöste, während die Sicherheitskonsole der ersten Anlage abgeklemmt wurde.

Der Lukendeckel klappte nach oben. Ein leises *plumps* war zu hören, als der Deckel im Clith landete. Dann waren sie alle draußen, auf der gespenstischen, baumlosen Oberfläche, die den Stützpunkt wie ein Dach bedeckte. In der Ferne war die Baumgrenze zu sehen, gespenstische Reihen von Silhouetten, die wie Soldaten im Dämmerlicht dastanden. Ryo warf nur einen Schatten. Clith-Kristalle funkelten wie Diamanten im Lichte Omuicks.

Ryo überzeugte sich, daß ihre Position stimmte, und wies den Weg. Die Ungeheuer sagten kein Wort, während sie ihrem Ziel entgegenschritten. Der Hangar lag nur ein knappes Stück Weges entfernt.

Sie hatten vielleicht die Hälfte der Strecke zurückgelegt, als Ryo plötzlich etwas klar wurde. Sie hatten sich auf so viele Dinge vorbereitet: Schnelligkeit, das Schlafgas, die Nacht der Festlichkeiten, die Mondphasen – nur eines hatte er vergessen: seinen Kälteschutz!

Er wurde langsamer und spürte jetzt, daß seine Gliedmaßen bereits anfingen taub zu werden. »Geht ihr weiter«, sagte er zu Bonnie und Luh, die neben ihm warteten. »Ihr wißt ja jetzt, wo der Hangar-Eingang ist, und ich habe euch gesagt, wie ihr das Schloß programmieren müßt. Ich werde hier warten.«

»Dauernd? Kommt nicht in Frage, Berater«, sagte Luh.

»Wir brauchen dich, Ryo«, fügte Bonnie hinzu.

Die beiden massigen Geschöpfe beugten sich vor und hoben ihn auf; dann rannten sie mit seltsam stoßenden Bewegungen, so daß er einen Augenblick lang dachte, ihm würde übel werden. Sein Körper fühlte sich am Ende des kurzen Laufes wie eine vibrierende Feder an.

Neben dem Hangar-Eingang setzten sie ihn ab. Trotz der zunehmenden Taubheit seiner Hände gelang es ihm, auch den zweiten Alarm funktionsunfähig zu machen.

Falls man hinter ihnen etwas bemerkt hatte, so hatte der Alarm immerhin noch nicht die Oberfläche erreicht. Da waren keine Scheinwerferbalken, die die gefrorene Planetenoberfläche nach ihnen abtasteten. Der Lukendeckel klickte und klappte auf. Die Ungeheuer preßten sich gegen den Boden und beobachteten Ryo, der sich jetzt nach unten in Bewegung setzte.

Der kleinere Hangar war nur schwach beleuchtet. Ryo blieb unten an der Rampe stehen und wartete, bis seine gefährlich abgekühlter Körper etwas Wärme in sich aufgesogen hatte. Als er sich wieder etwas wohler fühlte, ging er weiter und spähte vorsichtig um die Wand am Ende der Rampe. In dem Hangar bewegte sich nichts, aber er glaubte in der Ferne Stimmen ausmachen zu können. Sie mußten auf der anderen Seite des Hangars sein, dachte er. Das bedeutete, daß sie an diesem Ende nichts sehen konnten.

Vor ihm waren reihenweise planetarische Verteidigungs-Fahrzeuge aufgebaut. Der Hangar war so etwas wie eine Miniaturausgabe der riesigen Kaverne des Hauptstützpunkts. Etwas weiter entfernt erkannte er bewaffnete Shuttles. Rechts von ihm, dicht hinter den ersten Luftfahrzeugen, war ein schwerfällig wirkendes Gebilde zu sehen, bei dem es sich ohne Zweifel um das Shuttle der Ungeheuer handelte.

Er rannte wieder zurück, die Rampe hinauf und sah sich einem Kreis besorgter, fremder Gesichter gegenüber.

»Es sind Posten da, aber so weit entfernt, daß ich sie nur hören kann. Euer Shuttle ist ganz in der Nähe. Allem Anschein nach ist es intakt.«

»Das wäre ein Glück«, brummte eines der Ungeheuer. »Vielleicht kommen wir sicher hinunter, können an Bord gehen und machen uns startbereit, nur um dann festzustellen, daß sie den Treibstoff entfernt haben.«

»Ruhig Blut!« befahl Luh. »Du hast doch gesagt, daß die vor einem Monat die chemische Zusammensetzung der Feststoffkomponenten enträtselt haben. Die wissen ganz genau, daß das Zeug bis zur Zündung völlig harmlos ist. Die haben keinerlei Anlaß, alles zu zerlegen.«

»Ich rede ja nicht von Vernunftgründen«, fuhr das pessimistische Ungeheuer fort, »ich rede von Glück. Und das werden wir brauchen, um hier rauszukommen.«

»Gehen wir jetzt!« sagte Bonnie scharf. Sie setzte sich auf der Rampe nach unten in Bewegung.

Ryo eilte ihr nach, überholte sie und blieb ganz unten stehen. Es war immer noch niemand zu sehen, aber er machte sich dennoch Sorgen, weil ihm die Stimmen jetzt lauter vorkamen. »Ich gehe als erster«, verkündete er. Jetzt bemerkte er, wie fest die Ungeheuer ihre improvisierten Waffen umfaßt hielten. Einer trug Eushs Energie-Karabiner. »Und, bitte, keine Gewalt!«

»Hast du das der Wache im Korridor auch gesagt«, fragte der Ingeniur namens Alexis, »ehe du ihn niedergeschlagen hast?«

»Das war ein ganz vorsichtiger Schlag, der ihn nur betäuben, nicht töten sollte.« Sein Tonfall war scharf, aber der Ingenieur war nicht beleidigt.

Ryo trat ins Freie hinaus und ging um das einzeln stehende Flugzeug herum. Aus der Nähe betrachtet war das Shuttle der Ungeheuer deutlich größer als ein vergleichbares Thranx-Fahrzeug, aber nicht in ungewöhnlichem Maße. Es paßte noch in den Hangar, und zwischen der Oberseite der Maschine und der Hangar-Decke war noch Platz.

Zuerst konnte er nicht feststellen, ob irgend etwas fehlte. Erst am Ende seiner Überprüfung entdeckte er eine große Metallplatte, die vom Heck des Shuttle herunterhing. Er eilte zu der Rampe zurück und berichtete, was er gesehen hatte.

»Anscheinend haben die die Treibstoffzufuhr und die Feuerkontrollen studiert«, sagte Javier, die Ingenieurin. Sie war eine ziemlich kleine Frau, nicht viel größer als Ryo.

»Wir müssen eben alles, woran die herumgebastelt haben, reparieren«, meinte Elvira. »Hoffentlich ist es nichts Ernsthaftes. Jetzt sind wir schon so weit gekommen.« Sie blickte mit gierigen Blicken zur Hangar-Öffnung hinüber. »In diesen Käfig gehe ich nicht zurück.«

Rings um sie war beifälliges Murmeln zu hören.

»Ganz meiner Ansicht. Wir müssen jetzt einfach etwas riskieren«, pflichtete Ryo ihr bei. Er führte sie nach unten.

Die Rampe, die ins Innere des Shuttle führte, war heruntergelassen. Die meisten Ungeheuer begaben sich hinein, aber ein paar Techniker, geführt von Javier, eilten ans Heck, wo sie in der offenen Luke zu arbeiten begannen.

Ryo hielt nervös in der Nähe Wache. Die Stimmen kamen jetzt noch näher, wurden dann aber wieder leiser. Nach einer kleinen Ewigkeit war hinter ihm ein lautes, metallisches Klikken zu hören. Die Ungeheuer hatten ihre Arbeit beendet und waren jetzt dabei, die Luke zu schließen. Luh und Bonnie erwarteten sie am Fuß der Zugangsrampe.

»Alles klar«, flüsterte Javier. »Anscheinend haben die nur getestet. Alles war noch dort, wo es hingehört.« Sie zuckte die Achseln; eine weitere Geste, die Ryo inzwischen vertraut war. Die Ungeheuer hatten unrecht, wenn sie behaupteten, daß sie sich nur mit ihren Stimmen miteinander verständigten. »Wir werden es jedenfalls versuchen müssen. Für eine detaillierte Überprüfung haben wir keine Zeit.«

»Richtig. Geht an Bord!«

Die drei Ungeheuer eilten die Rampe hinauf. Luh wandte sich verlegen zu Ryo um. »Wir wissen nicht, wie wir dir danken sollen. Das weißt du. Worte reichen da wirklich nicht aus.«

»Ihr habt noch nicht einmal euer Schiff erreicht und seid noch weit vom Sprung durch den Plusraum entfernt. Es wäre voreilig, jetzt schon an Dank zu denken.«

»Nein. Selbst wenn wir nur bis hierher kommen, schulden wir dir mehr, als man in Worten deiner oder unserer Sprache ausdrücken kann. Wir warten jetzt, bis sich die Deckenluken öffnen. Bist du auch ganz sicher, daß man dir nichts zuleide tun wird? Du hast mir gesagt, die würden eine Weile brauchen, bis sie sicher wüßten, daß du die Schlafgas-Kanister verstellt hast. Aber dieser Posten hat dich erkannt.«

»Das hat nichts zu sagen«, erwiderte Ryo. »Ich komme mit euch mit. Die Deckenluken sind bereits programmiert. Das habe ich bereits getan, als ich euer Schiff auf Schäden überprüft habe.« Er wies auf einen Computer-Terminal in der Nähe. »Sie sind nicht abgeschlossen. Niemand würde sich hier ohne spezielle Anweisung der Luft aussetzen.«

Luh und Bonnie waren einen Augenblick sprachlos.

»Warum sollte ich nicht mit euch kommen?« Er kämpfte darum, seine Erregung und seine Nervosität im Zaum zu halten. »Mein ganzes Leben lang hat mich etwas weitergetrieben und dazu veranlaßt, das Unbekannte zu lernen. Es hat mich dazu getrieben, euch beiden meine Freundschaft anzubieten und dann auch euren Begleitern. Es hat mich dazu getrieben, einen Akt der Eint-Verleugnung zu begehen. Warum sollte ich jetzt nicht auch noch weitergehen und das nächste Extrem suchen, wo mich doch etwas in meinem Inneren dazu treibt?«

»Ich weiß nicht.« Luh sah Bonnie unsicher an. »Ich habe keine Vollmacht. Ich ...«

»Sprich mit deinem Baumei ... deinem Captain, Elvirasanchez. Es dauert nur einen Augenblick. Wir haben keinen formellen Kontrakt, aber man könnte sagen, daß ihr mir das schuldig seid.«

»Trotzdem bin ich nicht sicher ...«

Ein schrilles Pfeifen durchdrang die Stille. Augen – einzel – und mehrlinsige – drehten sich herum. Drei Wachen standen zwischen einem Schiff der Luftverteidigung und einem Shuttle. Sie gestikulierten heftig, während sie pfiffen und klickten, so laut sie konnten.

Lichter flammten im Innern des Shuttle-Fahrzeugs der Ungeheuer auf, blitzten ein paarmal. Ein leises Pfeifen war von seinem Heck zu vernehmen. Irgendwo tönte laut ein Horn, und dann war überall im Hangar wirres Pfeifen zu vernehmen.

Jetzt blieb keine Zeit für einen Wortwechsel. Luh machte eine Geste, die Ryo nicht kannte, und schrie dann: »Komm! Wir reden später darüber!«

Während sie die Rampe hinauf ins Shuttle rannten, fing dieses bereits an, sich zusammenzuschieben. Drinnen war alles völlig konfus und wirkte auf Ryo verwirrend. Rings um ihn rannten Ungeheuer herum, eilten durch Korridore, die viel zu hoch und zu schmal waren. Alles schien verzerrt, ein Alptraum von dem Bild, das ein richtiges Schiff bieten sollte.

Er hielt sich dicht bei Luh und Bonnie, besorgt, in dem verwirrenden Schiffsinneren die Orientierung zu verlieren. Luh warf sich auf einen der winzigen Sättel und begann mit einem anderen Ungeheuer, das in seiner Nähe Platz genommen hatte, komplizierte Worte zu wechseln. Trotz vieler Monate der Studien konnte Ryo kaum ein Wort verstehen.

»Die haben uns gerade gesehen«, erklärte das andere Monstrum Luh, nachdem der schnelle Wortwechsel beendet war. »Was ist mit den Hangar-Toren?«

»Keine Zeit!« hallte es aus dem Innenkommunikator. Ryo erkannte die Stimme der Kapitänin.

Worte in der Sprache der Aliens flogen durch den Raum.

»Was hat der Käfer hier verloren? ... Der will mitkommen ... Was? Aber warum eigentlich? ... Er will ... später darüber den Kopf zerbrechen ... Keine Zeit ... Wie kommen wir hier raus? ... Nur auf eine Art: festhalten! ... Offen und zu! ...«
Und andere Ausrufe, zu deren Übersetzung Ryo weder die Zeit noch die Sprachkenntnisse besaß.

Donner ließ das Shuttle erzittern, und Ryo wurde auf das Deck geschleudert. Die plötzliche Bewegung überraschte aber nicht nur ihn; einige Ungeheuer flogen gleich ihm zu Boden.

Etwas unter Ryos Füßen machte *rruuuhm!*, und einen Augenblick lang ging jedes Licht im Raum aus. Er kämpfte darum, das Gleichgewicht zurückzugewinnen. Es klang, als wäre das Schiff getroffen worden. Tatsächlich war genau das Gegenteil der Fall.

Der Posten in dem Turm hatte auf den Alarm reagiert, der überall im Stützpunkt ertönt war, aber niemand hatte sich die Mühe gemacht, ihm auch zu sagen, was der Alarm zu bedeuten hatte. So vermutete er, daß es sich wieder um irgendeine Übung handelte.

Doch diese Illusion wurde ihm heftig und völlig unerwartet durch einen Geisir aus Metall- und Plastikfragmenten genommen, der plötzlich auf der anderen Seite des Stützpunkts ausbrach. Ohne jede Warnung hing plötzlich ein Schiff mitten in dem Regen von Splittern. Es war größer als jedes Shuttle, das er jemals gesehen hatte, und zeigte nur zwei Tragflächen. Am hinteren Ende des fremdartigen Fahrzeugs war ein rotes Glühen zu erkennen.

Dann erreichte ihn das Brüllen, und das zumindest war ihm vertraut. Das Schiff machte einen Satz, als hätte man ihm einen Tritt versetzt, und stieg dann steil himmelwärts. Der Anblick war für ihn so verblüffend und gleichzeitig faszinierend, daß er völlig vergaß, einen eigenen Alarm auszulösen. Manchmal ist es nicht sorgfältiges Planen, sondern inspirierte Verwirrung, die einem bei der Flucht die größte Hilfe leistet.

Vom fahlen Licht eines Halbmondes beleuchtet, raste das Shuttle der *Seeker*, immer schneller werdend, in die kalte, wolkige Nachtluft Hivehoms.

ZWÖLF

An Bord gab es nichts, was den Beschleunigungssätteln der Shuttles auch nur entfernt glich, die ihn von Willow-wane nach Hivehom gebracht hatten. Die Menschensättel waren kurz und abgewinkelt. Es war ihm unmöglich, einen zu besteigen.

Die Ungeheuer waren damit beschäftigt, sich hastig an ihren eigenen Sitzeinheiten festzuschnallen, mit Ausnahme von zweien, die nach vorne taumelten. Ryo war von allen vergessen worden und suchte sich jetzt einen Platz auf dem Deck, wo sich zwei Wände trafen. Dort legte er sich, so flach er das konnte, hin. Mit den Fußhänden packte er die Stützen von zwei Ungeheuersätteln. Doch seine Sorge war unbegründet gewesen. Das Shuttle flog keine radikalen Manöver, und die gleichmäßige Beschleunigung war nicht schwer zu ertragen. Bald trieb das Shuttle im freien Weltraum.

Das brachte einige Probleme mit sich. Das Shuttle-Fahrzeug der Ungeheuer war nicht groß genug, um künstliche Schwerkraft erzeugen zu können, und so schwebte Ryo an einigen der sicher festgeschnallten Mannschaftsmitglieder vorbei. Luh löste die Sicherheitsgurte an seinem Oberkörper und griff nach oben, um eines von Ryos herumschlagenden Hinterbeinen zu packen, zog ihn herunter an eine Stelle, wo er sich mit allen vier Händen am hinteren Teil des Ungeheuer-Sattels festhalten konnte. Von da ab kam er relativ gut zurecht.

Die Stimmen der Piloten erreichten sie über die Bordsprechanlage. Wieder erkannte Ryo die der Kapitänin.

»Ich kann überhaupt nichts sehen«, sagte sie. Eine kurze Pause, und dann: »Hier oben ist nichts, überhaupt nichts. Nicht einmal ein Shuttle.«

»Und was ist mit der *Seeker*?« fragte eine unsichtbare Stimme.

»Die werden wir gleich haben.« Eine längere Pause, die dann von einer dritten Stimme durchbrochen wurde.

»Anscheinend unberührt. Ich glaube nicht, daß die versucht haben, sie auseinanderzunehmen.«

»Warum sollten sie?« antwortete Elvira. »Die hätte ja eine Sprengladung enthalten können.«

»Ich weiß nicht«, begann die zweite Stimme. »Mir kommen die nicht wie argwöhnische Leute vor. Obwohl ich eigentlich nicht ganz verstehe, wie das so sein kann, wo sie sich doch schon jahrelang mit den AAnn herumraufen.« Ein kurzes Schweigen. »Herrgott, wie schön! Ich hätte nie gedacht, daß ich die alte Kiste einmal so schön finden würde.«

»Ich hätte nie gedacht, daß du irgend etwas so nennen würdest, wenn es nicht weiblich ist«, erwiderte Elvira. Darauf folgte ein menschliches Lachen.

Ich muß anfangen, von ihnen als ›Menschen‹ zu denken und nicht als Ungeheuer, sagte er sich entschieden. Das erfordert die Diplomatie.

»He, ich möchte wissen, ob von denen welche an Bord sind?«

»Ich weiß nicht«, meinte die dritte Stimme. »Das werden wir ja schnell herausfinden. Jedenfalls haben wir jetzt unsere Waffensysteme wieder zur Verfügung. Freiwillig werde ich jedenfalls nicht in dieses Höllenloch zurückkehren. Wenn die versuchen, uns aufzuhalten, dann spritzt der Käfersaft über die Hälfte aller stellaren Objekte zwischen hier und dem Centaurus-Sektor.«

Ryo zuckte innerlich zusammen, zwang sich aber dann, nicht weiter über die Bemerkung nachzudenken. Ohne Zweifel war dem Menschen, der gesprochen hatte, nicht bewußt, daß Ryo an Bord war. Dennoch beunruhigte ihn die Bösartigkeit der Bemerkung. Er begann sich zu fragen, ob er nicht vielleicht doch zu weit gegangen war. Vielleicht waren diese Geschöpfe genauso heimtückisch wie die AAnn. Moralisch war er immer noch überzeugt, richtig gehandelt zu haben. Aber es gab einige Überlegungen, die noch wichtiger waren als Moral.

Ein dumpfer Stoß war zu verspüren. So, wie er an dem

Menschensattel hing, konnte Ryo keinen vernünftigen Blick durch eines der unanständig runden Fenster erhaschen. Aber die Menschen waren dabei, sich loszuschnallen. Indem sie sich an Hängeschlaufen entlangzogen, bewegten sie sich zur hinteren Luftschleuse. Mit seinen vier Händen konnte Ryo sogar noch besser manövrieren als seine Reisebegleiter. Bonnie machte ihm wegen seiner Beweglichkeit ein Kompliment.

»Ich bin erst zweimal im Weltraum gewesen«, gestand er ihr, während sie sich durch die enge, kreisrunde Andockröhre auf das fremde Mutterschiff zubewegten, »aber geschickt war ich immer.«

»Ich habe mir oft ein zusätzliches Paar Hände gewünscht«, bemerkte Luh weiter vorne, »aber ich glaube, ein zusätzliches Gehirn und Glück wären mir lieber.«

»Nach den Philosophen gibt es so etwas wie Glück gar nicht«, erwiderte Ryo. »Die beharren fest darauf, daß das ein altmodisches, mythologisches Konzept sei.«

»Darüber werden wir später diskutieren«, unterbrach sie Bonnie. »Wir sind hier noch nicht raus.«

»›Nicht raus‹?« murmelte Ryo. »Ich mißverstehe.«

»Sicher weg. Ich glaube nicht, daß deine Anwesenheit an Bord ausreichen würde, um deine Regierung von einem Angriff auf uns abzuhalten, falls sie sich zu derartigem Verhalten entscheiden sollte. Was meinst du?«

»Ganz sicher nicht. Das Gegenteil könnte der Fall sein.«

Dann war er im Schiff der Aliens. Die Menschen verschwanden auf ebenso verschiedenen Posten, wie es Milla-Käfer gab. Jemand rief aus der Ferne: »Den Geräten nach ist niemand an Bord. Kein Posten zu sehen.«

»Warum sollten sie auch hier sein?« schrie eine andere, weiter entfernte Stimme. »Wer wird schon versuchen, es zu stehlen? Außerdem haben die ja inzwischen noch nicht rausbekommen, wie sie es betreiben sollen.«

Die letzten Tests, von denen Bonnie gesprochen hatte, nahmen sogar noch weniger Zeit in Anspruch, als Ryo erwartet hatte. Dann stand er plötzlich ganz allein im Korridor. Luh und Bonnie waren auf ihre Stationen geeilt. In ihrer Hast, die letzten Reparaturen abzuschließen, hatte die Mannschaft der *Seeker* vergessen, daß sich ein Thranx in ihrer Mitte befand.

Ryo war das recht. Er schlenderte, ohne daß ihn jemand aufhielt, durch das eigenartige Schiff, wobei er nichts berührte, weil ihm nichts vertraut war. Die Korridore waren im allgemeinen identisch: hohe, schmale Rechtecke statt der behaglichen, niedrigen Dreiecke oder Bögen. Es war äußerst beunruhigend, so als würde seine ganze Wahrnehmungswelt plötzlich von beiden Seiten eingequetscht.

Einige der Säle, die er inspizierte, waren offensichtlich Wohnquartiere. Ihr Inhalt blieb ihm ein Geheimnis; alles, mit Ausnahme eines einzigen Möbelstückes, das, abgesehen davon, daß es höher und länger war, wie eine Sitzliege aussah. Er fragte sich, ob das Möbelstück zum Schlafen oder für eine andere, ihm bislang unbekannte Funktion bestimmt war.

Da niemand zur Stelle war, der ihn daran hätte hindern können, erprobte er eine der ›Liegen‹ – übermäßig weich mit einer schwammig wirkenden Bewegung im Inneren, aber davon abgesehen zum Ausruhen gut geeignet. Er mußte sich daran in die Höhe ziehen. Als er das geschafft und sich mit der rollenden Empfindung vertraut gemacht hatte, gelang es ihm zum ersten Mal, seit sie an Bord gekommen waren, so etwas wie Bequemlichkeit zu empfinden.

»Was meinen Sie, Captain?« Der Zweite Offizier studierte die eingeschalteten Bildschirme, die die grünweiße Masse von Hivehom und den umliegenden Weltraum zeigten. Einige Monde erschienen als graphische Darstellungen, außerdem ein paar sich bewegende Lichtpunkte, die zu groß waren, um Staub zu sein, und zu nahe, als daß es sich um Satelliten hätte handeln können.

»Schiffe«, nickte Sanchez. »Das müssen welche sein. Im Orbit. Nein, *da* bewegt sich eines.« Sie blickte auf einen Anzeigeschirm und verkündete dann befriedigt: »Entfernt sich von uns. Normaler kommerzieller Verkehr. Das paßt zu dem, was der Käfer uns gesagt hat. Ist eine sehr geschäftige Welt.«

»Er heißt Ryo«, verkündete Bonnie von der anderen Seite der Kabine.

»Schon gut – das paßt zu dem, was Ryo uns gesagt hat. Das hier ist ihre Hauptwelt. Da muß man mit Verkehr rechnen. Ich glaube allerdings nicht, daß wir uns dahinter verstecken könnten. Dazu ist die Schiffskonstruktion zu unterschiedlich.«

»Ich bin sicher, daß die uns schon geortet haben«, sagte Taourit, der Zweite Offizier. »Die haben uns abseits von den anderen Schiffen geparkt. Wahrscheinlich in einer Sperrzone.«

Sanchez nickte und meinte dann in Richtung auf ihr Mikrofon: »Ingenieur-Abteilung? Lagebericht?«

Aus dem Lautsprecher hallte es: »Ingenieur-Abteilung okay.«

»Danke, Alexis. Dann wären wir also soweit.«

Bonnie beugte sich über einen der Bildschirme. »Lichter, die auf uns zukommen«, erklärte sie. »Kleine Masse, sich schnell bewegend. Zu klein für ein Schiff. Ein Militär-Shuttle vielleicht.«

»Das war schnell«, murmelte Taourit. »Jemand dort unten kann logisch denken.«

»Und wir verabschieden uns hiermit von der Ferienwelt Hivehom«, murmelte Sanchez. »Der Aufenthalt war angenehm, aber etwas zu lang, glaube ich. Verschwinden wir hier!«

Ein leichtes Vibrieren ging durch den Raum, und die *Seeker* setzte sich in Bewegung. Sie befanden sich noch zu nahe bei der Welt unter ihnen, um den Überlichtantrieb einzuschalten. Im normalen Weltraum würde das winzige Shuttle, das hinter ihnen herankam, genauso schnell sein. Eine Weile schien es sogar, als würde es aufholen.

Schließlich erteilte die Kapitänin weitere Befehle. Weit vor dem Schiff erschien ein tiefpurpurnes Leuchten, die visuelle Manifestation des ungeheuer konzentrierten, künstlichen Gravitationsfeldes, das von den Projektoren des Schiffes erzeugt wurde.

Die *Seeker* machte einen Satz und stieß dabei das wachsende Feld an, welches das Schiff anzog, das wiederum das Feld vor sich herstieß. Die Beschleunigung war schnell. Einen

Augenblick lang herrschte ein Gefühl der Übelkeit und völliger Desorientierung. Das Feld und das Schiff in ihm passierten die Lichtgeschwindigkeit und drangen in das abstrakte Universum ein, das als Plusraum bekannt ist. Die Sterne wurden wellig und schossen auf das Schiff zu.

Alle wollten sich gerade entspannen, als Bonnies Bildschirme drei neue Markierungen schräg hinter dem Kurs der *Seeker* durch den Plusraum zeigten.

Der Computer der *Seeker* ging ans Werk. Bonnie studierte ihren Anzeigeschirm, versuchte aber gar nicht erst, ihr erleichtertes Aufseufzen zu verbergen.

»Keine Chance, uns zu erreichen – wenn sie nicht *viel* schneller als wir sind. Sie könnten uns natürlich bis zurück zum Centaurus verfolgen, aber ich glaube nicht, daß sie das riskieren würden.«

Dennoch blieb eines der Verfolgerschiffe hinter ihnen, während seine Begleiter von den Bildschirmen verschwanden.

»Vielleicht glauben sie, daß sie schneller sind als wir.«

Bonnie schüttelte den Kopf. »Eher das Gegenteil – es sei denn, sie haben versucht, uns zu täuschen und uns die Meinung zu vermitteln.«

»Anderson, Sie sind Detektor-Spezialist, nicht Psychologe«, stellte Taourit fest.

»Wir haben alle unsere Hobbies.«

Der Computer unterbrach sie, um das Ergebnis der Untersuchungen zu verkünden, die sie in Gang gesetzt hatten, als sie wieder an Bord gekommen waren. Er erklärte, daß die Luft atembar, das Schwerkraftsystem funktionsfähig und im allgemeinen alles innerhalb der Welt aus Metall, die die *Seeker* darstellte, in Ordnung sei.

Das einzelne Licht auf Bonnies Konsole behielt seine Position, so als wäre seine Mannschaft entschlossen, ihnen, falls das notwendig sein sollte, quer durch die ganze Galaxis zu folgen. Zweimal sank es vom Bildschirm, aber nur um kurz darauf wieder zurückgekrochen zu kommen. Einmal holte es sogar etwas auf.

»Was halten Sie davon?« fragte Sanchez den Zweiten Offizier.

Taourit studierte die Anzeigegeräte und Bildschirme, gab dem Computer eine Anfrage ein und erhielt die neueste Information.

»Die basteln an ihrem Antrieb herum. Wahrscheinlich versuchen sie ein wenig mehr Tempo herauszuschinden.« Er sah zu ihr hinüber. »Es wäre für die künftigen Beziehungen schädlich, wenn die bei dem Versuch, uns zu fangen, in Stücke fliegen würden.«

»Dafür kann man uns nicht verantwortlich machen«, erwiderte die Kapitänin ruhig. »Wir haben keinerlei feindselige Gesten ihnen gegenüber gemacht, und sie haben uns trotzdem gefangengehalten – hätten uns für immer festgehalten, wenn wir nicht entkommen wären – zumindest behauptet dieser Käfer das.«

»Ja, der schon«, stimmte Taourit ihr zu.

»Der Käfer heißt Ryo«, erinnerte sie Bonnie.

Sie drehten sich beide herum und sahen sie an und nahmen dann ihr Gespräch wieder auf. »Er behauptet das, aber wer ist ›er‹? Könnte es sein, daß er ein raffiniert eingeschleuster Spion ist?« überlegte der Zweite Offizier.

»Das glaube ich nicht«, sagte Sanchez. »Unsere Flucht ist ganz offensichtlich nicht von ihnen manipuliert worden.«

»Sind Sie da ganz sicher?« fragte Taourit. »Vielleicht waren sie der Ansicht, daß sie über das Schiff und uns alles in Erfahrung gebracht hatten, was sie konnten.« Er machte eine weitausholende Geste. »Daß hier alles an Ort und Stelle ist, heißt ja nicht, daß sie die *Seeker* nicht zerlegt und wieder zusammengesetzt haben. Ich wette, sie wären dazu imstande. Haben Sie diese oberen Hände bemerkt, die sie Echthände nennen? Damit können sie feinste Arbeiten verrichten, besser als die besten Kunsthandwerker der Erde.

Warum kann es also nicht sein, daß sie auch unsere Flucht eingefädelt haben? Keiner ihrer Leute ist verletzt worden; das kann auf die Überraschung zurückzuführen sein – oder darauf, daß sie überhaupt nicht überrascht waren. Ich glaube nicht, daß irgendwelche Überwachungsgeräte an Bord sind. Die hätten wir inzwischen mit den Diagnosegeräten gefunden. Und außerdem könnten die über interstellare Entfernungen ohnehin nicht funktionieren. Aber in diesem Ryo haben sie ein viel besseres Aufzeichnungsgerät an Bord.«

»Weit hergeholt. Wie könnte er seine Information nach Hause zurückbringen?«

»Das weiß ich nicht, Captain. Aber schließlich gibt es noch eine ganze Menge bei diesen Käfern, das wir nicht wissen. Sicher ist es weit hergeholt – aber nicht unmöglich.«

»Nein, nicht unmöglich«, räumte sie ein.

»Vielleicht hatten sie recht«, warf Bonnie von der anderen Seite des Kontrollraums ein.

»Womit recht?« fragte Taourit.

»Bezüglich unserer rassischen Paranoia. Unsere Geschichte bestätigt sie darin etwa ebensosehr wie Ihr augenblickliches Gespräch.«

»Das ist nur eine Möglichkeit, die man in Betracht ziehen sollte«, meinte Sanchez. Aber sie setzte die Diskussion mit dem Zweiten Offizier nicht fort.

Sie waren zwölf Stunden geflogen und hatten eine beträchtliche Distanz zwischen sich und Hivehom gelegt, und Alexis Antonovich war erschöpft. Er war wie festgeklebt vor den Antriebs-Monitoren gesessen, seit sie die *Seeker* wieder in Besitz genommen hatten. Das Schiff funktionierte einwandfrei. Die reparierten Geräte hatten gehalten, und im Feld war nicht die geringste Schwankung. Sie schossen durch den Plusraum, sicher umhüllt von ihrem Kokon aus mathematischer Verzerrung. Jetzt hatte der Ingenieur keinen sehnlicheren Wunsch, als sich auszuruhen.

Er blieb vor seiner Kabine stehen und betätigte den Schalter, der die Tür beiseitegleiten ließ. Mit geröteten Augen trat er an das Waschbecken. Nachdem er sich das Gesicht gewaschen hatte, fühlte er sich sehr viel wohler. Ein Blick in den Spiegel zeigte ihm wirren Bartwuchs, ein Andenken an die Zeit auf der Käferwelt. Enthaarungscreme war eine der vielen Bequemlichkeiten, die sie von der *Seeker* im Orbit nicht hatten herunterholen können, weil dazu die Zeit nicht mehr gereicht hatte.

Und noch etwas anderes reflektierte der Spiegel: ein Paar

vortretender, glänzender, vielfarbiger Augen, die ihn anstarrten. Er wirbelte herum und sah sich einem fünf Fuß langen Käfer gegenüber, der auf seinem Bett lag. Er hielt sein Kissen in der blaugrün gepanzerten Hand.

»Selbstinspektion«, meinte er im Flüsterton, aber ansonsten in durchaus verständlichem Terranglo. »Das ist interessant.« Das Wesen gestikulierte mit dem Kissen. »Vielleicht können Sie mir die Funktion dieses weichen Gegenstandes erklären?«

»Man nennt es ein Kissen«, antwortete Alexis automatisch auf die höfliche Frage. »Wir legen den Kopf darauf, wenn wir schlafen.«

»Aber warum brauchen Sie etwas, um den Kopf daraufzulegen«, erkundigte sich der Thranx, während er das Kissen genau betrachtete, »wo dieser Sessel doch schon so weich ist?«

»Das ist, weil ...« Alexis unterbrach sich und wurde sich erst jetzt bewußt, was hier vor sich ging. Er trat an die Sprechanlage an der Wand, schaltete sie ein und sagte, ohne den Blick von dem Geschöpf auf seinem Bett zu nehmen:

»Captain, hier Alexis. Ich habe gerade meinen Dienst beendet. Ich bin in meiner Kabine. Ich glaube, es gibt da einige Dinge, die wir klären müssen.«

Trotz Taourits Argwohn gestattete man Ryo, sich frei im Schiff zu bewegen. Er war voll Fragen, die, wie er wußte, manchmal seine menschlichen Gastgeber verstimmten, deren einzige Sorge ihrer eigenen sicheren Rückkehr galt. Obwohl er bezüglich der Ausdrucksmöglichkeiten des Gesichts noch lernte – einer radikalen, neuen Vorstellung für ein Wesen mit unflexiblem Exoskelett – war er überzeugt, daß einige von ihnen ihn nicht gerade freundlich musterten. Das beunruhigte ihn. Aber dann sagte er sich wieder, daß das nur natürlich war.

Seine erste Bitte, ihm Zugang zur Computer-Bank der *Seeker* zu gestatten, wurde abgelehnt. Erst als das letzte hartnäckige Thranx-Schiff schließlich von den Bildschirmen verschwand, gab die Kapitänin nach. Ryo konnte schließlich ohne Spezialcode nichts finden, was ihnen Schaden zufügen könnte. Die allgemeinen Akten war eher unterhaltend als gefährlich, und Ryos Wunsch, mehr über seine Gastgeber zu lernen, schien frei von weitergehenden Motiven.

Er hatte auch Gelegenheit, die Mannschaft auf ihren Posten zu studieren. Von den zwölf überlebenden Angehörigen der Mannschaft der *Seeker* waren wenigstens vier offen, ja geradezu enthusiastisch freundlich – Luh und Bonnie, der Ingenieur namens Alexis und der Umweltschützer des Schiffes. Weitere sechs, darunter Captain Elviarsanchez, gaben sich höflich neutral. Nur zwei machten keinen Hehl aus ihrer feindseligen Haltung, obwohl Sanchez ausdrücklich befohlen hatte, daß sie sich in Ryos Gegenwart höflich verhalten sollten.

Ihre Feindseligkeit beunruhigte ihn. Nach einigen erfolglosen Versuchen, sie für sich zu gewinnen – einem wurde in seiner Gegenwart sogar übel –, entschied er sich dafür, nicht darauf zu bestehen, und ging ihnen einfach, wann immer möglich, aus dem Wege.

Sein Studium der menschlichen Geschichte enthüllte ihm ein anti-arthropodisches Vorurteil, das weit über die erbliche Furcht der Thranx vor Säugetieren und anderen Weichkörpern hinausging. Neben grundlosen, aber sehr hartnäckigen Phobien wurde dieses Vorurteil durch tatsächliche Ereignisse, Seuchen und die Zerstörung von Lebensmittelvorräten noch unterstützt.

Kleine Arthropoden, wie Insekten, aßen manchmal Thranx-Nahrung, aber nicht in dem Maße, wie sie während der ganzen Geschichte die menschlichen Vorräte dezimiert hatten. Es war daher nicht überraschend, daß in unbewachten Augenblicken selbst Luh und Bonnie ihn mit einem unbewußten Ausdruck der Furcht, ja des Ekels betrachteten. Es war schwer für sie, die Gewohnheiten eines ganzen Lebens einfach hinter sich zu lassen.

Ebenso erging es auch ihm. Ihre warmen, stinkenden Körper waren dauernd um ihn, und er hatte große Mühe, seine eigenen instinktiven Reaktionen zu unterdrücken.

Zumindest das war kein Problem, das auf Gegenseitigkeit

beruhte. Selbst die zwei, die ihn nicht leiden konnten, gestanden, daß sein natürlicher Körpergeruch wie eine Kreuzung zwischen Limonen und Flieder duftete, was immer man sich darunter vorstellen wollte. Mehr als einmal ertappte er Mannschaftsmitglieder dabei, wie sie in seiner Gegenwart mit sichtlichem Vergnügen einatmeten. Ihr Geruchsinn befand sich in einer Doppelöffnung unmittelbar über ihrem Mund, was Ryo als besonders unpraktische Anordnung erschien.

Wie seltsam wäre es doch, dachte er amüsiert, wenn das Verständnis zwischen unseren Gattungen nicht auf der Grundlage gemeinsamer Interessen oder intellektueller Austausche erreicht würde, sondern weil einer von uns für den anderen so gut riecht.

Er verbrachte die Tage im Plusraum damit, alles zu verschlingen, was der Computer ihm vorsetzte. Seine Steuerorgane waren unnötig schwerfällig und leicht zu bedienen. Sein Wissen um Ungetüme ... – um menschliche Sprache und Sitten nahm zu.

Der Ingenieur Alexis hatte Ryo gezeigt, wie der Terminal in seinem Bau zu bedienen war. Dann zog er zu einem Kollegen, um sein Wohnquartier für den Thranx freizumachen. Da jeder Bau über eine individuelle Klimaregelung verfügte, war Ryo imstande, Temperatur und Feuchtigkeit so zu verändern, daß beides seinen persönlichen Bedürfnissen entsprach. Da Menschen das heiße, schwüle Klima in dem Zimmer als entschieden unbehaglich empfanden, war er viel für sich und hatte damit reichlich Zeit, seinen Studien nachzugehen.

Er bekam, abgesehen von Luh und Bonnie und nach einer Weile auch der Kapitänin, nur wenig Besuch. Sanchez erwärmte sich zwar nicht für Ryo, wie die drei das getan hatten, aber Gespräche mit ihr waren stets interessant. Ryo wußte, daß sie sich in einer schwierigen offiziellen Position befand, weil – so wie sie das sah – die Thranx die erste intelligente Rasse waren, der die Menschheit begegnet war, und die Umstände, unter denen der Kontakt stattgefunden hatte, in den offiziellen Vorschriften nicht vorgesehen waren.

»Nein«, verbesserte er sich, »wir sind die zweite intelligente Rasse, der Sie begegnet sind.« Ryo lieferte ihr eine komplette Darstellung der AAnn und gab dabei von Anfang an zu, daß diese vielleicht von gewissen Vorurteilen geprägt sein könnte. Die restliche wissenschaftliche Besatzung der *Seeker* wurde hinzugerufen, und sie hörten sich seinen Vortrag hingerissen an.

Die Atmosphäre auf der *Seeker* war nie völlig entspannt. Niemand wußte, ob die im Orbit um Hivehom durchgeführten Reparaturen bis ans Ende der Reise standhalten würden. Wenn das Antriebssystem ausfallen sollte, so würden ihre Sublicht-Maschinen immerhin ausreichen, sie in ein paar hundert Jahren nach Centaurus zurückzubringen. Ihre Ankunft würde auch dann noch von Interesse sein, nicht aber die ausgedörrten Leichen, aus denen dann die Mannschaft bestehen würde.

Aber die Reparaturen hielten, und der Antrieb funktionierte auch weiter. Die Luft wurde einige Tage lang stickig und auch dünn, aber sonstige Störungen stellten sich nicht ein.

An dem Tag, der für den Austritt in den normalen Raum vorgesehen war, steigerte sich die Aktivität. Der Countdown begann in der üblichen Spannung. Man empfand das vertraute Gefühl, von innen nach außen gekehrt zu werden. Einige Mannschaftsmitglieder verloren ihren Mageninhalt. Und dann war alles vorbei.

Ryo eilte an die Hauptluke im Kontrollraum des Schiffes. Ein Planet trieb unter ihnen vorbei, und darüber war eine ferne und für ihn sehr schwach wirkende Sonne zu sehen. Obwohl er kein Astronaut war, dachte er, die Welt unter ihnen müsse viel zu kalt und unwirtlich sein, um Leben zu tragen. Ganz sicher war das nicht ihr Ziel.

»Sie haben recht«, informierte ihn der Zweite Offizier, ohne den Blick von den Instrumenten zu wenden. »In diesem System gibt es acht Planeten, von denen der dritte und der fünfte kolonisiert worden sind.« Er lächelte. »Irrtümlich übrigens. Die Kolonisten, die als erste hier eintrafen, dachten, sie hätten einen völlig anderen Stern erreicht.«

»Wenn dies nicht unser Bestimmungsort ist, weshalb halten wir dann hier an?«

»Übliche Vorsichtsmaßnahmen, die für zurückkehrende Forschungsfahrzeuge gelten«, erklärte Taourit. Er wies auf die Luke. »Sehen Sie den hellen Punkt dort vorne? Dort geht unsere Reise hin.«

Die Orbital-Station, die den siebten Planeten von Centaurus umkreiste, war ein riesiger, räderförmiger Komplex, der weitestentfernte Außenposten der Menschheit. Ryo beeindruckte die Station. Die Welt, die sie umkreiste, war kalt und tot.

Eine große und, wie Ryo fand, zu gut bewaffnete Schar von Menschen erwartete ihn und seine Gefährten, als sie aus der Luftschleuse der Station traten. Sie waren höflich, aber er konnte doch in manchem der Gesichter andere Gefühle als nur solche des Willkommens lesen.

Der Beamte, der die kurze Rede hielt und ihn in etwas herablassender Art begrüßte, war freilich durchaus höflich. Ryo wurde in einen geräumigen Bau nahe der Außenhaut der Station geführt. Eine große Luke bot ihm Ausblick auf die Sterne und den eisigen Globus, der in der Tiefe rotierte.

Die Temperatur und die Feuchtigkeit waren auf seine Bedürfnisse eingestellt, und man hatte auch Pflanzen in den Raum gebracht, um dem Bau eine heimelige Atmosphäre zu verleihen. Jemand hatte sich sehr viel Mühe gegeben, um es ihm behaglich zu machen.

Nach der von ihm erwarteten Auseinandersetzung gestattete man ihm die Benutzung eines Computer-Terminals, der etwas komplizierter war, als der, den er auf der *Seeker* benutzt hatte. Der Ingenieur, der ihn in das Gerät einwies, sah mit sichtlichem Neid zu, wie Ryo sechzehn Finger und vier Hände dazu benutzte, seine Fragen wesentlich schneller einzugeben, als Menschen das gekonnt hätten.

Tage des Gesprächs folgten. Solange die Stationsbehörden ihm Zugang zu Informationen erlaubten, war Ryo einigermaßen zufrieden. Der Prozentsatz von Menschen, die ihn sichtlich mochten, unsicher waren oder ihm gegenüber kompromißlose Feindseligkeit empfanden, blieb etwa der gleiche wie an Bord der *Seeker*. Aber dann erinnerte er sich, daß seine Besucher meist Wissenschaftler und Forscher waren, und er bezweifelte, daß er von der allgemeinen Bevölkerung ähnlich gut akzeptiert werden würde.

Gelegentlich besuchten ihn Mannschaftsmitglieder der *Seeker*. Ihre Berichterstattung erfolgte an anderer Stelle in der Station, und sie machten keinen Hehl aus ihrer Freude, wieder von Angehörigen ihrer eigenen Gattung umgeben zu sein.

Zu Ryos Gästen gehörte auch eine Gruppe von drei Menschen, die ungewöhnlich viel Zeit mit ihm verbrachten. Es waren ein großer, älterer Mann und eine etwas kleinere, ältere Frau, die beide weiße Kopfpelze hatten. Der dritte Angehörige dieses Teams war ein wesentlich jüngerer Mann.

Im Augenblick lag Ryo flach ausgestreckt auf einem Sattel, den man hastig für ihn in der Station zusammengeschustert hatte. Das fremde Material fühlte sich an seinem Unterleib und am Thorax etwas klebrig an, aber die Kopfstütze war gebogen, wie es sich geziemte. Er verschränkte die Hände unter seiner Vorderseite und ließ die Beine träge über den Sattelrand hängen. Neben den drei Wissenschaftlern war Luh zugegen, nicht um als Dolmetscher tätig zu werden, da Ryo die menschliche Sprache jetzt beinahe meisterhaft beherrschte, sondern einfach, um als Mittler zu dienen, falls sich dies als notwendig erweisen sollte.

Nach einigen Stunden der Diskussion bezüglich der kulturellen Eigenheiten der Thranx hatte Ryo seinerseits eine Frage.

»Wissen Sie, ich habe da einen interessanten Vorschlag, den ich gern machen würde. Ich habe lange und ausführlich darüber nachgedacht.« Er studierte seine Besucher, während die darauf warteten, daß er fortfuhr.

Zur Rechten stand der ältere Mann, der Rijseen hieß. Ryo hatte für sich entschieden, daß dieser Mann das Äquivalent eines Eint sein mußte, denn die anderen Besucher benahmen sich ihm gegenüber besonders höflich. Neben ihm saß die ältere Frau, Kibwezi, deren Haut beinahe ebenso dunkel war wie der Weltraum, der die Station umgab. Und neben ihr saß der jüngste der drei, der winzige Mann, der sich Bhadravati nannte.

Seit ihren ersten Besuchen waren in Ryos Bau auf seine Bitte hin viele Veränderungen vorgenommen worden. Man hatte die Decke beinahe einen Meter tiefer abgesenkt. Ein Mensch von etwas überdurchschnittlicher Größe mußte sich daher beim Gehen bücken. Außerdem hatte man alle rechten Winkel entfernt, indem man viele Stellen mit Polyschaum ausgespritzt hatte. Die Beleuchtung war reduziert worden. Hitze und Feuchtigkeit entsprachen etwa dem Klima auf Willow-wane.

Um dafür einen gewissen Ausgleich zu bieten, hatte man zwischen dem Korridor und dem eigentlichen Bau einen Umkleideraum eingerichtet. Dort konnten die Besucher sich eines Teils ihrer Kleidung entledigen, wenn sie das wünschten, um sich einigermaßen wohl zu fühlen, wenn sie mit dem Thranx sprachen.

Obwohl er praktisch nackt dasaß, rann Rijseen der Schweiß vom Gesicht. Seine Begleiter schienen sich in dem tropischen Klima von Ryos Quartier etwas eher zu Hause zu fühlen.

Das Phänomen des Schweißes faszinierte Ryo, aber er verdrängte das aus seinen Gedanken, um die Frage zu stellen, die ihm jetzt besonders wichtig war. »Während meiner Studien habe ich gelernt, daß es auf einigen der von Ihnen besiedelten Welten Regionen gibt, die sie kaum oder gar nicht benutzen. Das schließt auch Ihre Heimatwelt Erde ein.«

»Solche Details dürften Sie eigentlich gar nicht wissen«, unterbrach der jüngere Mann scharf. Dann blinzelte er, als hätte er etwas erwähnt, über das *er* eigentlich hätte schweigen müssen. Die Frau warf ihm einen tadelnden Blick zu. Das Ganze entging Ryo nicht, der sich inzwischen großes Wissen um solche Gesten angeeignet hatte. Er gab einen kurzen, amüsierten Pfiff von sich.

»Wenn eine Gesellschaft in technischer Hinsicht hinreichend weit fortgeschritten ist, wird es sehr schwierig, das vor jemandem zu verbergen, der die richtigen Fragen stellen kann. Wir unterscheiden uns zwar, was unseren Körperbau angeht, erheblich, aber unsere Informationsmaschinen gehorchen denselben Gesetzen. Sie sollten nicht überrascht sein, daß ich mich über gewisse Einengungen hinweggesetzt habe. Ich tue das aus Neugierde, nicht aus Bosheit.

Auf Ihrer Erde gibt es Gegenden wie die Malaiische Halbinsel, die Kongo-Region des Kontinents, den Sie Afrika nennen, und insbesondere das Amazonas-Becken, die bis heutzutage dünn besiedelt und nicht hinreichend genutzt werden, obwohl Sie sich große Mühe gegeben haben, aus diesen Regionen Nutzen zu ziehen.«

»Wahrscheinlich werden sie auch so bleiben«, fuhr Kibwezi fort.

»Das ist nicht notwendig. So haben Sie beispielsweise das Amazonas-Becken im großen und ganzen unberührt gelassen, weil man vor einiger Zeit festgestellt hat, daß eine intensive Nutzung der Region zu einem katastrophalen Waldsterben führen würde. Das würde die Sauerstoffproduktion in Unordnung bringen und vermutlich das Gleichgewicht Ihrer Atmosphäre stören.

Wir sind nicht nur darin erfahren, solche Bereiche zu nutzen, sondern wir ziehen es sogar vor, in ihnen zu leben. Die Feuchtigkeit und die Temperatur würden für mich wie zu Hause sein. Wir können Tunnels in fast jede Art von Boden graben und in ihm leben – das ist das Resultat tausender Jahre komplizierter Grabungen. Obwohl es in gewissen Jahreszeiten etwas kühler ist, könnte mein Volk an einem solchen Ort ganz bequem leben, während er für Ihresgleichen stets unwirtlich sein wird.« Er redete hastig weiter.

»Sie sollen jetzt aber ja nicht denken, daß dies eine subtile Andeutung auf eine bevorstehende Invasion sei. Ich muß Ihnen auch sagen, daß es auf unseren eigenen Welten vergleichbare Regionen gibt, die Sie als ganz angenehm empfinden würden, obwohl ich nicht einmal für sämtliche Kredite des Universums selbst dort leben möchte. Einige dieser Regionen sind in Proportion zur ganzen Oberfläche der jeweiligen Planeten sogar größer als dieses Amazonas-Becken, gemessen an Ihrer Erde.

Die extremen Polar-Regionen, beispielsweise, unserer Hauptwelt Hivehom, sind für uns tödlich kalt und doch nach meinen Studien nicht schlimmer als große Teile Ihrer Kontinente auf der Nord-Hemisphäre.« Er wies auf Luh. »Diejenigen, die dort festgehalten wurden, können Zeugnis für das Klima während unserer kältesten Jahreszeit ablegen.

Es gibt dann auch noch ein weites Plateau, das sich zweitausend Meter über die umliegende Landschaft erhebt. Viele der Bäume, die Sie Weichhölzer nennen, gedeihen dort. Die Regenfälle sind nach Ihren Begriffen, bescheiden und die Temperaturen zu kühl, als daß es für Thranx behaglich sein könnte. Es gibt keinerlei mineralische Ressourcen, aber der Boden ist für die Art von Ackerbau geeignet, die ich studiert habe.« Jetzt schlich sich Stolz in seine Stimme. »Das kann ich Ihnen versprechen.

Ich würde annehmen, daß das Klima etwa dem entspricht, was im Durchschnitt rings um Ihr Mittelmeer gemessen wird. Sie sehen also, wir könnten einander gegenseitig großen Nutzen erweisen, indem wir solche Territorien tauschen. Die Entwicklung dieser Regionen könnte leicht vonstatten gehen, da sie nicht auf neuen Welten liegen, sondern auf hochentwickelten, die bereits teilweise besiedelt sind. Alle würden Nutzen davon haben.«

»Wir besitzen doch nicht die Vollmacht ...«, begann Rijseen mit einer Stimme, die eher um Verzeihung bat.

Die Frau unterbrach ihn. »Sie müssen verstehen, Ryo, daß wir einfach Wissenschaftler sind, Beobachter. Wir sind hier, um zu studieren, zu lernen und zu lehren. Wir treffen keine politischen Entscheidungen, obwohl wir die Befugnis haben, Empfehlungen auszusprechen.

Ich bin keine Bürokratin, aber ich glaube, ich kann zuversichtlich sagen, daß Ihr Vorschlag mehr als nur einfach voreilig ist. Es hat noch nicht einmal vorläufige formelle Kontaktinitiativen zwischen unseren Spezies gegeben. Und doch sitzen Sie hier und schlagen in aller Ruhe nicht nur eine bloße Allianz oder Freundschaftsbekundungen vor, sondern tatsächlich einen Austausch von Territorien und Kolonisten.«

»Lassen Sie mich versuchen, es etwas plastischer auszudrücken«, sagte der junge Mann, »und haben Sie Nachsicht mit mir, wenn ich mich einer Terminologie bediene, die nicht besonders feinfühlig wirkt. Die Vorstellung, vielleicht eine Million Ihrer Artgenossen, einer Million riesiger, gepanzerter, glühäugiger Käfer, würden sich tatsächlich auf der Erde niederlassen, ist eine Vorstellung, die die allgemeine Bevölkerung nur sehr schwer akzeptieren könnte.«

»Aber nicht in höherem Maße«, antwortete Ryo, der den Einwand vorhergesehen hatte, »als dies für die Leute der Wabe Chitteranx wäre, die unmittelbar unter dem Plateau wohnen, von dem ich Ihnen erzählt habe. Was, glauben Sie, würden die empfinden, wenn sie jeden Tag zu den Klippen emporblicken müßten, wissend, daß Hunderttausende riesiger, fleischiger, schwabbeliger, dünnhäutiger Aliens dort oben leben und Maschinen bauen würden?«

»Dann sind Sie ein Opfer der Rassen-Paranoia, von der Ihre Psycho-Techniker behauptet haben, wir litten darunter«, sagte Kibwezi.

»Ganz und gar nicht. Wir diskutieren jetzt nur über verwurzelte kulturelle Ängste und von den Vorfahren überkommene Gefühle. Mag sein, daß Sie mich abscheulich finden, so wie mein Volk das Ihre. Aber im Gegensatz zu Ihnen empfinden wir einander nicht abscheulich. Wir haben seit Tausenden von Jahren nicht mehr untereinander gekämpft. Ihre Geschichte, die ich studiert habe, ist voll verheerender innerer Konflikte, von denen manche noch in jüngster Zeit stattgefunden haben.«

»Wir entfernen uns von Ihrem Vorschlag«, warf Rijseen ein. »Ich kann nicht erkennen, wie ...«

Ryo riskierte Tadel, indem er den anderen unterbrach, obwohl er sich daran erinnerte, daß solches Verhalten hier nicht in gleichem Maße mißbilligt wurde, wie das unter seinesgleichen der Fall gewesen wäre. »Denken Sie nur an das Wissen, das beide Seiten gewinnen könnten, die Vorteile, die daraus erwachsen könnten, ganz zu schweigen von der Notwendigkeit, ein Militärbündnis gegen die AAnn zu schaffen.«

»Das ist möglicherweise gar nicht so wichtig, wie Sie zu glauben scheinen«, stellte Bhadravati fest. »Sie bestehen darauf, daß die *Seeker* von einem AAnn-Schiff angegriffen wurde. Aber wir haben keine Möglichkeit, das zu bestätigen. Sie können ebenso gut versuchen, einen Fehler zu vertuschen, den Ihre eigene Regierung begangen hat.«

»Die AAnn existieren. Sie haben Ihr Schiff angegriffen und Ihre Mitmenschen getötet und sind ganz genauso gefährlich, wie ich das Ihnen gesagt habe.«

»Sie haben uns gesagt, diese AAnn hätten einmal Ihre Heimatstadt angegriffen«, sagte Kibwezi mit weicher Stimme. »Daß sie Ihre Freunde und Verwandten getötet hätten.«

»Das ist auch die Wahrheit.«

»Dann würden Ihre ganz persönlichen – ganz zu schweigen von den rassischen – Vorurteile gegenüber den AAnn Sie natürlicherweise dazu veranlassen, ein Bündnis gegen sie anzustreben. Selbst wenn sie die *Seeker* angegriffen haben, kann auch das irrtümlich geschehen sein. Vielleicht hielten sie unser Schiff für eine neue Konstruktion Ihrer Rasse. Warum sollten wir uns mit Ihnen gegen sie verbünden, wo wir doch ebensogut Freunde der AAnn wie Freunde der Thranx sein könnten?«

»Ein geschickter Trick«, erwiderte Ryo, bemüht, sein Temperament unter Kontrolle zu halten. »Es gibt da nur ein Problem. Die AAnn halten sich für eine auserwählte Gattung, von der Vorsehung dazu bestimmt, die ganze Galaxis zu beherrschen. Andere mindere Rassen sind auszutilgen oder zu versklaven. Sie sind sehr geduldig und geben sich große Mühe, solche Gefühle in Gegenwart von Diplomaten zu verbergen. Diese Geduld macht sie nur noch gefährlicher.«

»Sagen *Sie*«, antwortete Bhadravati.

Jetzt begann Ryo einen Teil seiner Fassung zu verlieren. »Welchen Grund hätte ich, Sie zu belügen?«

»Ich habe gerade Gründe aufgezählt«, begann die Frau, aber Ryo hörte sie jetzt kaum mehr.

Er hatte in seiner Unschuld geglaubt, man würde seinen sorgfältig vorbereiteten Vorschlag sofort akzeptieren und billigen. Seine Logik war unwiderleglich. Statt dessen hatte man das Ganze beiläufig als nicht funktionierend und voreilig beiseitegefegt. Wieder ein Aspekt menschlichen Verhaltens, mit dem er sich noch näher würde befassen müssen.

»Mag sein, daß die AAnn sich bei Ihnen entschuldigen

oder Ihnen gar ein Bündnis anbieten«, erklärte er. »Täuschung ist ihre raffinierteste Waffe und Lüge ihre hervorragendste Eigenschaft. Und diese Attribute werden von einer fortgeschrittenen Technik und einer militaristischen Gesellschaft gestützt.«

»Sagen *Sie*«, wiederholte der jüngere Mann mit entnervender Selbstsicherheit.

»Wir schweifen bereits wieder ab«, meinte Rijseen. Er versuchte die Atmosphäre der Herzlichkeit wiederherzustellen, mit der sie die Befragung begonnen hatten.

»Wie Sie schon gehört haben, sind wir nur Forscher. Wir können Ihren Vorschlag nur weitergeben – wie wir das mit allen Informationen tun – und dann müssen andere handeln, die besser dafür geeignet sind.«

»Und das werden Sie für mich tun?« fragte Ryo.

»Natürlich. Wir sammeln Informationen, und es ist nicht unsere Aufgabe, sie zu interpretieren. Und jetzt«, sagte er eifrig, »sagen Sie uns bitte mehr über die tiefere Bedeutung der Tochter-Zeremonie.«

Ryo seufzte innerlich und war entschlossen, das Thema bei zukünftigen Begegnungen immer wieder vorzubringen, bis man einmal positiv reagieren würde.

DREIZEHN

Einen Viertelmonat später bekam Ryo formlosen Besuch von Bonnie und Luh. Sie standen ebenso wie der Rest der Mannschaft der *Seeker* immer noch unter Quarantäne und wurden auf der Station medizinisch wie psychiatrisch überwacht. Sie mußten fast ebenso viele Fragen beantworten wie Ryo.

Keiner der beiden Menschen empfand das Unbehagen, das die Interviewpartner Ryos gewöhnlich empfanden. Sie waren das Klima seines Baus mehr gewöhnt. Die niedrige Decke und die abgerundeten Ecken störten sie überhaupt nicht. Schließlich hatten sie diese Art von Umgebung monatelang auf Hivehom ertragen.

Das Gespräch bestand hauptsächlich aus Artigkeiten und Erinnerungen. Schließlich konnte man die Angelegenheit, die Ryo jetzt schon seit einigen Tagen beschäftigte, nicht länger ignorieren. Er führte sie an die Wand, wo man seinen privaten Terminal installiert hatte.

Seit dem Zusammentreffen mit Rijseen und seinen zwei Begleitern hatte er festgestellt, daß gewisse Informationskanäle jetzt gründlicher gesichert waren. Darüber war nicht gesprochen worden, und der Computer war dazu programmiert, auszuweichen, anstatt abzublocken. Trotzdem erkannte er, daß es sich um Sicherungsmaßnahmen handelte.

Er hatte das fast beiläufig entdeckt, in einem Augenblick der Langeweile. Die Schaltung war für ihn eine Herausforderung, und er befaßte sich mehr um der Unterhaltung willen damit als aus einem Bedürfnis, Näheres über den Speicherinhalt zu erfahren. Doch dann stellte sich heraus, daß das, was er in Erfahrung brachte, keineswegs unterhaltend war.

»Ich arbeitete vor einigen Tagen hier«, erklärte er ihnen, während er auf dem Sattel Platz nahm, »und versuchte, eure Kontakte mit anderen Lebensformen zu ergründen.«

»Ich dachte, du bist Ackerbauspezialist«, sagte Bonnie und

blickte ihm über die Schulter, während der Bildschirm Informationen von sich gab.

»Bin ich auch. Aber das Thema anderer Intelligenzen hat mich schon seit meiner Larvenzeit beschäftigt. Wenn das nicht wäre, dann bezweifle ich, daß wir drei uns je begegnet wären.«

»Das wäre schade gewesen«, sagte Luh und lächelte.

»Ja«, Ryo arbeitete mit beiden Händen an der Tastatur. Neben dem Zentralschirm leuchteten jetzt auch die beiden Nebenschirme an der rechten Seite auf. Muster blitzten über das Glas. »Während ich nach Hinweisen auf solche Kontakte suchte, stieß ich auf einen Block. Daran habe ich mich inzwischen bereits gewöhnt. Normalerweise registrierte ich die Position dieser Blöcke und ignorierte sie. Die Höflichkeit verlangt das, nachdem eure Vorgesetzten offenbar das Gefühl haben, daß es gewisses Material gibt, zu dem ich keinen Zugang haben sollte.«

Die beiden Menschen blickten ein wenig verlegen, und das trotz Ryos Aussage, daß solche Blöcke ihn nicht störten.

»Wir haben keinen Einfluß auf so etwas«, meinte Bonnie schließlich.

»Das ist mir bewußt. Ich wollte euch auch keinen Vorwurf machen. Aber dieser Block hat mich gleichsam herausgefordert, ihn zu umgehen, da er Informationen verbarg, die für mich besonders relevant sind. Ich bin inzwischen der Ansicht, daß man den Block gar nicht speziell gegen mich eingerichtet hat, sondern um die Mehrzahl der hier in der Station Tätigen am Zugang zu hindern.

In meiner Zeit als Angehöriger des Lokalen Rates meiner Gesellschaft habe ich häufig Gelegenheit gehabt, mich mit Informationstechnik zu befassen. Euer System ist zwar anders konstruiert als das unsere, aber ich habe mich sowohl auf der *Seeker* als auch hier damit befaßt und konnte sehr viel lernen. Außerdem sind Thranx von Natur aus für Logik und Ästhetik begabt.

Um es kurz zu machen: Es ist mir gelungen, den Block zu umgehen, den man gegen diese spezielle Art von Fragen eingerichtet hatte. Tatsächlich überraschte es mich sogar, daß der Block nicht stärker ausgeprägt war. Manchmal übersehen Bürokraten in ihrem Eifer, wichtige Informationen zu verbergen, ganz triviale Dinge.«

Er ging zu der Konsole zurück, und seine Finger tanzten über die Tastatur. Der Informationsfluß auf den drei Bildschirmen wurde langsamer und kam schließlich zum Stehen. Die Worte MAXIMUM SECRET – ALIEN CONTACT und THRANX erschienen. Ein zweiter Input wurde abgefordert, den Ryo lieferte.

Die Worte verschwanden und wurden durch ein computererzeugtes Diagramm von Ryos Körper ersetzt. Auf den Nebenschirmen begannen Informationstexte abzulaufen, die von kleineren Diagrammen und entsprechenden Kommentaren begleitet waren.

»Das ist deine Akte!« platzte es überrascht aus Luh heraus.

»Ja, so ist es«, bestätigte Ryo. Die beiden Menschen beugten sich vor. Offenbar hatte keiner die Informationen, die jetzt auf den Bildschirmen abliefen, je gesehen.

Ryo ließ den Text eine Weile in dem gemächlichen Tempo ablaufen, den das Programm vorsah, und berührte dann einen Schalter. Text und Grafiken verschwammen in einem vielfarbigen Farbfluß auf den Bildschirmen. Irgendwo neben der Konsole war ein pfeifendes Geräusch zu hören, und dann verlangsamte sich der Farbfluß wieder zu einer Art Kriechtempo.

»Das ist der Abschnitt, auf den ich euch besonders hinweisen möchte«, sagte er trocken. »Mir erschien er am interessantesten.«

Bonnies Blick wanderte über die Zeilen und blieb dann an einer hängen. ›... daher zu schließen, daß zusätzliche Befragungen über das vorgeschriebene Datum hinaus nur minimale neue Erkenntnisse bringen können. Dringende Anforderungen von Xenophysiologie und anderen Büros nach weiterem Material bezüglich innerem Aufbau und insbesondere Gehirnstruktur und Fähigkeiten fraglichen Exemplars ...‹

Hinter Ryo zuckte Bonnie bei dem letzten Satz zusammen. Inzwischen rollte die Information weiter ab.

›Insbesondere die Militärbehörden sind an sämtlichen

Aspekten der obigen Erkenntnisse im Hinblick auf künftige Methoden zur Verwirrung dieser Funktionen, wie Gesichts- und Tastsinn, interessiert. Besondere Nachforschungen in die Physiologie des *Fazz*-Sinnes werden gewünscht, den es im Menschen nicht gibt und der besondere militärische Schwierigkeiten erzeugt.

Es ist daher mit einer Mehrheit von zwölf zu zehn von den Senior-Planern von Projekt Thranx entschieden worden, daß, da fragliches Untersuchungsobjekt in seiner eigenen Hierarchie nur minimalen Status einnimmt und da sein Aufenthaltsort seinen Rassegenossen ohnehin unbekannt ist, die Autopsie und die entsprechenden Untersuchungen an dem angegebenen Datum beginnen sollen.

Psychologie sieht kein Problem, eine geeignete Begründung für das Ableben des Exemplars zu finden, falls sich dies als notwendig erweisen sollte. Auch hierfür liegt ein Abstimmungsergebnis zwölf zu zehn der Senior-Planer vor.

Es wird darauf hingewiesen, daß der Entscheidungstermin sehr nahe liegt und daß die Gegenseite sehr heftig reagiert hat. Eine Wiederholung der Abstimmung bestätigt die Entscheidung, im obengenannten Sinne zu verfahren. Euthanasie wird am Abend vor dem angegebenen Datum vollzogen werden. Unmittelbar anschließend wird die Sezierung und ein entsprechendes Studienprogramm begonnen werden. Siehe auch Tabellen MEDIZIN, THRANX PROJ.‹

Weitere Informationen flossen über den Schirm, aber weder Bonnie noch Luh achteten darauf. Ihre einlinsigen Augen wirkten glasig. Ryo kannte das Phänomen zwar, konnte es aber nicht hinreichend interpretieren, um daraus auf die Gefühle seiner Gäste schließen zu können.

»Habe ich euch nicht gesagt, daß es sehr interessant sei?« fragte er schließlich in das Schweigen hinein. »Offenbar sind eure Vorgesetzten so damit beschäftigt, das Wissen um meine Anwesenheit vor dem Stationspersonal geheimzuhalten, daß sie es versäumt haben, es hinreichend vor mir selbst zu behüten.«

»Das ist ungeheuerlich!« murmelte Luh. »Die wollen dich auseinanderschneiden, um zu sehen, wie du funktionierst.«

»Sie haben keinen Grund, keinen Anlaß ...«, begann Bonnie, so erzürnt, daß sie kaum sprechen konnte.

Ryos Antwort kam in philosophischem Tonfall. »Sie sind der Meinung, sie könnten aus meiner Lebendigkeit nicht mehr Wissen gewinnen, und im Gegensatz dazu aus meinem Tode viel. Ich habe bereits meinen Frieden mit der Ewigkeit gemacht. Ich bin bereit, das Unvermeidliche hinzunehmen.«

»Das ist nicht unvermeidlich«, wandte Luh ein.

»Ist es das nicht?« Ryo drehte den Sattel herum und starrte zu Luh empor. Seine Facettenaugen blitzten im Licht der Konsole.

»Bei meinem Volk verlangt eine solche Situation Hinnahme und Resignation. Ich kann die Wünsche eurer Vorgesetzten nachempfinden. Sie haben nur den Wunsch, ihr Wissen zu erweitern.«

»Es gibt Dinge, die wichtiger sind als eine Erweiterung des Wissens«, konterte Bonnie.

»Da kann ich dir nicht zustimmen, Bonnie.«

»Dann laß es bleiben«, herrschte sie ihn an. »Vielleicht bist zu bereit, ruhig in den Tod zu gehen, aber ich will verdammt sein, wenn ich zulasse, daß du das tust.« Aus ihren Augenwinkeln drang Feuchtigkeit; ein weiteres menschliches Phänomen, das Ryo faszinierend fand. Es war erstaunlich, daß es Geschöpfe gab, die auf so vielfältige Art Feuchtigkeit erzeugen konnten, und das aus so vielen unterschiedlichen Gründen.

»Was könntet ihr denn tun?« murmelte Ryo. »Die Entscheidung ist getroffen.«

»Nur auf lokaler Ebene«, meinte Luh. »Höherstehende wissenschaftliche Körperschaften auf der Erde könnten sie widerrufen. Ich bin sicher, daß sie deshalb das Datum so früh angesetzt haben, um ihre kleine Vivisektions-Party beginnen zu können, ehe jemand reagieren kann. Oh, die wissen schon, was sie vorhaben – ganz genau wissen die das! Die sind schlau!« Er schien in sich selbst zusammenzusinken.

»Wir können doch vor den Rat gehen und unsere eigenen Einwände vorbringen«, sagte Bonnie.

»Ja, und du weißt ganz genau, welches Gewicht die haben werden.«

»Die müssen uns anhören«, wandte sie ein. »Kontakt und Weiterbearbeitung sind unser Beruf.«

Luh nickte. »Ja. Die werden uns sagen, daß wir ganz hervorragend gearbeitet haben. Und daß unsere Arbeit beendet ist. Man wird uns alle befördern und uns riesige Prämien geben.« Die Ironie in seiner Stimme war selbst für Ryo nicht zu überhören.

»Wir müssen es versuchen.« Luhs hartnäckige Einwände hatten ihre ursprüngliche zornige Entschlossenheit zu einem hoffnungsvollen Flüstern werden lassen.

»Ich kann nicht sagen, daß ich dir nicht Glück wünsche«, gab Ryo zu und fügte eine Geste milder Amüsiertheit hinzu. »Ihr habt die Information, so wie ich das erwartet hatte. Macht euch meinetwegen keine Sorgen. Ich bin zufrieden.

Ich habe gelernt, daß es auch in einem weiteren Winkel dieses stellaren Waldes, den wir unsere Galaxis nennen, Intelligenz gibt. Diese Erkenntnis reicht aus, um dafür zu sterben. Ich werde meine Bestandteile der Natur zurückgeben, und die Auflösung wird dann bereits begonnen haben.« Sein Versuch, humorvoll zu scheinen, scheiterte offensichtlich; keiner der beiden Menschen reagierte darauf so, wie er das gehofft hatte.

Etwas Weiches streichelte seinen Nacken. Im Bau herrschte gespenstisches Schweigen. Gleichzeitig zuckten seine Fühler, weil sie einen unangenehmen, fauligen Geruch in der Nähe wahrnahmen.

Er erwachte erschreckt, fragte sich, wo Fal sein mochte, und ob das Ungeheuer, das auf ihn herabblickte, sie bereits verschlungen hatte.

»Still!« drängte das Ungeheuer mit leiser, vertrauter Stimme. »Ich glaube nicht, daß wir schon irgendwo einen Alarm ausgelöst haben. Vielleicht gibt es auch gar keinen, den man auslösen könnte. Schließlich ist da ja kein Ort, an den du fliehen könntest, oder?«

Langsam wurde sein schläfriger Verstand klarer, und er erkannte die Umrisse Bonnies, die über ihm stand. Er hob den Kopf und sah an ihr vorbei. Ein Paar weitere menschliche

Silhouetten standen in seinem Bau. Andere waren im Licht des Korridors durch den offenen Eingang zu erkennen.

»Was ist denn?« murmelte er. »Gibt es Schwierigkeiten?« Er war immer noch zu schläfrig, um in Terranglo zu denken.

Bonnie antwortete ihm in Niederthranx: »Einige von uns haben sich gewisse Fragmente der Zivilisation bewahrt.« Ihre Stimme klang verbittert. »Wir fühlen uns Normen verpflichtet, die nicht in den offiziellen Handbüchern enthalten sind.«

»Ich glaube, ich verstehe, was du sagst.« Er glitt von der Liege und tastete nach seiner Halstasche und seiner Weste.

»Was ich damit sagen möchte, ist, daß ein guter Freund kein Kandidat für den Block des Fleischers ist.«

»So ist es keineswegs«, protestierte Ryo. »Als eine Frage der wissenschaftlichen Erweiterung des Wissens ...«

»Als eine Frage der wissenschaftlichen Erweiterung des Wissens«, unterbrach sie ihn in Terranglo, »stinkt es zum Himmel! Hast du all deine Sachen?«

Er drückte den letzten Verschluß seiner Halstasche zu. »Ich denke schon.«

»Dann wollen wir gehen.« Sie setzte sich in Richtung auf die Tür in Bewegung. Er folgte ihr automatisch, immer noch schläfrig und in zunehmendem Maße verwirrt.

»Wo gehen wir hin? Dies ist kein Planet. Ihr könnt mich auf dieser Station nur kurze Zeit verstecken.«

»Wir haben nicht die Absicht, dich auf der Station zu verstecken.«

Sie waren jetzt draußen im Korridor. Ryo dämpfte seine Wahrnehmungen, um damit einen Ausgleich für die grelle menschliche Beleuchtung zu schaffen. Luh erwartete sie, und mit ihm Elvirasanchez. Und dann waren da auch der Zweite Offizier, Taourit, der Ingenieur Alexis und jemand, den Ryo nicht als Mannschaftsangehörigen der *Seeker* erkannte. Insgesamt sechs. Hastig und leise wurden Grüße getauscht.

»Wir fühlen uns alle dieser Sache verpflichtet«, informierte ihn Sanchez feierlich. »Du hast dein Leben für etwas riskiert, an das du glaubtest, so glaubtest, daß du die Verurteilung durch dein ganzes Volk riskiert hast. Nun, es gibt unter uns einige wenige, die ebenfalls zu so starkem Glauben fähig sind.«

»Es wird immer Kurzsichtige unter uns geben«, erwiderte Ryo philosophisch. »Jene, die versuchen, mit ihrem Bewußtsein nach vorne zu schauen, werden oft von hinten mehr behindert als von vorne.«

»Ich weiß.« Die Kapitänin wies mit einer Geste auf ihre Begleiter. »Dies hier sind die einzigen, die zugestimmt haben.«

»Werden euch die anderen nicht verraten?«

Sanchez lächelte. »Sie sind überzeugt, daß wir alle bloß reden, aber nichts tun.« Sie blickte an ihm vorbei. »Ich glaube, Dr. Bhadravati kennst du.«

Ryo drehte sich um und war überrascht, den jungen Wissenschaftler zu sehen, der ihn so oft verhört hatte. Er hatte ihn für den am wenigsten freundlichen der drei gehalten und gestand seine Überraschung, ihn jetzt zu sehen.

»Ich bin nicht hier, weil ich glaube, daß dies nach Vernunftgründen oder im juristischen Sinne das richtige Verhalten ist«, sagte der junge Mensch, »aber moralisch weiß ich nicht, wie ich sonst handeln soll. Ich glaube, daß Sie ein Geschöpf Gottes sind, daß Sie eine Seele haben und daß das, was man vorhat, Ihnen anzutun, sowohl im Auge der Menschen als auch im Auge Gottes falsch ist. Ich weiß nicht, ob das ein Begriff ist, den Sie gelernt haben, aber bevor ich als Xenologe immatrikuliert wurde, war ich Theologie-Student. In dem, was ich heute tue, stützt mich sowohl die Bibel als auch das Rig-Veda und die Lehre Buddhas. Was ich jetzt hier tue, ist Teil meiner Reise auf dem edlen Achtfachen Pfad.«

»Ich verstehe nicht alles, was Sie sagen«, erwiderte Ryo, »aber das Ergebnis Ihrer Überzeugung ist mir willkommen. Ich glaube, Sie würden mich als Theravadisten ansehen.«

»Das läßt sich unmöglich mit dem Glauben an ...«

Sanchez trat zwischen sie und sagte zu Bhadravati: »Sie können ja später versuchen, ihn zu bekehren. Wir haben keine Monitor-Kameras entdeckt, aber über kurz oder lang wird sich jemand um unseren Gast kümmern wollen.«

Sie eilten den Korridor hinunter. Die Station war groß, und

die *Seeker* war in beträchtlicher Entfernung angedockt. Es war jetzt allgemeine Schlafenszeit für die Menschen.

Ich habe dies schon einmal getan, auf einer vertrauteren Welt, dachte Ryo plötzlich. Mir scheint, ich bin für alle Ewigkeit dafür bestimmt, von irgendwo zu entfliehen.

Sie rannten durch einen schmalen Versorgungstunnel, in dem die Beleuchtung gedämpft war, und Ryo war dankbar, daß ihm das grelle Licht erspart blieb.

»Bis hierher und nicht weiter!«

Die Menschen, die vor Ryo rannten, kamen zum Stillstand. Er spähte an Sanchez vorbei. Ein einzelner männlicher Mensch versperrte den Korridor. Ryo erkannte den Gegenstand, den er hielt, als Waffe. Und kurz darauf erkannte er auch die Gestalt. Es war ein Mannschaftsangehöriger der *Seeker*; einer von den zweien, die Ryo immer mit feindseligen Blicken bedacht hatten, wenn sie sich unbeobachtet geglaubt hatten.

»Hallo, Weldon«, sagte Sanchez locker. »Ich hatte schon das Gefühl, daß Sie vielleicht etwas ahnen. Sie waren immer sehr aufmerksam«

»Sparen Sie sich das, Captain!« Der Schweiß rann ihm über die Wangen, und sein Haar war verwirrt. »Es war ja nicht schwer, sich zusammenzureimen, daß Sie etwas vorhatten. Also habe ich gelauscht.« Er lächelte, aber an seinem Lächeln war keinerlei Humor. »Ich verstehe mich gut auf Lauschen.«

»Okay, dann verstehen Sie sich eben darauf. Was werden Sie jetzt machen – uns melden?«

»Mir ist egal, was Sie machen. Ich habe nichts gegen Sie, Captain. Gegen keinen von Ihnen. Sie standen alle unter schrecklichem Streß. Uns allen ist es so gegangen. Das hat Ihren Blick verwirrt, aber nicht den meinen. Auch nicht den von Renstaad, aber die weiß von nichts. Jemand muß es tun.«

»Was tun?« fragte Sanchez.

»Was getan werden muß. Mein Gott, begreift denn keiner, was hier geschehen ist? Was diese widerlichen Geschöpfe zu bedeuten haben? Wir haben immer schon gewußt, daß es einmal kommen könnte, aber nicht so geschickt, so raffiniert.«

»Was könnte kommen, Weldon?«

»Die Invasion natürlich. All die Jahrhunderte haben sie uns beobachtet, haben gewartet. Und jetzt haben sie uns reingelegt und uns dazu gebracht, einen von ihnen hierher mitzunehmen. Er ist der Kundschafter, die Vorhut. Irgendwie hat er es sogar fertiggebracht, euch alle zu hypnotisieren, damit ihr ihn wieder zurückbringt. Damit er die wesentlichen Informationen zu seinen Leuten bringen kann, die Informationen, die die brauchen. Centaurus wird ihr erstes Angriffsziel sein. Und anschließend ganz bestimmt die Erde selbst.«

»Weldon, Sie haben gerade selbst gesagt, daß wir alle unter schrecklichem Streß standen. Ryo ist ...«

»Nennen Sie das Ding nicht so!« schrie er. »Geben Sie ihm keinen Namen. Solche Ungeheuer haben keine Namen!«

»Er ist unser Freund. Wir sind es, die ihn bedrohen, nicht andersherum.« Sie trat einen Schritt auf ihn zu, und die Mündung seiner Waffe bewegte sich ein paar Millimeter zur Seite.

»Versuchen Sie es nicht, Captain! Ich habe gesagt, daß ich nichts gegen Sie habe, und so ist es auch. Aber, beim Himmel, ich schieße jeden von euch nieder, um den Rest von uns zu retten, wenn Sie mich dazu zwingen.« Sein Blick, wild und fanatisch, wandte sich dem Mann hinter ihr zu.

»Es dauert nur eine Sekunde.« Sein Finger begann sich um den Abzug zu legen. »Ich schwöre, ich ...«

»Tun Sie es nicht, Weldon!« Luh trat zur Seite und bewegte die Hände. »Wir können ...«

Die Waffe gab ein leises, zischendes Geräusch von sich. Etwas traf Luh an der Brust und warf ihn zurück. Seine Arme, bereits im Begriff, sich von seinem Bewußtsein zu lösen, flatterten. Bonnie schrie. Taourit zog etwas aus der Jakkettasche. Weldon drehte sich zu ihm herum und richtete die Pistole auf ihn, als ihn der Bolzen aus der kleinen Waffe an der Stirn traf. Seine Augen wurden sofort glasig, und sein Körper erstarrte, als wäre er im Bruchteil einer Sekunde gefroren. Als sein Kopf auf den Boden schlug, gab es einen lauten Knall.

Bonnie kniete neben Luh. Sie weinte nicht. Alexis zerrte an ihr.

»Komm! Es ist zu spät.« Er legte die Hand über die Brust des Mannes. Sie zeigte ein großes rauchendes Loch. »Es ist zu spät, Bonnie.« Die anderen blickten auf sie herab.

Ryo berührte Bonnies Hals mit seinen Fühlern. Sie zuckte zusammen, als sie die federleichte Berührung spürte, sah die scharfen Kinnbacken und die großen Facettenaugen.

»Ich bin besorgt, Freund Bonnie. Er war auch mein Freund. Die Minute des Letztlebens ist dahin und kann nicht wieder eingefangen werden.«

Einen Augenblick lang war ihr Blick verwirrt. Dann stellten sich wieder Vernunft und Realität ein. »Wir vergeuden hier Zeit.« Sie richtete sich auf und achtete nicht auf Alexis' Versuch, sie zu stützen. »Wir wollen nicht alles vergeuden.«

Sie setzten ihren Weg fort, stiegen über den starren Körper des Mannes namens Weldon hinweg. Niemand bewachte die Luftschleuse, die zur *Seeker* führte. Es war nicht üblich, Schiffe mit Überlichtantrieb zu stehlen. Es war so leicht, daß es beinahe komisch wirkte. Aber niemand hatte jetzt einen Sinn für Humor.

Die Luken waren nicht verschlossen. Zum zweiten Mal bereitete sich die Mannschaft der *Seeker* darauf vor, mit ihrem Schiff zu fliehen; nur daß sie diesmal die Flucht nicht vor einem anderen Volk, sondern vor ihrem eigenen ergriffen. Wie Wuu doch diese Situation genießen würde, dachte Ryo, und seine Gedanken beschäftigten sich liebevoll mit dem alten Poeten und wünschten, er wäre anwesend, um Rat zu geben und ihr Gefährte zu sein.

Ich hatte zwei menschliche Gefährten der gleichen Qualität, erinnerte er sich. Nur daß jetzt einer von ihnen tot ist, meinetwegen.

Es gab wirklich keinen Alarm, und auch keine Fallen. Aber als die Manövriermaschinen der *Seeker* anliefen und die Kabel, die sie mit dem Energiesystem der Station verbanden, abgeworfen wurden, erwachten einige Teile der Weltraumstadt schnell zum Leben.

Ryo stand im Kontrollraum und beobachtete seine Freunde. Bonnie stürzte sich in ihre Arbeit und wurde zu einem gefühllosen Teil ihrer Einsatzstation. Dr. Bhadravati lief auf und ab und verhielt sich so, als wüßte er nicht, was er mit seinen Fingern tun sollte. Da er der Mannschaft nicht angehörte, war er in diesem Augenblick ebenso nutzlos wie Ryo. Nur daß er im Gegensatz zu Ryo danach gierte, *irgend etwas* zu tun.

Was aus den Lautsprechern hallte, war nicht überraschend: »Ihr dort an Bord der *DSR Seeker*, bitte melden! Sie haben sich von der Station gelöst, und Ihre Schienen laufen. *DSR Seeker* ist dazu nicht autorisiert. Wer ist an Bord, bitte *DSR Seeker,* bitte kommen!«

»Hier ist Captain Elvira Manuela de loa de Sanchez. Ich spreche für die *DSR Seeker.* Ich erhielt Order, die ich hiermit bestätige, den Sublicht-Antrieb und das Lebenserhaltungs-System vor dem Start nach C-III zu überprüfen. Dort soll eine Überholung in Vorbereitung des nächsten Ex-Fluges stattfinden. An Bord alles okay. Bedaure Verwirrung.« Sie schaltete ab. »Das sollte die eine Weile beschäftigen.«

Tatsächlich war die Station bereits zu einer winzigen Scheibe vor der reflektierenden Seite von Centaurus VII zusammengeschrumpft, als die Lautsprecher erneut krächzten. Die Stimme, die diesmal zu hören war, war tiefer und eindringlicher als die des diensthabenden Verbindungsoffiziers.

»*Seeker*, hier spricht Colonel G. R. Davis, Kommandant der Centaurus-Station. Sie erhalten hiermit Anweisung, unverzüglich zum Stützpunkt zurückzukehren. Wir haben den Kommando-Computer und die Ex-Kontrolle auf C-V überprüft. Die Überholung der *Seeker* ist erst in sechs Wochen fällig.«

»Ich weiß«, erwiderte Sanchez ruhig. »Wir hatten uns überlegt, daß wir etwas früher starten und die *Seeker* langsam hereinbringen sollten, um die Systeme gründlich zu überprüfen, falls es irgendwelche Probleme geben sollte. Ich bin froh, wenn ich die alte Kiste los bin.«

»Sie werden sie für immer los sein – und jedes andere zukünftige Kommando auch, wenn Sie nicht sofort zurückkommen!« Im Hintergrund waren Stimmen zu hören.

Jetzt war am Lautsprecher eine andere Stimme zu vernehmen. Ryo erkannte sie; sie gehörte dem Eint-Ältermenschen.

»*Seeker*, hier spricht Dr. Rijseen, Leiter der Direktkontaktgruppe des speziellen Xenologie-Projektes hier auf der Station. Wir haben entdeckt, daß das Alien sich nicht in seinem Quartier befindet. Eine gründliche Durchsuchung der Station hat stattgefunden. Es ist zwar möglich, daß er sich irgendwo versteckt hält, wir haben jedoch Grund zu der Annahme, daß er sich an Bord der *Seeker* befindet, und zwar nicht als blinder Passagier. Wir werden weiterhin von dieser Annahme ausgehen, bis man uns vom Gegenteil überzeugt hat.«

Der junge Xenologe trat vor. Sanchez musterte ihn prüfend und nickte dann langsam. Bhadravati sprach in Richtung auf das Mikrofon.

»Ryozenzuzex ist an Bord, Maarten.«

»Jahan, sind Sie das? Ich habe mich schon gefragt, wohin, zum Teufel, Sie gerannt sind, als der Alarm kam. Was geht hier vor?«

»Nun, wissen Sie, das ist seltsam«, begann der junge Wissenschaftler. Ryo konnte erkennen, daß er sehr nervös und unsicher war. Seiner Stimme war davon nichts anzumerken, aber an seiner Haltung und seinen Bewegungen, die Ryo viel besser zu lesen verstand als die meisten Menschen, war das zu erkennen. »Aber der Käfer, wie viele ihn nennen, hat einmal das Leben jedes Mannschaftsmitgliedes dieses Schiffes gerettet.«

»Das ist alles wohlbekannt. Was hat das mit dem unerlaubten Handeln der Mannschaft zu tun?« Der Ältere sprach mit einer vorgetäuschten Ignoranz, die selbst ein AAnn bewundert hätte, dachte Ryo.

Taourit sah zu der Kapitänin hinüber. »Ein Schiff löst sich von der Station.«

»Überlicht?«

Der Zweite Offizier schüttelte den Kopf. »Zu klein. Nur Intersystem.«

Sie nickte kurz und lauschte dann auf Bhadravatis Antwort.

»Es ist nicht recht, ein intelligentes Geschöpf zu sezieren, auch dann nicht, wenn es Verständnis dafür hat. Das ist nämlich das Bemerkenswerte daran, müssen Sie wissen. Ryo hat durchaus Verständnis für die Mehrheitsmeinung in unserer Gruppe. Er weiß nämlich um Ihre Absichten.«

»Das hätten Sie ihm nicht zu sagen brauchen«, verkündete Davis' Stimme.

Bhadravati lachte. »Da haben Sie ganz recht, Colonel. Das haben wir auch nicht. Er wußte es bereits. Er hat seine Akte selbst im Computer gefunden.«

»Das ist unmöglich!« Die Stimme des Colonels klang erregt.

»Sie haben das nicht hinreichend blockiert. Er hat herumgesucht und ist darauf gestoßen und hat die notwendige Programmierung ganz alleine ausgetüftelt. Die Thranx sind hervorragende Logiker und verstehen sich ganz ausgezeichnet auf Computer. Das steht auch in seinen Akten.«

Eine Weile herrschte Stille. Als Davis sich dann wieder meldete, war sein Tonfall ruhig und eindringlicher. »Bhadravati, hier steht mehr auf dem Spiel, als Sie wissen. Ich gebe zu, daß dieses Ryo-Individuum recht freundlich erscheint. Aber Sie können doch nicht einfach die Möglichkeit von der Hand weisen, daß seine ›Flucht‹ von seiner Heimatwelt eine geschickte Finte war, um ihn zu einem menschlichen System zu bringen.«

»Wenn es eine Finte ist, Colonel«, sprach Sanchez ins Mikrofon, »dann funktioniert sie verdammt gut. Besser als die Ihre.«

»Captain Sanchez, Sie und alle, die sich Ihnen angeschlossen haben, erhalten umfassende Amnestie, wenn Sie die *Seeker* ins Dock zurückbringen. Andernfalls werden Sie als Verbrecher eingestuft und als solche behandelt.«

»Schiff beginnt sich zu bewegen, geradewegs auf uns zu«, flüsterte Taourit.

Sie nickte wieder und sah dabei das Mikrofon an. »Drohen Sie mir nicht, Colonel! Ich reagiere nervös auf Drohungen.«

»Wo wollen Sie denn mit dem Schiff hin?« fragte Davis.

»Centaurus V? Drei? Zur Erde vielleicht? Die Nachricht wird Sie überholen. Man wird auf jeder Station nach der *Seeker* Ausschau halten und ebenso an jedem Shuttle-Hafen auf allen zivilisierten Welten.«

»Nicht allen zivilisierten Welten«, teilte Sanchez ihm

selbstbewußt mit. »Wir haben jede Alternative in Betracht gezogen, ehe wir handelten, Colonel. Wenn man uns dazu zwingt, bringen wir Ryo nach Hause.«

»Und was dann?« Davis' Stimme klang eher neugierig als drohend. »Sobald Sie ihn zu seiner Welt zurückgebracht haben – wohin erwarten Sie dann, daß *Sie* zurückkehren können?«

»Das erwarten wir nicht«, war ihre ruhige Antwort.

Aus dem Lautsprecher war kein Ton zu hören. Im Kontrollraum herrschte ebenfalls Stille. Da dem Colonel offenbar keine passende Antwort einfiel, setzte schließlich Rijseen das Gespräch fort.

»Also gut. Wir lassen die Pläne zur Sezierung fallen. Das Stimmenverhältnis war knapp genug, um das zu rechtfertigen. Wir werden eine Garantie verfassen, die niemand überstimmen kann. Nicht einmal das Militär.«

Im Hintergrund Davis' Stimme: »Dazu haben Sie nicht die Befugnis, Dr. Rijseen!«

»Wenn Sie in Ihren Akten nachsehen«, erklärte ihm die Stimme des Wissenschaftlers, »werden Sie feststellen, daß ich die volle Entscheidungsgewalt in diesem Projekt habe, Sir. Und diese Befugnisse können nur durch eine unmittelbare militärische Bedrohung der zivilisierten Welten umgestoßen werden. Der menschlichen zivilisierten Welten«, fügte er leicht amüsiert hinzu. »Ich betrachte ein isoliertes und eindeutig freundliches Alien noch nicht als eine solche Bedrohung.«

»Woher wissen wir, daß Sie das tun werden, was Sie jetzt sagen?« fragte Sanchez.

»Fragen Sie Dr. Bhadravati.«

»Es gibt offensichtlich Meinungsverschiedenheiten zwischen Dr. Rijseen und mir. Sonst wäre ich in diesem Augenblick nicht hier.« Jetzt blitzte ein Lächeln über Bhadravatis Züge. »Aber ich glaube, daß er vertrauenswürdig ist. Ich wüßte nicht, daß er je sein Wort gebrochen hätte. Ich glaube, das hat ihn einmal hohe wissenschaftliche Ehren gekostet. Er ist einer der wenigen Wissenschaftler meiner Bekanntschaft, dessen Wort ebenso verläßlich ist wie seine Studien.«

Bonnie sprach in das Mikrofon, das in ihre Konsole eingebaut war. »Ich glaube Ihnen, Sir. Wenn Dr. Bhadravati Ihnen vertraut, dann bin ich dazu auch bereit. Können Sie sich für Ihre Kollegen verbürgen? Und können Sie garantieren, daß Colonel – wie-heißt-er-doch-gleich? – mitmacht?«

Aus dem Lautsprecher waren halberstickte Geräusche zu hören. Dann: »Ich schließe mich dem an, was Dr. Rijseen und die wissenschaftliche Abteilung mir raten. Meine einzige Sorge gilt den zivili ... den von Menschen bewohnten Welten und dem Regierungseigentum, das Sie ungesetzlicherweise in Besitz genommen haben. Wenn Ihr Schiff unbeschädigt zurückgebracht wird, bin ich bereit, mich völlig aus dieser Sache herauszuhalten.« Seine Stimme klang jetzt gereizt. »Das *möchte* ich. Würden Sie sich jetzt bitte entscheiden?«

»Ich glaube Ihnen, Colonel«, fuhr Bonnie fort. »Es gibt da nur ein Problem. Wir haben es in diesem Augenblick nicht mehr allein mit wissenschaftlichen Entscheidungen zu tun.« Sie sah Sanchez an, die auf ihren Blick mit einem leichten Kopfnicken reagierte.

Bonnie atmete tief. Ihre Stimme zitterte leicht. »In Versorgungs-Korridor-Vier D finden Sie ... finden Sie ...« Sie zögerte, zwang sich weiterzusprechen. »Sie werden dort die Leichen von Luh Hua-sung und dem Wartungsberater der *Seeker*, Richard Weldon, finden.«

Rijseens Stimme veränderte sich, und er fragte: »Leichen? Beide tot?«

»Ja, Sir.«

»Waren Sie und Ingenieur Hua-sung nicht einmal verlobt?«

»Da ... ja, wir haben darüber gesprochen.«

Ryo starrte sie an. Schließlich begriff er die Beziehung, die zwischen seinen zwei engsten Menschenfreunden bestanden hatte. Sie waren noch nicht ganz vorgepaart, lebten aber in einem ähnlichen Zustand. Das erklärte vieles.

»Weldon hat unsere Absichten geahnt«, fuhr Bonnie hastig fort. »Er hat es geschafft, einem von uns zu folgen, vielleicht mehr. Ich weiß es nicht.«

»Ich frage mich, warum er dann nicht Alarm geschlagen hat, wenn er das wußte«, sagte Colonel Davis.

»Er hatte andere Pläne«, erklärte Bonnie. »Eigene Pläne. Sie wissen doch, wie sehr der Zugang zu Ryo eingeschränkt war. Aus der Mannschaft der *Seeker* hatten im allgemeinen nur Luh und ich die Erlaubnis, ihn aufzusuchen, seit er seinen eigenen Bau ... sein eigenes Quartier hatte.

Als Weldon anfing, Argwohn zu schöpfen, ließ er sich Zeit. Er wartete im Service-Korridor auf uns. Er hatte nicht das geringste Interesse daran, uns aufzuhalten. Das einzige, was er wollte, war, Ryo zu töten. Luh – Luh hat sich zwischen sie gestellt.«

»Hier Zweiter Offizier Taourit«, sagte der Mann auf Sanchez' rechter Seite. »Ich habe Weldon erschossen. Für Ihre Akten.« Er sagte es stolz.

»Ich verstehe das nicht«, murmelte Davis. »Zwei Männer tot. Warum wollte dieser Weldon das Alien töten?«

»Weil Ryo für Weldon ein häßlicher, stinkender, hartschaliger, übelriechender, schleimiger Käfer war. Deshalb, Colonel. Das ist die Haltung, mit der wir uns auseinandersetzen müssen, und deshalb muß man uns erlauben, daß wir formellen Kontakt zu Ryos Rasse herstellen, ehe die allgemeine Bevölkerung von ihrer Existenz erfährt.

Übrigens – Sie sollten die Umweltspezialistin Mila Renstaad festnehmen. Sie müssen dafür sorgen, daß sie schweigt. Sie empfand ebenso wie Weldon und könnte Schwierigkeiten machen.«

»Ich werde mich darum kümmern«, erklärte Davis recht knapp.

»Wenn es uns nicht gelingt, einen freundlichen Kontakt herzustellen«, fuhr sie fort, »dann haben wir keine Chance zum gegenseitigen Verständnis. Dann kommt es vielmehr zu einer Aufwallung instinktiven, uralten Abscheus für Geschöpfe, die wie Ryo aussehen. Und das wird alles zerstören.« Sie brach plötzlich ab, als staune sie selbst über die Leidenschaft, zu der sie sich hatte hinreißen lassen.

»Das ist alles, was ich dazu zu sagen habe, Sir. Ich habe bereits einen ... einen sehr guten Freund verloren. Wie Sie sagten: zwei Menschen sind tot. Danach kann man ahnen, was kommen könnte.«

»Ich will Ihnen nicht zu nahetreten, Colonel Davis«, sagte Sanchez, »aber Sie können nur für Ihren unmittelbaren Stab sprechen. Dasselbe gilt für Sie, Dr. Rijseen.«

»Ich werde die revidierte Empfehlung in den Computer eingeben«, sagte Rijseen, der keineswegs beleidigt wirkte. »Sie können das mit Ihrem Bordsystem überprüfen. Und was Sie bezüglich der Geheimhaltung gesagt haben, entspricht meinen Absichten, und wir werden uns demgemäß verhalten.

Ob es als nächsten Schritt zu der Herstellung eines formellen Kontaktes zu den Thranx kommen soll, wird noch diskutiert werden müssen. Was das angeht, habe ich wirklich nicht die Vollmacht, Versprechungen abzugeben. Eine solche Entscheidung erfordert den Segen von mindestens drei der fünf ständigen Mitglieder der Terranischen Gesellschaft für die Förderung von Wissenschaft und Forschung sowie die Erlaubnis der entsprechenden Regierungsbehörden und Wahlkörperschaften. Die politischen Konsequenzen sind hier ungeheuerlich.«

»Wenn Sie es dann schon nicht versprechen können, können Sie dann wenigstens versprechen, daß Sie es versuchen werden?« fragte Sanchez.

»Ich werde mein Bestes tun. Falls Sie freilich nicht zurückkehren, kann es keine Diskussion geben. Was sagen Sie?«

»Die Entscheidung liegt nicht bei mir.« Sie sah den großen Arthropoden an, der gerade damit beschäftigt war, seinen linken Fühler sorgfältig zu säubern.

»Ryo, ich kenne Sie nicht so gut, wie ich das gern möchte. Nicht so gut wie Bonnie oder so wie Luh Sie gekannt hat. Die Wahl müssen Sie jetzt treffen. Wenn Sie darauf bestehen, dann gehen wir auf fünf Planetendurchmesserdistanz und nehmen Kurs auf Ihre Heimatwelt. Ich weiß, was Sie dort erwartet – aber die Entscheidung liegt bei Ihnen.« Sie lächelte nicht. Das tat sie selten. »Ich würde es Ihnen nach alldem nicht verübeln, wenn Sie zu Ihrer eigenen Gattung zurückkehren möchten.«

»Ich weiß wirklich nicht, was ich tun soll. Ich bin Ackerbau-Experte und nicht darauf vorbereitet, den Kurs der künftigen Beziehungen zwischen unseren beiden Spezies zu entscheiden.«

»Ob du es nun magst oder nicht«, sagte Bonnie, »in der Position befindest du dich jetzt.«

»Setzen Sie Ihr Vertrauen auf Gott«, drängte ihn Bhadravati.

»Den Ihren oder den meinen?«

»Es gibt nur einen, gleich unter welchem Namen Sie ihn ansprechen«, sagte der Wissenschaftler.

»Theologie-Student, ja? Ich sehe schon, daß Sie und ich viele lange Gespräche führen werden, Dr. Bhadravati. Ich habe da einen Freund – zumindest war er mein Freund, als ich ihn verließ –, mit dem zu sprechen Ihnen noch mehr Freude bereiten wird als das Gespräch mit mir. Aber er ist jetzt nicht bei uns. Ich hoffe, daß Sie eines Tages das Privileg haben werden, ihn kennenzulernen.«

»Ich auch. Aber wie alles andere, liegt jetzt auch das bei Ihnen.«

Und so dachte Ryo nach, während die Menschen warteten und auf ihre Instrumente blickten. Er dachte an Fal, die auf Willow-wane wartete. Aber tat sie das? An seine behagliche Stellung bei der Inmot, die ihm einmal so langweilig und sinnlos erschienen war und die ihm jetzt geradezu unerträglich einladend vorkam. An seine Schwestern und ihre Familien.

Was würde Ilvenzuteck mir jetzt raten? fragte er sich. Was würde die Clan-Mutter sagen? Er sehnte sich verzweifelt danach, sich jetzt mit jenen zwei weisen Matriarchen beraten zu können. Aber es gab niemanden, mit dem er sich beraten konnte; keine Clan-Mutter, keinen Poeten, ja nicht einmal eine Larve. Er stand allein in einem fremden Schiff, umgeben von fünf Ungeheuern, die ihm wohlgesonnen waren, und das tun würden, was er verlangte.

Doch dieses Vertrauen durfte von ihm nicht ausgenutzt werden. Und was war mit dem Menschen Luh, der gestorben war, um ihn zu schützen? Wie würde er am besten sicherstellen können, daß es nicht zu weiteren Todesfällen kam? Und wie ... ja, wie den sinnlosen Haß zunichte machen, der sich wie ein Geschwür bei den wenigen intelligenten Angehörigen beider Rassen breitgemacht hatte?

Sanchez hatte recht. Er sehnte sich verzweifelt danach, nach Hause zurückzukehren. Aber was erwartete ihn dort? Gefängnis? Neukonditionierung? Seine eigene Art hatte ihm keine Versprechungen gemacht. Hier hatte er zumindest so etwas wie eine Zusage bekommen. Was die Frage betraf, ob jene Zusage eingelöst werden würde, nun ... Wenn er nach Hause zurückkehrte, würden fünf Menschen, die er inzwischen sehr mochte, hierher zurückkehren und leiden. Wenn er hierblieb, um darum zu kämpfen, zu arbeiten, daß ein Kontakt hergestellt würde, konnte nur er verlieren.

Und damit löste sich das Problem, wie so viele Dinge, in eine mathematische Gleichung auf.

Captain Sanchez' Hand lag auf der Kontrollkonsole. Ein Bildschirm zeigte das kleine Schiff, das sich ihnen von der Station kommend näherte.

Er vollbrachte eine Mehrfachgeste, die Sarkasmus fünften Grades, vermischt mit Resignation vierten Grades und einem Hauch von Ironie andeutete. Niemand, Bonnie eingeschlossen, verfügte über ausreichende Thranx-Kenntnisse, um die Geste interpretieren zu können. Vielleicht würden sie das eines Tages.

»Laßt uns zurückkehren! Wenn Sie alle bereit sind, diesem Dr. Rijseen zu vertrauen, dann bin ich das auch.«

»Ich werde ihm das mit Sicherheit sagen«, erklärte Bhadravati. »Ins Gesicht werd' ich es ihm sagen.«

»Sie können es ihm selbst sagen, Ryo.« Sanchez' Finger tanzten über die Konsole.

Die *Seeker* beschrieb eine elegante Pirouette auf der Seitenachse. Nach Systemorientierung wies ihre Spitze jetzt wieder nach innen. Die Gedanken ihrer Insassen freilich wiesen in völlig andere Richtung.

VIERZEHN

»Man kann die Zukunft eines ganzen Volkes nicht einfach so schnell verändern. Dazu braucht es Zeit.«

Der Mann in der azurblauen Kombination bewegte die Hände beim Sprechen. Ryo dachte, daß er die Begabung dafür besaß, sich sehr gut in Niederthranx auszudrücken. Der Mensch war klein und korpulent. Sein Kopfpelz war völlig weiß. Er fiel ihm in weichen Wellen bis auf den Kragen. Seine rosafarbene Stirn glänzte im Licht, fast hell genug, daß man hätte glauben können, es handele sich um gefärbtes Chiton. Aber wenn ich jetzt dagegendrückte, erinnerte sich Ryo, dann würde mein Finger nicht abgleiten, wie es normal ist, sondern einsinken, bis er auf den Knochen stieß. Er schauderte bei dem Gedanken und fragte sich, ob er sich wohl je an die Vorstellung würde gewöhnen können, daß man seinen Körper *außerhalb* seines Skeletts trug.

Obwohl er nur die halbe Zahl von Gliedmaßen besaß, derer es dazu bedurft hätte, sah der Mann in seinem metallischen Kleidungsstück sehr wie ein Thranx aus. Er war ein Teil der Hierarchie der menschlichen Regierung, ein Sektretär von irgend etwas. Seine Position war nicht so hoch, wie sie das gehofft hatten, aber Sanchez und Bonnie hatten Ryo versichert, daß sie hinreichend hoch war. Seine Ankunft auf Centaurus V hatte, obwohl sie des Nachts und unter strenger Geheimhaltung stattgefunden hatte, doch auf jener Welt etwas Unruhe erzeugt.

Einige andere waren mit oder vor ihm gekommen. Sie hatten die lange Reise von der fernen Erde nach C-V gemacht und dann weiter zu der Station an der Grenze des Systems, die C-VII langsam umkreiste. Von dort aus hatte man sie per Shuttle zur *Seeker* eskortiert. Sanchez und ihre Kollegen hatten sich trotz wiederholter Zusicherungen von Davis und Dr. Rijseen, daß man sie nicht behindern würde, dafür entschieden, an Bord und im freien Weltraum zu bleiben. Das half ihrem geistigen Frieden, wie die Kapitänin erklärt hatte.

Rijseen war ebenfalls zugegen, ebenso Sanchez und Bonnie. Die anderen waren mit der Überwachung von Schiffsfunktionen beschäftigt – und anderen wichtigen Dingen. Vor dem Bullauge, das die Offiziersmesse beherrschte, lag die kalte, finstere Masse von Centaurus VII, die schwach leuchtende Scheibe der Station selbst und zwei viel kleinere Lichtpunkte, bei denen es sich, wie Sanchez und Taourit Ryo erklärt hatten, um Kriegsschiffe handelte.

Die Kapitänin der *Seeker* schienen sie nicht sehr zu beunruhigen. Sie vertraute darauf, daß ihr Schiff seinen Überlichtantrieb in Gang setzen konnte, ehe eines der beiden reglosen Kriegsfahrzeuge ihnen irgendwelchen Schaden würde zufügen können. Die Kriegsschiffe waren in erster Linie deshalb zugegen, um Eindruck zu machen – ob nun auf Ryo, seine menschlichen Freunde oder die kürzlich eingetroffenen Würdenträger, war freilich schwer zu sagen. In ihrer augenblicklichen Position konnten sie nämlich ihr eigenes Antriebssystem überhaupt nicht in Betrieb nehmen, ohne die C-VII-Station und ihre fünftausend Insassen zu zerstören.

Die Diskussion in der Offiziersmesse der *Seeker* vollzog sich in einer Atmosphäre herrlicher Unsicherheit.

»Natürlich habe ich nicht die Befugnisse, mein Volk auf irgendeine Art eines formellen Vertrages zu verpflichten«, sagte Ryo. »Ich gebe zu, daß ich als Vertreter meiner Gattung hier ohne Auftrag und ohne Vollmacht stehe. Aber aus allem, was ich beobachtet habe, allem, was ich erlebt habe, glaube ich, daß ein Bündnis zwischen unseren Völkern nicht nur wünschenswert, sondern sogar lebenswichtig ist.«

Einer der menschlichen Beamten ergriff das Wort. Er war gewöhnlich schweigsam und sagte sehr wenig. Er vermittelte auch nicht den Eindruck, als wäre er mit ungewöhnlicher Intelligenz begabt. Und doch war das, was er sagte, stets zutreffend und von Belang.

»Ich kann verstehen, daß Sie hier von wünschenswert sprechen. Aber ›lebenswichtig‹? Man hat mich davon unterrichtet, daß Sie unsere Sprache recht gut beherrschen, und nach allem, was ich bis jetzt hier gesehen habe, würde ich dem auch nicht widersprechen. Aber sind Sie sicher, daß Sie das Wort richtig gebrauchen?«

»Ja. Lebenswichtig.« Ryo fügte eine Geste maximaler Betonung hinzu, die an seine aufmerksamen Zuhörer nicht vergeudet war. »Lebenswichtig, vital, wie man in Ihrer Sprache auch sagt. Von Bedeutung für unser Überleben, wegen der zunehmenden Übergriffe der AAnn und weil unsere Zivilisation dringend eines Antoßes bedarf. Und vital für Sie, für Ihre geistige Stabilität.«

Einige der Beamten rutschten unruhig auf ihren Sitzgelegenheiten herum, aber der weißpelzige Mann in ihrer Mitte lachte nur. »Ich habe die Behauptungen studiert, die Sie unseren Psychotechnikern vorgetragen haben. Bündnisse werden nicht von Psychologen geschlossen.«

»Vielleicht wäre das gar keine so schlechte Neuerung«, meinte Sanchez leise.

Der Mann funkelte sie an. »Ich verstehe, Mr. Ryoz – Ryiez ...«

»Einfach Ryo«, sagte der Thranx.

»Ich verstehe Ihre Überlegung.« Er beugte sich vor, um in einem Papier zu lesen, das vor ihm auf dem Tisch lag, und redete dann weiter. »Sie stellen die Behauptung auf, daß eine Verbindung und ein Bündnis zwischen unseren Völkern für die geistige Gesundheit der menschlichen Gattung nützlich wäre.«

»Ich habe Gründe, das anzunehmen«, gab Ryo zu.

»Sie glauben also, Sie wären besser als wir?«

»Nicht besser, nur anders. Wie ich gerade feststellte, glaube ich, daß es viele Dinge gibt, die Sie als Gegenleistung dafür zu bieten haben, obwohl ohne Zweifel viele Beamte der Regierung von Hivehom dem widersprechen würden.«

»Sie haben da einen Anstoß erwähnt, den Ihre Zivilisation braucht«, warf ein anderer Beamter ein.

»Unsere Zivilisation ist in ungeheurem Maße erfolgreich. Wir haben seit Tausenden von Jahren Frieden zwischen den Gattungen genossen. Diese Stabilität hat den technischen Fortschritt unterstützt und genährt. Ebenso hat sie aber auch in anderen Bereichen zur Sterilität geführt. Ich finde beispielsweise viele Ihrer Kunstformen herrlich. Ihre Musik, die Art, wie Sie sich entspannen ... dort liegt große Energie, gleichsam ein Abbild Ihrer rassischen Hysterie. Dies sind die Bereiche, in denen sich Ihre zerebralen Furien austoben. Wir könnten ein anderer solcher Bereich sein. Es würde uns beiden nützen.«

»Dann wollen Sie unsere Energie kanalisieren?« fragte der fette Mann gefährlich.

»Nein, nein!« Ryo mühte sich ab, seine Verzweiflung, so gut er das konnte, in menschlichen Ausdrücken zu vermitteln, ohne dabei Gesten zu gebrauchen. Es kostete beständige Anstrengung, nur mit Luft zu sprechen und nicht mit den Gliedmaßen und dem Körper. »Ich will Sie nicht kanalisieren, will nicht, daß Sie irgendwie gelenkt werden. In alldem ist nichts, was auf Beherrschung hinausläuft. Ich möchte nicht, daß wir etwas für Sie tun oder Ihnen etwas antun. Nur *mit* Ihnen.«

»Mit uns.« Der Beamte überlegte. »Eine schöne Empfindung, aber wie Sie selbst zugeben, wird es schwierig sein, Ihr eigenes Volk davon zu überzeugen.«

»Zuerst werden sie vor Ihnen Angst haben, so wie sie vor der Mannschaft dieses Schiffes Angst hatten. So wie ich Angst hatte. Wir müssen unsere alten Emotionen überwinden. Wir alle. Das Äußere darf die Vernunft nicht beeinflussen. Und ebensowenig Ihre psychotischen Tendenzen.«

»Wir haben keine psychotischen Tendenzen.« Der Beamte schien sich unbehaglich zu fühlen.

»Sprechen Sie doch mit Ihren eigenen Beratern«, riet ihm Sanchez. »Studieren Sie die Geschichte der Menschheit. Wir sollten keine Angst davor haben, zuzugeben, daß wir sind, was wir sind.«

»Bedenken Sie doch Ihre eigene geistige Verfassung in diesem Augenblick«, fügte Rijseen hinzu. »Und dann sehen Sie sich dieses Alien an, das Ihnen gegenübersitzt. Es ist weit von zu Hause entfernt und befindet sich unter Geschöpfen, die für ihn von unübertroffener Häßlichkeit sind. Sehen Sie, wie ruhig er ist, wie entspannt, wie gelockert.«

Das stimmte nicht ganz, dachte Ryo. Aber er würde ganz bestimmt die Hypothese des Wissenschaftlers nicht widerlegen.

»Würde ein Mensch in derselben Situation so reagieren? Wir wissen, daß er das nicht würde. Wir wissen, warum Captain Sanchez und ihre Leute es nicht getan haben, und dabei waren sie für eine solche Konfrontation ausgebildet. Sie haben um sich geschlagen und geschrien und sich verhalten wie ... nun ... eben wie Menschen. Aus meinen Studien bin ich überzeugt, daß Ryos geistige Stabilität nicht das Resultat einer rassischen oder individuellen Schwäche oder von Fatalismus ist, sondern die Folge eines besseren Verstehens der eigenen Person.«

»Ich kann erkennen, daß er Sie zumindest überzeugt hat«, sagte der Beamte.

»Fakten haben große Überzeugungskraft, Sir«, sagte Bhadravati leise.

Der Beamte stand auf und ging auf das große Bullauge zu. Er stand da und starrte stumm auf die weite, tote Welt hinunter. Der Stern Centaurus (der wegen eines großen Fehlers nicht Alpha war) war ein schwach leuchtender, weit entfernter Lichtpunkt. Ryo konnte sehen, wie die Finger des Mannes sich in irgendeinem geheimen Ritual bewegten und ineinander verschlangen.

»Es ist schwierig«, murmelte der Mann. »Sehr schwierig. So haben wir zum Beispiel als Beweis für die angeblich unversöhnliche Feindseligkeit dieser AAnn nur Ihr Wort.«

»Sie werden Ihnen selbst früh genug reichlich Beweise liefern«, meinte Ryo.

»Unsere Aufzeichnungen zeigen, daß das Schiff, das uns angegriffen hat, ganz anders gebaut war als jedes Thranx-Schiff, das wir gesehen haben«, erklärte Sanchez. »Wenn die Hälfte von dem was Ryo über sie sagt, wahr ist, werden sie eine echte Gefahr für uns darstellen.«

Ryo versuchte die Stimmung des Mannes zu enträtseln, indem er ihn ansah; aber das mißlang ihm völlig. Er versuchte zu glauben, daß das anhaltende Schweigen ein Zeichen dafür war, daß die Unschlüssigkeit des Mannes schwächer wurde; daß er trotz seiner Unsicherheit im Begriff war, langsam auf die Seite der Vernunft herüberzukommen.

Er drehte sich um, und seine Finger arbeiteten immer noch, und das Licht einer toten Welt umgab seine Silhouette. »Ich will niemanden beleidigen – verdammt, ich weiß nicht, wie ich das ausdrücken soll. Es gibt hier Probleme, die die Logik nicht lösen wird. Es ist einfach so ...«

»... daß alles einfach wäre, wenn ich von anderen Ahnen abstammte«, unterbrach ihn Ryo. »Wenn ich nicht aussähe wie ein großes, widerwärtiges Insekt.«

Der Sekretär schien sich sichtlich unbehaglich zu fühlen, als Ryo fortfuhr. »Ich hatte hinreichend Zeit, um die Ängste zu studieren, die die meisten Menschen bezüglich meiner winzigen Verwandten auf ihrer Welt empfinden. Aber nach Ihrem Klassifizierungssystem sind wir eigentlich gar keine Insekten.«

»Die Öffentlichkeit«, erwiderte der Sektretär, »interessiert sich nicht für wissenschaftliche Feinheiten. Sie sehen wie etwas aus, was ihren schlimmsten Alpträumen entsprungen sein könnte.«

»Und Sie, Mr. Secretary?« Ryo glitt von seinem Sattel und ging auf ihn zu. »Wie wirke ich denn auf Sie?« Er griff mit beiden Echt- und Fußhänden nach oben und packte das Hemd des Mannes unten.

»Bekommen Sie eine Gänsehaut, wenn ich Sie berühre? Ein faszinierendes Phänomen übrigens. Erzeugt meine Gegenwart in Ihnen den Drang, sich zu übergeben? Wird Ihnen von meinem Geruch übel?« Er ließ den Stoff los. Der Sekretär hatte sich nicht bewegt.

»Tatsächlich«, erwiderte er ruhig, »ist Ihr Geruch, mit dem man mich vor meiner Ankunft vertraut gemacht hat, ganz und gar so lieblich, wie man es mir berichtet hatte. Aber unsere Mediensysteme sind nicht hinreichend weit fortgeschritten, um Gerüche zu übertragen. Nur Bild und Ton. Ich fürchte, wenn es zur Frage des Kontaktes kommt, wird das Bild für die Reaktionen der Zuschauer bestimmend sein.«

Ryo hatte sich umgewandt und wieder seinen Sattel eingenommen. »Sie sind also nicht optimistisch gestimmt.«

»Sie hatten bereits eine unglückliche Konfrontation mit einem Fanatiker, hat man mir gesagt?«

»Ja. Das hat einem sehr lieben menschlichen Freund das Leben gekostet. Ich glaube aber, daß dieser Zwischenfall nicht etwa die negativen Reaktionen beweist, die ich und meinesgleichen provozieren könnten, sondern eher das Gegenteil. Ein Mensch hat sein Leben für das meine geopfert, obwohl ich ein groteskes Quasi-Insekt bin.«

»Ein einzelnes isoliertes Beispiel mit einem Menschen, der als Forscher ausgebildet war. Man darf von Durchschnittsmenschen nicht dieselbe Reaktion erwarten.«

»Oder, was das betrifft, von Durchschnitts-Thranx«, räumte Ryo ein. »Aber irgendwie muß man doch eine Lösung finden.«

»Mir fällt keine ein.« Was der Sektretär sagte, war nicht ermutigend. »Wir würden zweifelsfrei demonstrieren müssen, daß unsere beiden Gattungen trotz Jahrtausenden gegenteiliger Konditionierung Seite an Seite in Harmonie und Verständnis leben könnten.

Das Beste, was ich realistischerweise anbieten kann, ist die Chance, über Tiefraum-Sendungen die Kommunikation vorsichtig zu eröffnen. Selbst dann würde ich noch die ewig Gestrigen und die Paranoiden in meiner eigenen Abteilung bekämpfen müssen. Aber wenn wir behutsam vorgehen, könnten wir mit Glück und bei einiger gesellschaftlicher Reifung während der nächsten paarhundert Jahre ...«

»Vergeben Sie mir die Unterbrechung, Sir«, unterbrach ihn Ryo scharf. »Die AAnn werden nicht ein paarhundert Jahre warten. Sie werden ihr unheilvolles Treiben ausdehnen und auch Ihr Volk miteinschließen. Sie wissen, wie weit sie gehen dürfen, wie tief sie verwunden können. Sie werden versuchen, Sie auszubluten. Und wenn Sie schwach genug sind, werden sie angreifen. Sie werden jeden Tag mächtiger, zuversichtlicher. Um unserer beiden Gattungen willen müssen wir *jetzt* ein Bündnis eingehen. Das läßt sich allerdings auch nicht durch behutsame Bild- und Tonsendungen bewirken.«

Ein erfolgreicher Politiker weiß, wann die Zeit für Takt und wann die Zeit für die Wahrheit ist. Der Sekretär war ein sehr erfolgreicher Politiker.

»Unglücklicherweise existieren die Fakten. Wir können unsere Form ebensowenig ändern wie Sie die Ihre. Ich sehe einfach keinen schnellen Weg, um die Kompatibilität unserer Gattungen zu beweisen.«

»Ich habe über das Problem viel nachgedacht«, erwiderte Ryo.

»Ich hatte gehofft, den Vorschlag nicht machen zu müssen, den ich Ihnen jetzt allen vorlegen werde. Er ist ein wenig ... ah ... nun, theatralisch. Mein Freund Wuuzelansem freilich würde die Form, wenn schon nicht den Inhalt, billigen. Aber sonst fällt mir im Augenblick nichts ein. Ich würde jedoch glauben, daß dieser Vorschlag die Frage der Kompatibilität auf Dauer erledigen wird.

Wenn die Aktion bekannt wird, werden unsere beiden Völker sie mit dem Ausdruck der Empörung und des Schreckens verdammen. Ich erwarte von allen hier im Raum Anwesenden«, und damit machte er eine Geste, die den ganzen Raum umschloß, »daß Sie auf meine Erklärung ebenso reagieren werden. Ich bitte Sie inständig, mich zu Ende sprechen zu lassen und das, was ich sagen werde, ruhig und vernünftig zu überlegen. Ich bitte Sie, instinktive Leidenschaften beiseitezuschieben, während Sie über die wichtigeren Anliegen nachdenken, mit denen wir zu tun haben. Mit dem Erfolg werden sich die Bewunderung und die Rechtfertigung einstellen. Ein Mißerfolg würde für alle Betroffenen Unehre und noch viel Schlimmeres bedeuten.«

»Ich mag es nicht, wenn man mir nur Extreme zur Wahl stellt. Ich ziehe es vor, in der Mitte zu bleiben«, murmelte der Sekretär.

»Hier gibt es keine Mitte, Sir. Sind Sie nicht risikofreudig? Liebt Ihr Menschen es nicht, mit den Gesetzen des Zufalls zu tanzen?«

»Es heißt, daß wir das hie und da getan haben«, meinte einer der anderen Beamten trocken.

»Dann werde ich meine Gedanken ausführen. Ich bitte Sie nur, meinen Vorschlag nicht abzulehnen, solange ich nicht zu

Ende gesprochen habe.« Zumindest habe ich jetzt ihre volle Aufmerksamkeit gewonnen, dachte Ryo. Aber da er in den letzten Jahren einige Weisheit erworben hatte, machte er sich hinsichtlich seiner Chancen keine großen Illusionen.

»Nun«, begann er, »wenn ich Ihre Sitten und Gebräuche richtig studiert und begriffen habe, so glaube ich mich nicht zu irren, wenn ich sage, daß Sie eine sehr negative Meinung von Entführung und Säuglingsmord haben ...«

Die Welt, die vor ihnen auf dem Bildschirm immer größer wurde, war so schmerzhaft vertraut, daß Ryo sich beim Zittern ertappte.

»Alles in Ordnung, Ryo?« Bonnie starrte ihn von ihrem Sitz aus an.

»Ja. Ich hatte nur keine so mächtige Reaktion erwartet.« Vor seinen Augen schwoll der neblig weißgrüne Globus immer weiter an und füllte fast den ganzen Schirm. Sie stießen sehr schnell auf ihn hinab, so wie sie es geplant hatten. »Ich hielt mich für hinreichend distanziert und glaubte, solch alltägliche Instinkte würden keine Wirkung auf mich haben. Doch das ist eindeutig nicht der Fall. Ich fühle mich recht benommen.«

»Ich verstehe.« Sie sah ihn mitfühlend an. »Wir unterliegen denselben Emotionen. Wir nennen das Heimweh.« Ihr Blick wanderte zu dem kleinen Bildschirm. Sie befanden sich in Ryos Quartier an Bord der abgeschirmten *Seeker*. Sie wischte sich den allgegenwärtigen Schweiß von der Stirn. Seit mehr als einer Stunde saß sie jetzt bei ihm, und ihre Kleidung war vom Schweiß naß. »Eine wunderschöne Welt, dein Willow-wane. Dein Zuhause.«

»Ja. Der größte Teil der Siedlung ist auf der gegenüberliegenden Halbkugel.«

»Keine Sorge. Elvira weiß schon, was sie zu tun hat. Sie wird auf Kurs bleiben und auf die erste Andeutung einer Sonde hin in den Plusraum zurücktauchen. Aber wenn das wahr ist, was du sagst, ist das ja höchst unwahrscheinlich.«

»Ich glaube, alles wird gutgehen. Die zusätzliche Abschirmung, die ihr installiert habt, sollte uns auf den Bildschirmen der Weltraumüberwachung als einen winzigen Meteor erscheinen lassen. Innerhalb fünf PD von Hivehom oder Warm Pflegehort würde man uns entdecken. Aber über Willowwane gibt es viele tote Zonen. Ich glaube, die *Seeker* wird lange genug unentdeckt im Orbit bleiben können, um unser Material zur Oberfläche bringen zu können.«

Das Türsignal schlug an, und Ryo rief: »Herein, bitte!« Die Tür glitt zur Seite, und ein kalter Luftstrom schlug vom Korridor herein und machte ihn frösteln. Bonnie bewegte dankbar die Arme in der kühlen Brise.

Ein kleiner Mensch trat ein. Ryo studierte ihn mit der üblichen Faszination. Menschen kannten kein Larvenstadium, erlebten die Schrecken, die Wunder und die Glorien der Metamorphose nicht. Wie so viele Säugetiere wurden sie in der Form geboren, die sie ihr ganzes Leben lang haben würden.

Sie hatten nicht den Vorteil einer ausgedehnten Lernperiode, in der sie ruhen und Wissen in sich aufnehmen konnten. Statt dessen wurde sie unvermittelt in eine von höchster Konkurrenz gezeichnete Erwachsenen-Umgebung hineingestoßen. Wenn Ryo auch kein Psychotechniker war, so glaubte er doch, daß diese unglückliche Situation viel mit der Paranoia und der Aggressivität der Menschengattung zu tun hatte.

Die Larve – nein, verbesserte er sich, das männliche Kind – hieß Matthew. Er blieb neben Bonnie stehen und hob instinktiv die Hand. Sie nahm sie.

»Fahren wir dorthin, Miß Thorpe?« Ryo stellte fest, daß der junge Mensch, obwohl er die andere Hand im Mund hatte, seine Kinnladen dennoch dazu benutzte, um die Finger zu säubern. Man hatte ihm gesagt, daß die Gewohnheit eher psychologischen als praktischen Sinn hatte.

»Ja, dort gehen wir hin, Matthew. Ist es nicht hübsch?«

Sie beugte sich vor, um ihr Gesicht auf die Höhe des seinen zu bringen. Beide blickten auf den Bildschirm.

»Sieht wie zu Hause aus«, sagte er.

»Die meisten bewohnbaren Planeten sehen ähnlich aus.«

»›Bewonnbaar‹ – was ist das?«

»*Bewohnbar*«, verbesserte sie. »Das bedeutet, daß wir gewöhnlich dort leben können.«

»Das sieht aus wie Limoneneis. Wie lange bleiben wir dort?«

»Nicht besonders lange.«

Matthew überlegte einen Augenblick lang und sah dann wieder aus zusammengekniffenen Augen auf den Bildschirm. »Wann werd' ich Mom und Dad wiedersehen?«

Bonnie zögerte und lächelte dann mütterlich. »Nachdem die Schule zu Ende ist. Die wissen, daß du weg bist, das weißt du doch.«

»Klar, sicher.«

»Gefällt dir diese Schule bis jetzt?«

»Oh, und wie!« Er strahlte. »Hier gibt's so viele feine Sachen und Bänder zu studieren und prima Essen und nette Freunde! Mir gefällt das viel besser als meine alte Schule. Und dann ist das auf einem Sternenschiff.« Er verzog das Gesicht und sah sie nachdenklich und mit gerunzelter Stirn an. »Bloß zuviel Mädchen.«

Bonnie lächelte.

»Aber viel Spaß macht das. Ich hab' nie gedacht, daß Schule so viel Spaß machen kann. Aber ich möchte gern hinaus. Aber ich weiß natürlich, im Weltraum geht das nicht, und ich hab' keinen Schutzanzug.«

»Wir landen bald«, teilte sie ihm mit, »dann kannst du draußen spielen. Dann gibt es auch Neues zu lernen.«

»Oh, das macht nichts. Ich mag Schule.«

»Das weiß ich doch, Matthew.« Sie zauste ihm die braunen Locken. »Das ist doch einer der Gründe, weshalb man dich für dieses Schuljahr ausgewählt hat, aufs Schiff zu kommen.«

»Ja, macht wirklich Spaß.« Er betrachtete das Limoneneis noch eine Weile. Dann wanderte seine Aufmerksamkeit zu der Gestalt, die auf dem hohen Bett lag. Er hielt immer noch Bonnies Hand fest, aber die andere Hand steckte nicht mehr in seinem Mund. Das war eine Baby-Gewohnheit, das wußte er, und er war kein Baby mehr. Er war entschlossen, damit Schluß zu machen.

»Tag, Ryo.«

»Tag, Matthew.«
»Willst du für mich Wortpfeifen?«
»Jederzeit.« Und dann pfiff er das Thranx-Wort für glücklich.

Matthew schob die Augenbrauen zusammen. Sein Gesicht verzog sich, und seine Kinnladen bewegten sich. Zuerst passierte gar nichts, als er blies, aber das zweite Mal kam ein weicher Pfiff heraus. Er lächelte. »Wie ist das?«

»Sehr gut. Aber am Ende muß es höher sein. Das ist das Pfeifwort für glücklich.«

»Das weiß ich doch. Meinst du, ich bin blöd oder sowas?« Er versuchte es noch einmal. Der Ton schwebte durch den Raum, diesmal lauter.

»So ist's besser, viel besser. Willst du das Wort für Sonnenaufgang-morgen versuchen?«

»Nee, nicht jetzt.« Er blickte zu Bonnie auf und sah dann wieder die Gestalt auf dem Bett an. Ein komisches Bett ist das, dachte er. Aber Ryo hatte ja auch eine komische Form, also war es durchaus möglich, daß das irgendwie zusammenpaßte.

»Willst du Pferdchen spielen?«

»Sicher.« Ryo glitt von der Liege. Pferdchen war ein Jung-Menschen-Spiel, in dem ein Partner die Rolle eines domestizierten irdischen Säugers spielte. Das alles war Teil eines viel größeren, viel gefährlicheren Spiels.

Er ließ sich auf den Boden hinab, so daß der Junge an Bord klettern konnte. Ihm war es immer etwas peinlich, wenn eines der Kinder das Pferd machen wollte.

FÜNFZEHN

Es kommt nicht darauf an, wer oder was du bist, sinnierte Ryo. Wo auch immer das Zuhause ist, an seinem Geruch ist etwas, das es von jeder anderen Welt unterscheidet.

Er atmete tief ein, und sein Thorax dehnte sich, während er sich auf der kleinen Lichtung umsah. Links von ihm wuchsen dicke Muldringia-Lianen bis an den Rand der Lichtung, wo das nicht abgeschirmte Sonnenlicht sie blaß und schwach machte. Über dem hohen Gras stand eine Krone aus hellgelben, kleinen Blumen. Schnupfkäfer summten durch die Morgenluft. Seine Fühler bewegten sich leicht und nahmen die Pollen wahr, die ein überreifer Bom-Busch erst kürzlich abgeschossen hatte. Das zu Kopf steigende Aroma drohte sein Gleichgewicht auf der Rampe zu stören.

»Meine Heimat.« Er wandte sich der offenen Schleuse und auch denen, die in ihr standen, zu. »Ist sie nicht wunderschön?«

Auf Bonnies entblößter Haut sammelte sich bereits Flüssigkeit. Bhadravati und einige andere Freunde drängten sich um sie und prüften die Luft.

»Sehr üppig«, stimmte Bhadravati ihm zu. »Aber für uns sehr heiß und schrecklich feucht.«

»Ein milder Zweitjahreszeiten-Tag«, stellte Ryo fest. »Ich bezweifle, daß die Feuchtigkeit sehr viel mehr als achtzig Prozent beträgt. Wenn wir Glück haben, erreicht sie am Mittagsabend behagliche neunzig.«

»Wenn wir Glück haben«, murmelte Elvirasanchez finster, während sie sich aus der Schleuse beugte und sich zwischen den Baumwipfeln umsah. Ihre Sorge galt dem, was vielleicht aus den Wolken erscheinen könnte.

»Wenn man uns beim Anflug entdeckt hätte«, sagte eine Stimme aus dem Innern des Schiffes, »dann wären jetzt bereits Suchflugzeuge zu sehen.«

»Ich weiß. Ich mach' mir bloß immer Sorgen«, rief ihm die Kapitänin über die Schulter zu. Die Hände in die Hüften gestemmt, drehte sie sich um und blickte an Ryo vorbei. »Jedenfalls der richtige Ort zum Abnehmen.«

Ryo machte eine Geste, die Verwirrtheit ausdrückte. »Warum würden Sie ihn gerne abnehmen – und wie?«

»Kosmetische Gründe«, antwortete sie. »Wenn wir uns in sehr heißem Wetter bewegen, schwitzen unsere Körper Wasser aus, und wir verlieren Gewicht.«

»Außergewöhnlich.« Ryo schüttelte den Kopf, um sein Erstaunen anzuzeigen, eine Geste, die er sich aus dem physischen Vokabular der Menschen angeeignet hatte. »Da wir von unseren Exoskeletten umschlossen sind, sind wir in solchen Dingen wesentlich weniger flexibel.«

»Eine Welt ohne Gewichtsprobleme«, murmelte Bonnie. »Das würde schon ausreichen, um einige Menschen zu Besuchen hier zu veranlassen.«

»Aber nicht genügend davon.« Bhadravati spähte mit zusammengekniffenen Augen hinaus. »Daher unser illegaler Besuch.«

Höchst illegal. Der Sekretär hatte geheime Unterstützung und gewaschene Gelder zur Verfügung gestellt, aber keinen Zweifel daran gelassen, daß er, wenn das Projekt entdeckt werden sollte, sich ebenso lautstark von ihm distanzieren würde wie jedes andere Kabinettsmitglied. Daß die Expedition überhaupt hatte starten können, war nur auf ungeheuren Druck seitens der Angehörigen der wissenschaftlichen Gemeinde, und dort wiederum Rijseen und Bhadravati zuzuschreiben.

Vom unteren Teil der Rampe waren Rufe und Klappern zu hören. Menschen und ihre Maschinen waren mit dem Inhalt des Laderaums beschäftigt.

»Wir sollten den ersten Teil des Unterstandes fertig haben, bis du zurück bist«, erklärte Bonnie Ryo. »Falls du natürlich nicht innerhalb der vereinbarten Zeit zurück sein solltest ...«

»Ich weiß. Ihr werdet dann verschwinden und es mir überlassen, eine ganze Menge Erklärungen abzugeben. Vorausgesetzt, daß man mir die Zeit dafür gibt.«

»Ich dachte, du hättest gesagt, dein Volk sei in solchen Dingen höchst zivilisiert.«

»Die Furcht vor dem Unbekannten wird zwar beim *homo sapiens* besonders übertrieben, ist aber auch bei den Thranx nicht völlig unbekannt«, antwortete er. »Dieser Einstellung gilt ja unser Kampf.«

»Hoffentlich kommst du rechtzeitig zurück.« Sie streckte die Hand aus, um einen seiner Fühler zu berühren. »Paß auf, daß man dich nicht abknallt! Du bist wichtig. Noch sind es nicht die Thranx, mit denen wir befreundet sind – noch bist es du ...«

»Ich werde mir die größte Mühe geben, mich zu bewahren«, versicherte er ihr, während er die Rampe hinunterging. Bonnie und die anderen folgten ihm bis ganz unten. Dann schlossen sie sich den anderen an, um beim Ausladen zu helfen.

Er blickte zu dem Shuttle zurück und konnte durchs Glas der winzigen Bullaugen zahlreiche Gesichter erkennen, die sich dagegendrückten. Einige der Gesichter waren kleiner und weniger gut ausgeprägt als andere. Bald, Matthew, dachte er, zu den Gesichtern hin. Bald könnt Ihr herauskommen und spielen. Und ich hoffe, bald ein neues Spiel für dich und deine Freunde zu haben.

Sich zu Fuß durch den Dschungel fortzubewegen, war langwierig und mühevoll, obwohl er sich recht gut an die Gegend erinnerte. Das war einer der Hauptgründe, daß man sie ausgewählt hatte. Und er hatte sich schon durch viel wilderes und feindlicheres Gebiet seinen Weg gebahnt. Oh, wie lange das zurücklag!

Tage verstrichen. Besorgt blickte er immer wieder zu dem von Blattwerk verdeckten Himmel, um nach Suchflugzeugen Ausschau zu halten. Nachdem ein Halbmonat verstrichen war, war er schließlich überzeugt, daß das Shuttle unbemerkt aufgesetzt hatte.

Ehe viel mehr Zeit verstrich, befand sich Ryo mitten in der ersten Reihe von Tettoq-Bäumen. Auf der anderen Seite der Pflanzung zu seiner Linken sollte die Werkstätte sein, wo man defekte Geräte reparierte. Er war etwas südlich von den

Inmot-Feldern aus dem Dschungel gekommen, erkannte die Landschaft aber dennoch. *So* weit hatte man den Dschungel seit seiner etwas hastigen Abreise vor so langer Zeit auch noch nicht zurückgedrängt.

Es war sehr schwierig, sich am Dschungelrand in den Bäumen versteckt zu halten. Dabei wünschte er sich sehnlicher denn je, rufend und schreiend hinauszupfeifen und auf den nächsten Zugang zuzulaufen; aber das durfte nicht sein, nicht in dieser Nacht und auch einige Zeit noch nicht, wenn überhaupt je.

Er wartete, bis Schlafzeit war und die Sterne hoch am Himmel und hinter der Wolkendecke standen, ehe er den schützenden Dschungel verließ. Während er sich vorsichtig seinen Weg durch die sorgsam gepflegte Vegetation bahnte, rechnete er damit, daß alles irgendwie völlig anders wäre. Tatsächlich war er gar nicht so lange weg gewesen. Nur seinem Geist schien es, als wäre er Jahre fort gewesen.

Es gab keine Streifen, denen er ausweichen mußte, da es nichts gab, gegen das man hätte Streifen einsetzen müssen. Zweimal begegnete er Vorpartnern oder neugierigen Jungen, die auf nächtlichen Spaziergängen unterwegs waren. Niemand erkannte ihn. Das war ein Glück, denn nur absolute Dunkelheit hätte seine Bewegungen völlig verbergen können.

Wenn es Menschen gewesen wären, wäre es einfacher, dachte er, nachdem er das letzte Paar erfolgreich hinter sich gelassen hatte und seine Schritte beschleunigte. Menschen waren bei schwacher Beleuchtung praktisch blind. Wirklich eine erstaunliche Spezies, diese Menschen, sinnierte er. Man brauchte sich nur zu überlegen, was sie doch mit ihrem armseligen Gesichtssinn, ihrem armseligen Gehör, einem schwachen Geruchssinn, völlig ohne Fazzfähigkeit und mit nur der Hälfte der vernünftigen Zahl von Gliedmaßen erreicht hatten. Ganz zu schweigen von der Last, ihren Körper außerhalb des Skeletts tragen zu müssen. Wirklich bemerkenswert.

Er wußte, daß sehr viel von seinem kleinen nächtlichen Spaziergang abhing. Er eilte immer schneller weiter.

Die Werkstätte war nicht verlegt worden. Niemand bewachte die Werkzeuge oder Geräte, die davor abgestellt waren. Nicht, daß Diebstahl in den größeren Waben völlig unbekannt gewesen wäre; aber in einer Gemeinschaft von der Größe von Paszex war schweres Material sicher, denn es gab keinen Ort, an den man es hätte bringen können.

Dieses Vertrauen reichte freilich nicht so weit, daß man auch die Zündungen eingeschaltet gelassen hätte. Unvernunft gab es in Paszex in Proportion zur Zahl der Bevölkerung. Ryo war eine gute halbe Stunde damit beschäftigt, eine Erntemaschine so zu präparieren, daß man sie leicht in Gang setzen konnte.

Die Maschine war dazu eingesetzt, schwere Ladungen von den Feldern zu den Bearbeitungsschächten zu transportieren. Mit der Vertrautheit, die sich gleich wieder einstellte, ließ er den Motor an. Die Erntemaschine setzte sich ohne einen Ruck auf drei Reihen von Ballonrädern in Bewegung.

Als er die Maschine vor dem Eingang abstellte, den er zu benutzen gedachte, gab es einen etwas schwierigen Augenblick, denn immerhin hätte ein nächtlicher Passant sich darüber wundern können, weshalb die große Maschine so weit von ihrem Einsatzort parkte. Aber niemand ließ sich sehen.

Nachdem er die Innentemperatur der Ladebrücke der Erntemaschine so umgestellt hatte, wie er das brauchte, glitt er aus dem Steuerhäuschen und betrat die Wabe. Nichts Ungewöhnliches schlug seinen Sinnen entgegen, und doch fühlte er sich nicht ganz so zu Hause, wie er das angenommen hatte. Nichts war anders, nichts war verändert worden. Er hatte den größten Teil seines Lebens in eben den Korridoren verbracht, in denen er sich jetzt bewegte. Und doch war da etwas anderes, und er fürchtete, daß es auf Dauer so war.

Der größte Teil der Bürger schlief, aber einige waren noch hart an der Arbeit. Beispielsweise die Instandsetzungtrupps, die die Korridore für den nächsten Tag vorbereiteten. Er würde mit einiger Vorsicht vorgehen müssen.

Er ging einige Etagen in die Tiefe, bog um eine vertraute Ecke und war jetzt fast am Ziel. Hier waren die Arbeiter eifriger am Werk als sonst irgendwo in Paszex. Das war für ihn nicht überraschend. Er wußte, daß es so sein würde, aber er konnte es nicht vermeiden.

»Guten Abend«, sagte der Monitor.

»Guten Abend.«

»Es ist sehr spät.«

»Ich weiß, aber ich konnte nicht einschlafen, und da dachte ich mir, ich würde mir die neue Brut ansehen.« Thranx hatten keine Nichten und Neffen. Eine neue Geburt gehörte allen im Clan. Die Beziehung war hinreichend allgemein, daß Ryo glaubte, man würde ihm Zutritt gewähren, einfach weil er ihn verlangte. Jeder Clan hatte Larven in dem Pflegehort.

Der Monitor fand an seiner Bitte nichts Ungewöhnliches. »Schon gut. Aber seien Sie leise. Sie schlafen alle.«

»Ich weiß. Ich werde sie nicht wecken.«

Er betrat den eigentlichen Pflegehort. Die langen Reihen leicht gebogener Studiersättel lagen geordnet vor den verglasten Wänden. Zwischenwände bildeten einzelne Zellen. Etwa drei Viertel der Sättel waren von Larven in verschiedenen Reifestadien besetzt.

Wieviele Jahre war es her, daß er selbst auf einem solchen Sattel gelegen hatte? dachte er. Unbeweglich, nach Wissen und Nahrung dürstend, Tage in trägem Studium, mit seinen Pflegegefährten verbringend und auf die Metamorphose wartend.

Jetzt war er wieder in der Brutstätte, nur mit einem anderen Ziel. Ein Blick von der Tür aus zeigte ihm, daß nur drei Pfleger zugegen waren. Selbst das schien beunruhigend. Sie gingen schnell und geschäftig ihrer Arbeit nach.

Keiner der Pfleger störte ihn oder dachte daran, seine Anwesenheit in Frage zu stellen, während er langsam den Mittelgang entlangschlenderte. Die Sattelkonstruktionen waren, solange er lebte, nicht geändert worden. Alle waren tragbar, und jeder besaß einen kleinen Motor und konnte damit ohne Mühe bewegt werden, falls man den betreffenden Insassen in die Ärztestation oder in eine andere Abteilung bringen wollte.

Er tat so, als betrachte er bewundernd einen Jungen am Ende des Gangs. Der Notausgang sollte ganz nahe sein. Dabei handelte es sich nicht um Überbleibsel aus der Antike, wo jede Thranx-Brutstätte sie besaß, vielmehr waren sie als wichtige Notausgänge für den Fall eines Brandes gedacht.

Der Ausgang sollte zu einer Rampe am Wabenrand führen. Auf der Benutzung solcher Gänge außerhalb von Notzeiten standen schwere Strafen. Aber das gleiche galt natürlich für Entführung. Das Zusammenfließen von Verbrechen und antisozialem Verhalten im allgemeinen gehört zu den weniger auffälligen Ähnlichkeiten zwischen Menschen und Thranx, sagte er sich.

Die Larven, die er auswählte, waren weder neugeboren noch standen sie kurz vor der Metamorphose. Alle befanden sich ungefähr im Mittellarvenstadium.

Er fand seine Geduld belohnt, als nicht nur einer, sondern gleich zwei der Pfleger die Brutstätte verließen. Als sie nicht zurückkehrten, machte er sich schnell an die Arbeit. Zwei, drei, fünf Sättel wurden aneinander angekoppelt. Jetzt konnten alle von einem Pfleger gesteuert werden. Oder sonst jemandem. Ein Blick den Mittelgang hinauf zeigte ihm, daß auch die letzte Pflegerin verschwunden war. Die Abteilungen zwischen den Zellen boten ihm genügend Schutz und würden das auch weiterhin tun, bis er seinen kleinen Zug ins Freie hinaus manövriert hatte, um dort den kurzen Spurt zum Notausgang zu wagen. Wenn es ihm gelang, den Zug hinauszubringen, ohne entdeckt zu werden, würde er recht zufrieden sein. Zeit, darüber nachzudenken, wie lange es dauern würde, bis man die Larven vermißte, hatte er nicht.

Er war damit beschäftigt, den sechsten und letzten Sattel an die anderen anzukoppeln, als ein erschreckend vertrauter Duft an seine Antennen drang. Er zuckte zurück. Dem köstlichen Duft folgte eine etwas nörgelnde und sehr vertraute Stimme.

»Ryo?« Er drehte sich um. Es war Fal.

Sie trug ihre Uniformweste und die dazugehörende Halstasche und starrte ihn an. Wieviel sie beobachtet hatte, wußte er nicht. Nicht, daß es jetzt darauf angekommen wäre. Sie hob alle vier Hände und wies gestikulierend auf die kleine Reihe miteinander verbundener Sättel. Ihre Motoren summten, und die Larven darauf schliefen fest.

»Wo kommst du her, und was machst du hier eigentlich?«

Ryo stellte fest, daß er mit schnellen, kurzen Zügen atmete. Sein Blick wanderte an ihr vorbei zum Eingang des Pflegehorts. Die anderen beiden Pfleger waren noch nicht zurückgekehrt, aber er durfte nicht darauf bauen, daß sie noch länger wegbleiben würden.

»Ich habe jetzt keine Zeit für Erklärungen«, meinte er. »Du mußt mir helfen, diese Kinder aus dem Pflegehort heraus nach oben zu bringen. Alles kommt jetzt darauf an, daß es schnell geht.«

Sie wich einen Schritt zurück. »Ich verstehe dich nicht. Du hast mir gesagt, du wärest in irgendeinem Regierungsprojekt beschäftigt. Dann sagte uns dieselbe Agentur, du seist ein Verbrecher geworden.« Sie machte eine Geste beträchtlicher Verwirrung und Unsicherheit. »Ich weiß nicht, wem oder was ich noch glauben soll.«

»Alles, was man dir gesagt hat, ist auf seine Weise wahr«, sagte er unbestechlich ehrlich. »Bis zu einem Punkt. Ich *war* in einem Regierungsprojekt tätig, und ich *bin* jetzt so etwas wie ein Gesetzesbrecher. Für manche sogar noch etwas Schlimmeres. Nach Meinung anderer hinwiederum bin ich ohne Zweifel ein großer Held. Tatsächlich bin ich freilich keines von beiden. Ich bin einfach ich und tue das, was ich für notwendig halte. Du kannst deine eigene Entscheidung treffen, Fal, aber ich habe nicht die Zeit, die Dinge zu erklären. Nicht jetzt.«

Er betätigte einen Schalter, und die Sattelreihe setzte sich in Richtung auf den Notkorridor in Bewegung. Sie stellte sich dem vordersten Sattel in den Weg.

»Ich weiß nicht, wo du warst, Ryo, oder warum du nichts von dir hast hören lassen oder was du gemacht hast. Es ist mir nicht wichtig. Wichtig ist mir, dich wiederzusehen ... Das ist gut, denke ich, trotz allem, was du getan hast. Es gibt vieles, worüber wir sprechen müssen. Und in der Zwischenzeit werden diese Larven, ganz gleich, was für persönliche Gründe du dafür hast, nirgendwohin gehen. Dies hier ist der Pflegehort. Hierher gehören sie, und hier werden sie bleiben.

Es sei denn, du *kannst* erklären, was du hier machst, und das bezweifle ich entschieden.«

»Das bezweifle ich selbst«, sagte er und trat näher. »Es ist viel komplizierter, als du dir vorstellen kannst. Ich liebe dich, Fal. Du bist eine wunderbare, intelligente, einsichtige Frau, und die Meinung, die ich von dir habe, wird sich nie ändern, ganz gleich, was du vielleicht inzwischen von mir denkst. Und deshalb hoffe ich, daß du mir das verzeihen wirst«, und dabei schlug er mit zwei Fäusten zu, mit – wie er hoffte – vorsichtig bemessener Kraft auf die Stelle zwischen ihren beiden Fühlern.

Sie hatte nicht einmal Zeit aufzustöhnen. Ihre Arme streckten sich in einer Geste des Schocks, und sie sank zu Boden. Er beugte sich schnell über sie. Dann sah er den Mittelgang hinauf und stellte fest, daß der Hort immer noch leer war. Sein Glück hielt an.

Ihr Thorax pulsierte langsam, aber gleichmäßig, als er sie auf einen leeren Sattel hob und diesen mit den sechs anderen verband. Sie würde lange Zeit bewußtlos sein, während ihr Körper die Kopfverletzung heilte.

Die Entführung würde den Waben-Rat vor ein großes Rätsel stellen. Für sie würde es ganz natürlich sein, sich auf der Suche nach Motiven auf Fal zu konzentrieren. Mit etwas Glück würden sie vielleicht nie die Verbindung zwischen einer Schar verschwundener Larven und einem vor langer Zeit verschwundenen, geistig Defekten namens Ryozenzuzex herstellen. Wenn die Menschen das ihre getan und ihr Shuttle und die neuen Bauten gründlich getarnt hatten, dann würde vielleicht zwischen dem Alarm, den man hier schlagen würde, und irgendwelchen klugen Kombinationen sehr viel Zeit vergehen. Mit weniger Glück und Vorbereitung würde er in ein oder zwei Tagen tot sein und mit ihm sechs unschuldige Larven, Fal und seine menschlichen Freunde. Er zog es vor, nicht darüber nachzudenken. Dafür war jetzt jedenfalls nicht die Zeit.

Im Korridor begegnete ihm niemand. Niemand hielt ihn auf, als er mit seiner unwahrscheinlichen Fracht im Schlepptau an die Oberfläche hinaustrat.

Die sieben Sättel mit ihrer lebenden Fracht in die Erntemaschine zu befördern, war Schwerstarbeit, obwohl er den Lademechanismus der Maschine einsetzen konnte. Aber immerhin wurde er nicht gestört. Als der letzte Sattel in dem klimatisierten Laderaum verstaut war, stieg er auf den Führerstand und ließ den Motor an. Die Erntemaschine polterte davon, auf den nächsten Zugangsweg zu.

Er war sorgfältig darauf bedacht, auf den offiziell freigegebenen Straßen zu bleiben, obwohl ihn das einige Zeit kostete. Aber das allerletzte, was er jetzt brauchen konnte, war, eine deutliche Spur zu hinterlassen. Doch bald befand er sich zwischen den Dschungelbäumen und mußte die Erntemaschine umprogrammieren, um die Vegetation, die sie niedergewalzt hatte, wieder zu regenerieren. In wenigen Stunden würde die Sonne am Himmel stehen, und dann würde man Paszex und seine unmittelbare Umgebung absuchen.

Verwirrung würde sein bester Schutz sein. Sie würden den Dschungelstreifen absuchen, der die Waben-Felder umgab. Aber da die verschwundene Pflegerin keinen Anlaß hatte, ihre Schützlinge weiter wegzubringen, rechnete er nicht damit, daß man in den nächsten paar Tagen mit gründlichen Suchmaßnahmen beginnen würde. Und bis dahin würde er sich weit außerhalb jeden vernünftigen Suchmusters befinden.

Er gab die verschwundene Erntemaschine in das Werkstättenprogramm als ausgeschieden ein, nach Zirenba unterwegs, zur Überholung. Monate würden verstreichen, bis jemand auf den Gedanken kam, Erkundigungen nach der Maschine anzustellen.

Fal war das größere Problem. Er glaubte nicht, daß sie ruhig bleiben würde, wenn sie seine schreckenerregenden menschlichen Begleiter sah. Am besten war, sie unter Betäubungsmitteln zu halten, wenn sie aufwachte. Doch darüber konnte er sich später Gedanken machen. Wenn das Projekt scheiterte, war unwichtig, welche Meinung sie von ihm hatte. Wenn es andererseits Erfolg hatte – nun, dann war noch genügend Zeit, sich Gedanken über ihre Beziehung zu machen.

Wenn die Sonne aufging, würden seine jungen Schutzbefohlenen erwachen. Ryo hatte den Hort nur als Insasse erlebt. Nur noch kurze Zeit, dann würde er sich mit sechs verwirrten, unglücklichen, hungrigen Jungen auseinanderzusetzen haben. Er wußte nicht genau, wie er das anstellen würde, obwohl er während des letzten Monats eine ganze Menge über den Umgang mit Jungen und ihre Bedürfnisse gelernt hatte. Wenn er es fertiggebracht hatte, mit Jungen einer anderen Gattung zurandezukommen, so würde er doch ganz sicher auch an seinesgleichen nicht scheitern.

Und er schaffte es. Die Anwesenheit der ›schlafenden‹ Pflegerin, die sie alle kannten, half ihm, sie zu beruhigen. Wenn sie nicht aufwachte, würde das möglicherweise neue Probleme bringen. Aber im Augenblick war Ryo schon dafür dankbar, daß ihm Aufschub gewährt war.

Die Erntemaschine funktionierte weiterhin bewundernswert und bahnte sich ihren Weg durch den Regenwald, wobei sie gleichzeitig ihre eigenen Spuren verwischte. Um dabei behilflich zu sein, versuchte er Wege zu wählen, die besonders feucht waren, aber er war auch ganz sicher, daß er Spuren hinterließ, die ein Dutzend Dienstleister erkennen würden.

Doch die einzige Konfrontation kam nicht von verärgerten Dienstleistern oder einem der allgegenwärtigen Fleischfresser des Dschungels, sondern von einigen bewaffneten Menschen, die wie durch Zauberei plötzlich zwischen den Bäumen auftauchten und die Erntemaschine umringten. Interessanterweise hatten sie den größten Teil ihrer Kleidung abgelegt.

Grüße wurden getauscht und Waffen gesenkt. Ein paar von den Menschen starrten ein wenig verwirrt in den Dschungel und auf den Pfad, den die Erntemaschine wiederhergestellt hatte. Sie konnten es einfach nicht glauben, daß Ryo den schwierigsten Teil ihres Experiments geschafft hatte.

»Und Sie sind sicher, daß Ihnen niemand gefolgt ist?« fragte ein vierschrötiger Mann. Sein Kopf- und Körperpelz waren schwarz und gekräuselt.

»Es lief bemerkenswert glatt ab«, sagte Ryo. Er war froh, daß niemand ihn herausforderte. Er war nicht bereit, Erklärungen bezüglich Fals abzugeben. Der Zwischenfall schmerzte ihn in der Erinnerung immer noch.

Sie führten ihn zu der Lichtung. Als die Erntemaschine zwischen den Bäumen hervorkam, hatte Ryo einige Mühe, das geschickt verborgene Shuttle auszumachen. Auf ihm schienen Gras, Büsche und gelbe Blumen gewachsen zu sein.

Andere Hügel bezeichneten die tragbaren Bauten, die die Expedition mitgebracht hatte. Dort würde der Abschnitt für seine sechs unbeweglichen Schützlinge sein, dort einer für ihre menschlichen Gefährten. Die meisten Erwachsenen würden im Shuttle hausen.

Da Shuttle und Bauten vom Boden aus fast unsichtbar waren, hatte Ryo keine Zweifel, daß die Illusion aus der Luft vollkommen sein würde. Darüber hinaus besaßen die Menschen auch komplizierte Geräte, mit denen die Wärme abgeleitet und die Geräusche gedämpft werden konnten. Sie würden also die ganze Zeit ungestört sein. Das war mehr, als er erhofft hatte.

Ein heftiger Lärm in Gestalt eines schrillen an- und abschwellenden Pfeifens hallte hinten aus der Erntemaschine. Ryo brachte sie zum Stillstand. Einige weitere Menschen hatten sich ihnen inzwischen angeschlossen und spähten in den Laderaum.

Ryo hätte sich beinahe ein Bein gebrochen, als er nach hinten eilte. In der Erregung des Augenblicks hatten die Menschen nicht daran gedacht, welche Wirkung ihr plötzliches Auftauchen wohl auf seine intelligenten und leicht zu beeindruckenden Passagiere haben würde.

Es war nicht seine Absicht gewesen, die Kinder so schnell mit ihren Alpträumen zu konfrontieren.

Matthew erinnerte sich an die ersten Male.

Er war nicht sicher, weshalb man gerade ihn ausgewählt hatte, war aber froh darüber. Die Welt, auf der sie zu Besuch waren, war schön, voll bunter Käfer und fliegender Dinger und interessanter Kriecher, nach denen man in den klaren Teichen mit Stöcken stochern konnte.

Dazu hatte er freilich nicht viel Zeit, weil sie ihn und die anderen dauernd mit den komischen Kindern spielen ließen. Sie waren so nett, daß es ihm gar nichts ausmachte, wenn er die meiste Zeit nicht ins Freie durfte.

Bonnie und der große Käfer Ryo hatten ihm gesagt, daß seine neuen Freunde Kinder wären, so wie er, nur Kinder von Ryos Leuten. Aber sie sahen überhaupt nicht wie kleine Ryos aus. Tatsächlich war Matthews erste Reaktion und auch die seiner Freunde eher eine des Bedauerns gewesen, als sie sie das erste Mal sahen. Sie hatten keine Arme und keine Beine. Wie konnte man denn ohne Arme und Beine überhaupt spielen?

Aber ihre Körper waren irgendwie wurmähnlich. Zuerst ekelte ihnen davor ein wenig. Aber dann hatten sie auch blasse Farben unmittelbar unter der Haut, und die waren schrecklich nett. Es war komisch, wenn man zusah, wie sich diese Farben von Grün nach Blau änderten, von Rot nach Gelb und dann wieder zurück. Matthews wünschte sich, er könnte seine Farbe auch so ändern.

Und wie sie rochen – richtig gut. Wie frisch geschnittenes Gras oder der Rocksaum seiner Mutter oder die Wäsche, wenn sie noch ganz neu war. Die Erwachsenen befürchteten zuerst, er und seine Freunde würden vor den Larven Angst haben. Larven – so nannten sie sie. Das war natürlich albern. Wie konnte man denn vor etwas Angst haben, was so gut roch und keine Arme hatte, mit denen es einen schlagen konnte, oder Beine zum Treten? Die Larven, wie sein bester Freund Moul, hatten viel mehr Angst vor Matthew und den anderen Menschenkindern als die Menschenkinder vor ihnen.

Auf dem Schiff hatte er gelernt, von den komischen Pfeifwörtern und den Klickreden eine ganze Menge zu verstehen. Das war gut, denn die Thranx-Kinder kannten überhaupt keine richtige Sprache. Matthew war von allen der Beste und war stolz, als die anderen Kinder ihn zu übersetzen baten. Aber während die Wochen dann dahingingen, lernten beide Gruppen voneinander. Weil die Larven flexible Kiefer hatten, konnten sie sogar besser wie Menschen reden als Ryo.

Das schien die Erwachsenen ebenso zu überraschen, wie es

ihnen Freude machte. Matthew schüttelte den Kopf. Manche Erwachsene waren einfach *dumm*. Schließlich ist ein Stock ein Stock, ob man ihn nun als Stock bezeichnet oder ein Pfeifwort dafür hat.

Es überraschte ihn auch, daß er Moul und den anderen Larven leidtat. Sicher, Moul hatte keine Arme und keine Beine, aber er stieß auch nicht gegen Gegenstände oder stach sich mit Dornen. Das war Matthew peinlich und machte ihn ein wenig zornig. Manchmal dachte er daran, Moul zu schlagen, um ihm mal zu zeigen, wozu Hände gut waren.

Aber ganz gleich, was er sagte oder wie er es sagte: weder Moul noch seine Gefährten schienen je böse zu werden. Sie schmollten manchmal vielleicht, aber böse waren sie nie. So jemanden konnte man einfach nicht schlagen. Und als Moul ihm das dann erklärte, ließ Matthews Zorn nach. Komisch, über was für Dinge Erwachsene sich manchmal aufregen.

Matthew hatte auf der Erde eine ganze Menge Freunde in der Schule. Ein paar von ihnen hatten sich auch für den Flug qualifiziert. Einer war ein größerer Junge, der Werner hieß, und Matthew konnte einfach nicht begreifen, wie der das geschafft hatte. Er hatte Matthew ein paarmal verprügelt.

Moul bedauerte das sehr, als Matthew ihm das sagte.

»Ich wette, Werner würde sich nie trauen, *dich* zu verprügeln«, erklärte er Moul eines Tages, als sie in dem Zimmer saßen, den die Erwachsenen den Interaktionsraum nannten. »Du bist zu groß.«

»Jetzt schon«, pflichtete Moul ihm bei, »aber wenn er dann ausreift, wird er größer sein als ich, und nach der Metamorphose bin ich vielleicht ein wenig kleiner als jetzt.«

»Das ist verrückt«, sagte Matthew. »Beim Erwachsenwerden kleiner werden. Aber dafür kriegst du einen völlig neuen Körper – das klingt prima. Ich wünschte, ich könnte auch metamosie ... metamorphosieren.« Er fügte ein weiteres Magnetstück an das Gebäude, mit dem er und Moul im Augenblick beschäftigt waren. Diesmal war es etwas gebogen. Moul mochte keine Hände haben, aber seine Vorschläge waren Spitze.

»Jedenfalls«, fragte sich Moul, »wenn Werner größer und

stärker als du ist, warum meint er dann eigentlich, daß er dich schlagen muß? Wenn er größer ist, sollte er doch auch schlauer sein und wissen, wie unproduktiv so ein Verhalten ist.«

»Hm, ja«, murmelte Matthew, »aber ich würde ihm ganz gern mal eine reinsemmeln.« Er schlug sich mit der Faust in die offene Hand, was ein klatschendes Geräusch erzeugte.

»Aber warum möchtest du so etwas denn tun?« fragte der ernsthafte Moul.

»Um es ihm ... naja, einfach zu zeigen.« Manchmal konnte sogar Moul die dümmsten Sachen sagen.

»Was zu zeigen?«

»Daß er mich nicht schlagen soll.« Matthew stemmte die Hände in die Hüften und machte dann die Thranx-Geste für leichte Verzweiflung. »Junge, die meiste Zeit bist du schrecklich schlau, Moul. Aber manchmal bist du auch furchtbar schwer von Begriff.«

»Das tut mir leid«, erwiderte die Larve. »Ich weiß nur zu wenig über euch. Mir kommt das alles so albern vor. Wäre es denn nicht besser für euch beide, wenn ihr Freunde wäret?«

»Naja ... sicher wäre es das, denke ich«, räumte Matthew widerstrebend ein, »aber Werner ist eben ein Raufbold und verprügelt gern Leute.«

»Larven, die schlauer sind als er?«

»Nun«, der Junge überlegte einen Augenblick lang, »ja, ich denke schon.«

»Ist es das, was man unter ›Raufbold‹ versteht – jemand, der andere verprügelt, die physisch schwächer sind?«

»Ja, so ist es wohl.« Tatsächlich hatte Matthew nicht viel darüber nachgedacht. Für ihn war ein Raufbold jemand, der Matthew Bonner verprügelte. Weiter brauchte die Definition nicht zu gehen.

»Dann kommt er mir gar nicht besonders groß vor. Für mich klingt das eher so, als hätte er einen sehr kleinen Verstand.«

»Ja, das muß wohl so ein. Ja, so ist es.« Matthew lächelte breit. »Ein kleiner Geist. Ein kleiner Verstand.« Er lachte, vergnügt darüber, daß er etwas Neues entdeckt hatte. Dabei griff er nach einem weiteren Bauteil.

»Nein, diesmal kein gebogenes«, rief Moul. »Ein gerades. Das stützt den Turm dort drüben besser.«

Matthew studierte sein wachsendes Meisterwerk kurz. Moul hatte selten unrecht. »Ich denke, du hast recht.« Er brachte das Bauteil an und sah zu, wie es mit den anderen verschmolz. Ihr Gebäude war jetzt über einen Meter hoch und wuchs immer noch. Die zwei Jungen hatten schon ein paar Tage daran gearbeitet. Die Erwachsenen fanden es höchst interessant.

Er wählte ein Ellipsoid aus und machte sich daran, es zu befestigen.

»Auch oben, meinst du nicht?« fragte Moul.

Diesmal war Matthew nicht einverstanden. Er hielt es über die Fensterscheiben in zwei Drittel Höhe des linken Turmes. »Meinst du nicht, es würde hier besser aussehen?«

»Besser *aussehen*?« Moul überlegte. Er beneidete seinen Freund um die Fähigkeit, Farben zu sehen, mehr, als er ihn um seine Gliedmaßen beneidete. »Ja. Ja, ich denke, du hast recht, Matthew. Eine höchst interessante Komposition.«

»Wir können zwei davon nehmen.« Der Junge wählte ein zweites, dazu passendes Ellipsoid aus. »Eines hier und eines oben, wo du vorgeschlagen hast.«

»Ein ausgezeichneter Vorschlag, Matthew. Dann sollten wir, glaube ich, wirklich wieder an der anderen Seite zu arbeiten anfangen, sonst kommen die Türme aus dem Gleichgewicht.«

»Ja, das stimmt.« Dann runzelte er die Stirn und legte die zwei Einheiten in die Schachtel zurück.

»Stimmt was nicht?«

»Ich langweile mich«, verkündete Matthew und seufzte tief. »Ich wünschte, die würden uns alleine ins Freie lassen. Langsam bin ich es müde, dauernd Erwachsene um mich herum zu haben.«

»Ich auch«, sagte Moul. »Außerdem weißt du ja, daß ich nicht mit dir hinaus könnte.«

»Warum nicht? O ja, weil deine Haut brennen würde.«

»Untertags würde sie das«, gab die Larve traurig zu. »Jedenfalls glaube ich nicht, daß die Erwachsenen gern sehen, wenn wir viel hinausgehen.«

»Sicher nicht. Ich möchte nur gern wissen, warum.«

»Ich weiß nicht«, meinte Moul nachdenklich. »Ich habe natürlich Respekt vor Erwachsenen, aber manchmal scheint mir, daß sie zu Fehlern fähig sind, die ebenso offensichtlich wie die unseren sind.«

»Ja, die sind nicht so schlau, wie sie denken. Ich wette, ich könnte dich nachts hinausschmuggeln.« Seine Stimme senkte sich zu einem verschwörerischen Flüstern. »Wir könnten die täuschen. Deine Haut würde nachts überhaupt nicht brennen.«

»Nein, würde sie nicht«, pflichtete Moul ihm bei. »Aber ich kann mich allein nicht besonders gut bewegen.«

»Ach, wir lassen uns was einfallen. Ich helf' dir schon.«

»Und ich dir. Ich kann nachts fast genausogut sehen wie untertags«, erklärte die Larve. »Man hat mich informiert, daß du das nicht kannst.«

»Du kannst im *Dunkeln* sehen?« Matthews Augen weiteten sich.

»Recht gut. Nicht so gut wie meine Vorfahren, aber gut genug.«

»*Mann!*« Matthew konnte seine Ehrfurcht nicht verhehlen. »Ich wünschte, ich könnte das auch. Manchmal wache ich zu Hause mitten in der Nacht auf und kann die Lichtschalter im Boden nicht finden. Und dann tappe ich im Dunkeln herum und versuche das Badezimmer zu finden.«

»Badezimmer?« widerholte Moul, worauf das Gespräch von ästhetischen Fragen der Architektur und Plänen zu nächtlichen Ausflügen auf ein neues Thema überwechselte.

Wochen verstrichen. Die Erwachsenen waren über die Fortschritte der Kinder entzückt, die größtenteils von den Versuchspersonen selbst ausgingen.

»Möchtest du mit mir Cowboy und Indiander spielen?« fragte Matthew seinen Freund. Außerhalb des Interaktionsraumes regnete es kräftig. Der bloße Gedanke, hinauszugehen, auch alleine, war im Augenblick unsinnig.

»Ich weiß nicht«, sagte Moul neugierig. »Was sind ›Cowboys und Indianer‹?«

»Nun, vor langer Zeit hat es auf der Erde einmal eine edle, intelligente, gutaussehende Art von Leuten gegeben, die man Indianer nannte.« Matthew genoß es, zur Abwechslung einmal derjenige zu sein, der etwas erklärte. Er zweifelte keinen Augenblick daran, daß Moul schlauer als er war. Aber irgendwie störte ihn das bei der Larve nicht. Schließlich hatte Moul schon viel mehr Erziehung genossen und war vielleicht ein Terra-Jahr älter als er.

»Jedenfalls kam es eines Tages zu einer Invasion in ihr Land, von Leuten, die sich Cowboys nannten. Die Cowboys waren wirklich häßlich. Sie haben verbrannt und gestohlen und gelogen und alles mögliche Böse getan, bis schließlich nur noch ein paar wenige Indianer übrig waren. Aber am Ende glich sich alles aus, weil die Zeiten sich änderten, und die Lebenskraft, die die Cowboys in Gang hielt, verblaßte immer mehr und sie starben alle aus. Aber die Indianer bewahrten sich ihre Traditionen und ihren Glauben und lebten glücklich und zufrieden weiter.«

»Das klingt nicht wie eine besonders nette Story«, murmelte Moul zweifelnd. »Trotz des guten Endes. Ich bin nicht sicher, ob ich das spielen möchte ... Aber wenn du wirklich willst ...«

»Klar, sicher.« Matthew stand auf.

Moul kroch von dem Menschen weg. »Das klingt schrecklich gewalttätig, Matthew. Ich mag solche Spiele nicht.«

»Es ist bestimmt nicht schlimm«, beruhigte ihn der Junge. »So, jetzt werde ich der Indianer sein, und du kannst den Cowboy spielen.«

Moul überlegte. »Ich glaube, ich wäre lieber Indianer.«

»Nein, ich hab' das Spiel vorgeschlagen.« Matthew wurde nun etwas streitsüchtig. »Ich mach' den Indianer.«

»Also gut. Dann eben du.«

Matthew sah ihn mit gefurchter Stirn an. »Was soll das heißen: dann eben du? Einfach so?«

»Nun, natürlich. Warum nicht?«
»Aber du hast doch gesagt, du willst Indianer sein?«
»Ja«, gab Moul zu. »Aber du willst das offensichtlich mehr als ich. Deshalb ist es doch nur vernünftig, daß du Indianer bist.«

Matthew grübelte über diese Entwicklung nach und hatte das Gefühl, als polterte sie in seinem Gehirn herum wie ein Stein. »Nein«, entschied er schließlich, »du kannst Indianer sein.«

»Nein, nein. Ich verstehe deinen Wunsch durchaus. Du darfst Indianer sein. Ich bin Cowboy.«

»Ich hab' eine Idee«, sagte der Junge plötzlich. »Warum sind wir nicht *beide* Indianer?«

»Wer ist denn dann Cowboy?«

Matthew drehte sich um und rief: »He, Janie, Ahling, Chuck, Yerl!«

Eine komplizierte Verhandlung begann, aber am Ende stellte sich heraus, daß niemand Cowboy sein wollte. Alle wollten sie Indianer sein.

In der Beobachtungszentrale hinter dem einseitigen Spiegel wandte sich Dr. Jahan Bhadravati seinen Begleitern zu; das waren im Augenblick Bonnie, Captain Sanchez von der *Seeker* und ein führender Vertreter der Erdregierung. Alle schüttelten sich die Hand, aber die Kinder in dem Raum dahinter hätten die Begeisterung der Erwachsenen für sehr verblüffend gehalten, wo doch etwas ganz Alltägliches stattfand.

SECHZEHN

Bonnie plauderte mit Ryo, als sie vom Shuttle zum Labor-Komplex hinüberschlenderten. In dem Augenblick erreichte das erste Donnergrollen das Lager. Es fing im Norden an und wurde immer lauter, bis schließlich ein paar vierflügeliger Flugzeuge vorüberbrausten und die Bäume erzittern ließen, die die Lichtung säumten.

Die zwei Fußgänger drückten sich unter eine Zeltplane aus Chamäleontuch, ebenso die anderen Menschen, die in der vergleichsweise kühlen Luft des frühen Morgens draußen gewesen waren.

Nachdem sie angemessen lange gewartet hatte, beugte Bonnie sich hinaus, um nach Südwesten zu blicken. »Ob die uns gesehen haben?«

»Ich weiß nicht«, sagte einer aus der Shuttle-Mannschaft unter den überhängenden Zweigen eines nahen Baumes. Auch er blickte südwärts. »Die waren schrecklich tief und haben sich verdammt schnell bewegt.« Er trat aus seiner Deckung hervor. »Ich gehe besser auf meine Station, nur für alle Fälle.«

Bonnie wollte sich anschließen, spürte aber, wie etwas sie am Arm festhielt.

»Ich glaube nicht, daß man uns beobachtet hat«, erklärte ihr Ryo. »Siehst du, ich bin fast sicher, daß die nicht nach uns Ausschau gehalten haben.«

»Was hatten sie dann hier draußen verloren, in dieser Höhe?« Jetzt fiel ihr seine seltsam starre Haltung auf. »Stimmt noch etwas nicht?«

»Das kann man sagen.« Erinnerungen stiegen in ihm auf und drohten alle anderen Gedanken zu verdrängen. Furcht und Zorn mischten sich in ihm. »Das waren keine Thranx-Schiffe. Das waren AAnn-Kriegsshuttles. Das weiß ich, weil ich schon einmal welche gesehen habe.«

»Wir müssen helfen.« Sanchez sah sich unter den hastig zusammengerufenen Teilnehmern der Konferenz um. Sie befanden sich im Laderaum des Shuttles, der in einen Konferenzraum umgewandelt worden war, aber auch anderen Zwecken diente.

»Es ist nicht unsere Aufgabe, uns in lokale Streitigkeiten einzumischen«, erinnerte sie der Militärattaché mechanisch. »Wir sind hier ungeladene Gäste. Unsere Anwesenheit stellt eine gefährliche Provokation für die Thranx-Regierung dar. Und dann müssen wir auch das Projekt in Betracht ziehen. Wir könnten den hier ansässigen Kolonisten nicht helfen, ohne unsere Anwesenheit bekannt werden zu lassen. Und das wiederum würde ganz sicher das Ende unserer höchst vielversprechenden Experimente hier zur Folge haben.« Er blickte kühl auf Ryo herab.

»Persönliche Gefühle dürfen uns nicht von unserem Hauptgrund für unser Hiersein ablenken. Wir haben keine formellen Beziehungen zu den Thranx. Das gleiche gilt für die AAnn. Ich habe keine Grundlage dafür, Feindseligkeiten gegen eine neutrale und bislang nicht kontaktierte Fremdrasse einzuleiten.«

»Sie werden mir verzeihen, wenn ich da nicht Ihrer Meinung bin.« Sanchez musterte ihn mit einem dünnen Lächeln. »Ich habe in für mich befriedigender Weise festgestellt, daß es die AAnn waren, die absichtlich und ohne Provokation die *Seeker* angegriffen haben. Wir hatten eine ganze Anzahl Todesopfer und Verletzte. Ich würde das als hinreichende Provokation zumindest für einen belehrenden Vergeltungsschlag halten.«

»Der Angriff auf Ihr Schiff könnte auf einem Mißverständnis beruht haben«, meinte der Attaché. Die Position, die einzunehmen er sich gezwungen sah, machte ihm keine Freude, aber er verteidigte sie in bewundernswerter Weise. »Wir könnten damit jegliche künftige Beziehung zur AAnn-Rasse gefährden.«

»Verzeihen Sie, Sir.« Einer der Xenologen am anderen Ende des Raumes hob etwas ängstlich die Hand. »Wenn diese AAnn den psychosozialen Mustern entsprechen, die meine Programmierung aufzeigen, dann liegt unsere beste Chance, mit ihnen Frieden zu schließen, darin, daß wir Bereitschaft zum Kampf zeigen.«

»Das ist verrückt«, herrschte der Attaché ihn an.

»Ein Adjektiv, das sehr gut auf die AAnn paßt«, warf Ryo ein.

Der Attaché, der offenbar sein Pulver verschossen hatte, zog sich ins Schweigen zurück.

»Sie müssen natürlich Ihre eigene Entscheidung treffen und die auf das Wissen aufbauen, das Sie besitzen, und auf Ihre eigenen Sitten«, sagte Ryo sanft. »Ich unterliege keinen solchen Einschränkungen. Ich muß meine Erntemaschine nehmen und jegliche Hilfe leisten, zu der ich fähig bin, auch wenn es ein persönliches Risiko für mich bedeutet. Außerdem könnten Sie nur sehr wenig bewirken. Zum einen verfügen Sie nicht über ausreichende Bodentransportmöglichkeiten. Zum anderen haben Sie keine ...«

»Ich fürchte, wir haben doch, Ryo«, informierte ihn Sanchez. Der Thranx machte eine instinktive Geste viertgradigen Erstaunens.

»Ich weiß, daß dieses Projekt als durch und durch friedliche Mission angelegt ist«, fuhr sie fort, »und in bezug auf die Mensch/Thranx-Beziehungen sollte es das auch bleiben. Aber angesichts unserer früheren Gefangenschaft hier können Sie sicher verstehen, daß wir nicht unbewaffnet auf einem Thranx-Planeten gelandet sind.«

»Nein.« Ryo versuchte seine Verstimmung zu verbergen. »Das verstehe ich nicht.«

Die Kapitänin zuckte die Achseln. »Das tut mir leid. Trotzdem bleibt die Tatsache bestehen, daß wir Waffen haben.« Sie sah sich im Raum um. »Ich schlage vor, daß wir sie einsetzen, um den AAnn unsere geistige Verfassung zu demonstrieren und um unseren neuen Freunden zu helfen. Formlos, wie es scheint.« Sie sah den Attaché an. »Ich kann natürlich nicht den Befehl erteilen, Waffen für den Einsatz hier freizugeben.«

Der Attaché trommelte mit den Fingern auf seine Stuhllehne. »Ich habe immer noch keinen überzeugenden Grund gehört. Es ist schierer Wahnsinn, die Waffen für eine Rasse gegen eine andere zu ergreifen, zu der wir keine Beziehungen unterhalten.«

»Das ganze Experiment klang nach schierem Wahnsinn, als Ryo es das erste Mal vorschlug«, erinnerte ihn Bonnie. »Da ist noch etwas, woran Sie nicht gedacht haben. Niemand von Ihnen hat daran gedacht.« Ihr Blick schloß Sanchez ein. »Was ist mit den Larven, die wir aus dem Pflegehort von Paszex ausgeborgt haben? Ihre Eltern und Clan-Gefährten sind alle dort drüben. Wenn sie getötet werden, dann werden wir es mit völlig anderen Beziehungen zu tun haben, sehr viel komplizierteren Beziehungen.

Außerdem haben wir, indem wir den Kolonisten helfen, die Chance, uns bei ihnen einzuschmeicheln. Das würde dem Projekt in hohem Maße nützen.« Sie sah den Attaché durchdringend an. »Nicht es behindern oder ihm ein Ende machen, wie Sie behaupten. Ich habe das Gefühl, daß die Zeit gekommen ist, den nächsten Schritt zu tun. Wir können hier nicht in alle Ewigkeit versteckt bleiben.«

»Eine höchst einleuchtende Zusammenfassung.« Bhadravati lächelte dem Attaché freundlich zu. »Ich hätte wirklich sehr gern eine Waffe, bitte – im Interesse der Förderung des Projektes.«

Ryos Gefühle waren verwirrt. Es war wunderbar, daß es endlich gelungen war, die Menschen dazu zu bringen, sich gegen die AAnn einzusetzen. Er hätte es vorgezogen, dies unter anderen Begleitumständen herbeizuführen, an einem anderen Ort, aber das Gewebe der Existenz hatte diktiert, daß es in Paszek sein mußte. Damit würde er sich abfinden.

Die Anwesenheit von Waffen an Bord des Shuttles war gleichzeitig eine beunruhigende Erkenntnis. Niemand hatte es für nötig befunden, ihn davon zu informieren. *Vielleicht*, überlegte er, *weil man meine Reaktion erwartet hatte.*

Trotz der Erfolge und all dessen, was in den letzten Monaten erreicht worden war, hatte Wuu in der letzten Analyse vielleicht doch recht gehabt. Waren diese fremdartigen Zweibeiner, mit denen er sich angefreundet hatte, wirklich unheilbar kriegerisch und gewalttätig? Oder war die Anwesenheit von Waffen hier nur eine verständliche menschliche Reaktion und Vorsichtsmaßnahme?

Doch für philosophische Betrachtungen war jetzt keine Zeit. Das einzige, worauf es jetzt ankam, war, so schnell wie möglich nach Paszex zu gelangen. Die Erntemaschine würden den Weg dorthin schneller zurücklegen als das Shuttle der Menschen, das zu einem Teil der Landschaft gemacht worden war.

Natürlich war es möglich, daß Paszex vielleicht gar nicht das Ziel der AAnn-Schiffe war. Das würde ihm eine Menge Ärger ersparen.

Etwa drei Dutzend bewaffnete Menschen waren bereit, und es war unmöglich, sie alle im Inneren der Erntemaschine unterzubringen. Was nicht in den Laderaum paßte, saß oben, klammerte sich an den Seiten fest. Ryo war so aufmerksam, den Innenthermostaten fast ganz herunterzuschalten, was seine Passagiere als erfrischend empfanden.

Wie lange lag es zurück, daß er auf ähnlicher Mission auf einem Forschungskriecher durch den Dschungel gepoltert war, in der Absicht, eine AAnn-Attacke auf sein Zuhause zu vereiteln? Wenn die AAnn sich wirklich wieder Paszex als Ziel ausgesucht hatten, würden sie sich sicherlich daran erinnern und Wachen um ihre Shuttles aufstellen. Aber sie würden nur den Angriff von Ackerbaumaschinen erwarten, nicht eine schwerbewaffnete Streitmacht von Aliens.

Der Militär-Attaché war mit einigen seiner Kollegen anwesend. Als ausgebildete Soldaten übernahmen sie wie selbstverständlich die Befehlsgewalt. Ryo stellte fest, wie munter sie erschienen, wie intensiv ihre Haltung und ihre Sprache geworden waren. Das beunruhigte ihn ebenso, wie ihn vorher das Vorhandensein von Waffen beunruhigt hatte.

Er hatte Menschen in kriegsähnlicher Haltung vor Monaten beobachtet, damals, als Bonnie und der vielbedauerte Luh aus ihrem militärischen Gefängnis im Norden von Hivehom entkommen waren. Das konnte er verstehen. Damals waren sie von Furcht motiviert gewesen. Was die Menschen jetzt motivierte, vermochte er aber beim besten Willen nicht zu erkennen.

Während die Menschen sich oben und an den Seiten festklammerten, schaltete Ryo die vielseitige Erntemaschine auf *Lift*. Es hatte jetzt wenig Sinn, sich an die Erde zu schmiegen, und sie hatten nicht Tage Zeit, um sich den Weg durch den Dschungel zu bahnen. Im Schwebeflug nahm er Kurs auf Paszex.

Sie landeten im Wald in hinreichender Entfernung, um für die Ortungsgeräte der AAnn unsichtbar zu bleiben. Sie brauchten ebenso lange, um das letzte kurze Dschungelstück zu bewältigen, das sie von den Wabenfeldern trennte, wie sie für den Schwebeflug aus der Lichtung gebraucht hatten.

Die Invasoren waren diesmal in einer anderen Pflanzung gelandet. Wie bei dem letzten Alptraum, stieg auch diesmal Rauch aus beschädigten Ventilatoren und Lufteinlässen auf. Aus irgendeinem perversen Grund, den nur sie begriffen, schienen die AAnn sich Paszex als Testwabe für ihre feindlichen Übergriffe ausgewählt zu haben. Ryo hatte keine Ahnung, wieviele kleine, isolierte Waben auf Willow-wane und den anderen Kolonie-Welten ähnliche wiederholte Angriffe hatten hinnehmen müssen; aber für ihn war jedenfalls offensichtlich, daß ein Bündnis mit den Menschen notwendiger war, als seine eigene Regierung zuzugeben bereit war.

Von der Wabe hallten Expolosionen herüber. »Wir werden uns zuerst verstohlen heranarbeiten«, erklärte Ryo dem Militär-Attaché, »und versuchen, uns anzuschleichen. Ich habe festgestellt, daß sie, wenn man die Maschinen ihres Shuttles bedroht ...«

Aber der Attaché machte bereits laute Mundgeräusche, die selbst der recht sprachkundige Ryo nicht deuten konnte. Dann fielen die Menschen wie Läuse von den Seiten und dem Hinterteil der Erntemaschine und rannten in einem erstaunlich behende wirkenden Zickzacklauf durch das Feld, in dem der Weoneon und das Asfi schulterhoch standen.

Es ist zweifelhaft, daß ihre Anzahl die gut ausgebildeten AAnn-Soldaten erschreckt haben könnte. Andererseits hätte der Anblick einiger Dutzend fremder Geschöpfe, die brüllend und mit fremdartigen Gegenständen herumfuchtelnd unversehens aus dem Dschungel hervorbrachen, ganz bestimmt auch den selbstbewußten Krieger einer jeden Rasse beunruhigt.

Die AAnn-Wachen feuerten wild und oft blindlings, während die Menschen überraschend genau zielten. Bonnie, Captain Sanchez, Dr. Bhadravati und all die anderen Menschen, die Ryo sich angewöhnt hatte, als friedliche, sanfte Gelehrte zu sehen, feuerten mit einer Begeisterung um sich, daß Ryo regelrecht Mitleid mit ihnen empfand. Wo früher Furcht gewesen war, war jetzt Mitleid.

Sie brauchen uns, diese armen Zweibeiner, sagte er sich. Er sah zu, wie ein Energiestrahl die Flügelspitze eines Shuttle-Fahrzeugs versengte. Sie brauchen uns viel mehr, als wir sie brauchen. Sie sind es, die nach einem Bündnis schreien müßten.

Die Erde brach auf, und er duckte sich unter das Dach der Erntemaschine, um Schutz zu finden. Ein Schuß hatte in dem weiter entfernten AAnn-Schiff etwas Hochexplosives getroffen. Es zerbarst in einem Sturm aus flammendem Plastik und Metallteilen. Die Explosion warf das andere Shuttle um, sein Landegestell wurde zerdrückt und ebenso eine der vier Tragflächen.

Einige der Menschen waren angeschossen worden, aber der Schaden war angerichtet. Die erschreckten AAnn, die bei dem Angriff nicht ums Leben gekommen waren, sammelten sich in der Übergabeformation, warfen ihre Waffen weg und hakten sich in einer Geste herausfordernder Unterwerfung ein. Durch geschlitzte Pupillen starrten sie die seltsamen Wesen an, die sie umringten.

Ryo sah zu und fragte sich, was der Kommandant des AAnn-Stützpunktschiffes, das irgendwo oben im Orbit kreiste, in diesem Augenblick wohl denken mochte. Er wußte nicht einmal, ob die AAnn Panik kannten. Weitere AAnn taumelten aus dem intakt gebliebenen Shuttle-Fahrzeug. Diejenigen, die aus den unterirdischen Korridoren von Paszex zurückkehrten, sahen die Unterwerfungs-Zeremonie, die ihre Kameraden vollführten, und schlossen sich an.

Erst als es Abend geworden war, dämmerte den Invasoren, wie sehr sie den Siegern zahlenmäßig überlegen waren. Aber da war es für jeden Widerstand bereits zu spät. Außerdem hatten sie die Unterwerfungs-Zeremonie vollführt. Und das hieß, daß sie, wie zornig sie auch sein mochten, eine Entscheidung getroffen hatten. So begnügten sie sich mit Murren, einem intensiven Studium der fremden Sieger und geringschätzigen Bemerkungen über ihre Offiziere, die Fremdheit mit Überlegenheit gleichgesetzt hatten.

Unterdessen waren die Bewohner der angegriffenen Gemeinschaft zögernd aus ihren unterirdischen Gängen gekommen. Den Dienstleistern schlossen sich gewöhnliche Bürger an, die sich mit Werkzeugen und allen möglichen Gegenständen bewaffnet hatten. Die gefangenen AAnn musterten sie mit unverhohlener Ablehnung, und ihre Schwänze zuckten unruhig, während sie unter den wachsamen Blicken der Menschen herumschlurften. Unterdessen hielten die Wabenbewohner auf Distanz, und ihre Neugierde richtete sich mehr auf ihre schrecklichen Retter als auf die kriegerischen AAnn.

Offenbar hatte jemand Ryo bemerkt, der zwischen den Zweibeinern stand und sich mit ihnen unterhielt. Er ging etwas widerstrebend auf den seltsam gekleideten Thranx zu, wobei er bemüht war, den monströsen Aliens nicht näherzukommen, als unbedingt nötig war.

»Ich bin Kerarilzex«, verkündete der Ältere. Seine Fühler waren verkümmert, nicht aber seine Stimme. »Ich bin Sechs im Waben-Rat der Acht. Wir möchten diesen ... ah ... fremdartigen Besucher danken« – er war im Begriff gewesen, das Thranx-Wort für Ungeheuer zu gebrauchen, hatte es sich aber im letzten Augenblick anders überlegt –, »aber ich weiß nicht, wie ich das tun soll. Mir scheint, Sie können sich mit ihnen unterhalten.« Dann machte er eine langsame Geste drittgradiger Unsicherheit, gefolgt mit einer der wachsenden Verblüffung. »Ich glaube ... ich glaube, ich kenne Sie, Jüngling. Könnte es sein, daß Sie zur Zex gehören?«

»Man nennt mich Ryozenzuzex, Älterer.«

»Der junge Ackerbau-Experte, der vor so langer Zeit verschwand. Wahrhaftig, ich erinnere mich an Sie!« Er machte eine Pause, dachte fieberhaft nach. »Wir haben bis aus Ciccikalk gehört, daß Sie so etwas wie ein gefährlicher Renegat geworden sind.«

»So etwas Ähnliches, ja. Ich bin ein Renegat – vor den Blinden, den Starrsinnigen und den Reaktionären, und zugleich eine Gefahr für sie. Sonst hat niemand etwas von mir zu fürchten.« Jetzt, da die AAnn-Gefahr gebannt war, begannen andere, auf ihre Art viel ernsthaftere Probleme, wieder an die Oberfläche zu treten.

»Ruhe tief und warm, Älterer. Weder ich noch meine Freunde ...« – und dabei wies er auf die Ungeheuer – »sind für die Wabe eine Gefahr. Das Gegenteil ist der Fall. Alles wird erklärt werden.« Das hoffe ich, fügte er stumm hinzu. »Alles, worauf es jetzt ankommt, ist das, was ich in meiner Abwesenheit geschafft habe.«

Bonnie war inzwischen neben ihn getreten. Sie musterte den Älteren interessiert, dem das sichtlich unangenehm war.

»Wer sind diese ... Geschöpfe, und wie kommt es, daß Sie sich unter ihnen befinden?« fragte er.

»Das ist eine lange Geschichte«, sagte Bonnie mit den entsprechenden Pfeif- und Klicklauten.

Der Ältere war sichtlich verwirrt. Er konterte mit einem Strom von Fragen.

»Ich habe nicht verstanden«, sagte sie geduldig. »Sie müssen langsamer sprechen. Ich beherrsche Ihre Sprache noch nicht sehr fließend.«

Ryo übersetzte ihnen beiden die schwierigeren Passagen. Der scharfe Verstand des Älteren hatte bereits einen beunruhigenden Kurs eingeschlagen.

»Wir danken Ihnen für die Rettung unserer Wabe. Ich glaube, wir werden von nun an vor Raubzügen der AAnn sicher sein. Könnte es sein, daß Sie zufällig wissen, was den sechs Kindern zugestoßen ist, die vor einigen Monaten aus dem Pflegehort entfernt wurden? Ihre Pflegerin ist mit ihnen verschwunden. Ein scheußliches Verbrechen.«

»Eine notwendige Maßnahme, meine ich.« Ryo kümmerte es nicht länger, was lokale Ältere dachten. Er hatte jetzt in vergleichsweise kurzer Zeit so viele wichtige Gesetze gebrochen, daß er überhaupt keine Skrupel hatte, ein weiteres Vergehen einzugestehen.

»Die Pflegerin Falmiensazex hatte mit dem Verschwinden der Larven nichts zu tun.« Er zögerte kurz, ehe er fortfuhr. »Sie liegt im Komaschlaf. Das ist meine Schuld. Aber es war notwendig.«

Der Ältere musterte ihn scharf. »Sie nennen es notwendig, und doch zeigen Sie Anzeichen des Bedauerns.«

»Sie ist ... war ... meine Vorgefährtin.«

»Ah.« Das Ratsmitglied versuchte Ordnung in die einzelnen Ereignisse zu bekommen. »Und die Larven?«

»Fühlen sich wohl, sind gesund und reifen.« In Bereichen, die Sie nicht einmal ahnen, fügte er stumm hinzu.

»Das wird natürlich eine Abschwörung erfordern«, murmelte der Ältere.

»Natürlich.«

»Wovon reden die?« fragte Bonnie.

»Von meinen letzten Verbrechen. Ich werde mich bald stellen müssen.«

Bonnie hob ihren Karabiner. »Nicht, wenn du nicht willst. Du bist zu wertvoll, für das Projekt zu wichtig, um in irgendeiner Zelle zu schmachten, während wir versuchen, ohne dich den ersten Kontakt nicht zu verpatzen, Ryo.«

»Ich versichere dir, alles wird gut werden.« Er legte zuerst eine Echthand und dann eine Fußhand auf ihren Arm. »Eine Gesellschaft funktioniert, weil ihre Bürger sich dafür entschieden haben, ihren Gesetzen zu gehorchen.«

»Wenn das von dir kommt, klingt es komisch.«

»Ich bin eben wählerisch.« Bonnie vermißte eine begleitende Geste des Humors und fragte sich, ob das wegen des aufmerksamen Älteren war.

»Die Angelegenheit muß diskutiert werden, Bonnie. Das wird Zeit beanspruchen.«

Doch wie sich herausstellte, tat es das nicht.

Ein Echo des Donners, vor dem sie sich vorher versteckt hatten, erhob sich jetzt im Süden. Er wuchs zu betäubenden Proportionen an, als ein halbes Dutzend schlanker Shuttle-Fahrzeuge dicht über sie hinwegzog. Sie beschrieben einen sehr weiten Bogen, der sie nach Paszex zurückführen würde.

Bonnie und die anderen Menschen durchlebten ein paar schlimme Sekunden, bis sie die lauten und sichtlich vergnügten Reaktionen der Waben-Bewohner bemerkten. »Unsere Schiffe«, beantwortete Ryo die nicht gestellte Frage.

»Wieder zu spät«, murmelte der Ältere Kerarilzex, »aber diesmal wenigstens in hinreichender Zahl. Ich hoffe, daß andere das Mutterschiff der AAnn erwischt haben, ehe es aus dem Orbit entfliehen konnte. Man wird Erklärungen komponieren«, fügte er dann finster hinzu. »Das ist das fünfte Mal in den letzten siebzig Jahren. Andere Waben leiden noch mehr. Ich glaube nicht, daß die Leute sich das noch lange werden gefallen lassen.«

»Und das sollten sie auch nicht«, stimmte Bonnie ihm in passablem Niederthranx zu.

Der kommandierende Thranx-Offizier, ein Angehöriger des fünfzehnten Ranges, hatte die Umgebung von Paszex durch sein Betrachtungsgerät beobachtet, während seine bescheidene Armada in geringer Höhe darüber hinwegfegte. Er registrierte die zwei zerstörten AAnn-Kriegsshuttles, die AAnn-Gefangenen, die bewaffneten Waben-Bewohner und die erstaunlichen Aliens in ihrer Mitte.

Es war nicht sofort festzustellen, auf wessen Seite die schrecklichen Zweibeiner standen. Und er konnte nicht auf sie feuern lassen, da sie sich unter die Waben-Bewohner gemischt hatten. Die Lage war frustrierend unklar.

Die Militärs beider Gattungen waren wütend. Die Bürokraten höchst verstimmt. Die Politiker verwirrt und zornig. Die Wissenschaftler beunruhigt.

Jede Gruppe hatte davon geträumt, in der Mitte der Bühne zu stehen, wenn einmal eine intelligente raumfahrende Rasse kontaktiert werden würde. Statt dessen hatten sich ein paar geheimnistuerische Forscher den Augenblick des Ruhmes angemaßt, eine meuternde Mannschaft von Menschen und ein ausgestoßener Ackerbau-Experte.

Es gab Schmerzen und Probleme. Die Eltern der Jungen

und Mädchen, die als Teil des Projektes nach Willow-wane gereist waren, gaben sich die größte Mühe, ein Gefühl des Verratenseins zustande zu bringen. Zwar hatten sie sich einverstanden erklärt, ihre Kinder der Kontrolle des Projektes zu übergeben – als Ausgleich für ein Jahr freier Station und Erziehung –, aber einigen von ihnen kam die ganze Geschichte trotzdem wie eine Entführung vor. Freilich hatte keiner von ihnen daran gedacht, sich nach dem genauen Standort der Projekt-Schule oder ihrer Entfernung von zu Hause zu erkundigen.

Die Vorstellung, eine Gruppe leicht zu beeindruckender junger Leute einfach inmitten eines Rudels blasser, wurmähnlicher Ungeheuer abzusetzen, nagte am öffentlichen Gewissen. Dabei dachte natürlich niemand an die Wirkung, die die Kinder der Aliens vielleicht auf die leicht zu beeindruckenden Thranx-Larven gehabt haben könnten.

Die Thranx-Bevölkerung war im Vorteil, weil sie bereits zwei halbintelligenten Gattungen und den AAnn ausgesetzt gewesen war. Bei ihnen litt der hochentwickelte Sinn für Schicklichkeit am meisten. Die Ereignisse hatten sich nicht gemäß der sorgfältig vorbereiteten Verhaltensweisen entwickelt. Und wenn diese Verhaltensweisen verletzt wurden ... – nun, die Thranx verstanden sich sehr gut auf Organisation und viel weniger auf Improvisation, und den ersten Kontakt mit einer fremden Rasse improvisierte man einfach nicht.

Dann war da noch die Angelegenheit der Larven-Entführung. Im Gegensatz zu den Menschen hatte Ryo nicht die Erlaubnis der Eltern gehabt, ihre Nachkommen in die Projekt-Schule einzubringen. Was er gemacht hatte, war Kindesentführung, ganz gleich, aus welchen Motiven auch immer er gehandelt hatte. Ryo war das gleichgültig. Er war mit allem einverstanden, was die Abschwörer sagten. Alles, worauf es ihm ankam, war das Projekt. Sein offensichtlicher Erfolg war ihm Rechtfertigung genug. Keine der Larven war durch das, was sie erlebt hatten, verletzt worden – weder physisch noch psychisch. Die Aufseher aus dem Pflegehort, die sie untersuchten, konnten das bestätigen.

Es ist sehr schwer, die öffentliche Meinung gegen jemanden zu mobilisieren, der allem zustimmt, was seine Ankläger sagen, und die ganze Zeit geduldig auf das Märtyrertum wartet.

Das stärkste Urteil gegen ihn kam nicht von der Regierung oder der Öffentlichkeit, sondern von Fal. Unter der richtigen Pflege erholte sie sich schnell aus ihrem Komaschlaf, worauf sie wesentlich heftiger gegen ihn zu Felde zog als jede Waben-Mutter. Gegen die Liste empörender Dinge, die sie ihm vorwarf, konnte er nur einen einzigen Gedanken vorbringen: die Tatsache, daß er Erfolg gehabt hatte.

Und was den Erfolg des Projektes anging, so konnten selbst die haarspalterischsten Angehörigen beider Gattungen die Beweise nicht leugnen. Nicht nur, daß die Thranx-Larven und Menschen-Kinder einander tolerierten, sie waren beinahe unzertrennlich geworden. Ungeheuer spielte vergnügt mit Ungeheuer.

Aufzeichnungen von Menschenkindern, die mit ihren Thranx-Spielgefährten herumtollten, brachten schnell die erste Empörung zum Schweigen, die sich auf der Erde und den Kolonialwelten entwickelt hatte. Wie kann man etwas als Ungeheuer ansehen, wenn ein siebenjähriges Mädchen mit einem Pferdeschwanz auf ihm reiten kann oder ein paar Jungs sich auf einem Sandhaufen mit ihm balgen und alle drei riesigen Spaß daran haben?

Die Reaktion bei den Thranx war ihrer Natur entsprechend etwas langsamer. Als Chips zeigten, daß die schrecklich flexiblen Aliens keinerlei Absicht hegten, ihre Larven-Spielgefährten zu schlachten und auf offener Flamme zu rösten, zeigte sich erste widerstrebende Akzeptanz.

Ein besonders kompliziertes Problem wurde teilweise gelöst, als die radikal-agnostischen Theologen der Erde unter der ästhetischen Philosophen-Sekte von Hivehom ihre genaue Entsprechung entdeckten. Sie beantworteten die nervösen und peinlichen Fragen, die von so vielen gestellt wurden und die alle darauf hinausliefen, auf welcher Seite die Gottheit wohl sein mochte, indem sie verkündeten, daß Er sich wahrscheinlich im Augenblick zurücklehnte und mit beträchtlichem Vergnügen die ganze Geschichte betrachtete.

Zwanzig Jahre mochten verstreichen, ehe die ersten Verträge aufgesetzt werden würden, und noch viel mehr Zeit, bevor die kühnsten Angehörigen beider Spezies den Gedanken der Verschmelzung auf die Tagesordnung bringen würden. Für den Augenblick reichten vorläufige Verträge. Sie wurden bestätigt und von vorsichtigen Beamten auf beiden Seiten gebührend ratifiziert. Und der Gedanke, daß nicht die Macht der Waffen oder überlegene intellektuelle Kraft, sondern Kinder, die in ihrem Spielzimmer herumtobten, sie dazu gezwungen hatten, war erleichternd.

Ryo wurde formell seiner lange vernachlässigten Pflichten als Ackerbau-Experte enthoben und der ständigen Kontaktgruppe zugewiesen. Die Gruppe erhielt ihren Dienstsitz außerhalb Paszex, das jetzt eine Bedeutung annahm, die weit über den Export von Ackerbauprodukten und kunstgewerblichen Arbeiten hinausging. Viele der letzteren wurden übrigens an die Menschen des Projektes verkauft. Wieder hatten die Pioniere den offiziellen Planern die Show gestohlen. Der Handel hatte begonnen.

Das Flugfeld wurde zügig vergrößert, um Shuttle-Fahrzeuge aufnehmen zu können. Die ersten offiziellen Besucher wurden ausgetauscht, und als ein paar kunstgewerbliche Arbeiten und mechanische Gegenstände den Abgrund zwischen den Sternen überquerten, stellte man fest, daß das Streben nach Profit eine weitere Gemeinsamkeit von Menschen und Thranx war.

So kam es, daß der Kontakt nicht so sehr geschmiedet, wie vielmehr zusammengestückelt wurde. Aber es war ein Anfang, der wichtigste Teile des Verstehens.

Selbst Fal versöhnte sich am Ende mit ihrem jetzt berühmten Vorgefährten, obwohl er von einigen Artgenossen immer noch als Verräter angesehen wurde und in gewissen unversöhnlichen, paranoiden Kreisen sogar als feindlicher Spion. Wuuzelansem wurde aus Ciccikalk herangeholt. Ihn erfüllte immer noch Argwohn vor der Menschheit, aber er war flexibler als die meisten Thranx. Seine Bekehrung vollzog sich freilich blitzartig, als einige der Menschen über genügend Sprachkenntnisse verfügten, um seine Dichtkunst zu bewundern.

»Ich weiß nicht, wie wir es so lange ohne sie ausgehalten haben«, murmelte er Ryo nach einer Rezitation zu. »Ihre Wertschätzung der wahren Kunst scheint ebenso grenzenlos wie ihre Begeisterung. Mag sein, daß die Regierung einen Verbündeten gewinnt, aber ich habe etwas sehr viel Wertvolleres gewonnen.«

»Und das wäre?«

»Eine neue Zuhörergemeinde!« Und Wuu kehrte in den Vortragssaal zurück, um sich für die eigenartige Form des Applauses zu bedanken, die den Menschen eigen war: ein unbeschreibliches Getöse, das sie durch wildes Aufeinanderschlagen ihrer Vordergliedmaßen zustande brachten.

Zehn Jahre verstrichen. Der Tag kam, an dem einige der ursprünglichen Projekt-Angehörigen nach Hause zurückkehren mußten. Zwei würden nach Centaurus reisen, einer nach New Riveria und einige zur Erde.

Jahan Bhadravati war einer von ihnen. Bonnie eine weitere. Sie standen neben dem menschlichen Sektor des Shuttle-Hafens von Paszex, immer noch in Willow-wane-Uniform gekleidet – also praktisch nichts –, und warteten auf den Startaufruf. Es war ein schöner Mittjahreszeitstag. Die Temperatur betrug 35° C und die Feuchtigkeit etwa 92 Prozent.

Da waren keine Beamten, die sie mit Reden verabschiedeten. In dem Jahrzehnt, das vergangen war, hatte das Kommen und Gehen von Menschen in Paszex aufgehört, besondere Aufmerksamkeit zu erwecken. Aber eine Abschiedsparty gab es. Ryozenzuzex war zugegen, begleitet von einem jungen Thranx-Erwachsenen, der Qul hieß, und einem hochgewachsenen, drahtigen Menschen namens Wilson Asambi. Sie arbeiteten zusammen an der Entwicklung von Hybrid-Obst.

Bonnie warf einen letzten Blick auf Willow-wane. Die fernen Linien von Pflanzungen und Dschungel, die kleinen Dikkichte von Luftschloten, der Shuttle-Landeplatz, das alles waren alte Freunde, die sie hinter sich ließ, aber in ihrem Gedächtnis bewahren würde. Sie sah ganz genauso aus wie damals vor zehn Jahren, als sie zum ersten Mal den Fuß auf

Willow-wane gesetzt hatte. Diese Welt eignete sich dazu, fit zu bleiben. Sie hatte jetzt ein paar graue Strähnen im Haar, und ihr Ausdruck wirkte zufrieden.

»Ich nehme an, du wirst auf deinem Posten weiterarbeiten«, sagte sie zu Ryo.

Er zuckte die Achseln, eine menschliche Geste, die im Begriff war, bei den Thranx recht populär zu werden, und fügte ein bestätigendes Pfeifen hinzu. Er dachte über die Geste und ihre Bedeutung nach. Wir geben einander so viel, dachte er. Gesten ebenso wie Wissenschaft, Gewohnheiten ebenso wie Kunst. Besonders Dichtung. Er lächelte innerlich. Vor zwei Jahren war der alte Wuuzelansem davongezogen, an einen Ort, wohin auch immer alte Poeten sich zurückziehen, kämpfend und um sich schlagend und den Zustand des Universums beklagend, aber nicht bevor er erlebt hatte, daß eben die Ungeheuer, denen er so sehr hatte aus dem Wege gehen wollen, seine Kunst überschwenglich gelobt hatten.

Ryo fehlte der alte Wuu. Selbst wenn sie nicht immer die gleichen Ansichten gehabt hatten.

Von hinten war ein schrilles Pfeifen zu hören. Fal wartete nahe am Eingang nach Paszex. Sie war immer noch nicht bereit, näheren Kontakt mit Menschen zu haben. Ihr Trauma war verständlich; schließlich waren sie dafür verantwortlich gewesen, daß man ihr ihren Vorgefährten weggelockt und ihn gezwungen hatte, sie zu schlagen. Das äußerste, wozu sie sich bereitfinden konnte, war, sie zu tolerieren.

Toleranz als erstes, sagte er sich. Freundschaft später. Wenn überhaupt, dann hatte letzteres noch Zeit.

Zu seiner Überraschung stellte er fest, daß Bonnie Augenfeuchtigkeit absonderte. Ryo wartete, um festzustellen, ob es Freude oder Schmerz ausdrückte. ›Wasser der Freude, Wasser des Leids‹ hatte Wuu das in einem seiner Gedichte genannt.

»Ich weine aus Freude und aus Schmerz«, sagte sie. »Ich bin froh, daß die Dinge sich so gut entwickelt haben. Und ich bin traurig, daß nach all den Jahren schließlich die Zeit zum Gehen gekommen ist. Ich kann einfach die Stelle an der Universität, die man mir auf der Erde angeboten hat, nicht ablehnen. Luh – Luh hätte es gefallen, wie die Dinge sich entwickelt haben.«

»Es gibt immer noch viel zu tun«, sagte Ryo. »Ich werde meine Position behalten, solange ich helfen kann.«

Bhadravati scharrte mit den Füßen und sagte nichts. Gesprächigkeit hatte nie zu den Stärken des Wissenschaftlers gehört, das wußte Ryo. Er empfand in sich große Traurigkeit über die bevorstehende Abreise seiner zwei ältesten Menschenfreunde.

»Es gibt keinen Grund zu weinen, meine Freundin«, sagte Ryo zu Bonnie. »Wir haben nichts als Grund zum Glücklichsein. Eines Tages werden wir einander wieder begegnen.«

Bonnie war zu sehr Realistin, um das zu glauben. Umstände und Abstände, die uralten Feinde jeder Bekanntschaft, würden sich verschwören, um das zu verhindern.

Trotzdem antwortete sie mit einem Lächeln: »Das hoffe ich, Ryo«, und berührte mit beiden Händen die Spitzen seiner nach ihr ausgestreckten Fühler. Die Interspezies-Geste war jetzt ebenso automatisch wie ein Händedruck. Ryo wiederholte sie mit Bhadravati.

»Diese jungen Leute hier«, sagte er und wies auf Asambi und Qul, »werden jetzt die wirklich wichtige Arbeit übernehmen. Nichts kann verhindern, daß unsere Freundschaft sich vertieft.« Sie weinte immer noch, und er machte eine Geste sanfter drittgradiger Ermahnung.

»Bitte, Freundin, es soll bei diesem Abschied nicht noch mehr Tränen geben. Nicht Wassertränen von dir und auch keine Tränen aus Kristall von mir – weil ich sie gar nicht erzeugen könnte. Das ist eine Geste, um die ich euch beneide. Ein kleiner, aber interessanter physischer Unterschied.«

»Die einzigen Unterschiede von Belang, die es zwischen uns jetzt noch gibt, *sind* physisch«, sagte Bhadravati.

»Nur physisch«, stimmte Ryo zu, »und das bedeutete jeden Tag weniger. Form und Zusammensetzung haben nichts zu bedeuten, wenn Verständnis vorliegt.«

»Ich dachte, der alte Wuu sei der Poet und nicht du«, meinte Bonnie.

»Ein wenig von allem, was man bewundert, färbt auf einen ab. Ich bin sicher, du wirst froh sein, jetzt eine Weile mit weniger wichtigen Angelegenheiten leben zu können.«

»Nun, ich werde meine Vorlesungen haben«, meinte sie, »und Jahan seine Forschung und die Bücher, die er komponieren muß.« So, wie sie einander ansahen, dachte Ryo, daß Bonnie sich vielleicht doch paaren würde. Ein leises Pfeifen war hinter ihnen zu hören. Andere Passagiere begannen sich auf das wartende Shuttle zuzubewegen. Nicht alle waren Menschen.

»Wir sollten an Bord gehen.« Bhadravati legte die Hand auf ihre Schulter. Sie nickte, sagte nichts und sah Ryo noch einmal an. Dann streckte sie die Arme aus und drückte ihn an sich. Sein blaugrüner Chiton rieb gegen weiches Fleisch. Das war eine weitere Geste, die Ryo gelernt hatte, aber die er bis jetzt nur zwischen Menschen gesehen hatte. Sie war viel zu grob, um zivilisiert zu sein; aber er war höflich und sagte nichts.

Während sie auf das Shuttle zugingen, machte er die menschliche Geste des Abschieds und winkte ihnen mit zwei Händen zu. Darauf ließ er die viel komplizierter und subtilere vierhändige Geste des Thranx-Lebewohls folgen. Unten an der Rampe imitierte Bonnie sie, so gut man das mit zwei Händen konnte. Dann verschwanden sie im Schiff.

Er ging auf den Bau-Eingang zu, der ins Innere des Terminal-Gebäudes führte. Die ungeduldige Fal hatte sich bereits zurückgezogen.

Bonnie und Dr. Bhadravati schienen zufrieden, und der Gedanke machte ihn glücklich. Jeder verdiente Zufriedenheit. Sie hatten hart und lang gearbeitet, und ihr Maß an geistigem Frieden stand ihnen zu.

Die Frucht, die zu pflanzen er sich solche Mühe gegeben hatte, hatte Wurzeln geschlagen. Sie hatte mehr getan, als nur überlebt. In zehn Jahren war sie ungemein gut gediehen und zeigte jetzt Anzeichen, zu etwas weit größerem zu erblühen, als er sich je erträumt hatte – mehr als nur Freundschaft. Die Beziehung zwischen Menschen und Thranx war im Begriff, mehr zu werden als nur tief. Es gab Anzeichen –

Anzeichen und Vorzeichen –, daß daraus in ferner Zukunft eine echte Symbiose zweier Rassen werden konnte.

Und dann gab es noch einen Nutzen: einen, den Ryo überhaupt nicht in Betracht gezogen hatte; einen, an den er in den letzten aufregenden, geschäftigen zehn Jahren nicht gedacht hatte. Die Erkenntnis traf ihn wie ein Schock.

Er hatte doch noch etwas Nützliches gefunden, das er mit seinem Leben anfangen konnte.

EPILOG

Dieser Roman, ›Auch keine Tränen aus Kristall‹, schildert den Erstkontakt zwischen den Menschen und der Insektenrasse der Thranx. Aus diesen ersten Anfängen entwickelte sich ein politisches Gebilde, das als ›Homanx Commonwealth‹ in die Geschichte der Galaxis eingehen sollte, der erste erfolgreiche Versuch eines fruchtbaren Miteinander zweier physisch absolut gegensätzlicher Rassen, die sich in ihren Anlagen indes hervorragend ergänzten, nachdem die ersten Berührungsängste überwunden waren. Ein Prozeß freilich, der viele Jahrzehnte dauerte.

In diesem Homanx-(Hominiden-Thranx)Universum spielen u.a. die Romane:

Das Tar-Aiym Krang (HEYNE-BUCH Nr. 06/3640)
Der Waisenstern (HEYNE-BUCH Nr. 06/3723)
Der Kollapsar (HEYNE-BUCH Nr. 06/3736)
Die Eissegler von Tran-ky-ky (HEYNE-BUCH Nr. 06/3591)
Die Moulokin-Mission (HEYNE-BUCH Nr. 06/3777)
Die denkenden Wälder (HEYNE-BUCH Nr. 06/3660)
Cachalot (HEYNE-BUCH Nr. 06/4002)
Auch keine Tränen aus Kristall (HEYNE-BUCH Nr. 06/4160)
Flinx (in Vorb.)
Vorposten des Commonwealth (Moewig-Taschenbuch Nr. 3597)

Eine ausführliche Darstellung des Homanx-Universums, mit Sternkarten, Lageplänen und zahlreichen weiteren Zeichnungen finden Sie im HEYNE SCIENCE FICTION MAGAZIN Nr. 12 unter dem Titel: ›Die Commonwealth-Konkordanz‹ von Michael C. Goodwin.

Zum Verfasser

Alan Dean Foster wurde 1946 in New York City geboren und wuchs in Los Angeles, Kalifornien, auf. Nachdem er von der UCLA (University of California in Los Angeles) 1968–1969 einen Bachelor's Degree für politische Wissenschaften und einen Master of Fine Arts für Kino-Wissenschaft erhalten hatte, arbeitete er zwei Jahre als Public-Relations-Texter in einer kleinen Firma in Studio City, Kalifornien.

Seine Laufbahn als Schriftsteller begann 1968, als August Derleth einen langen Brief Fosters kaufte und ihn als Kurzgeschichte in seinem alle zwei Jahre erscheinenden *Arkham Collector Magazine* veröffentlichte. Verkäufe von Kurzgeschichten an andere Magazine schlossen sich an. Sein Romanerstling *The Tar-Aiym Krang,* wurde von Ballantine Books im Jahre 1972 verlegt.

Foster hat ausgedehnte Reisen in Asien und zu den Inseln des Pazifiks unternommen. Neben dem Reisen gehört zu seinen Hobbies die klassische und die Rock-Musik, alte Filme, Basketball, Surfen und Karate. Er war als Dozent an der UCLA und dem Los Angeles City College für Drehbuch-Schreiben, Literatur und Filmgeschichte tätig. Derzeit wohnt er mit seiner Frau JoAnn in Arizona.

HEYNE SF-MAGAZIN

*Erzählungen und
Kurzgeschichten
Interviews
Informationen
Autorenporträts
Buchbesprechungen
Berichte*

06/3888 - DM 7,80

06/3908 - DM 7,80

06/3935 - DM 7,80

06/3954 - DM 7,80

06/3989 - DM 7,80

06/4019 - DM 8,80

06/4051 - DM 7,80

06/4085 - DM 7,80